KB007122

쉽게 읽는 월인석보 1
月印千江之曲 第一·釋譜詳節 第一

엮은이 **나찬연**은 1960년에 부산에서 태어났다. 부산대학교 국어국문학과를 나오고(1986), 같은 학교 대학원에서 문학석사(1993)와 문학박사(1997)학위를 받았다. 지금은 경성대학교 국어국문학과에서 교수로 재직하고 있으면서 국어학, 국어 교육, 한국어 교육 분야의 강의를 맡고 있다.

* 홈페이지: '학교 문법 교실 (http://scammar.com)'에서는 이 책의 내용과 관련된 자료를 온라인으로 제공합니다. 본 홈페이지에 개설된 자료실과 문답방에 올려져 있는 다양한 정보를 자유롭게 이용할 수 있고, 이 책의 내용에 대하여 저자의 답변을 받을 수 있습니다.
* 전화번호 : 051-663-4212
* 전자메일 : ncy@ks.ac.kr

주요 논저

우리말 이음에서의 삭제와 생략 연구(1993), 우리말 의미중복 표현의 통어·의미 연구(1997), 우리말 잉여 표현 연구(2004), 옛글 읽기(2011), 벼리 한국어 회화 초급 1, 2(2011), 벼리 한국어 읽기 초급 1, 2(2011), 제2판 언어·국어·문화(2013), 제2판 훈민정음의 이해(2013), 근대 국어 문법의 이해-강독편(2013), 국어 어문 규범의 이해(2013), 표준 발음법의 이해(2013), 제5판 중세 국어 문법의 이해-이론편(2014), 제5판 중세 국어 문법의 이해-주해편(2014), 제5판 중세 국어 문법의 이해-강독편(2014), 제5판 중세 국어 문법의 이해-서답형 문제편(2014), 중세 국어 문법의 이해-입문편(2015), 학교문법의 이해1(2015), 학교문법의 이해2(2015), 제4판 현대 국어 문법의 이해(2015), 쉽게 읽는 월인석보 서(2017), 쉽게 읽는 월인석보 1(2017), 쉽게 읽는 월인석보 2(2017)

인

쉽게 읽는 월인석보 1(月印釋譜 第一)

©나찬연, 2017

1판 1쇄 인쇄__2017년 2월 15일
1판 1쇄 발행__2017년 2월 25일

엮은이__나찬연
펴낸이__양정섭

펴낸곳__도서출판 경진
　　　　등록__제2010-000004호
　　　　블로그__http://kyungjinmunhwa.tistory.com
　　　　이메일__mykorea01@naver.com

공급처__(주)글로벌콘텐츠출판그룹
　　　　대표__홍정표
　　　　편집디자인__김미미　기획·마케팅__노경민
　　　　주소__서울특별시 강동구 천중로 196 정일빌딩 401호
　　　　전화__02) 488-3280　팩스__02) 488-3281
　　　　홈페이지__http://www.gcbook.co.kr

값 18,000원
ISBN 978-89-5996-509-0 94810
　　　 978-89-5996-507-6 94810(세트)

※ 이 책은 본사와 저자의 허락 없이는 내용의 일부 또는 전체의 무단 전재나 복제, 광전자 매체 수록 등을 금합니다.
※ 잘못된 책은 구입처에서 바꾸어 드립니다.

쉽게 읽는

월인석보 1

月印千江之曲 第一·釋譜詳節 第一

나찬연

경진출판

　『월인석보』는 조선의 제7대 왕인 세조(世祖)가 부왕인 세종(世宗)과 소헌왕후(昭憲王后), 그리고 아들인 의경세자(懿敬世子)를 추모하기 위하여 1549년에 편찬하였다.

　『월인석보』에는 석가모니의 행적과 석가모니와 관련된 인물에 관한 여러 일화가 소개되어 있다. 따라서 이 책은 불교를 배우는 이들뿐만 아니라, 국어 학자들이 15세기 국어를 연구하는 데에도 매우 귀중한 자료가 된다. 특히 이 책은 국어 문법 규칙에 맞게 한문 원문을 번역되었기 때문에 문장이 매우 자연스럽다. 따라서 『월인석보』는 훈민정음으로 지은 초기의 문헌임에도 불구하고, 당대에 간행된 그 어떤 문헌보다도 자연스러운 우리말 문장으로 지은 문헌이라고 할 수 있다.

　이처럼 『월인석보』가 중세 국어와 국어사 연구에 매우 중요한 역할을 하기 때문에, 일찍부터 이 책은 중세 국어 연구의 대상이 되었고 현대어로 옮기는 작업도 이루어졌다. 그 대표적인 성과가 '세종대왕기념사업회'에서 편찬한 『역주 월인석보』의 모둠책이다. 『역주 월인석보』의 간행 작업에는 허웅 선생님을 비롯한 그 분야의 대학자들이 참여하였기 때문에, 『역주 월인석보』는 그 차제로서 대단한 업적이다. 그러나 이 『역주 월인석보』는 1992년부터 순차적으로 간행되었는데, 간행된 책마다 역주한 이가 달라서 내용의 번역이나 형태소의 분석, 그리고 편집 방법이 통일되지 못한 아쉬움이 있다. 지은이는 이러한 점을 감안하여 15세기의 중세 국어를 익히는 학습자들이 『월인석보』를 쉽게 이해할 수 있도록, 현대어로 옮기는 방식과 형태소 분석 및 편집 형식을 새롭게 바꾸었다. 이러한 편찬 의도를 반영하여 이 책의 제호도 『쉽게 읽는 월인석보』로 정했다.

　이 책은 중세 국어 학습자들이 『월인석보』를 쉽게 이해할 수 있는 책을 편찬하겠다는 원래의 취지를 살리기 위하여, 다음과 같은 방법으로 책의 내용과 형식을 구성하였다.

　첫째, 현재 남아 있는 『월인석보』의 권 수에 따라서 이들 문헌을 현대어로 옮겼다. 이에 따라서 『월인석보』의 1, 2, 4, 7, 8, 9 등의 순서로 현대어 번역 작업이 이루진다. 둘째, 이 책에서는 『월인석보』의 원문의 영인을 페이지별로 수록하고, 그 영인 바로 아래에 현대어 번역문을 첨부했다. 셋째, 그리고 중세 국어의 문법을 익히는 이들에게 편의를 제공하기 위하여, 원문의 텍스트에 나타나는 어휘를 현대어로 풀이하고 각 어휘에 실현된 문법 형태소를 형태소 단위로 분석하였다. 넷째, 원문 텍스트에 나타나는 불교 용어를 쉽게 풀이함으로써, 불교의 교리를 모르는 일반 국어학자도 『월인석보』의 내용을 이해할 수 있도록 하였다. 다섯째, 책의 말미에 [부록]의 형식으로 [원문과 번역문의 벼리]를 실었다. 여기서는 『월인석보』의 텍스트에서 주문장의 사이에 삽입되어 있는 협주문(夾註文)을 생략하여 본문 내용의 맥락이 끊기지 않게 하였다. 여섯째, 이 책에 쓰인 문법 용어와 약어(略語)의 정의와 예시를 책 머리의 '일러두기'와 [부록]에 수록하여서, 이 책을 통하여 중세 국어를 익히려는 독자에게 도움을 주었다.

이 책에 쓰인 문법 용어는 가급적 『고등학교 문법』(2010)에서 사용되는 문법 용어를 그대로 사용하였다. 다만 일부 문법 용어는 허웅 선생님의 『우리 옛말본』(1975), 고영근 선생님의 『표준중세국어문법론』(2010), 지은이의 『중세 국어 문법의 이해-이론편』에서 사용한 용어를 빌려 썼다. 중세 국어의 어휘 풀이는 대부분 '한글학회'에서 지은 『우리말 큰사전 4-옛말과 이두 편』의 내용을 참조했으며, 일부는 남광우 님의 『교학고어사전』을 참조했다. 각 어휘에 대한 형태소 분석은 지은이가 2010년에 『우리말연구』의 제27집에 발표한 「옛말 문법 교육을 위한 약어와 약호의 체계」의 논문과 『중세 국어 문법의 이해-주해편, 강독편』에서 사용한 방법을 따랐다.

그리고 불교와 관련된 어휘는 국립국어원의 인터넷판 『표준국어대사전』, 인터넷판의 『두산백과사전』, 인터넷판의 『한국민족문화대백과』, 인터넷판의 『원불교사전』, 한국불교대사전편찬위원회의 『한국불교대사전』, 홍사성 님의 『불교상식백과』, 곽철환 님의 『시공불교사전』, 운허·용하 님의 『불교사전』 등을 참조하여 풀이하였다.

이 책을 간행하는 데에는 여러 사람의 도움이 있었다. 지은이는 2014년 겨울에 대학교 선배이자 독실한 불교 신자인 정안거사(正安居士, 현 동아고등학교의 박진규 교장)을 사석에서 만났다. 그 자리에서 정안거사로부터 국어학자뿐만 아니라 일반 사람들도 부처님의 생애를 쉽게 알 수 있는 책이 필요하다는 당부의 말을 들었는데, 이 일이 계기가 되어서 『쉽게 읽는 월인석보』의 모둠책이 세상에 나오게 되었다. 그리고 고려대학교 교육대학원의 국어교육전공에 재학 중인 나벼리 군은 『월인석보』의 원문의 모습을 디지털 영상으로 제작하고 편집하는 작업을 해 주었다. 이 책을 출판해 주신 도서출판 경진의 홍정표 대표님, 그리고 거친 원고를 수정하여 보기 좋은 책으로 편집해 주신 양정섭 이사님께 감사의 뜻을 전한다.

정안거사님의 뜻과 지은이의 바람이 이루어져서, 중세 국어를 익히거나 석가모니 부처의 일을 알고자 하는 일반인들에게 이 책이 조금이나마 도움이 되기를 바란다.

2017년 2월
나찬연

차례

머리말 • 4

일러두기 • 7

1. 이 책에서 형태소 분석에 사용하는 문법적 단위에 대한 약어는 다음과 같다.

범주	약칭	본디 명칭	범주	약칭	본디 명칭
품사	의명	의존 명사	조사	보조	보격 조사
	인대	인칭 대명사		관조	관형격 조사
	지대	지시 대명사		부조	부사격 조사
	형사	형용사		호조	호격 조사
	보용	보조 용언		접조	접속 조사
	관사	관형사	어말 어미	평종	평서형 종결 어미
	감사	감탄사		의종	의문형 종결 어미
불규칙 용언	ㄷ불	ㄷ 불규칙 용언		명종	명령형 종결 어미
	ㅂ불	ㅂ 불규칙 용언		청종	청유형 종결 어미
	ㅅ불	ㅅ 불규칙 용언		감종	감탄형 종결 어미
어근	불어	불완전(불규칙) 어근		연어	연결 어미
파생 접사	접두	접두사		명전	명사형 전성 어미
	명접	명사 파생 접미사		관전	관형사형 전성 어미
	동접	동사 파생 접미사	선어말 어미	주높	상대 높임의 선어말 어미
	조접	조사 파생 접미사		객높	주체 높임의 선어말 어미
	형접	형용사 파생 접미사		상높	객체 높임의 선어말 어미
	부접	부사 파생 접미사		과시	과거 시제의 선어말 어미
	사접	사동사 파생 접미사		현시	현재 시제의 선어말 어미
	피접	피동사 파생 접미사		미시	미래 시제의 선어말 어미
	강접	강조 접미사		회상	회상 표현의 선어말 어미
	복접	복수 접미사		확인	확인 표현의 선어말 어미
	높접	높임 접미사		원칙	원칙 표현의 선어말 어미
조사	주조	주격 조사		감동	감동 표현의 선어말 어미
	서조	서술격 조사		화자	화자 표현의 선어말 어미
	목조	목적격 조사		대상	대상 표현의 선어말 어미

---

* 이 책에서 쓰인 '문법 용어'와 '약어(略語)'에 대한 자세한 내용은 [부록]에 첨부된 '문법 용어의 풀이'를 참고하기 바란다.

2. 이 책의 형태소 분석에서 사용되는 약호는 다음과 같다.

부호	기능	용례
#	어절의 경계 표시.	철수가 # 국밥을 # 먹었다.
+	한 어절 내에서의 형태소 경계 표시.	철수 + -가 # 먹- + -었- + -다
( )	언어 단위의 문법 명칭과 기능 설명.	먹(먹다) - + -었(과시)- + -다(평종)
[ ]	파생어의 내부 짜임새 표시.	먹이[먹(먹다)- + -이(사접)-]- + -다(평종)
	합성어의 내부 짜임새 표시.	국밥[국(국) + 밥(밥)] + -을(목조)
-a	a의 앞에 다른 말이 실현되어야 함.	-다, -냐 ; -은, -을 ; -음, -기 ; -게, -으면
a-	a의 뒤에 다른 말이 실현되어야 함.	먹(먹다)-, 자(자다)-, 예쁘(예쁘다)-
-a-	a의 앞뒤에 다른 말이 실현되어야 함.	-으시-, -었-, -겠-, -더-, -느-
a(← A)	기본 형태 A가 변이 형태 a로 변함.	지(← 짓다, ㅅ불)- + -었(과시)- + -다(평종)
a(⬳ A)	A 형태를 a 형태로 잘못 적음(오기)	국빱(⬳ 국밥) + -을(목)
Ø	무형의 형태소나 무형의 변이 형태	예쁘- + -Ø(현시)- + -다(평종)

3. 다음은 중세 국어의 문장을 약어와 약호를 사용하여 어절 단위로 분석한 예이다.

> 불휘 기픈 남ᄀᆞᆫ ᄇᆞᄅᆞ매 아니 뮐ᄊᆡ 곶 됴코 여름 하ᄂᆞ니 [용가 2장]

① 불휘: 불휘(뿌리, 根) + -Ø(← -이: 주조)
② 기픈: 깊(깊다, 深)- + -Ø(현시)- + -은(관전)
③ 남ᄀᆞᆫ: 낡(← 나모: 나무, 木) + -ᄋᆞᆫ(-은: 보조사)
④ ᄇᆞᄅᆞ매: ᄇᆞᄅᆞᆷ(바람, 風) + -애(-에: 부조, 이유)
⑤ 아니: 아니(부사, 不)
⑥ 뮐ᄊᆡ: 뮈(움직이다, 動)- + -ㄹᄊᆡ(-으므로: 연어)
⑦ 곶: 곶(꽃, 花)
⑧ 됴코: 둏(좋아지다, 좋다, 好)- + -고(연어, 나열)
⑨ 여름: 여름[열매, 實: 열(열다, 結)- + -음(명접)]
⑩ 하ᄂᆞ니: 하(많아지다, 많다, 多)- + -ᄂᆞ(현시)- + -니(평종, 반말)

4. 단, 아래의 경우에는 예외적으로 다음과 같은 방법으로 어절의 짜임새를 분석한다.

　가. 명사, 동사, 형용사는 특별한 경우가 아니면 품사의 명칭을 표시하지 않는다. 단, 의존 명사와 보조 용언은 예외적으로 각각 '의명'과 '보용'으로 표시한다.

　　① 부톄: 부텨(부처, 佛) + -ㅣ(← -이: 주조)
　　② 괴오쇼셔: 괴오(사랑하다, 愛)- + -쇼셔(-소서: 명종)
　　③ 올ᄒ시이다: 옳(옳다, 是)- + -ᄋᆞ시(주높)- + -이(상높)- + -다(평종)

　나. 한자말로 된 복합어는 더 이상 분석하지 않는다.

　　① 中國에: 中國(중국) + -에(부조, 비교)
　　② 無上涅槃을: 無上涅槃(무상열반) + -을(목조)

　다. 특정한 어미가 다른 어미의 내부에 끼어들어서 실현될 때에는 다음과 같이 표기한다. 이때 단일 형태소의 내부가 분리되는 현상은 '…'로 표시한다.

　　① 어리니잇가: 어리(어리석다, 愚: 형사)- + -잇(← -이-: 상높)- + -니…가(의종)
　　② 자거시늘: 자(자다, 宿: 동사)- + -시(주높)- + -거…늘(-거늘: 연어)

　라. 형태가 유표적으로 존재하지 않으면서도 문법적이 있는 '무형의 형태소'는 다음과 같이 'Ø'로 표시한다.

　　① ᄀᆞᄆᆞ라 비 아니 오ᄂᆞᆫ 짜히 잇거든
　　　・ᄀᆞᄆᆞ라: [가물다(동사): ᄀᆞᄆᆞᆯ(가뭄, 旱: 명사) + -Ø(동접)-]- + -아(연어)
　　② 바ᄅᆞ 自性을 ᄉᆞᄆᆞᆺ 아ᄅᆞ샤
　　　・바ᄅᆞ: [바로(부사): 바ᄅᆞ(바르다, 正: 형사)- + -Ø(부접)]
　　③ 불휘 기픈 남ᄀᆞᆫ
　　　・불휘(뿌리, 根) + -Ø(← -이: 주조)
　　④ 내 ᄒᆞ마 命終호라
　　　・命終ᄒ(명종하다: 동사)- + -Ø(과시)- + -오(화자)- + -라(← -다: 평종)

마. 무형의 형태소로 실현되는 시제 표현의 선어말 어미는 다음과 같이 표기한다.

① 동사나 형용사의 종결형과 관형사형에서 나타나는 '과거 시제 표현'의 무형의
　 선어말 어미는 '-Ø(과시)-'로, '현재 시제 표현'의 무형의 선어말 어미는 '-Ø
　 (현시)-'로 표시한다.

　　　㉠ 아들들히 아비 죽다 듣고
　　　　·죽다: 죽(죽다, 死: 동사)- + -Ø(과시)- + -다(평종)
　　　㉡ 엇던 行業을 지서 惡德애 뻐러딘다
　　　　·뻐러딘다: 뻐러디(떨어지다, 落: 동사)- + -Ø(과시)- + -ㄴ다(의종)
　　　㉢ 獄은 罪 지은 사름 가도는 싸히니
　　　　·지은: 짓(짓다, 犯: 동사)- + -Ø(과시)- + -ㄴ(관전)
　　　㉣ 닐굽 히 너무 오라다
　　　　·오라(오래다, 久: 형사)- + -Ø(현시)- + -다(평종)
　　　㉤ 여슷 大臣이 힝뎌기 왼 둘 제 아라
　　　　·외(외다, 그르다, 誤: 형사)- + -Ø(현시)- + -ㄴ(관전)

② 동사나 형용사의 연결형에 나타나는 과거 시제나 현재 시제 표현의 무형의
　 선어말 어미는 표시하지 않는다.

　　　㉠ 몸앳 필 뫼화 그르세 다마 男女를 내ᅀᄫᅵ니
　　　　·뫼화: 뫼호(모으다, 集: 동사)- + -아(연어)
　　　㉡ 고히 길오 놉고 고ᄃᆞ며
　　　　·길오: 길(길다, 長: 형사)- + -오(←-고: 연어)
　　　　·놉고: 높(높다, 高: 형사)- + -고(연어, 나열)
　　　　·고ᄃᆞ며: 곧(곧다, 直: 형사)- + -ᄋᆞ며(-으며: 연어)

③ 합성어나 파생어의 내부에서 실현되는 과거 시제나 현재 시제 표현의 무형의
　 선어말 어미는 표시하지 않는다.

　　　㉠ 올ᄒᆞ녁: [오른쪽, 右: 옳(옳다, 是)- + -은(관전▷관접) + 녁(녘, 쪽: 의명)]
　　　㉡ 늘그니: [늙은이: 늙(늙다, 老)- + -은(관전) + 이(이, 者: 의명)]

『월인석보』의 해제

세종대왕은 1443년(세종 25년) 음력 12월에 음소 문자(音素文字)인 훈민정음(訓民正音)의 글자를 창제하였다. 훈민정음 글자는 기존의 한자나 한자를 빌어서 우리말을 표기하는 글자인 향찰, 이두, 구결 등과는 전혀 다른 표음 문자인 음소 글자였다. 실로 글자의 역사상 유래를 찾아볼 수 없는 매우 독창적인 글자이면서도, 글자의 수가 28자에 불과하여 아주 배우기 쉬운 글자였다.

훈민정음을 창제한 이후에 세종은 이 글자를 널리 보급하기 위하여 훈민정음의 제자 원리를 이론화하고 성리학적인 근거를 부여하는 데에 힘을 썼다. 곧, 최만리 등의 상소 사건을 통하여 사대부들이 훈민정음에 대하여 취하였던 부정적인 인식과 태도를 파악하였으므로, 이를 극복하는 적극적인 방법으로 훈민정음 글자에 대한 '종합 해설서'를 발간하기로 하였는데, 이것이 곧 『훈민정음 해례본』이다.

그리고 새로운 글자를 창제하고 반포하는 데에 그치는 것이 아니라, 실제로 백성들이 널리 사용할 수 있도록 하기 위하여 여러 가지 뒷받침 사업을 진행하였다. 이를 위하여 세종은 새로운 문자인 훈민정음을 이용하여 국어의 입말을 실제로 문장의 단위로 적어서 그 실용성을 시험하는 작업을 수행하였다. 그 첫 번째 노력으로 『용비어천가(龍飛御天歌)』의 노랫말을 훈민정음으로 지어서 간행하였는데, 이로써 훈민정음 글자로써 국어의 입말을 실제로 적을 수 있는 가능성을 보였다. 그리고 소헌왕후 심씨가 사망함에 따라서 세종은 왕후의 명복을 빌기 위하여 아들인 수양대군(首陽大君)으로 하여금 석가모니의 연보(年譜)를 훈민정음으로 번역하여 『석보상절(釋譜詳節)』을 편찬하게 하였다. 이어서 『석보상절』의 내용을 바탕으로 『월인천강지곡(月印千江之曲)』을 직접 지어서 간행하였다. 이로써 국어의 입말을 훈민정음으로써 완벽하게 구현할 수 있음을 보였다. 그리고 한문본인 『훈민정음 해례본』의 내용 중에서 '어제 서(御製 序)'와 예의(例義)를 훈민정음으로 번역한 것도 대략 이 무렵의 일인 것으로 추정된다.

세종이 승하한 후에 문종(文宗), 단종(端宗)에 이어서 세조(世祖)가 즉위하였는데, 1458년(세조 3년)에 세조의 맏아들인 의경세자(懿敬世子)가 요절하였다. 이에 세조는 1459년(세조 4년)에 부왕인 세종(世宗)과 세종의 정비인 소헌왕후 심씨, 그리고 요절한 의경세자의 명복을 빌기 위하여 『월인석보(月印釋譜)』를 편찬하였다. 그리고 어린 조카 단종을

폐위하고 왕위에 오른 후에, 단종을 비롯하여 자신의 집권에 반기를 든 수많은 신하를 죽인 업보에 대한 인간적인 고뇌를 불법의 힘으로 씻어 보려는 것도 『월인석보』를 편찬한 간접적인 동기였다.

『월인석보』는 세종이 지은 『월인천강지곡(月印千江之曲)』의 내용을 본문으로 먼저 싣고, 그에 대응되는 『석보상절(釋譜詳節)』의 내용을 붙여 합편하였다. 합편하는 과정에서 책을 구성하는 방법이나 한자어 표기법, 그리고 내용도 원본인 『월인천강지곡』이나 『석보상절』과 부분적으로 차이를 보인다. 예를 들어서 『월인천강지곡』에서는 한자음을 표기할 때 '씨時'처럼 한글을 큰 글자로 제시하고, 한자를 작은 글자로써 한글의 오른쪽에 병기하였다. 반면에 『월인석보』에서는 '時씨'처럼 한자를 큰 글자로써 제시하고 한글을 작은 글자로써 한자의 오른쪽에 병기하였다. 그리고 종성이 없는 한자음을 한글로 표기할 때에 『월인천강지곡』에서는 '씨時'처럼 종성 글자를 표기하지 않았는데, 『월인석보』에서는 '동국정운(東國正韻)식 한자음의 표기법'에 따라서 '時씨'처럼 종성의 자리에 음가가 없는 'ㅇ' 글자를 종성의 위치에 달았다. 이러한 차이는 『월인천강지곡』과 『석보상절』을 합본하여 『월인석보』를 편찬하는 과정에서 어쩔 수 없이 한자음을 표기하는 방법을 통일하였기 때문에 일어났다.

『월인석보』는 원간본인 1, 2, 7, 8, 9, 10, 12, 13, 14, 15, 17, 18, 23권과 중간본(重刊本)인 4, 21, 22권 등이 남아 있다. 그 당시에 발간된 책이 모두 발견된 것은 아니어서, 당초에 전체 몇 권으로 편찬하였는지 알 수가 없다.

『석보상절』, 『월인천강지곡』, 『월인석보』의 편찬은 세종 말엽에서 세조 초엽까지 약 13년 동안에 이룩된 사업이다. 따라서 그 최종 사업인 『월인석보』는 석가모니의 일대기를 기술하는 사업을 완결 짓는 결정판이다. 따라서 『월인석보』는 『석보상절』, 『월인천강지곡』과 더불어 훈민정음(訓民正音)이 창제된 이후 제일 먼저 나온 불경 번역서로서의 가치가 있다. 그리고 세종과 세조 당대에 쓰였던 자연스러운 말과 글의 모습이 잘 반영되어 있어서, 중세 국어나 국어사를 연구하는 데에도 매우 귀중한 가치가 있는 문헌으로 평가받고 있다.

『월인석보 제일』의 해제

『월인석보 제1·2』는 서강대학교에서 소장 중인 초간본이다. 그리고 『월인석보 제일』의 앞에는 '세종 어제 훈민정음(世宗御製訓民正音)', '석보상절 서(釋譜詳節 序)', '어제 월인석보 서(御製月印釋譜序)' 등 3편의 독립된 글이 첨부되어 있으며, 『월인석보 제일』의 뒤에 『월인석보 제이』가 합쳐져서 그 전체가 1책을 구성하고 있다.

『월인석보 제일』은 총 108장(一百八張)에 이르는데, 『월인천강지곡』의 기일(其一)에서 기십일(其十一)의 운문 내용과 그에 대응되는 『석보상절』의 산문 내용을 합쳐서 실었다. 『월인석보 제일』에서는 석가모니의 전생(前生)에 관한 일을 기술했다. 『월인석보 제일』에는 석가모니의 아주 오래 전의 전생(前生)을 기술하면서, 불교에서 인식하는 우주와 인간 세계의 모습이 묘사되어 있으며, 우리가 살고 있는 세상이 형성되는 초기 모습과 인류의 문명이 시작하여 발달하는 모습도 아울러 설명했다. 『월인석보 제일』의 내용을 요약하면 다음과 같다.

아승기(阿僧祇) 겁(劫)의 시절에 어떤 보살(菩薩)이 왕의 자리를 버리고 소구담(小瞿曇)이 되어서 도를 닦다가 도둑으로 몰리어서 억울하게 죽게 되었다. 스승인 대구담이 죽은 소구담의 몸에서 나온 피를 수습하였는데, 이 피가 사람이 되어서 후세에 석가모니의 종족이 될 구담씨(瞿曇氏)가 다시 생겨났다. 오랜 후에 구담씨의 후신(後身)인 선혜(善慧) 보살이 꽃을 파는 여자인 구이(瞿夷)에게서 꽃을 사서 보광불(普光佛)에게 바치고, 장차 부처가 될 것이라는 수기(授記)를 받았다. 선혜 보살이 출가하여 보광불을 모시고 있다가, 그 전날 꾸었던 다섯 가지 꿈을 보광불께 사뢰고, 그 꿈으로 인하여 장차 부처가 될 것이라는 수기를 다시 받았다. 보광불이 멸도(滅度)하신 뒤에, 선혜 비구(比丘)가 오랜 세월 동안 하늘과 인간 세상을 거듭하여 오르내리면서 천중(天衆)과 인중(人衆)을 수없이 교화하셨다. 오래 전에 인간 세상이 이루어질 때에 사람들이 구담씨를 내세워서 평등왕(平等王)으로 삼아서 세상의 일을 공평하게 다스리게 하였다.

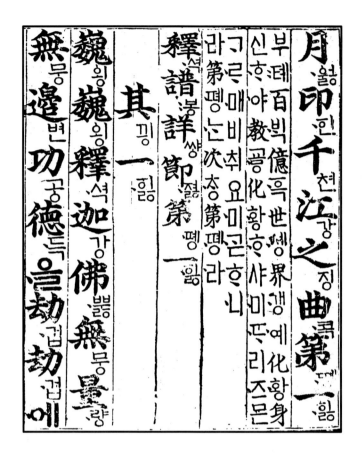

月印千江之曲(월인천강지곡) 第一(제일)

【 부처가 百億(백억) 世界(세계)에 化身(화신)하여 敎化(교화)하신 것이 달이 천(千) 개의 강(江)에 비치는 것과 같으니라. 第(제)는 次第(차제)이다. 】

釋譜詳節(석보상절) 第一(제일)

  其一(기일)

  巍巍(외외) 釋迦佛(석가불)의 無量無邊(무량무변) 功德(공덕)을 劫劫(겁겁)에

月_윓印_힌千_천江_강之_징曲_콕 第_똉一_힗

【부톄[1] 百_빅億_흑 世_솅界_갱예 化_황身_신[2]ᄒ야 敎_굘化_황ᄒ샤미[3] ᄃ리[4] 즈믄[5] ᄀᄅ매[6] 비취요미[7] ᄀᆮᄒ니라[8] 第_똉ᄂ 次_{ᄎᆼ}第_똉라[9]】

釋_셕譜_봉詳_썅節_졇 第_똉一_힗

其_끵一_힗

巍_읭巍_읭[10] 釋_셕迦_강佛_{ᄈᆶ} 無_뭉量_량無_뭉邊_변[11] 功_공德_득을 劫_겁劫_겁[12]에

---

1) 부톄: 부텨(부처, 佛) + -ㅣ(←-이: 주조)
2) 化身: 화신. 부처가 중생을 교화하기 위하여 여러 모습으로 변화하는 일이다. 또는 그 불신(佛身)이다.
3) 敎化ᄒ샤미: 敎化ᄒ[교화하다: 敎化(교화: 명사) + -ᄒ(동접)-] + -샤(←-시-: 주높)- + -ㅁ(←-옴: 명전) + -이(주조)
4) ᄃ리: ᄃᆯ(달, 月) + -이(주조)
5) 즈믄: 천, 千(관사, 수량)
6) ᄀᄅ매: ᄀᄅᆷ(강, 江) + -애(-에: 부조, 위치)
7) 비취요미: 비취(비치다, 照)- + -욤(←-옴: 명전) + -이(-과: 부조, 비교)
8) ᄀᆮᄒ니라: ᄀᆮᄒ(같다, 同)- + -Ø(현시)- + -니(원칙)- + -라(←-다: 평종)
9) 次第라: 次第(차제, 차례) + -Ø(←-이-: 서조)- + -Ø(현시)- + -라(←-다: 평종)
10) 巍巍: 외외. 산 따위가 높고 우뚝하다. 인격이 높고 뛰어난 것을 비유하는 말이다.
11) 無量無邊: 무량무변. 헤아릴 수 없이 많고 가없이 넓은 것이다.
12) 劫: 겁. 하늘과 땅이 한 번 개벽할 때부터 다음 개벽할 때까지의 동안이란 뜻으로, 지극히 길고 오랜 시간을 일컫는 말이다. 불교에서는 보통 연월일시로써는 헤아릴 수 없는 아득한 시간을 의미한다. 우주론적 시간에서 범천(神, Brahmā)의 하루(1,000yuga)에 해당하며 '영겁(永劫)', '아승기겁(阿僧祇劫)', '조재영겁(兆載永劫)' 등 광원(曠遠)한 시간을 표시하는 데 쓰인다. 조재·아승기 등은 수의 단위이다. ※ 겁겁(劫劫)은 아주 오랜 시간을 이른다. 여기서 '劫劫(겁겁)에'는 '아무리 오랜 겁(劫)이 지날지라도'의 뜻으로 쓰였다.

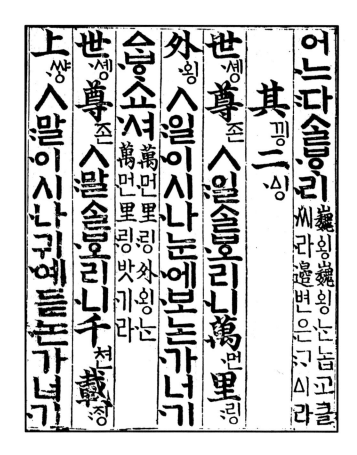

어찌 다 사뢰리? 【巍巍(외외)는 높고 큰 것이다. 邊(변)은 가이다. 】

其二(기이)

世尊(세존)의 일을 사뢰리니, 萬里(만리) 밖의 일이시나 (그 일을 내) 눈에
보는가 여기소서. 【萬里(만리) 外(외)는 萬里(만리) 밖이다. 】

世尊(세존)의 말을 사뢰리니, 천년 전의 말이시나 (그 말을 내) 귀에 듣는가

어느¹³⁾ 다 슬ᄫ리¹⁴⁾ 【巍ᅌᅱᆼ巍ᅌᅱᆼᄂᆞᆫ 놉고¹⁵⁾ 클 씨라¹⁶⁾ 邊ᄲᅧᆫ은 ᄀᆞᅀᅵ라¹⁷⁾】

　　其ᄭᅵᆼ二ᅀᅵᆼ

世솅尊존ㅅ 일 슬ᄫ오리니¹⁸⁾ 萬먼里링 外욍ㅅ¹⁹⁾ 일이시나²⁰⁾ 눈에 보논가²¹⁾ 너기ᅀᆞᄫᆞ쇼셔²²⁾ 【萬먼里링 外욍ᄂᆞᆫ 萬먼里링 밧기라²³⁾】

世솅尊존ㅅ 말 슬ᄫ오리니 千쳔載징 上쌍ㅅ²⁴⁾ 말이시나 귀예²⁵⁾ 듣논가²⁶⁾

---

13) 어느: 어찌, 何(부사, 지시, 미지칭)

14) 슬ᄫ리: 슓(← 솗다, ㅂ불: 사뢰다, 아뢰다, 奏)- + -ᄋᆞ리(의종, 반말, 미시) ※ '슬ᄫ리'는 '슬ᄫ리잇고'에서 '-잇(상높, 아주 높임)- + -고(의종, 설명)'가 생략된 형태이다. ※ 『용비어천가』나 『월인천강지곡』와 같은 일부 시가(詩歌)의 가사(歌詞)에서 아주 높임의 평서형 형태인 '-이다'나 아주 높임의 의문형 형태인 '-잇가/-잇고' 등이 생략되기도 하였다. 이와 같은 '-이다'와 '-잇가/-잇고' 등의 현상에 대하여는 허웅(1975:494, 513)의 내용을 참조하기 바란다.

15) 놉고: 놉(← 높다: 높다, 高)- + -고(연어, 나열)

16) 클 씨라: 크(크다, 大)- + -ㄹ(← -ᄙ: 관전) # 쓰(← ᄉᆞ: 것, 의명) + -이(서조)- + -∅(현시)- + -라(← -다: 평종)

17) ᄀᆞᅀᅵ라: ᄀᆞᇫ(← ᄀᆞᆽ: 가, 邊) + -이(서조)- + -∅(현시)- + -라(← -다: 평종)

18) 슬ᄫ오리니: 슓(← 솗다, ㅂ불: 사뢰다, 아뢰다, 奏)- + -오(화자)- + -리(미시)- + -니(연어, 설명 계속)

19) 萬里 外ㅅ: 萬里(만리) # 外(외, 밖: 명사) + -ㅅ(-의: 관조)

20) 일이시나: 일(일, 事) + -이(서조)- + -시(주높)- + -나(연어, 대조)

21) 보논가: 보(보다, 見)- + -ㄴ(← -ᄂᆞ-: 현시)- + -오(화자)- + -ㄴ가(-ㄴ가: 의종, 판정)

22) 너기ᅀᆞᄫᆞ쇼셔: 너기(여기다, 思) + -ᅀᆞ(← -ᅀᆞᆸ-: 객높)- + -ᄋᆞ쇼셔(-ᄋᆞ소서: 명종, 아주 높임)

23) 밧기라: 밝(밖, 外) + -이(서조)- + -∅(현시)- + -라(← -다: 평종)

24) 千載 上ㅅ: 千載(천재, 천년) # 上(상, 위) + -ㅅ(-의: 관조)

25) 귀예: 귀(귀, 耳) + -예(← -에: 부조, 위치)

26) 듣논가: 듣(듣다, 聞)- + -ㄴ(← -ᄂᆞ-: 현시)- + -오(화자)- + -ㄴ가(-ㄴ가: 의종, 판정)

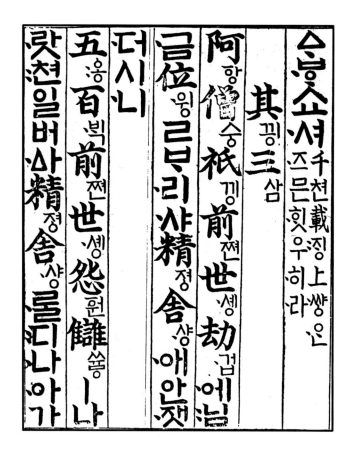

여기소서.【 千載(천재) 上(상)은 천 해(年)의 위이다. 】

其三(기삼)

阿僧祇(아승기) 前世(전세)의 劫(겁)에 (한 보살이) 임금의 位(위, 자리)를 버리시어 精舍(정사)에 앉아 있으시더니.

五百(오백) 前世(전세)의 怨讐(원수)가 나라의 재물을 훔치어 精舍(정사)를 지나갔으니.

너기ᅀᆞᄫᅵ쇼셔【千_쳔載_징 上_썅ᄋᆞᆫ 즈믄²⁷⁾ 힛²⁸⁾ 우히라²⁹⁾】

其_끵三_삼

阿_항僧_승祇_낑³⁰⁾ 前_쪈世_솅³¹⁾ 劫_겁에 님금 位_윙ㄹ³²⁾ ᄇᆞ리샤³³⁾ 精_졍舍_샹³⁴⁾애 안잿더시니³⁵⁾

五_옹百_{ᄇᆡᆨ} 前_쪈世_솅 怨_훤讐_쓩ㅣ³⁶⁾ 나랏³⁷⁾ 쳔³⁸⁾ 일버ᅀᅡ³⁹⁾ 精_졍舍_샹ᄅᆞᆯ 디나아가니⁴⁰⁾

---

27) 즈믄: 천, 千(관사, 양수)

28) 힛: 히(해, 年) + -ㅅ(-의: 관조)

29) 우히라: 우ㅎ(위, 上) + -이(서조)- + -Ø(현시)- + -라(←-다: 평종)

30) 阿僧祇: 아승기. 엄청나게 많은 수로서 10의 64승의 수에 해당한다.

31) 前世: 전세. 전세(前世), 현세(現世), 내세(來世)로 이루어진 삼세(三世)의 하나이다. 전세는 이 세상에 태어나기 이전의 세상을 이른다.

32) 位ㄹ: 位(위, 자리) + -ㄹ(←-를: 목조)

33) ᄇᆞ리샤: ᄇᆞ리(버리다, 棄)- + -샤(←-시-: 주높)- + -Ø(←-아: 연어)

34) 精舍: 정사. 학문을 가르치기 위하여 마련한 집이나 정신을 수양하는 곳(절)이다.

35) 안잿더시니: 앉(앉다, 坐)- + -아(연어) + 잇(←이시다: 있다, 보용, 완료 지속)- + -더(회상)- + -시(주높)- + -니(평종, 반말) ※ '안잿더시니'는 '안자 잇더시니'가 축약된 형태이다. 그리고 '안잿더시니'는 '안잿더시니이다'에서 '-이(상높, 아주 높임)- + -다(평종)'가 생략된 형태이다.

36) 怨讐ㅣ: 怨讐(원수) + -ㅣ(←-이: 주조)

37) 나랏: 나라(←나라ㅎ: 나라, 國) + -ㅅ(-의: 관조)

38) 쳔: 재물, 財.

39) 일버ᅀᅡ: 일벗(←일벗다, ㅅ불: 훔치다, 竊)- + -아(연어)

40) 디나아가니: 디나아가[지나가다, 過: 디나(지나다, 過)- + -아(연어) + 가(가다, 去)-]- + -Ø(과 시)- + -니(평종, 반말) ※ '디나아가니'는 '디나아가니이다'에서 '-이(상높, 아주 높임)- + -다 (평종)'가 생략된 형태이다.

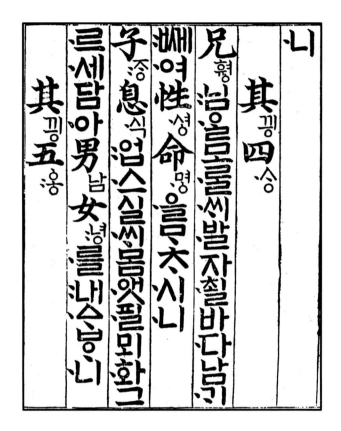

其四(기사)

(동생이) 兄(형)님을 모르므로 (도적의) 발자취를 쫓아 (소구담이) 나무에 꿰이어 목숨을 마치셨으니.

(소구담이) 子息(자식)이 없으시므로 몸에 있는 피를 모아 그릇에 담아 男女(남녀)를 내었으니.

其껑四숭

兄휗님을 모룰씨[41] 발자쵤[42] 바다[43] 남기[44] 뻬여[45] 性셩命명[46]을 ᄆᆞᆾ시니[47]

子즁息식 업스실씨[48] 몸앳[49] 필[50] 뫼화[51] 그르세[52] 담아 男남女녕를 내ᅀᆞᄫᅵ니[53]

---

41) 모룰씨: 모ᄅᆞ(모르다, 不知)- + -ㄹ씨(-므로: 연어, 이유)

42) 발자쵤: 발자쵀[발자취, 足跡: 발(발, 足) + 자최(자취, 跡)] + -ㄹ(←-를: 목조)

43) 바다: 받(따르다, 좇다, 從)- + -아(연어)

44) 남기: 낡(←나모: 나무, 木) + -이(-에: 부조, 위치)

45) 뻬여: 뻬(꿰이다, 꿰어지다, 貫: 자동)- + -여(←-어: 연어) ※ '뻬다'는 자동사(= 꿰이다)와 타동사(= 꿰다)로 두루 쓰이는 능격 동사인데, 여기서는 자동사인 '꿰이다'의 뜻으로 쓰였다.

46) 性命: 성명. 사람의 목숨이다.

47) ᄆᆞᆾ시니: 몿(마치다, 終)- + -ᄋᆞ시(주높)- + -∅(과시)- + -니(평종, 반말) ※ 'ᄆᆞᆾ시니'는 'ᄆᆞᆾ시니이다'에서 '-이(상높, 아주 높임)- + -다(평종)'가 생략된 형태이다.

48) 업스실씨: 없(없다, 無)- + -으시(주높)- + -ㄹ씨(-므로: 연어, 이유)

49) 몸앳: 몸(몸, 身) + -애(-에: 부조, 위치) + -ㅅ(-의: 관조)

50) 필: 피(피, 血) + -ㄹ(←-를: 목조)

51) 뫼화: 뫼호(모으다, 集)- + -아(연어)

52) 그르세: 그릇(그릇, 皿) + -에(부조, 위치)

53) 내ᅀᆞᄫᅵ니: 내[내다, 만들어내다: 나(나다, 出: 자동)- + -ㅣ(←-이-: 사접)-]- + -ᅀᆞᇦ(←-ᅀᆞᆸ-: 객높)- + -∅(과시)- + -ᄋᆞ니(평종, 반말) ※ '내ᅀᆞᄫᅵ니'는 '내ᅀᆞᄫᅵ니이다'에서 '-이(상높, 아주 높임)- + -다(평종)'가 생략된 형태이다.

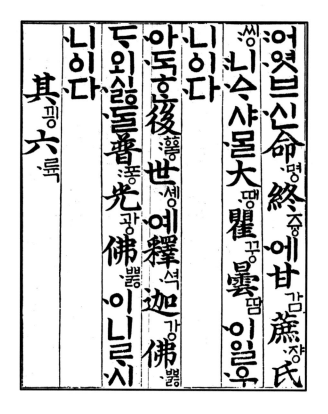

其五(기오)

불쌍하신 命終(명종)에 甘蔗氏(감자씨)가 (代를) 이으심을 大瞿曇(대구담)이 이루었습니다.

아득한 後世(후세)에 (감자씨가) 釋迦佛(석가불)이 되실 것을 普光佛(보광불) 이르셨습니다.

其_끵五_옹

어엿브신[54] 命_명終_즁[55]에 甘_감蔗_쟝氏_씨[56] 니ᅀᅥ 샤몰[57] 大_땡瞿_꿍曇_땀[58]이 일우니이다[59]

아ᄃᆞᆨ흔 後_{ᅘᅮᇂ}世_셍예 釋_셕迦_강佛_뿷ㄷ외싫 둘[60] 普_퐁光_광佛_뿷[61]이 니ᄅᆞ시니이다[62]

---

54) 어엿브신: 어엿브(불쌍하다, 가엾다, 憐)- + -시(주높)- + -Ø(현시)- + -ㄴ(관전)

55) 命終: 명종. 목숨을 마치는 것이다.

56) 甘蔗氏: 甘蔗氏(감자씨) + -Ø(←-이: 주조) ※ '감자씨(甘蔗氏)'는 아주 오래 전의 세상에 석가 종족의 조상인 소구담(小瞿曇)의 피가 화하여 되었다는 남자의 성(姓)이다. 소구담이 감자원(사탕수수 밭)에서 살았으므로 '감자씨'라고 한다.

57) 니ᅀᅥ샤몰: 닝(←닛다, ㅅ불: 잇다, 繼承)- + -ᄋᆞ샤(←-ᄋᆞ시-: 주높)- + -ㅁ(←-옴: 명전) + -올(목조)

58) 大瞿曇: 대구담. 석가모니의 전신인 보살(菩薩)이 정사(精舍)에서 수도할 때에 가르침을 받던 '구담(瞿曇)' 바라문(婆羅門)이다.

59) 일우니이다: 일우[이루다, 成: 일(이루어지다, 成: 자동)- + -우(사접)-]- + -Ø(과시)- + -니(원칙)- + -이(상높, 아주 높임)- + -다(평종)

60) ᄃᆞ외싫 둘: ᄃᆞ외(되다, 爲)- + -시(주높)- + -ᇙ(관전) # ᄃᆞ(것: 의명) + -ㄹ(←-를: 목조)

61) 普光佛: 보광불. 연등불(燃燈佛), 정광불(錠光佛)이라고도 하는데, 불교에서 말하는 과거 칠불(過去 七佛)의 하나이다. '보광(普光)'은 넓은 광명(光明)이란 말이다.

62) 니ᄅᆞ시니이다: 니ᄅᆞ(이르다, 말하다, 曰)- + -시(주높)- + -Ø(과시)- + -니(원칙)- + -이(상높, 아주 높임)- + -다(평종)

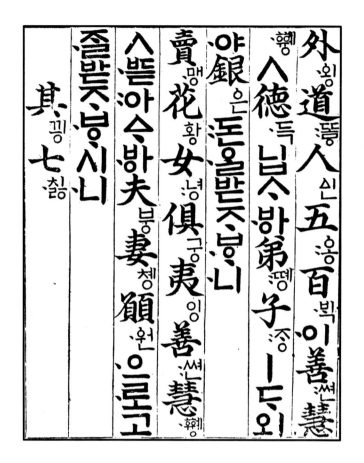

其六(기육)

外道人(외도인) 五百(오백)이 善慧(선혜)의 德(덕)을 입어서 弟子(제자)가 되어 銀(은)돈을 (선혜께) 바쳤으니.

賣花女(매화녀)인 俱夷(구이)가 善慧(선혜)의 뜻을 알아 부부의 願(원)으로 꽃을 바치셨으니.

其껭六륙

外ᅌᅱᆼ道뚈人ᅀᅵᆫ⁶³⁾ 五옹百븩이 善쎤慧ᅘᅱᆐᆺ⁶⁴⁾ 德득 닙ᄉᆞᄫᅡ⁶⁵⁾ 弟똉子ᄌᆞᅵ 드외야⁶⁶⁾ 銀ᅌᅳᆫ돈을 받ᄌᆞᄫᆞ니⁶⁷⁾

賣맹花황女녕⁶⁸⁾ 俱궁夷ᅌᅵᆼ⁶⁹⁾ 善쎤慧ᅘᅱᆐᆺ 뜬⁷⁰⁾ 아ᅀᆞᄫᅡ⁷¹⁾ 夫붕妻쳉願원⁷²⁾으로 고즐⁷³⁾ 받ᄌᆞᄫᆞ시니⁷⁴⁾

---

63) 外道人: 외도인. 불가(佛家)에서 불도 이외의 도를 따르는 사람들을 가리키는 말이다.

64) 善慧: 선혜. 전세의 등조왕(燈照王) 때에 구이(俱夷)에게서 꽃을 얻어 보광불(普光佛)께 바친 선인(仙人)인데, 후세에 싯다르타 태자(悉達太子, 석가모니)로 태어났다.

65) 닙ᄉᆞᄫᅡ: 닙(입다, 받다, 受)- + -ᄉᆞᆸ(← -ᄉᆞᆸ-: 객높)- + -아(연어)

66) 드외야: 드외(되다, 爲)- + -야(← -아: 연어)

67) 받ᄌᆞᄫᆞ니: 받(바치다, 獻)- + -ᄌᆞᆲ(← -ᄌᆞᆸ-: 객높)- + -Ø(과시)- + -ᄋᆞ니(-ᄋᆞ니: 평종, 반말) ※ '받ᄌᆞᄫᆞ니'는 '받ᄌᆞᄫᆞ니이다'에서 '-이(상높, 아주 높임)- + -다(평종)'가 생략된 형태이다.

68) 賣花女: 매화녀. 꽃을 파는 여자이다.

69) 俱夷: 구이. 훗날 전세의 등조왕 때에 선혜보살에게 꽃을 팔아서, 훗날 싯다르타(悉達太子, 석가모니)의 아내가 되는 여자이다.

70) 뜬: 뜻, 意.

71) 아ᅀᆞᄫᅡ: 아(← 알다: 知)- + -ᅀᆞᆸ(← -ᄉᆞᆸ-: 객높)- + -아(연어)

72) 夫妻願: 부처원. 부부가 되고자 하는 소원이다.

73) 고즐: 곶(꽃, 花) + -을(목조)

74) 받ᄌᆞᄫᆞ시니: 받(바치다, 獻)- + -ᄌᆞᆲ(← -ᄌᆞᆸ-: 객높)- + -ᄋᆞ시(주높)- + -Ø(과시)- + -니(평종, 반말) ※ '받ᄌᆞᄫᆞ시니'는 '받ᄌᆞᄫᆞ시니이다'에서 '-이(상높, 아주 높임)- + -다(평종)'가 생략된 형태이다.

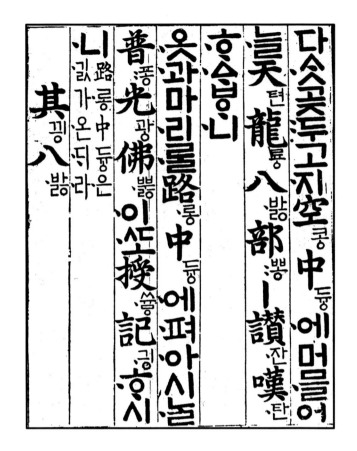

其七(기칠)

　다섯 꽃과 두 꽃이 空中(공중)에 머물거늘 天龍八部(천룡팔부)가 讚歎(찬탄)
하였으니.

　옷과 머리를 路中(노중)에 펴시거늘 普光佛(보광불)이 또 授記(수기)하셨으
니.【路中(노중)은 길의 가운데이다.】

其끵七칧

다삿 곳 두 고지 空콩中듕에 머믈어늘[75] 天텬龍룡八밣部뽕[76]ㅣ 讚잔嘆탄ᄒᆞᅀᆞᆸ니[77]

옷과 마리[78]를 路룡中듕에[79] 펴아시늘[80] 普퐁光광佛뿛이 쏘[81] 授쓩記긩[82]ᄒᆞ시니【路룡中듕은 긼[83] 가온ᄃᆡ라[84]】

---

75) 머믈어늘: 머믈(머물다, 留)- + -어늘(←-거늘: 연어, 상황)

76) 天龍八部: 천룡팔부. 사천왕(四天王)에 딸려서 불법을 지키는 여덟 신장(神將)이다. 천(天), 용(龍), 야차(夜叉), 건달바(乾闥婆), 아수라(阿修羅), 가루라(迦樓羅), 긴나라(緊那羅), 마후라가(摩睺羅迦)이다.

77) 讚嘆ᄒᆞᅀᆞᆸ니: 讚嘆ᄒᆞ[찬탄하다(동사): 讚嘆(찬탄: 명사) + -ᄒᆞ(동접)-]- + -ᅀᆞᆸ(←-ᅀᆞᆸ-: 객높)- + -Ø(과시)- + -아(확인)- + -니(평종, 반말) ※ '讚嘆ᄒᆞᅀᆞᄫᅡ니'는 '讚嘆ᄒᆞᅀᆞᄫᅡ니이다'에서 '-이(상높, 아주 높임)- + -다(평종)'가 생략된 형태이다.

78) 마리: 머리(頭), 또는 머리카락(髮)이다.

79) 路中: 노중. 길 가운데이다.

80) 펴아시늘: ① 펴(펴다, 伸)- + 아(확인)- + -시(주높)- + -늘(-거늘, 연어, 상황) ② 펴(펴다, 伸)- + -시(주높)- + -아 … 늘(←-아늘: -거늘, 연어, 상황) ※ 고영근(2010)에서는 ②처럼 연결 어미인 '-야 … 늘'의 내부에 주체 높임의 선어말 어미인 '-시-'가 개입되었다고 설명했는데, 이때의 연결 어미인 '-야 … 늘'을 '불연속 형태'로 보았다. 'a…b'는 하나의 형태인 'ab'의 내부 다른 형태가 개입되었음을 나타낸다. 불연속 형태(= 잘린 형태)에 대해서는 허웅(1992:135), 고영근(2010:145), 나찬연(2015:170)을 참조하기 바란다.

81) 쏘: 또, 又(부사)

82) 授記: 수기. 부처가 그 제자에게 내생(來生)에 부처가 되리라는 사실을 예언함. 또는 그 교설로서, 문답식 또는 분류적 설명으로 되어 있는 부처의 설법이다.

83) 긼: 길(길, 路) + -ㅅ(-의: 관조)

84) 가온ᄃᆡ라: 가온ᄃᆡ(가운데, 中) + -Ø(←-이-: 서조)- + -Ø(현시)- + -라(←-다: 평종)

其八(기팔)

일곱 꽃을 因(인)하여 信誓(신서)가 깊으시므로 世世(세세)에 妻眷(처권)이
되셨으니.【 誓(서)는 盟誓(맹서)이다. 】

다섯 꿈을 因(인)하여 授記(수기)가 밝으시므로 오늘날에 世尊(세존)이 되셨
으니.

옛날의 阿僧祇(아승기) 劫(겁)의 時節(시절)에

其껭八밣

닐굽 고졸 因힌ᄒᆞ야 信신誓쎙⁸⁵⁾ 기프실씨⁸⁶⁾ 世솅世솅예⁸⁷⁾ 妻쳉眷권⁸⁸⁾이

ᄃᆞ외시니⁸⁹⁾【誓쎙ᄂᆞᆫ 盟ᄆᆡᆼ誓쎙라】

다ᄉᆞᆺ 숨을⁹⁰⁾ 因힌ᄒᆞ야 授쓩記깅 ᄇᆞᆯᄀᆞ실씨⁹¹⁾ 今금日ᅀᅵᇙ에 世솅尊존⁹²⁾이

ᄃᆞ외시니

녯⁹³⁾ 阿항僧ᄼᆞᆼ祇낑 劫겁⁹⁴⁾ 時씽節졇에

---

85) 信誓: 信誓(신서) + -∅(←-이: 주조) ※ '信誓(신서)'는 성심으로 맹세하는 것이나 그 맹세이다.

86) 기프실씨: 깊(깊다, 深)- + -으시(주높)- + -ㄹ씨(-므로: 연어, 이유)

87) 世世: 세세. 몇 번이든지 다시 환생하는 일이나 그런 때이다. 중생이 나서 죽고 죽어서 다시 태어나는 윤회의 형태이다.

88) 妻眷: 처권. 처가 쪽의 친척을 뜻하는 말인데, 여기서는 '아내(妻)'의 뜻으로 쓰였다.

89) ᄃᆞ외시니: ᄃᆞ외(되다, 爲)- + -시(주높)- + -∅(과시)- + -니(평종, 반말) ※ 'ᄃᆞ외시니'는 'ᄃᆞ외시니이다'에서 '-이(상높, 아주 높임)- + -다(평종)'가 생략된 형태이다.

90) 숨을: 숨(꿈, 夢) + -을(목조)

91) ᄇᆞᆯᄀᆞ실씨: ᄇᆞᆰ(밝다, 明)- + -ᄋᆞ시(주높)- + -ㄹ씨(-므로: 연어, 이유)

92) 世尊: 세존. '석가모니'의 다른 이름이다. 세상에서 가장 존귀한 존재라는 뜻이다.

93) 녯: 녜(예전, 옛날, 昔) + -ㅅ(-의: 관조)

94) 阿僧祇 劫: 아승기 겁. 불교에서 사용하는 시간의 단위 중 하나이다. 아승기(阿僧祇) 역시 무한히 긴 시간 또는 수를 뜻하는 불교 용어로서 이를 수로 나타내면 10의 64승이고, 갠지스 강의 모래 수를 의미하는 항하사(恒河沙)의 만 배에 해당한다. 그리고 '겁(劫)'은 천지가 한 번 개벽한 뒤부터 다음 개벽할 때까지의 기간을 말한다.

僧승祇낑ᄂᆞᆫㄱ지업슨數숭ㅣ라ᄒᆞ논
마리라 劫겁은 時씽節졂이라ᄒᆞ논ᄠᅳ
라디 菩뽕薩삶ㅣ 王왕 ᄃᆞ외야겨샤 菩뽕
薩삶ᄋᆞᆫ 菩뽕提똉薩삶埵돵ㅣ라 혼마
ᄅᆞᆯ조려니ᄅᆞ니 菩뽕提똉ᄂᆞᆫ부텻道똘
理링오 薩삶埵돵ᄂᆞᆫ 衆즁生ᅀᅵᆼ 일우ᇙ
씨니 부텻道똘理링로 衆즁生ᅀᅵᆼ 濟곙
渡똥ᄒᆞᆼ시ᄂᆞᆫ사ᄅᆞᆷ믈 菩뽕
薩삶아시다ᄒᆞᄂᆞ니라 나랏 홀ᄋᆞᆺ
맛디시고 道똘理링 ᄇᆡ호라 나ᅀᅡ가샤
瞿꿍曇땀 婆뽕羅랑門몬 ᄋᆞᆯ맛나샤

【 阿僧祇(아승기)는 그지없는 數(수)이라고 하는 말이다. 劫(겁)은 時節(시절)이라고 하는 뜻이다.】 한 菩薩(보살)이 王(왕)이 되어 계시어 【菩薩(보살)은 菩提薩埵(보리살타)이라고 한 말을 줄여 이르니, 菩提(보리)는 부처의 道理(도리)이고 薩埵(살타)는 衆生(중생)을 이루는 것이니, 부처의 道理(도리)로 衆生(중생)을 制度(제도)하시는 사람을 菩薩(보살)이시라고 하느니라. 】, 나라를 아우에게 맡기시고 道理(도리)를 배우러 나아가시어, 瞿曇(구담) 婆羅門(바라문)을 만나시어

【阿_항僧_승祇_낑는 그지업슨⁹⁵⁾ 數_숭ㅣ라 ᄒᆞ논⁹⁶⁾ 마리라 劫_겁은 時_씽節_졇이라 ᄒᆞ논 ᄠᅳ디라】 ᄒᆞᆫ 菩_뽕薩_삻이 王_왕 ᄃᆞ외야 겨샤⁹⁷⁾【菩_뽕薩_삻은 菩_뽕提_똉薩_삻埵_돵⁹⁸⁾ㅣ라 혼⁹⁹⁾ 마를 조려¹⁰⁰⁾ 니ᄅᆞ니 菩_뽕提_똉는 부텻 道_똘理_링오 薩_삻埵_돵는 衆_즁生_{ᄉᆡᆼ}을 일울 씨니¹⁾ 부텻 道_똘理_링로 衆_즁生_{ᄉᆡᆼ} 濟_졩渡_똥ᄒᆞ시ᄂᆞᆫ 사ᄅᆞ믈 菩_뽕薩_삻이시다 ᄒᆞᄂᆞ니라²⁾】 나라홀³⁾ 아ᅀᆞ⁴⁾ 맛디시고⁵⁾ 道_똘理_링 빅호라⁶⁾ 나아가샤⁷⁾ 瞿_꿍曇_땀 婆_뻉羅_랑門_몬⁸⁾을 맛나샤⁹⁾

---

95) 그지업슨: 그지없[그지없다, 끝이 없다, 無限: 그지(끝, 限: 명사) + 없(없다, 無: 형사)-]- + -Ø(현시)- + -은(관전)

96) ᄒᆞ논: ᄒᆞ(하다, 謂)- + -ㄴ(←-ᄂᆞ-: 현시)- + -오(대상)- + -ㄴ(관전)

97) 겨샤: 겨샤(← 겨시다: 계시다, 보용, 완료 지속)- + -Ø(←-아: 연어)

98) 菩提薩埵: 보리살타. 불교 최고의 이상인 불타 정각의 지혜을 '보리(菩提)'라고 하는데, 위로 보리(菩提)를 구하고 아래로 중생을 제도하는 대승 불교의 이상적 수행자 상이다.

99) ᄒᆞᆫ(← ᄒᆞ다: 하다, 曰)- + -Ø(과시)- + -오(대상)- + -ㄴ(관전)

100) 조려: 조리[줄이다, 縮: 졸(줄다, 縮: 자동)- + -이(사접)-]- + -어(연어)

1) 일울 씨니: 일우[이루다: 일(이루어지다, 成: 자동)- + -우(사접)-]- + -ㄹ(관전) # 씨(← ᄉᆞ: 것, 의명) + -이(서조)- + -니(연어, 설명 계속)

2) ᄒᆞᄂᆞ니라: ᄒᆞ(하다, 曰)- + -ᄂᆞ(현시)- + -니(원칙)- + -라(← -다: 평종)

3) 나라홀: 나라ㅎ(나라, 國) + -올(목조)

4) 아ᅀᆞ: 아우, 弟.

5) 맛디시고: 맛디[맡기다, 託: 맜(맡다, 任: 타동)- + -이(사접)-]- + -시(주높)- + -고(연어, 계기)

6) 빅호라: 빅호(배우다, 學)- + -라(-러: 연어, 목적)

7) 나아가샤: 나아가[나아가다, 出: 나(나다, 出)- + -아(연어) + 가(가다, 去)-]- + -샤(← -시-: 주높)- + -Ø(←-아: 연어) ※ 여기서 '나아가다'는 문맥상 '출가(出家)하다'로 옮길 수 있다.

8) 婆羅門: 바라문. Brahman. 인도 카스트 제도에서 가장 높은 지위인 승려 계급(브라만)이다.

9) 맛나샤: 맛나[← 맞나다(만나다, 遇): 맛(← 맞다: 迎)- + 나(나다, 出, 現)-]- + -샤(←-시-: 주높)- + -Ø(←-아: 연어)

【 瞿曇(구담)은 姓(성)이다. 婆羅門(바라문)은 깨끗한 행적이라고 하는 말이니, 산에 들어 초연(超然)히 있어 행적이 깨끗한 사람이다. 】, 당신의 옷은 벗고 瞿曇(구담)의 옷을 입으시어, 깊은 산에 들어 果實(과실)과 물을 자시고【 深山(심산)은 깊은 산이다. 】 坐禪(좌선)하시다가【 坐禪(좌선)은 앉아 있어 깊은 道理(도리)를 생각하는 것이다. 】, 나라에 빌어먹으러 오시니 (나라의 사람들이) 다 몰라보더니 小瞿曇(소구담)이라 하더라.

[5 뒤]

【瞿꿍曇땀ᄋᆞᆫ 姓셩이라 婆빵羅랑門몬은 조ᄒᆞᆫ[10] 힝뎌기라[11] ᄒᆞ논 마리니 뫼해[12] 드러 일업시[13] 이셔 힝뎌기 조ᄒᆞᆫ 사ᄅᆞ미라】 ᄌᆞ걋[14] 오ᄉᆞ란[15] 밧고 瞿꿍曇땀이 오ᄉᆞᆯ 니브샤[16] 深심山산애 드러 果광實씨ᇙ와 믈와[17] 좌시고[18]【深심山산ᄋᆞᆫ 기픈 뫼히라[19]】 坐쫭禪쎤ᄒᆞ시다가[20]【坐쫭禪쎤은 안자 이셔[21] 기픈 道또ᇢ理링 ᄉᆞ랑ᄒᆞᆯ 씨라[22]】 나라해[23] 빌머그라[24] 오시니 다 몰라 보ᅀᆞᆸ더니[25] 小쑈ᇢ瞿꿍曇땀이라[26] ᄒᆞ더라

---

10) 조ᄒᆞᆫ: 좋(깨끗하다, 맑다, 淨)-+-Ø(현시)-+-ᄋᆞᆫ(관전)

11) 힝뎌기라: 힝뎍(행적, 行績)+-이(서조)-+-Ø(현시)-+-라(←-다: 평종)

12) 뫼해: 뫼ㅎ(산, 山)+-애(-에: 부조, 위치)

13) 일업시: [초연하게, 초연히, 超然(부사): 일(일, 事: 명사)+없(없다, 無: 형사)-+-이(부접)]

14) ᄌᆞ걋: ᄌᆞ갸(당신, 己: 인대, 재귀칭, 높임)+-ㅅ(-의: 관조) ※ 'ᄌᆞ갸'는 재귀 대명사인 '저'에 대한 높임말로서, 현대어의 '당신'에 해당한다.

15) 오ᄉᆞ란: 옷(옷, 衣)+-ᄋᆞ란(-은: 보조사, 주제, 대조)

16) 니브샤: 닙(입다, 着)-+-으샤(←-으시-: 주높)-+-Ø(←-아: 연어)

17) 믈와: 믈(물, 水)+-와(←-과: 접조)

18) 좌시고: 좌시(자시다, 드시다, 食)-+-고(연어, 계기)

19) 뫼히라: 뫼ㅎ(산, 山)+-이(서조)-+-Ø(현시)-+-라(← -다: 평종)

20) 坐禪ᄒᆞ시다가: 坐禪ᄒᆞ[좌선하다(동사): 坐禪(좌선: 명사)+-ᄒᆞ(동접)-]-+-시(주높)-+-다가(연어, 전환)

21) 안자 이셔: 앉(앉다, 坐)-+-아(연어) # 이시(있다, 보용, 완료 지속)-+-어(연어)

22) ᄉᆞ랑ᄒᆞᆯ 씨라: ᄉᆞ랑ᄒᆞ[생각하다(동사): ᄉᆞ랑(생각: 명사)+-ᄒᆞ(동접)-]-+-ㄹ(관전) # ㅆ(←ᄉᆞ: 것, 의명)+-이(서조)-+-Ø(현시)-+-라(← -다: 평종)

23) 나라해: 나라ㅎ(나라, 國)+-애(-에: 부조, 위치)

24) 빌머그라: 빌먹[빌어먹다: 빌(빌다, 乞)-+먹(먹다, 食)-]-+-으라(-으러: 연어, 목적)

25) 몰라보ᅀᆞᆸ더니: 몰라보[몰라보다: 몰ㄹ(←모ᄅᆞ다: 無知)-+-아(연어)+보(보다, 見)-]-+-ᅀᆞᆸ(객높)-+-더(회상)-+-니(연어, 상황, 이유)

26) 小瞿曇이라: 소구담. 小瞿曇(소구담)+-이(서조)-+-Ø(현시)-+-라(←-다: 평종)

[6 앞]

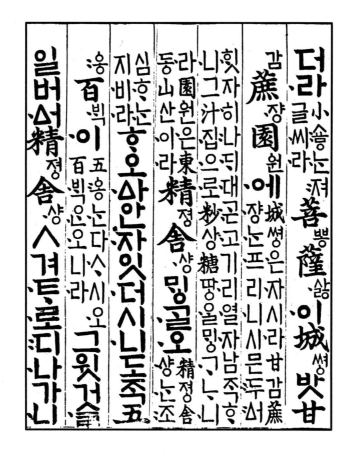

【 小(소)는 작은 것이다. 】 菩薩(보살)이 城(성) 밖의 甘蔗園(감자원)에 【 城(성)은 잣이다. 甘蔗(감자)는 풀이니, 심은 두어 해째에 나되, 대와 같고 길이가 열 자 남짓하니, 그 汁(즙)으로 粆糖(사탕)을 만드느니라. 園(원)은 東山(동산)이다. 】 精舍(정사)를 만들고 【 精舍(정사)는 조심하는 집이다. 】 혼자 앉아 있으시더니, 도적 五百(오백)이 【 五(오)는 다섯이고 百(백)은 온이다. 】 관청의 것을 훔치어 精舍(정사)의 곁으로 지나가니

【小솔는 져글 씨라】 菩뽕薩삻이 城쎵 밧²⁷⁾ 甘감蔗쟝園원²⁸⁾에【城쎵은 자시라²⁹⁾ 甘감蔗쟝는 프리니 시믄³⁰⁾ 두서³¹⁾ 힛자히³²⁾ 나딕³³⁾ 대³⁴⁾ ᄀᆞᆮ고³⁵⁾ 기리 열 자 남즉ᄒᆞ니³⁶⁾ 그 汁집으로 粆상糖땅³⁷⁾을 밍ᄀᆞᄂᆞ니라³⁸⁾ 園원은 東동山산이 라】 精졍舍샹 밍글오³⁹⁾【精졍舍샹는 조심ᄒᆞ는 지비라】 ᄒᆞ오ᅀᅡ⁴⁰⁾ 안자 잇더시니⁴¹⁾ 도ᄌᆞᆨ 五옹百ᄇᆡᆨ이【五옹는 다ᄉᆞ시오 百ᄇᆡᆨ은 오니라⁴²⁾】 그윗⁴³⁾ 거슬 일버ᅀᅥ⁴⁴⁾ 精졍舍샹ㅅ 겨틔로⁴⁵⁾ 디나가니

---

27) 밧: 밧(← 밖: 밖, 外)

28) 甘蔗園: 감자원. 사탕수수밭이다.

29) 자시라: 잣(성, 城) + -이(서조)- + -Ø(현시)- + -라(← -다: 평종)

30) 시믄: 시므(심다, 植)- + -Ø(과시)- + -ㄴ(관전)

31) 두서: [두어, 수량이 두 개쯤의(관사, 양수): 두(두, 二: 관사, 수량) + 서(← 서: 세, 三, 관사, 양수)]

32) 힛자히: [해째: 히(해, 年) + -ㅅ(관조, 사잇) + -자히(-째: 접미, 의명)] ※ 현대 국어에서 '-째' 는 접미사로 처리되고 있으나, 중세 국어에서 '자히'는 의존 명사의 성격이 있다.(홍윤표 1994: 33 참조)

33) 나딕: 나(나다, 生)- + -딕(← -오딕: -되, 연어, 설명 계속)

34) 대: 대(대나무, 竹) + -Ø(← -이: 부조, 비교)

35) ᄀᆞᆮ고: ᄀᆞᆮ(← ᄀᆞᆮ다 ᄃ ᄀᆞᆮᄒᆞ다: 같다, 同)- + -고(연어, 나열)

36) 남즉ᄒᆞ니: 남즉ᄒᆞ[남짓하다, 餘(형사): 남즉(남짓: 의명) + -ᄒᆞ(형접)-]- + -니(연어, 설명 계속)

37) 粆糖: 사탕.

38) 밍ᄀᆞᄂᆞ니라: 밍ᄀᆞ(← 밍글다: 만들다, 製)- + -ᄂᆞ(현시)- + -니(원칙)- + -라(← -다: 평종)

39) 밍글오: 밍글(만들다, 製)- + -오(← -고: 연어, 나열, 계기)

40) ᄒᆞ오ᅀᅡ: 혼자, 獨(부사)

41) 잇더시니: 잇(← 이시다: 있다, 보용, 완료 지속)- + -더(회상)- + -시(주높)- + -니(연어, 설명 계속)

42) 오니라: 온(백, 百) + -이(서조)- + -Ø(현시)- + -라(← -다: 평종)

43) 그윗: 그위(관청, 官) + -ㅅ(-의: 관조)

44) 일버ᅀᅥ: 일벗(← 일벗다, ㅅ불: 훔치다, 竊)- + -어(연어)

45) 겨틔로: 곁(곁, 傍) + -으로(부조, 방편, 방향)

그 도ᄌᆞ기 菩뽕薩삻ㅅ 前쪈世솅生ᄉᆞᆼㅅ 怨ᅙᅯᆫ讎쓯ㅣ러라【前쪈世솅生ᄉᆞᆼ은 아랫뉫옛 生ᄉᆞᆼ이라】이틋나래 나라해 이셔 도ᄌᆞ기 자최 바다 가 그 菩뽕薩삻ᄋᆞᆯ 자바 남기 몰 ᄢᅦ슷 바갯더니【菩뽕薩삻이 前쪈生ᄉᆞᆼ이 ᄒᆞ리 受쓯苦콩ᄒᆞᆫ 罪쬥로 이 受쓯苦콩ᄒᆞ시니라】大땡瞿꿍曇땀이 天텬眼ᅙᅡᆫ ᄋᆞ로 보고【菩뽕薩삻ᄋᆞᆯ 小숗瞿꿍曇땀이라 ᄒᆞᆯ씨 婆뽕羅랑

그 도적이 菩薩(보살)의 前世生(전세생)의 원수이더라. 【前世生(전세생)은 아래(이전) 세상에 있는 生(생)이다.】 이튿날에 나라에서 도적의 자취를 쫓아가 그 菩薩(보살)을 잡아 나무에 몸을 꿰어 두었더니【菩薩(보살)이 前生(전생)에 지은 罪(죄)로 이렇게 受苦(수고)하셨느니라. 】, 大瞿曇(대구담)이 天眼(천안)으로 보고【菩薩(보살)을 小瞿曇(소구담)이라고 하므로

그 도즈기 菩_뽕薩_삻ㅅ 前_쪈世_솅生_싱⁴⁶⁾ㅅ 怨_훤讎_쓯ㅣ러라⁴⁷⁾【前_쪈世_솅生_싱은 아랫⁴⁸⁾ 뉘옛⁴⁹⁾ 生_싱이라 】이틄나래⁵⁰⁾ 나라해 이셔⁵¹⁾ 도즈기⁵²⁾ 자최⁵³⁾ 바다⁵⁴⁾ 가아 그 菩_뽕薩_삻을 자바 남기⁵⁵⁾ 모물 뻬슨바⁵⁶⁾ 뒷더니⁵⁷⁾【菩_뽕薩_삻이 前_쪈生_싱애 지손⁵⁸⁾ 罪_쬉로 이리 受_쓯苦_콩ᄒᆞ시니라⁵⁹⁾ 】大_땡瞿_꿍曇_땀이 天_텬眼_안⁶⁰⁾ᄋᆞ로 보고【菩_뽕薩_삻을 小_숗瞿_꿍曇_땀이시다 홀씨

---

46) 前世生: 전세생. '前世生(전세생)'은 삼세(前世, 現世, 來世)의 하나로서, 이 세상에 태어나기 이전의 세상(前世)에서 누린 삶을 이른다.

47) 怨讎ㅣ러라: 怨讎(원수) + -ㅣ(←-이-: 서조) + -러(←-더-: 회상) + -라(←-다: 평종)

48) 아랫: 아래(이전, 예전, 昔) + -ㅅ(-의: 관조)

49) 뉘옛: 뉘(세상, 세대, 때, 世) + -예(←-에: 부조, 위치) + -ㅅ(-의: 관조)

50) 이틄나래: 이틄날[이튿날, 翌日: 이틀(이틀, 翌) + -ㅅ(관조, 사잇) + 날(날, 日)] + -애(-에: 부조, 위치)

51) 나라해 이셔: 나라ㅎ(나라, 國) + -애(-에: 부조, 위치) # 이시(있다) + -어(연어) ※ '나라해 이셔'는 '나라에서'로 번역할 수 있는데, 이때 '나라해 이셔'는 의미상 주어의 역할을 한다.

52) 도즈기: 도족(도적, 盜) + -익(-의: 관조)

53) 자최: 자취, 蹟.

54) 바다: 받(쫓다, 따르다, 從) + -아(연어)

55) 남기: 낡(←나모: 나무, 木) + -익(-에: 부조, 위치)

56) 뻬슨바: 뻬(꿰다, 貫: 타동) + -슨(←-ᅀᆞᆸ-: 객높) + -아(연어)

57) 뒷더니: 두(두다: 보용, 완료 유지) + -Ø(←-어: 연어) + 잇(←이시다: 있다, 보용, 완료 지속) + -더(회상) + -니(연어, 설명 계속) ※ '뒷더니'는 '두어 잇더니'가 축약된 형태로서, '-어 잇-'은 '완료 지속'의 뜻을 나타내는 보조 용언이다.

58) 지손: 짛(←짓다, ㅅ불: 짓다, 犯) + -Ø(과시) + -오(대상) + -ㄴ(관전)

59) 受苦ᄒᆞ시니라: 受苦ᄒᆞ[수고하다(동사): 受苦(수고: 명사) + -ᄒᆞ(동접)-] + -시(주높) + -Ø(과시) + -니(원칙) + -라(←-다: 평종)

60) 天眼: 천안. 육안으로 볼 수 없는 것을 환히 보는 신통한 마음의 눈이다.

婆羅門(바라문)을 大瞿曇(대구담)이라고 하니, 大(대)는 큰 것이다. 天眼(천안)은 하늘의 눈이라고 하는 말이다. 】虛空(허공)에 날아와 묻되, "그대가 子息(자식)이 없더니, 무슨 罪(죄)인가?" 菩薩(보살)이 對答(대답)하시되, "곧 죽을 나이니 (어찌) 子孫(자손)을 議論(의논)하리오?"【子(자)는 아들이요 孫(손)은 손자이니, 子孫(자손)은 아들이며 孫子(손자)이며 그 後(후)의 孫子(손자)를 無數(무수)히 내리 이른 말이다. 】그 王(왕)이

婆뼹羅랑門몬⁶¹⁾을 大땡瞿꿍曇땀이라 ᄒᆞ니 大땡ᄂᆞᆫ 클 씨라 天텬眼안ᄋᆞᆫ 하ᄂᆞᆳ누니
라⁶²⁾ ᄒᆞ논⁶³⁾ 마리라 】 虛헝空콩애 ᄂᆞ라와 묻ᄌᆞᄫᆞᄃᆡ⁶⁴⁾ 그듸⁶⁵⁾ 子ᄌᆞᆼ息식
업더니 므슴 罪쬥오⁶⁶⁾ 菩뽕薩삻이 對됭答답ᄒᆞ샤ᄃᆡ⁶⁷⁾ ᄒᆞ마⁶⁸⁾ 주글 내
어니⁶⁹⁾ 子ᄌᆞᆼ孫손을 議읭論론ᄒᆞ리여⁷⁰⁾【子ᄌᆞᆼᄂᆞᆫ 아ᄃᆞ리오 孫손ᄋᆞᆫ 孫손子ᄌᆞᆼㅣ
니 子ᄌᆞᆼ孫손ᄋᆞᆫ 아ᄃᆞ리며 孫손子ᄌᆞᆼㅣ며 後ᅘᅮᇂㅅ 孫손子ᄌᆞᆼᄅᆞᆯ 無뭉數숭히 ᄂᆞ리⁷¹⁾ 닐
온⁷²⁾ 마리라 】 그 王ᅌᅪᆼ이

---

61) 婆羅門: 바라문. '브라만(Brahman)'의 음역어로, 인도 카스트 제도에서 가장 높은 지위인 승려 계급이다.

62) 하ᄂᆞᆳ누니라: 하ᄂᆞᆳ눈[하늘눈, 天眼: 하늘(← 하늘ㅎ: 하늘, 天) + -ㅅ(관조, 사잇) + 눈(눈, 眼)] + -이(서조)- + -Ø(현시)- + -라(← -다: 평종)

63) ᄒᆞ논: ᄒᆞ(하다, 曰)- + -ㄴ(← -ᄂᆞ-: 현시)- + -오(대상)- + -ㄴ(관전)

64) 묻ᄌᆞᄫᆞᄃᆡ: 묻(묻다, 問)- + -ᄌᆞᇦ(← -ᄌᆞᆸ-: 객높)- + -오ᄃᆡ(-되: 연어, 설명 계속)

65) 그듸: 그듸[그대, 汝(인대, 2인칭): 그(그, 彼: 지대, 정칭) + -듸(높접, 예사 높임)] + -Ø(← -이: 주조)

66) 므슴 罪오: 므슴(무슨: 관사, 미지칭) # 罪(죄: 명사) + -오(← -고: 보조사, 의문, 설명)

67) 對答ᄒᆞ샤ᄃᆡ: 對答ᄒᆞ[대답하다: 對答(대답: 명사) + -ᄒᆞ(동접)-] + -샤(← -시-: 주높)- + -ᄃᆡ(← -오ᄃᆡ: 연어, 설명 계속)

68) ᄒᆞ마: 곧, 卽(부사).

69) 내어니: 나(나, 我: 인대, 1인칭) + -ㅣ(← -이-: 서조)- + -어(← -거-: 확인)- + -니(연어, 설명 계속, 이유)

70) 議論ᄒᆞ리여: 議論ᄒᆞ[의논하다: 議論(의논: 명사) + -ᄒᆞ(동접)-] + -리(미시)- + -여(-느냐: 의종, 판정)

71) ᄂᆞ리: [내리, 降(부사): ᄂᆞ리(내리다, 降: 자동)- + -Ø(부접)]

72) 닐온: 닐(← 니ᄅᆞ다: 이르다, 말하다, 曰)- + -Ø(과시)- + -오(대상)- + -ㄴ(관전)

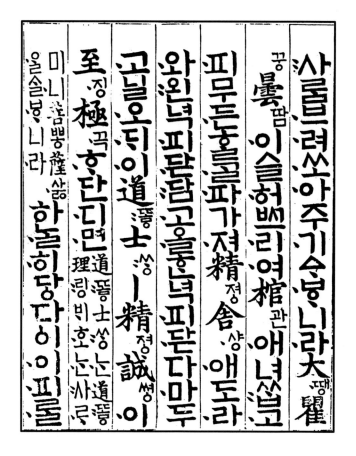

사람을 시켜 (소구담을) 쏘아 죽였니라. 大瞿曇(대구담)이 슬퍼하여 (小瞿
曇을) 싸서 棺(관)에 넣고, 피가 묻은 흙을 파 가지고 精舍(정사)에 돌아
와, 왼녘의 피를 따로 담고 오른녘의 피를 따로 담아 두고 이르되, "이
道士(도사)가 精誠(정성)이 至極(지극)하던 것이면【道士(도사)는 道理(도
리)를 배우는 사람이니, 菩薩(보살)을 사뢰었니라.】하늘이 마땅히 이 피를

사름 브려⁷³⁾ 쏘아 주기ᅀᆞᄫᅵ니라⁷⁴⁾ 大ᄹᅢᆼ瞿꿍曇땀이 슬허⁷⁵⁾ ᄢᅵ리여⁷⁶⁾ 棺관애 녀씁고⁷⁷⁾ 피 무든 홀ᄀᆞᆯ⁷⁸⁾ 파 가져 精졍舍샹애 도라와 왼녁⁷⁹⁾ 피 닫⁸⁰⁾ 담고 올ᄒᆞᆫ녁⁸¹⁾ 피 닫 다마 두고 닐오ᄃᆡ 이 道똘士ᄊᆞᆼㅣ 精졍誠쎵이 至징極끅ᄒᆞ단⁸²⁾ 디면⁸³⁾ 【道똘士ᄊᆞᆼᄂᆞᆫ 道똘理링 ᄇᆡ호ᄂᆞᆫ⁸⁴⁾ 사ᄅᆞ미니 菩뽕薩샳ᄋᆞᆯ 슬ᄫᅵ니라⁸⁵⁾】 하ᄂᆞᆯ히 당다이⁸⁶⁾ 이 피를

---

73) 브려: 브리(부리다, 시키다, 使)-+-어(연어)

74) 주기ᅀᆞᄫᅵ니라: 주기[죽이다, 殺: 죽(죽다, 死: 자동)-+-이(사접)-]-+-ᅀᆞ(←-ᅀᆞᆸ-: 객높)-+-Ø(과시)-+-ᄋᆞ니(원칙)-+-라(←-다: 평종)

75) 슬허: 슳(슬퍼하다, 哀)-+-어(연어)

76) ᄢᅵ리여: ᄢᅵ리(꾸리다, 싸다, 包)-+-여(←-어: 연어)

77) 녀씁고: 녀(←녇다←녛다: 넣다, 槴)-+-씁(←-ᄉᆞᆸ-: 객높)-+-고(연어, 나열, 계기)

78) 홀ᄀᆞᆯ: 흙(흙, 土)+-ᄋᆞᆯ(목조)

79) 왼녁: [왼녘, 왼쪽, 左: 외(그르다, 誤: 형사)-+-ㄴ(관전▷관접)+녁(녘, 쪽, 向: 의명)]

80) 닫: 따로, 別(부사)

81) 올ᄒᆞᆫ녁: [오른녘, 오른쪽, 右: 옳(옳다, 是: 형사)-+-은(관전▷관접)+녁(녘, 쪽, 向: 의명)]

82) 至極ᄒᆞ단: [지극하다: 至極(지극: 명사)+-ᄒᆞ(형접)-]-+-다(←-더-: 회상)-+-Ø(←-오-: 대상)-+-ㄴ(관전)

83) 디면: ᄃᆞ(←ᄃᆞ: 것, 의명)-+-이(서조)-+-면(연어, 조건)

84) ᄇᆡ호ᄂᆞᆫ: ᄇᆡ호(배우다, 學)-+-ㄴ(←-ᄂᆞ-: 현시)-+-ㄴ(관전)

85) 슬ᄫᅵ니라: 슳(←ᄉᆞᆲ다, ㅂ불: 사뢰다, 아뢰다, 奏)-+-Ø(과시)-+-ᄋᆞ니(원칙)-+-라(←-다: 평종)

86) 당다이: [반드시, 마땅히, 必(부사): 당당(마땅: 불어)+-Ø(←-ᄒᆞ-: 형접)-+-이(부접)]

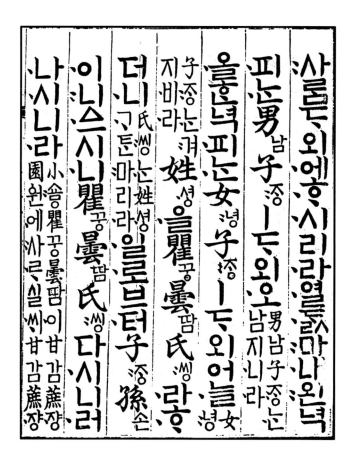

사람이 되게 하시리라." 열 달 만에 왼녘의 피는 男子(남자)가 되고【男子(남자)는 남진이다.】오른녘의 피는 女子(여자)가 되거늘【女子(여자)는 계집이다.】, 姓(성)을 瞿曇氏(구담씨)라고 하더니【氏(씨)는 姓(성)과 같은 말이다.】, 이로부터 子孫(자손)이 이으시니 瞿曇氏(구담씨)가 다시 일어 나셨니라.【小瞿曇(소구담)이 甘蔗園(감자원)에 사시므로 甘蔗氏(감자씨)이라 고도

사름 드외에⁸⁷⁾ ㅎ시리라 열 둜⁸⁸⁾ 마내⁸⁹⁾ 왼녁 피는 男_남子_중ㅣ
드외오【男_남子_중는 남지니라⁹⁰⁾】올흔녁 피는 女_녕子_중ㅣ 드외어늘⁹¹⁾
【女_녕子_중는 겨지비라】姓_셩을 瞿_꿍曇_땀氏_씽⁹²⁾라 ㅎ더니【氏_씽는 姓_셩
ᄀᆞ튼⁹³⁾ 마리라】일로브터⁹⁴⁾ 子_중孫_손이 니ᅀᅳ시니⁹⁵⁾ 瞿_꿍曇_땀氏_씽 다
시 니러나시니라⁹⁶⁾【小_숑瞿_꿍曇_땀이 甘_감蔗_쟝園_원에 사ᄅᆞ실씨⁹⁷⁾ 甘_감蔗_쟝
氏_씽라도⁹⁸⁾】

---

87) 드외에: 드외(되다, 爲)- + -에(← -게: 연어, 사동)

88) 열 둜: 열(열, 十: 관사) # 둘(달, 月: 의명) + -ㅅ(-의: 관조)

89) 마내: 만(만: 의명, 시간의 경과) + -애(-에: 부조, 위치, 시간)

90) 남지니라: 남진(남자, 男) + -이(서조)- + -Ø(현시)- + -라(← -다: 평종)

91) 드외어늘: 드외(되다, 爲)- + -어늘(← -거늘: 연어, 상황)

92) 瞿曇氏: 구담씨, 인도의 석가(釋迦) 종족의 성(姓)이다.

93) ᄀᆞ튼: 곹(← ᄀᆞᆮᄒᆞ다: 같다, 同)- + -Ø(현시)- + -은(관전)

94) 일로브터: 일(← 이, 此: 지대, 지시, 정칭) + -로(부조, 방편) + -브터(-부터: 보조사, 비롯함)
    ※ '-브터'는 [븥(붙다, 着)- + -어(연어 ▷ 조접)]으로 분석되는 파생 보조사이다.

95) 니ᅀᅳ시니: 닛(← 닛다, ㅅ불: 잇다, 繼)- + -으시(주높)- + -니(연어, 상황, 이유)

96) 니러나시니라: 니러나[일어나다: 닐(일다, 起)- + -어(연어) + 나(나다, 現, 出)-]- + -시(주높)-
    + -Ø(과시)- + -니(원칙)- + -라(← -다: 평종)

97) 사ᄅᆞ실씨: 살(살다, 居)- + -ᄋᆞ시(주높)- + -ㄹ씨(-므로: 연어, 이유)

98) 甘蔗氏라도: 甘蔗氏(감자씨) + -Ø(← -이-: 서조)- + -Ø(현시)- + -라(← -다: 평종) + -도(보
    조사, 마찬가지)

氏·씽·라 ·호·더·니·라·도 ○普·뽕光·광佛·뿛·이 【普·뽕光·광·은 너·븐 光·광明·명·이·라 ·이 부·텨 나·실 쩌·긔 몸ㄱ·ᅀᅵᆺ 光·광明·명·이 燈·등ㄱ·티·실·ᄊᆡ 燃·션燈·등佛·뿛·이·시·다 ᄒᆞ·ᄂᆞ·니 燃·션·은 ·블 ·혈 ·씨·라 ·ᄯᅩ 錠·뎡光·광佛·뿛·이·시·다·도 ᄒᆞ·ᄂᆞ·니 錠·뎡·은 발 잇·ᄂᆞᆫ 燈·등·이·라 佛·뿛·은 ·알 ·씨·니 ·내 알·오 ·ᄂᆞᆷ 조·쳐 알·욀·ᄊᆡ·니 부텨·를 佛·뿛·이·시·다 ᄒᆞ·ᄂᆞ·니·라】 世·솅界·갱·예 나·거·시·ᄂᆞᆯ 【하·ᄂᆞᆯ·히·며 사·ᄅᆞᆷ 사·ᄂᆞᆫ ·ᄯᅡ·ᄒᆞᆯ·다 뫼·화 世·솅界·갱·라 ᄒᆞ·ᄂᆞ·니·라】 그·ᄢᅴ 善·쎤慧·ᅙᅰ·라 ᄒᆞᆯ 仙·션人·ᅀᅵᆫ·이 【仙·션人·ᅀᅵᆫ·은 제 모·ᄆᆞᆯ 구·텨 오·래 사·ᄂᆞᆫ 사·ᄅᆞᆷ

하더니라.】 ○ 普光佛(보광불)이【普光(보광)은 넓은 光明(광명)이다. 이 부처가 나실 적에 몸의 가에 빛이 燈(등)과 같으시므로 燃燈佛(연등불)이시라고도 하나니, 燃(연)은 불을 켜는 것이다. 또 錠光佛(정광불)이시라고도 하나니, 錠(정)은 발이 있는 燈(등)이다. 佛(불)은 아는 것이니, 내가 알고 남을 겸(兼)하여 알게 하는 것이니, 부처를 佛(불)이시라고 하느니라.】 世界(세계)에 나시거늘【하늘이며 사람이 사는 땅을 다 모아서 世界(세계)라 하느니라.】, 그때에 善惠(선혜)라 하는 仙人(선인)이【仙人(선인)은 자기의 몸을 굳혀 오래 사는

ᄒᆞ더니라 】 ○ 普퐁光광佛뿛99)이【普퐁光광ᄋᆞᆫ 너븐 光광明명이라 이 부톄 나

싫 저긔 몺 ᄀᆞᅀᅢ100) 光광이 燈등 ᄀᆞᄐᆞ실ᄊᆡ 燃션燈등佛뿛이시다도1) ᄒᆞᄂᆞ니 燃션

은 블2) 혈 씨라3) ᄯᅩ 錠뎡光광佛뿛이시다도 ᄒᆞᄂᆞ니 錠뎡은 발 잇는 燈등이라

佛뿛은 알 씨니 나 알오 ᄂᆞᆷ 조쳐4) 알욀 씨니5) 부텨를 佛뿛이시다 ᄒᆞᄂᆞ니라 】

世셰界갱예 나거시늘6)【하ᄂᆞᆯ히며7) 사ᄅᆞᆷ 사ᄂᆞᆫ ᄯᅡᄒᆞᆯ 다 뫼호아8) 世셰界갱라

ᄒᆞᄂᆞ니라 】 그 ᄢᅴ 善쎤慧휑라9) 홇10) 仙션人ᅀᅵᆫ이【仙션人ᅀᅵᆫ은 제 몸 구

텨11) 오래 사ᄂᆞᆫ

---

99) 普光佛: 보광불. 석가여래(釋迦如來) 전생중 제2 아승기겁(阿僧祇劫)이 되었을 때에 만난 부처이다. 석가모니에게 미래에 성불(成佛)할 것이라는 예언을 하였다고 한다.

100) 몺 ᄀᆞᅀᅢ: 몸(몸, 身) + -ㅅ(-의: 관조) # ᄀᆞ(← ᄀᆞᆺ: 가, 邊) + -애(-에: 부조, 위치)

1) 燃燈佛이시다도: 燃燈佛(연등불) + -이(서조)- + -시(주높)- + -Ø(현시)- + -다(평종) + -도(보조사, 마찬가지)

2) 블: 불, 火.

3) 혈 씨라: 혀(켜다, 點)- + -ㄹ(관전) # 씨(← ᄉᆞ: 것, 의명) + -이(서조)- + -Ø(현시)- + -라(← -다: 평종)

4) 조쳐: 조치[아우르거나 겸하다, 兼: 좇(좇다, 從: 타동)- + -이(사접)-]- + -어(연어)

5) 알욀: 알외[알게 하다, 告: 알(알다, 知: 타동)- + -오(사접)- + -ㅣ(← -이-: 사접)-]- + -ㄹ(관전)

6) 나거시늘: 나(나다, 現)- + -시(주높)- + -거…늘(-거늘: 연어, 상황)

7) 하ᄂᆞᆯ히며: 하ᄂᆞᆯㅎ(하늘, 天) + -이며(접조)

8) 뫼호아: 뫼호(모으다, 集)- + -아(연어)

9) 善慧라: 善慧(선혜: 인명) + -Ø(← -이-: 서조)- + -Ø(현시)- + -라(← -다: 평종)

10) 홇: ᄒᆞ(← ᄒᆞ다: 하다, 曰)- + -오(대상)- + -ㅭ(관전)

11) 구텨: 구티[굳히다, 堅: 굳(굳다, 堅: 자동)- + -히(사접)-]- + -어(연어)

르
미 니
니 니 뫼
니 니 해
라 五
  五
  百 外
  빅 웽
  道
  外 똫
  왱 ·잉
  道 ·그
  똫

르 ·아 논 ·이 ·롤
·니 부 텻 道 외 밧 道
똫 理 道 똫
링 ·예 똫 理
몯 理 링
·든 링

르 ·미 弟 子 ·
·미 弟 ·종
뗑 子
子 ·종
·종 ㅣ
ㅣ ·되
·든 ·외 ·아
·외 ·지 ·이 ·딩
·아 ·
·지 ·이 ·딩 ·야
·딩 ·야
法 법
법 法
·로 ·
·니 ·스

라 ·기 ·씨
·기 ·씨 ㄱ·ㄹ
ㄱ·쳐 고 텨
·쳐 ·티 ·시 ·놀
·티 ·시 그
·놀 그 五
五 五 百
百 빅
사

銀 ·은
·은 ·돈 ·호 ·낱
·돈 곰 ·받
·호 곰 ·받 ㅈ
·낱 ㅈ ·부
곰 ·니
·받 ·라 ·
ㅈ ·부 그
·니 ·저 ·긔
·라 ·저 ㅅ
그 긔 燈
·저 ㅅ 등
긔 照
ㅅ 照 쫗
燈 王
등

승 ·이 ·오 비
·이 ·오 ·호
·오 비 ·노
비 ·호 ·니
·호 ·노 ·
弟 ·니
뗑 子 ·종
子 ·종 ·
·종 ·라

왕 ·이 普
·이 普 光
普 湙 佛
湙 光
光 佛 ·을
광 佛 請
佛 ·을 쳥
·을 請 ·
·뿛 請 ·쳥 ·
·쳥 供
·야
·야 供

사람이니 산에서 노니느니라. 】 外道(외도) 五百(오백)이 잘못 아는 일을
【 外道(외도)는 밖의 道理(도리)이니, 부처의 道理(도리)에 못 든 것이다. 】
가르쳐 고치시거늘, 그 五百(오백) 사람이 "弟子(제자)가 되고 싶습니
다."라고 하여 銀(은)돈 한 낱(個)씩 바쳤느니라. 【 法(법)을 가르치는 이
는 스승이요, 배우는 이는 제자이다. 】 그때에 있는 燈照王(등조왕)이 "普
光佛(보광불)을 請(청)하여

사ᄅ미니 뫼해 노니ᄂ니라¹²⁾】 五ᅌᅳ百빅 外�道똘이 그르¹³⁾ 아논¹⁴⁾ 이

를¹⁵⁾【外ᅌᅱ道똘ᄂ 밧¹⁶⁾ 道똘理링니 부텻 道똘理링예 몯¹⁷⁾ 든¹⁸⁾ 거시라】 ᄀᆞᄅ쳐

고텨시ᄂᆞᆯ¹⁹⁾ 그 五ᅌᅳ百빅 사ᄅ미 弟똉子ᄌᆞᆼㅣ 두외아²⁰⁾ 지이다²¹⁾ ᄒ야

銀은돈 ᄒᆞ 낟곰²²⁾ 받ᄌᆞᄫᆞ니라²³⁾【法법 ᄀᆞᄅ치ᄂᆞᆫ²⁴⁾ 스스이오 ᄇᆡ호ᄂᆞᆫ

弟똉子ᄌᆞᆼㅣ라】 그 저긧²⁵⁾ 燈등照쟿王ᅌᅪᆼ이 普퐁光광佛뿛을 請쳐ᇰᄒᆞᄉᆞᄫᅡ²⁶⁾

---

12) 노니ᄂ니라: 노니[←노닐다(노닐다, 遊): 노(←놀다: 놀다, 遊)-+-니(가다, 다니다, 行)-]-+-
ᄂ(현시)-+-니(원칙)-+-라(←-다: 평종)

13) 그르: [잘못, 그릇되게, 誤(부사): 그르(그르다, 誤: 형사)-+-Ø(부접)]

14) 아논: 아(←알다: 알다, 知)-+-ㄴ(←-ᄂ-: 현시)-+-오(대상)-+-ㄴ(관전)

15) 이를: 일(일, 事)+-을(목조)

16) 밧: 밧(←밖: 밖, 外)

17) 몯: 못, 不能(부사, 부정)

18) 든: 드(←들다: 들다, 入)-+-Ø(과시)-+-ㄴ(관전)

19) 고텨시ᄂᆞᆯ: 고티[고치다, 改: 곧(곧다, 直: 형사)-+-히(사접)-]-+-시(주높)-+-어…ᄂᆞᆯ(-거
ᄂᆞᆯ: 연어, 상황)

20) 두외아: 두외(되다, 爲)-+-아(←-가-: 강조, 화자)-+-Ø(←-아: 연어) ※ '-아-'는 화자가
주어로 쓰일 때에 쓰이는 확인 표현의 선어말 어미 '-가-'의 /ㄱ/이 탈락한 형태다.

21) 지이다: 지(싶다, 希: 보용, 희망)-+-Ø(현시)-+-이(상높, 아주 높임)-+-다(평종)

22) 낟곰: 낟(←낱: 개, 個, 의명)+-곰(-씩: 보조사, 각자)

23) 받ᄌᆞᄫᆞ니라: 받(바치다, 獻)-+-ᄌᆞᆸ(←-ᄌᆞᆸ-: 객높)-+-Ø(과시)-+-ᄋᆞ니(원칙)-+-라(←-다:
평종)

24) ᄀᆞᄅ치ᄂᆞᆫ: ᄀᆞᄅ치(가르치다, 敎)-+-ᄂ(현시)-+-ㄴ(관전) # 이(이, 사람, 人: 의명)+-ㄴ(←
-ᄂ: 보조사, 주제, 대조)

25) 그 저긧: 그(그, 此: 관사, 지시, 정칭) # 적(때, 時: 의명)+-의(-에: 부조, 위치, 시간)+-ㅅ(-
의: 관조)

26) 請쳐ᇰᄒᆞᄉᆞᄫᅡ: 請ᄒᆞ[청하다: 請(청, 부탁: 명사)+-ᄒᆞ(동접)-]-+-ᄉᆞᆸ(←-ᄉᆞᆸ-: 객높)-+-아(연어)

供養(공양)하리라.”라고 하여 나라에 出令(출령)하되, “좋은 꽃은 팔지 말고 다 王(왕)께 가져오라.” 善慧(선혜)가 들으시고 안타까이 여겨 꽃이 있는 땅을 힘써서 가시다가 俱夷(구이)를 만나시니【 俱夷(구이)는 밝은 여자라 하는 뜻이니, 나실 적에 해가 져 가되 그 집은 光明(광명)이 비치므로 俱夷(구이)라 하였니라. 】, (俱夷가) 꽃 일곱 줄기를 가져 계시되, 王(왕)의 出令(출령)을

供_공養_양호리라[27] ᄒ야 나라해 出_츙슝_령호ᄃᆡ[28] 됴ᄒᆞᆫ 고ᄌᆞ란[29] ᄑᆞ디

말오[30] 다 王_왕ᄭᅴ 가져오라 善_쎤慧_{ᅙᆐᆼ} 드르시고 츠기[31] 너겨 곳[32]

잇ᄂᆞᆫ 싸ᄒᆞᆯ 곧가[33] 가시다가 俱_궁夷_잉ᄅᆞᆯ 맛나시니[34] 【俱_궁夷_잉ᄂᆞᆫ ᄇᆞᆯ고

녀펴니라[35] ᄒᆞ논 ᄠᅳ디니 나싫 저긔[36] ᄒᆡ 디여 가ᄃᆡ[37] 그 지븐 光_광明_명이 비췰

씨[38] 俱_궁夷_잉라 ᄒᆞ니라 】 곳 닐굽 줄기ᄅᆞᆯ 가져 겨샤ᄃᆡ[39] 王_왕ㄱ[40]

出_츙슝_령[41]을

---

27) 供養호리라: 供養ᄒᆞ[← 供養ᄒᆞ다(공양하다): 供養(공양: 명사) + -ᄒᆞ(동접)-]- + -오(화자)- + -리(미시)- + -라(← -다: 평종)

28) 出슝호ᄃᆡ: 出슝ᄒᆞ[← 出슝ᄒᆞ다(명령을 내리다): 出슝(출령: 명사) + -ᄒᆞ(동접)-]- + -오ᄃᆡ(-되: 연어, 설명 계속)

29) 고ᄌᆞ란: 곶(꽃, 花) + -ᄋᆞ란(-은: 보조사, 주제)

30) 말오: 말(말다, 勿: 보용, 부정)- + -오(← -고: 연어, 나열, 계기)

31) 츠기: [안타까이, 섭섭이(부사): 측(측, 側: 불어) + -Ø(← -ᄒᆞ-: 형접) + -이(부접)]

32) 곳: 곳(← 곶: 꽃, 花)

33) 곧가: 곧(← ᄭᅩ다: 힘쓰다, 애쓰다, 力)- + -아(연어)

34) 맛나시니: 맛나[← 맛나다(만나다, 遇): 맛(← 맞다: 맞다, 迎)- + 나(나다, 出, 現)-]- + -시(주높)- + -니(연어, 설명 계속)

35) 녀펴니라: 녀편(여자, 아내, 女, 妻) + -이(서조)- + -Ø(현시)- + -라(← -다: 평종)

36) 나싫 저긔: 나(태어나다, 生)- + -시(주높)- + -ᇙ(관전) # 적(적, 때, 時: 의명) + -의(-에: 부조, 위치, 시간)

37) 디여 가ᄃᆡ: 디(지다, 落)- + -여(← -어: 연어) # 가(가다: 보용, 진행)- + -ᄃᆡ(← -오ᄃᆡ: -되, 연어, 설명 계속)

38) 비췰씨: 비취(비치다, 照: 자동)- + -ᄅ씨(-므로: 연어, 이유)

39) 겨샤ᄃᆡ: 겨샤(← 겨시다: 계시다, 보용, 완료 지속)- + -ᄃᆡ(← -오ᄃᆡ: -되, 연어, 설명 계속)

40) 王ㄱ: 王(왕) + -ㄱ(-의: 관조)

41) 出슝: 출령. 명령을 내리는 것이다.

두려워하여 瓶(병)의 속에 감추어 두고 있으시더니, 善慧(선혜)의 精誠(정성)이 至極(지극)하시므로 꽃이 솟아나거늘, (善慧가 俱夷를) 쫓아서 불러 "사고 싶다."고 하시니, 俱夷(구이)가 이르시되, "大闕(대궐)에 보내어【大闕(대궐)은 큰 집이니 임금이 계신 집이다.】부처께 바칠 꽃이라서 (네가 꽃을 사지) 못하리라." 善慧(선혜)가 이르시되 "五百(오백) 銀(은)돈으로

저싸바[42] 瓶삥ㄱ 소배[43] ㄱ초아[44] 뒷더시니[45] 善쎤慧뗑 精정誠쎵이
至징極끅ᄒ실씨[46] 고지 소사나거늘[47] 조차[48] 블러[49] 사아 지라[50]
ᄒ신대[51] 俱궁夷잉 니르샤딕 大땡闕큃에 보내ᅀᆞᄫᅡ[52] 【大땡闕큃은 큰 지
비니 님금 겨신 지비라 】 부텻긔[53] 받ᄌᆞᄫᅩᇙ[54] 고지라[55] 몯ᄒ리라[56] 善쎤
慧뗑 니르샤딕 五옹百빅 銀은도ᄂᆞ로

---

42) 저싸바: 저(← 젙다 ← 젙다: 두려워하다, 畏)- + -쌉(← -습-: 객높)- + -아(연어)

43) 소배: 솝(속, 안, 內) + -애(-에: 부조, 위치)

44) ㄱ초아: ㄱ초[간직하다, 감추다, 備, 藏: ᄀᆞᆾ(갖추어져 있다, 具: 형사)- + -호(사접)-] + -아(연어)

45) 뒷더시니: 두(두다: 보용, 완료)- + -Ø(← -어: 연어) + 잇(← 이시다: 있다, 보용, 완료 지속)- + -더(회상)- + -시(주높)- + -니(연어, 설명 계속) ※ '뒷더시니'는 '두어 잇더시니'가 축약된 형태이다.

46) 至極ᄒ실씨 : 至極ᄒ[지극하다: 至極(지극: 명사) + -ᄒ(형접)-] + -시(주높)- + -ㄹ씨(-므로: 연어, 이유)

47) 소사나거늘: 소사나[솟아나다, 噴出: 솟(솟다, 噴)- + -아(연어) + 나(나다, 出)-] + -거늘(연어, 상황)

48) 조차: 좇(좇다, 從)- + -아(연어)

49) 블러: 블ᄅ(← 브르다, 召)- + -어(연어)

50) 사아 지라: 사(사다, 買)- + -아(연어) # 지(싶다: 보용, 희망)- + -Ø(현시)- + -라(← -다: 평종)

51) ᄒ신대: ᄒ(하다, 謂)- + -시(주높)- + -ㄴ대(-는데, -니: 연어, 설명 계속, 이유)

52) 보내ᅀᆞᄫᅡ: 보내(보내다, 遣)- + -ᅀᆞ(← -습-: 객높)- + -아(연어)

53) 부텻긔: 부텨(부처, 佛) + -ㅅ긔(-께: 부조, 상대, 높임)

54) 받ᄌᆞᄫᅩᇙ: 받(바치다, 獻)- + -ᄌᆞ(← -ᄌᆞᆸ-: 객높)- + -오(대상)- + -ㅭ(관전)

55) 고지라: 곶(꽃, 花) + -이(서조)- + -라(← -아: 연어, 이유, 근거)

56) 몯ᄒ리라: 몯ᄒ[못하다(보용, 부정): 몯(못, 不能: 부사, 부정) + -ᄒ(동접)-] + -리(미시)- + -라(← -다: 평종) ※ '몯ᄒ리라'에는 화자 표현의 선어말 어미 '-오-'가 실현되지 않았다. 곧, '네 이 고즐 사디 몯ᄒ리라(네가 이 꽃을 사지 못하리라.)'에서 '네 고즐 사디'를 생략하고 발화한 것이다.

다섯 줄기를 사고 싶다.” 俱夷(구이)가 물으시되, “무엇에 쓰시리?” 善慧 (선혜)가 대답하시되 “부처께 바치리라.” 俱夷(구이)가 또 물으시되, “부 처께 바쳐서 무엇을 하려 하시니?” 善慧(선혜)가 대답하시되, “一切(일체) 의 갖가지 智慧(지혜)를 이루어 衆生(중생)을 濟渡(제도)코자

다숫 줄기를 사아 지라 俱_궁夷_잉 묻즈ᄫᅡ 샤ᄃᆡ⁵⁷⁾ 므스게⁵⁸⁾ 쓰시리⁵⁹⁾

善_쎤慧_{ᅘᆒᆼ} 對_됭答_답ᄒᆞ샤ᄃᆡ 부텻긔 받ᄌᆞᄫᅩ리라⁶⁰⁾ 俱_궁夷_잉 ᄯᅩ 묻즈ᄫᅡ

샤ᄃᆡ 부텻긔 받ᄌᆞᄫᅡ 므슴⁶¹⁾ 호려⁶²⁾ ᄒᆞ시ᄂᆞ니⁶³⁾ 善_쎤慧_{ᅘᆒᆼ} 對_됭答_답

ᄒᆞ샤ᄃᆡ 一_{ᅙᅵᇙ}切_쳉 種_죵種_죵⁶⁴⁾ 智_딩慧_{ᅘᆒᆼ}를 일워⁶⁵⁾ 衆_즁生_{ᄉᆡᆼ}을 濟_졩渡_똥

코져⁶⁶⁾

---

57) 묻즈ᄫᅡ샤ᄃᆡ: 묻(묻다, 問)- + -ᄌᆞᇦ(←-ᄌᆞᇦ-: 객높)- + -ᄋᆞ샤(←-ᄋᆞ시-: 주높)- + -ᄃᆡ(←-오ᄃᆡ : -되, 연어, 설명 계속)

58) 므스게: 므슥(무엇, 何: 지대, 미지칭) + -에(부조, 위치)

59) 쓰시리: 쓰(쓰다, 用)- + -시(주높)- + -리(의종, 반말, 미시) ※ '쓰시리'는 '쓰시리오'에서 의문 형 종결 어미인 '-오(←-고: 의종, 설명)'가 생략된 형태이다.

60) 받ᄌᆞᄫᅩ리라: 받(바치다, 獻)- + -ᄌᆞᇦ(←-ᄌᆞᇦ-: 객높)- + -오(화자)- + -리(미시)- + -라(←-다: 평종)

61) 므슴: 무엇, 何(지대, 미지칭)

62) 호려: ᄒᆞ(← ᄒᆞ다: 하다, 爲)- + -오려(-려: 연어, 의도)

63) ᄒᆞ시ᄂᆞ니: ᄒᆞ(하다, 爲)- + -시(주높)- + -ᄂᆞ(현시)- + -니(의종, 반말) ※ 'ᄒᆞ시ᄂᆞ니'는 'ᄒᆞ시니 오'에서 의문형 종결 어미인 '-오(←-고: 의종, 설명)'가 생략된 형태이다.

64) 種種: 종종. 갖가지, 여러 가지(관사)

65) 일워: 일우[이루다, 成: 일(이루어지다, 成: 자동)- + -우(사접)-]- + -어(연어)

66) 濟渡코져: 濟渡ᄒᆞ[← 濟渡ᄒᆞ다(제도하다): 濟渡(제도: 명사) + -ᄒᆞ(동접)-]- + -고져(-고자: 연 어, 의도)

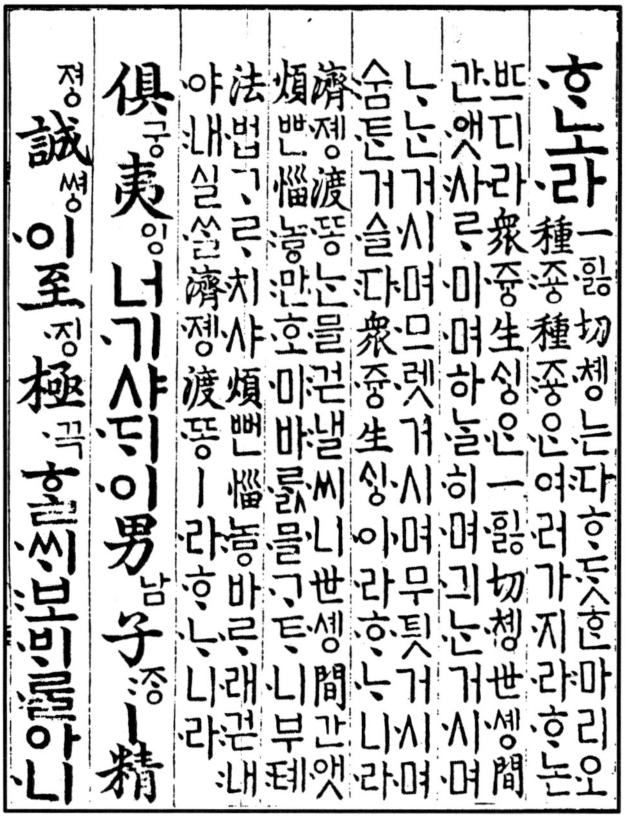
ᄒᆞ노라 一ᅙᅵᇙ切쳉ᄂᆞᆫ 다ᄒᆞ돗ᄒᆞᆫ 마리오
種죵種죵ᄋᆞᆫ 여러가지라 ᄒᆞᄂᆞᆫ
ᄠᅳ디라 衆즁生ᄉᆡᇰᄋᆞᆫ 一ᅙᅵᇙ切쳉 世솅間
간앳 사ᄅᆞ미며 하ᄂᆞᆯ히며 긔ᄂᆞᆫ 거시며
ᄂᆞᄂᆞᆫ 거시며 므렛 거시며 무틧 거시며
숨ᄐᆞᆫ 거슬 다 衆즁生ᄉᆡᇰ이라 ᄒᆞᄂᆞ니라
濟졩渡똥ᄂᆞᆫ 믈 건낼 씨니 世솅間간앳
煩뻔惱ᄂᇢ 만ᄒᆞ미 바ᄅᆞᆳ믈 ᄀᆞᄐᆞ니 부톄
法법 ᄀᆞᄅᆞ치샤 煩뻔惱ᄂᇢ 바ᄅᆞ래 건내
야 내실 씨 濟졩渡똥ㅣ라 ᄒᆞᄂᆞ니라
俱궁夷잉 너기샤ᄃᆡ 이 男남子ᄌᆞᆼㅣ 精
졍誠쎵이 至징極끅ᄒᆞᆯᄊᆡ 보ᄇᆡ를 아니

하노라."【一切(일체)는 '다' 하듯 한 말이고 種種(종종)은 여러 가지라고 하는 뜻이다. 衆生(중생)은 一切(일체)의 世間(세간)에 있는 사람이며 하늘이며 기는 것이며 나는 것이며 물에 있는 것이며 뭍에 있는 것이며 숨을 쉬는 것을 다 衆生(중생)이라 하느니라. 濟渡(제도)는 물을 건너게 하는 것이니, 世間(세간)에 있는 煩惱(번뇌)가 많은 것이 바닷물과 같으니, 부처가 法(법)을 가르치시어 煩惱(번뇌)의 바다에 건너게 하여 내시는 것을 濟渡(제도)이라 하느니라.】 俱夷(구이)가 여기시되, "이 男子(남자)가 精誠(정성)이 至極(지극)하므로, 보배를 아니

ᄒᆞ노라[67]【一ᅙᅵᆶ切쳉는 다[68] ᄒᆞ듯[69] ᄒᆞᆫ 마리오 種죵種죵은 여러 가지라 ᄒᆞ논 ᄠᅳ디라 衆즁生ᄉᆡᆼ은 一ᅙᅵᆶ切쳉 世솅間간앳[70] 사ᄅᆞ미며 하ᄂᆞᆯ히며[71] 긔ᄂᆞᆫ[72] 거시며 ᄂᆞᄂᆞᆫ[73] 거시며 므렛[74] 거시며 무틧[75] 거시며 숨튼[76] 거슬 다 衆즁生ᄉᆡᆼ이라 ᄒᆞᄂᆞ니라 濟곙渡똥ᄂᆞᆫ 믈 걷낼[77] 씨니 世솅間간앳 煩뻔惱놀 만호미[78] 바ᄅᆞᆳ믈[79] ᄀᆞᆮᄐᆞ니 부톄[80] 法법 ᄀᆞᄅᆞ치샤 煩뻔惱놀 바ᄅᆞ래 걷내야 내실 ᄊᅟᅳᆯ[81] 濟곙渡똥ㅣ라 ᄒᆞᄂᆞ니라】俱궁夷잉 너기샤ᄃᆡ 이 男남子중ㅣ 精정誠쎵이 至징極끅ᄒᆞᆯ씨 보ᄇᆡᄅᆞᆯ[82] 아니

---

67) ᄒᆞ노라: ᄒᆞ(하다, 爲) + -ㄴ(← -ᄂᆞ-: 현시) + -오(화자) + -라(← -다: 평종)

68) 다: [다, 悉(부사): 다(← 다ᄋᆞ다: 다하다, 盡)- + -Ø(← -아: 연어▷부접)]

69) ᄒᆞ듯: ᄒᆞ(하다, 爲)- + -듯(-듯: 연어, 흡사)

70) 世間앳: 世間(세간, 세상) + -애(-에: 부조, 위치) + -ㅅ(-의: 관조)

71) 하ᄂᆞᆯ히며: 하ᄂᆞᆯㅎ(하늘, 天) + -이며(접조)

72) 긔ᄂᆞᆫ: 긔(기다, 匍)- + -ᄂᆞ(현시)- + -ㄴ(관전)

73) ᄂᆞᄂᆞᆫ: ᄂᆞ(← ᄂᆞᆯ다: 날다, 飛)- + -ᄂᆞ(현시)- + -ㄴ(관전)

74) 므렛 거시며: 믈(물, 水) + -에(부조, 위치) + -ㅅ(-의: 관조) # 것(의명) + -이며(접조)

75) 무틧: 뭍(육지, 陸) + -의(-에: 부조, 위치) + -ㅅ(-의: 관조)

76) 숨튼: 숨튼[숨쉬다, 목숨을 받다: 숨(숨, 息: 명사) + 튼(타다, 받다: 동사)-]- + -Ø(과시)- + -ㄴ(관전)

77) 걷낼: 걷내[건너게 하다, 渡: 걷(걷다, 步: 자동) + 나(나다, 나가다, 出: 자동)- + -ㅣ(← -이-: 사접)-]- + -ㄹ(관전)

78) 만호미: 많(많다, 多)- + -옴(명전) + -이(주조)

79) 바ᄅᆞᆳ믈: [바닷물, 海水: 바ᄅᆞᆯ(바다, 海) + -ㅅ(관조, 사잇) + 믈(물, 水)]

80) 부톄: 부텨(부처, 佛) + -ㅣ(← -이: 주조)

81) 내실 ᄊᅟᅳᆯ: 내[내다(보용, 완료): 나(나다, 現: 자동)- + -ㅣ(← -이-: 사접)-]- + -시(주높)- + -ㄹ(관전) # 쓰(← ᄉᆞ: 것, 의명) + -ㄹ(← -ᄅᆞᆯ: 목조)

82) 보ᄇᆡᄅᆞᆯ: 보ᄇᆡ(보배, 寶) + -ᄅᆞᆯ(목조)

아끼는구나."라고 하여, 이르시되 "내가 이 꽃을 바치리니, 願(원)하건대
내가 平生(평생)에 그대의 각시(아내)가 되고 싶다." 善慧(선혜)가 대답하
시되 "내가 깨끗한 행적을 닦아 초연한 道理(도리)를 求(구)하니, 죽살이
의 因緣(인연)은 두고 있지 못하리라."【因緣(인연)은 까닭이니, 前生(전생)
의 일의 까닭을 因緣(인연)이라 하고, 그 일을 因(인)하여 後生(후생)에 되는 것
을

앗기놋다[83] ᄒᆞ야 니ᄅᆞ샤ᄃᆡ 내 이 고졸 나소리니[84] 願ᅌᅯᆫᄒᆞᆫᄃᆞᆫ[85]

내[86] 生ᄉᆡᆼ生ᄉᆡᆼ애 그딋[87] 가시[88] ᄃᆞ외아 지라[89] 善쎤慧쀓 對됭答답

ᄒᆞ샤ᄃᆡ 내 조ᄒᆞᆫ[90] ᄒᆡᇰ뎌글 닷가 일업슨[91] 道똥理링를 求꿀ᄒᆞ노니[92]

죽사릿[93] 因ᅙᅵᆫ緣ᅯᆫ은 둗디[94] 몯ᄒᆞ려다[95] 【因ᅙᅵᆫ緣ᅯᆫ은 젼ᄎᆞ니[96] 前쪈生ᄉᆡᆼ

앳 이릐 젼ᄎᆞ를 因ᅙᅵᆫ緣ᅯᆫ이라 ᄒᆞ고 그 이를 因ᅙᅵᆫᄒᆞ야 後ᅘᅮᇢ生ᄉᆡᆼ애 ᄃᆞ외요믈[97]

---

83) 앗기놋다: 앗기(아끼다, 惜)-+-ㄴ(←-ᄂᆞ-: 현시)-+-옷(감동)-+-다(평종)

84) 나소리니: 나소[바치다, 獻: 낫(←낫다, ㅅ불: 나아가다, 進, 자동)-+-오(사접)-]-+-Ø(←-오-: 화자)-+-리(미시)-+-니(연어, 설명 계속)

85) 願ᄒᆞᆫᄃᆞᆫ: 願ᄒᆞ(원하다: 願(원: 명사)+-ᄒᆞ(동접)-]-+-ㄴᄃᆞᆫ(-건대, -되: 연어, 조건)

86) 내: 나(나, 我: 인대, 1인칭)+-ㅣ(←-이: 주조)

87) 그딋: 그디[그대, 汝(인대, 2인칭: 예사 높임): 그(그것, 彼: 지대, 정칭)+-디(높접)]+-ㅅ(-의: 관조)

88) 가시: 갓(아내, 妻)+-이(보조)

89) ᄃᆞ외아 지라: ᄃᆞ외(되다, 爲)-+-아(←-가-: 강조, 화자)-+-Ø(←-아: 연어) # 지(싶다: 보용, 희망)-+-Ø(현시)-+-라(←-다: 평종)

90) 조ᄒᆞᆫ: 좋(깨끗하다, 맑다, 淨)-+-Ø(현시)-+-은(관전)

91) 일업슨: 일없[초연하다, 超然(형사): 일(일, 事: 명사)+없(없다, 無)-]-+-Ø(현시)-+-은(관전)

92) 求ᄒᆞ노니: 求ᄒᆞ(구하다: 求(구: 불어)+-ᄒᆞ(동접)-]-+-ㄴ(←-ᄂᆞ-: 현시)-+-오(화자)-+-니(연어, 상황, 이유)

93) 죽사릿: 죽사리[죽살이, 생사: 죽(죽다, 死)+살(살다, 生)-+-이(명접)]+-ㅅ(-의: 관조)

94) 둗디: 두(두다, 置)-+-Ø(←-어: 연어)+잇(←이시다: 있다, 보용)-+-디(-지: 연어, 부정)
  ※ '두어 잇디'의 축약형인 '뒷디'가 '둗디'로 표기되었다(7종성 체계의 예).

95) 몯ᄒᆞ려다: 몯ᄒᆞ[← 몯ᄒᆞ다(못하다, 不能: 보용, 부정): 몯(못: 부사, 부정)+-ᄒᆞ(동접)-]-+-오(화자)-+-리(미시)-+-어(확인)-+-다(평종)

96) 젼ᄎᆞ니: 젼ᄎᆞ(까닭, 이유)+-ㅣ(←-이-: 서조)-+-니(연어, 설명 계속, 이유)

97) ᄃᆞ외요믈: ᄃᆞ외(되다, 爲)-+-욤(←-옴: 명전)+-을(목조)

報·봉ㅣ라 ᄒᆞ·ᄂᆞ·니 果·광·ᄋᆞᆫ 여르·미·오 報·봉·ᄋᆞᆫ가 ·폴·씨·라 ·됴ᄒᆞᆫ 삐·심 ·거·든 ·됴ᄒᆞ·여 ·름·여 루·미 前쪈生ᄉᆡᆼ애 이·릐 因힌緣ᅯᆫ ·으·로 後ᅘᅮᇢ生ᄉᆡᆼ애 ·됴ᄒᆞᆫ 몸 ᄃᆞ외·어·나 호·미·고 ·즌 몸 ᄃᆞ외·어·나 호·미·요 ·ᄒᆞ·고 後ᅘᅮᇢ生ᄉᆡᆼ에 ·됴ᄒᆞᆫ 애·ᄃᆞ 외·미 果·광ㅣ 前쪈生ᄉᆡᆼ ·ᄂᆞ·니·라 因힌緣ᅯᆫ을 가·포·밀 報·봉ㅣ라 夫붕妻쳉 ᄃᆞ외·야 사·로·문 힝더·기조·티 몯·ᄒᆞ·야 輪륜廻ᅘᅬᆼ ·일·씨 죽사·릿 因힌緣ᅯᆫ·이·라 ᄒᆞ·니·라 夫붕는 샤·오이·오 妻쳉·ᄂᆞᆫ 가·시·라 輪륜廻ᅘᅬᆼ ·ᄂᆞᆫ 술·윗돌·씨·니 부텨·는 煩뻔惱ᄂᆞᆯ ᄢᅥ·ᄇᆞ리·실·씨 죽사·릿 受쓩苦콩ᄅᆞᆯ 아·니·ᄒᆞ·거·시·니·와 샹녯 사·ᄅᆞᆷ

果報(과보)라고 하나니, 果(과)는 열매이고 報(보)는 갚는 것이다. 좋은 씨를 심으면 좋은 열매를 여는 것이, 前生(전생)에 있는 일의 因緣(인연)으로 後生(후생)에 좋은 몸이 되거나 굿은 몸이 되거나 하는 것과 같으므로 果(과)이라 하고, 後生(후생)에 되는 것이 前生(전생)의 因緣(인연)을 갚는 것이므로 報(보)이라고 하느니라. 부부가 되어 사는 것은 행적(行績)이 깨끗하지 못하여 輪廻(윤회)를 벗지 못하는 根源(근원)이므로, 죽살이(生死)의 因緣(인연)이라고 하였니라. 夫(부)는 남편이요, 妻(처)는 아내다. 輪廻(윤회)는 수레바퀴가 횟도는 것이니, 부처는 煩惱(번뇌)를 떨쳐 버리시므로 죽고 사는 受苦(수고)를 아니하시거니와, 보통의 사람은

果_광報_봉ㅣ라 ᄒᆞᄂᆞ니 果_광ᄂᆞᆫ 여르미오⁹⁸⁾ 報_봉ᄂᆞᆫ 가폴 씨라 됴ᄒᆞᆫ ᄡᅵ⁹⁹⁾ 심거든¹⁰⁰⁾ 됴ᄒᆞᆫ 여름 여루미¹⁾ 前_쪈生_{ᄉᆡᆼ}앳 이릐 因_{ᅙᅵᆫ}緣_원으로 後_{ᅘᅮᇦ}生_{ᄉᆡᆼ}애 됴ᄒᆞᆫ 몸 ᄃᆞ외어나²⁾ 구즌³⁾ 몸 ᄃᆞ외어나 호미 ᄀᆞᄐᆞᆯᄊᆡ 果_광ㅣ라 ᄒᆞ고 後_{ᅘᅮᇦ}生_{ᄉᆡᆼ}애 ᄃᆞ외요미 前_쪈生_{ᄉᆡᆼ} 因_{ᅙᅵᆫ}緣_원을 가포밀ᄊᆡ⁴⁾ 報_봉ㅣ라 ᄒᆞᄂᆞ니라 夫_붕妻_쳉 ᄒᆞ야 사로ᄆᆞᆫ⁵⁾ ᄒᆡᆼ뎌기⁶⁾ 조티 몯ᄒᆞ야 輪_륜廻_{ᅙᅬᆼ}를 벗디 몯ᄒᆞᄂᆞᆫ 根_{ᄀᆞᆫ}源_원일ᄊᆡ 죽사릿 因_{ᅙᅵᆫ}緣_원이라 ᄒᆞ니라 夫_붕ᄂᆞᆫ 샤오이오⁷⁾ 妻_쳉ᄂᆞᆫ 가시라⁸⁾ 輪_륜廻_{ᅙᅬᆼ}ᄂᆞᆫ 술윗띠⁹⁾ 횟돌¹⁰⁾ 씨니 부텨는 煩_뻔惱_놀를 ᄠᅥ러 ᄇᆞ리실ᄊᆡ¹¹⁾ 죽사릿 受_{쑤ᇢ}苦_콩를 아니 ᄒᆞ거시니와¹²⁾ 샹녯¹³⁾ 사ᄅᆞᄆᆞᆫ

---

98) 여르미오: 여름[열매, 果: 열(열다, 結: 동사)- + -음(명접)] + -이(서조)- + -오(←-고: 연어, 나열)

99) ᄡᅵ: 씨, 種.

100) 심거든: 싦(← 시므다: 심다, 植)- + -어든(-거든, -으면: 연어, 조건)

1) 여루미: 열(열다, 結)- + -움(명전) + -이(주조)

2) ᄃᆞ외어나: ᄃᆞ외(되다, 爲)- + -어나(←-거나: 연어, 선택)

3) 구즌: 궂(궂다, 흉하다, 凶)- + -Ø(현시)- + -ㄴ(관전)

4) 가포밀ᄊᆡ: 갚(갚다, 報)- + -옴(명전) + -이(서조)- + -ㄹ씨(-므로: 연어, 이유)

5) 사로ᄆᆞᆫ: 살(살다, 生)- + -옴(명전) + -ᄋᆞᆫ(보조사, 주제)

6) ᄒᆡᆼ뎌기: ᄒᆡᆼ뎍(행적, 行績) + -이(주조)

7) 샤오이오: 샤옹(남편, 夫) + -이(서조)- + -오(←-고: 연어, 나열)

8) 가시라: 갓(아내, 妻) + -이(서조)- + -Ø(현시)- + -라(←-다: 평종)

9) 술윗띠: 술윗띠[수렛바퀴: 술위(수레, 車) + -ㅅ(관조, 사잇) + 띠(바퀴, 輪)] + -Ø(←-이: 주조)

10) 횟돌: 횟도[← 횟돌다(휘돌다, 旋): 횟(접두, 강조)- + 돌(돌다, 回: 동사)-]- + -ㄹ(관전)

11) ᄠᅥ러 ᄇᆞ리실ᄊᆡ: ᄠᅥᆯ(떨치다, 振)- + -어(연어) # ᄇᆞ리(버리다: 보용, 완료)- + -시(주높)- + -ㄹ씨(-므로: 연어, 이유)

12) ᄒᆞ거시니와: ᄒᆞ(하다, 爲)- + -시(주높)- + -거…니와(-거니와: -지만, 연어, 대조)

13) 샹녯: 샹녜(보통, 常例: 명사) + -ㅅ(-의: 관조)

煩뻔惱놀를몯떠·러·브·릴·씨·이·生싱·
·애·셔後:薨생·싱因힌緣원·을지·△·아生싱·
·미·드·외·락·벌·에중·싱·이·드·외·락·호·야
·땅常썅주그·락살·락·호·야受:쓩苦:콩長땅
·라호·ᄂᆞ니·라】俱궁夷잉·니르·샤·ᄃᆡ·내願원
·몰輪륜廻ᅘᅱᆼ·ᄒᆞ·ᄂᆞ니·라
·을아·니從쫑·ᄒᆞ·면고·졸·못·어·드·리·라
善:쎤慧ᅘᆐ·니르·샤·ᄃᆡ그·러·면네願원·을
從쫑·호·리·니·나·ᄂᆞ布·봉施·ᄅᆞᆯ즐·겨【布봉
施·싱·ᄂᆞᆫ천·량·을·펴·내·야·ᄂᆞᄆᆞᆯ·줄·씨·라】사·ᄅᆞ·미·ᄠᅳ·들·거·스·디

煩惱(번뇌)를 못 떨쳐 버리므로, 이 生(생)에서 後生(후생)의 因緣(인연)을 지어 사람이 되거나 벌레나 짐승이 되거나 하여 항상 죽으락 살락 하여, 受苦(수고)하는 것을 輪廻(윤회)라 하느니라. 】 俱夷(구이)가 이르시되, "나의 所願(소원)을 아니 따르면 (너는) 꽃을 못 얻으리라." 善慧(선혜)가 이르시되, "그러면 너의 所願(소원)을 따르리니, 나는 布施(보시)를 즐겨【 布施(보시)는 재물을 펴 내어 남에게 주는 것이다. 】사람의 뜻을 거스르지

煩뻔惱놀룰 몯 떠러 브릴씨 이 生성애셔 後흫生성 因힌緣원을 지서[14] 사르미 드
외락[15] 벌에[16] 즁성[17]이 드외락 ᄒ야 長땽常썅[18] 주그락[19] 살락 ᄒ야 受쓯苦콩호
ᄆᆞᆯ[20] 輪륜廻ᅘᆼ라 ᄒᄂ니라】 俱궁夷잉 니르샤ᄃᆡ 내 願원을 아니 從쫑
ᄒ면 고졸 몯 어드리라 善쎤慧ᅓ 니르샤ᄃᆡ 그러면 네 願원을 從
쫑호리니[21] 나ᄂᆞᆫ 布봉施싱ᄅᆞᆯ 즐겨[23]【布봉施싱ᄂᆞᆫ 쳔랴ᇰ을[24] 펴아 내야
ᄂᆞᆷ 줄 씨라】 사르미 ᄠᅳ들 거스디[25]

---

14) 지서: 짓(←짓다, ㅅ불: 짓다, 만들다, 作)-+-어(연어)

15) 드외락: 드외(되다, 爲)-+-락(연어, 서로 다른 동작의 반복)

16) 벌에: 벌레, 蟲.

17) 즁성: 짐승, 獸.

18) 長常: 장상. 항상, 늘(부사)

19) 주그락: 죽(죽다, 死)-+-으락(연어, 서로 다른 동작의 반복)

20) 受苦호ᄆᆞᆯ: 受苦ᄒ[←受苦ᄒ다(수고하다): 受苦(수고: 명사)+-ᄒ(동접)-]-+-옴(명전)+-ᄋᆞᆯ
(목조)

21) 從호리니: 從ᄒ[←從ᄒ다(종하다, 따르다): 從(종: 불어)+-ᄒ(동접)-]-+-오(화자)-+-리(미
시)-+-니(연어, 설명 계속)

22) 布施: 보시. 자비심으로 남에게 재물이나 불법을 베푸는 것이다.

23) 즐겨: 즐기[즐기다, 樂: 즑(즐거워하다, 歡: 자동)-+-이(사접)-]-+-어(연어)

24) 쳔랴ᇰ을: 쳔량(재물, 財)+-ᄋᆞᆯ(목조)

25) 거스디: 거스(←거슬다: 거스르다, 逆)-+-디(-지: 연어, 부정)

아니ᄒᆞ노니 아뫼어나 와 내 머릿바기·며 ·눈ᄌᆞᅀᆞ·머 骨ᆷ髓ᆼ·머 가·시·며 子ᅌᆞ 息·식·이·며 도·라 ᄒᆞ야도【骨ᆷ髓ᆼ는 ·썌 소·개 잇·ᄂᆞᆫ 기르미·라】 ·네 거룔ᄠᅳᆮ을 ·야 내 布봉施ᆼᄒᆞ논 · ᄆᆞᅀᆞᄆᆞᆯ 허디 말·라 俱궁夷ᅌᅵᆼ 니ᄅᆞ샤ᄃᆡ 그 ·듸 말·다 ᄒᆞ·오리니 내 겨지비·라 가·져 ·가 ·디 어려·ᄫᅳᆯ·ᄊᆡ 두 줄·기ᄅᆞᆯ 몯ᄎᆞᆺ삿 ·ᄃᆞ노·니

아니하니, 아무나 와서 내 머리통이며 눈동자며 骨髓(골수)며 아내며 子息(자식)이며 달라 하여도【骨髓(골수)는 뼈 속에 있는 기름이다.】, 네가 거리끼는 뜻을 하여 나의 布施(보시)하는 마음을 헐지 말라." 俱夷(구이)가 이르시되 "그대의 말처럼 하리니, 내가 여자라서 (꽃을) 가져가기 어려우므로 두 줄기를 아울러 맡기니

아니ᄒᆞ노니[26] 아뫼어나[27] 와 내 머릿바기며[28] 눖ᄌᆞᅀᆡ며[29] 骨ᆯᄀᆞᆯ髓ᄽᆈᆼ며 가시며[30] 子ᄌᆞᆼ息ᄉᆞᆨ이며 도라[31] ᄒᆞ야도【骨ᆯᄀᆞᆯ髓ᄽᆈᆼᄂᆞᆫ 샛[32] 소개 잇ᄂᆞᆫ 기르미라[33]】 네 거튫[34] 뜯 ᄒᆞ야 내 布ᄫᅩᆼ施ᄼᅵᆼᄒᆞ논[35] ᄆᆞᅀᆞᄆᆞᆯ 허디[36] 말라 俱ᄀᆑᆼ夷ᅙᅵᆼ 니ᄅᆞ샤ᄃᆡ 그딧[37] 말 다히[38] ᄒᆞ리니[39] 내 겨지비라[40] 가져가디[41] 어려ᄫᆞᆯᄊᆡ[42] 두 줄기를 조쳐[43] 맛디노니[44]

---

26) 아니ᄒᆞ노니: 아니ᄒᆞ[아니하다, 不(보용, 부정): 아니(아니, 不: 부사, 부정) + -ᄒᆞ(동접)-]- + -ᄂ(←-ᄂᆞ-: 현시)- + -오(화자)- + -니(연어, 설명 계속)

27) 아뫼어나: 아모(아무, 某: 인대, 부정칭) + -ㅣ어나(←-이어나: -이거나, 보조사, 선택)

28) 머릿바기며: 머릿박[머리통: 머리(머리, 頭) + -ㅅ(관조, 사잇) + 박(박, 통, 桶)] + -이며(접조)

29) 눖ᄌᆞᅀᆡ며: 눖ᄌᆞᅀᆞ[눈동자, 睛: 눈(눈, 目) + -ㅅ(관조, 사잇) + ᄌᆞᅀᆞ(동자)] + -ㅣ며(←-이며: 접조)

30) 가시며: 갓(아내, 妻) + -이며(접조)

31) 도라: 도(남이 나에게 주다, 달다, 授)- + -라(명종)

32) 샛: 새(뼈, 骨) + -ㅅ(-의: 관조)

33) 기르미라: 기름(기름, 油) + -이(서조)- + -Ø(현시)- + -라(←-다: 평종)

34) 거튫: 거티(걸리다, 거리끼다, 碍)- + -우(대상)- + -ㅭ(관전)

35) 布施ᄒᆞ논: 布施ᄒᆞ[布施하다: 布施(보시: 명사) + -ᄒᆞ(동접)-]- + -ㄴ(←-ᄂᆞ-: 현시)- + -오(대상)- + -ㄴ(관전)

36) 허디: 허(← 헐다: 헐다, 毁)- + -디(-지: 연어, 부정)

37) 그딧: 그듸[← 그듸(그대, 汝: 인대, 2인칭, 예사 높임): 그(그, 彼: 지대, 정칭) + -듸(높접)] + -ㅅ(-의: 관조)

38) 말 다히: 말(말, 言) # 다히(대로, 같이: 의명)

39) ᄒᆞ리니: ᄒᆞ(← ᄒᆞ다: 하다, 爲)- + -오(화자)- + -리(미시)- + -니(연어, 설명 계속)

40) 겨지비라: 겨집(여자, 女) + -이(서조)- + -라(←-아: 연어) ※ 연결 어미인 '-아'가 서술격 조사인 '-이-'의 뒤에서 '-라'로 변동하였다.

41) 가져가디: 가져가[가져가다: 가지(가지다, 持)- + -어(연어) + 가(가다, 去)-]- + -디(-기: 명전) + -Ø(←-이: 주조) ※ '-디'는 평가 형용사의 앞에 실현되는 특수한 명사형 전성 어미이다.

42) 어려ᄫᆞᆯᄊᆡ: 어려ᇦ(← 어렵다, ㅂ불: 어렵다, 難)- + -을ᄊᆡ(-으므로: 연어, 이유)

43) 조쳐: 조치[아우르다, 겸하다, 兼: 좇(좇다, 從: 타동)- + -이(사접)-]- + -어(연어)

44) 맛디노니: 맛디[맡기다, 託: 맜(맡다, 任: 타동)- + -이(사접)-]- + -ㄴ(←-ᄂᆞ-: 현시)- + -오(화자)- + -니(연어, 설명 계속)

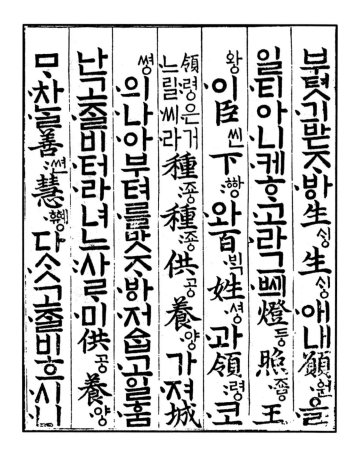

부처께 바치어 生生(생생)에 나의 所願(소원)을 잃지 아니케 하오." 그때에 燈照王(등조왕)이 臣下(신하)와 百姓(백성)을 領(령)하고【領(령)은 거느리는 것이다.】 種種(종종) 供養(공양)을 가져서, 城(성)에 나와 부처를 맞아 절하고 이름난 꽃을 흩뿌리더라. 다른 사람이 供養(공양)을 마치거늘, 善慧(선혜)가 다섯 꽃을 흩뿌리시니

부텻긔[45] 받ᄌᆞᄫᅡ[46] 生ᄉᆡᆼ生ᄉᆡᆼ[47]애 내 願원을 일티 아니케 ᄒᆞ고라[48] 그 ᄢᅴ[49] 燈등照죠ᇢ王왕이 臣씬下ᅘᅡᆼ와 百ᄇᆡᆨ姓셩과 領령코[50]【領령은 거느릴 씨라】 種죵種죵[51] 供공養양 가져 城셩의 나아 부텨를 맛ᄌᆞᄫᅡ[52] 저ᄉᆞᆸ고[53] 일훔난[54] 고ᄌᆞᆯ 비터라[55] 녀느[56] 사ᄅᆞ미 供공養양 ᄆᆞ차ᄂᆞᆯ[57] 善션慧ᅘᅰᆼ 다ᄉᆞᆺ 고ᄌᆞᆯ 비흐시니[58]

---

45) 부텻긔: 부텨(부처, 佛) + -ᄭᅴ(-께: 부조, 상대, 높임)

46) 받ᄌᆞᄫᅡ: 받(바치다, 獻)- + -ᄌᆞᇦ(← -ᄌᆞᆸ-: 객높)- + -아(연어)

47) 生生: 생생. 몇 번이든지 다시 환생하는 일이나 그런 때이다. 중생이 나서 죽고 죽어서 다시 태어나는 윤회의 형태이다.

48) ᄒᆞ고라: ᄒᆞ(하다, 爲)- + -고라(-오: 명종, 반말)

49) 그 ᄢᅴ: 그(그, 彼: 관사, 지시, 정칭) # ᄢᅵ(← ᄢᅳ: 때, 時) + -의(-에: 부조, 위치, 시간)

50) 領코: 領ㅎ[← 領ᄒᆞ다(영하다, 거느리다): 領(영: 불어) + -ᄒᆞ(동접)-]- + -고(연어, 나열, 계기)

51) 種種: 종종. 갖가지, 여러 가지(명사)

52) 맛ᄌᆞᄫᅡ: 맛(← 맞다, 迎)- + -ᄌᆞᇦ(← -ᄌᆞᆸ-: 객높)- + -아(연어)

53) 저ᄉᆞᆸ고: 저ᄉᆞᆸ(저쑵다, 신이나 부처에게 절하다, 拜)- + -고(연어, 나열, 계기) ※ '저ᄉᆞᆸ다'는 '절ᄒᆞᄉᆞᆸ다'가 어원인 것으로 추정된다. 그리고 '저ᄉᆞᆸ다'의 어간인 '저ᄉᆞᆸ-'은 [저(← 절: 절, 拜, 명사)- + -Ø(← -ᄒᆞ-: 동접)- + -ᄉᆞᆸ(객높)-]-'로 분석할 수 있다.

54) 일훔난: 일훔나[이름나다, 유명하다: 일훔(이름, 名) + 나(나다, 現)-]- + -Ø(과시)- + -ㄴ(관전)

55) 비터라: 빟(흩뿌리다, 散)- + -더(회상)- + -라(← -다: 평종)

56) 녀느: 다른, 他(관사)

57) ᄆᆞ차ᄂᆞᆯ: ᄆᆞᆾ(마치다, 終: 타동)- + -아ᄂᆞᆯ(-거늘: 연어, 상황)

58) 비흐시니: 빟(흩뿌리다, 散)- + -으시(주높)- + -니(연어, 설명 계속)

다 空中(공중)에 머물러 꽃의 臺(대)가 되거늘【空中(공중)은 虛空(허공)의
가운데이다.】, 後(후)에 두 줄기를 흩뿌리니 또 空中(공중)에 머물러 있거
늘, 王(왕)이며 天龍八部(천룡팔부)가 칭찬하여 "예전에 없던 일이로다."
하더니【八部(팔부)는 여덟 종류이니, 天(천)과 龍(용)과 夜叉(야차)와 乾闥婆
(건달바)와 阿修羅(아수라)와 迦樓羅(가루라)와 緊那羅(긴나라)와 摩睺羅伽(마
후라가)이니, 龍(용)은 고기 中(중)에

다 空콩中듕에 머므러[59] 곳[60] 臺띵 도외어늘【空콩中듕은 虛헝空콩ㅅ 가온디라[61]】後훟에 두 줄기를 비흐니 또[62] 空콩中듕에 머므러 잇거늘 王왕이며 天텬龍룡八밣部뿡[63]ㅣ 과ᄒᆞ야[64] 녜 업던 이리로다[65] ᄒᆞ더니【八밣部뿡는 여듧 주비니[66] 天텬[67]과 龍룡과 夜양叉챵와 乾껀闥턣婆뺑와 阿항修슐羅랑와 迦강樓룽羅랑와 緊긴那낭羅랑와 摩망睺ᄬᅳᆶ羅랑伽꺙왜니[68] 龍룡은 고기[69] 中듕에

---

59) 머므러: 머믈(머물다, 留)- + -어(연어)

60) 곳: 곳(← 곶: 꽃, 花)

61) 가온디라: 가온디(가운데, 中) + -Ø(←-이-: 서조)- + -Ø(현시)- + -라(←-다: 평종) ※ '가온디'를 [가온(中: 접두)- + 디(데, 處: 의명)]로 분석하기도 한다. 이때 '가ᄫᆞᆯ-/가온-'은 '반(半)' 또는 '중간'의 뜻을 나타내는 것으로 추정한다. (허웅 1975: 143 참조)

62) 또: 또. 又(부사)

63) 天龍八部: 천룡팔부. 사천왕(四天王)에 딸려서 불법을 지키는 여덟 신장(神將)이다. 천(天神), 용(龍), 야차(夜叉), 건달바(乾闥婆), 아수라(阿修羅), 가루라(迦樓羅), 긴나라(緊那羅), 마후라가(摩睺羅迦)이다.

64) 과ᄒᆞ야: 과ᄒᆞ(칭찬하다, 부러워하다, 讚)- + -야(←-아: 연어)

65) 이리로다: 일(일, 事) + -이(서조)- + -Ø(현시)- + -로(←-도-: 감동)- + -다(평종)

66) 주비니: 주비(종류, 무리, 類) + -Ø(←-이-: 서조)- + -니(연어, 설명 계속)

67) 天: 천. 미계(迷界)인 오취(五趣)나 육도(六道) 중에서 가장 나은 유정(有情)이나, 그 유정이 생존하는 세계이다. 욕계(欲界)의 육욕천(六欲天)과 색계(色界)의 사선천(四禪天) 따위이다.

68) 摩睺羅伽왜니: 摩睺羅伽(마후라가) + -와(접조) + -ㅣ(←-이-: 서조)- + -니(연어, 설명 계속)

69) 고기: 곡(← 고기: 고기, 漁) + -익(-의: 관조)

두 허거시니 ᄒᆞ 모미 크락져그락ᄒᆞ야 神씬奇끵ᄒᆞᆫ 變변化황ᄅᆞᆯ 몯내 알 거시라 나라 夜양叉창ᄂᆞᆫ ᄂᆞᆯ나고 모디 다 ᄒᆞᄂᆞᆫ ᄠᅳ디니 乾껀闥탏婆빵ᄂᆞᆫ 香향내 맏다 ᄒᆞᄂᆞᆫ ᄠᅳ디니 하ᄂᆞᆳ 풍류ᄒᆞᄂᆞᆫ 神씬靈령이니 이셔 풍류호려 홀 저기면 이 神씬靈령이 香향내 맏고 올아가ᄂᆞ니라 阿ᅙ修슐羅랑ᄋᆞᆫ 하ᄂᆞᆯ 아니라 ᄒᆞᄂᆞᆫ ᄠᅳ디니 복과 힘과ᄂᆞᆫ 하ᄂᆞᆯ ᄀᆞ토ᄃᆡ 하ᄂᆞᆳ 힋 뎌 福복 업스니 嗔친心심이 한 젼ᄎᆡ라 迦강樓룸羅랑ᄋᆞᆫ 金금 ᄂᆞᆯ개라 혼 ᄠᅳ디라 두 ᄂᆞᆯ개 ᄊᆞ시 三삼百ᄇᆡᆨ三삼十씹六륙萬먼 里링오 모기 如ᅀᅵᆼ意ᇰ珠즁ㅣ 잇고

으뜸가는 것이니, 한 몸이 커졌다가 작아졌다가 하여 神奇(신기)한 變化(변화)를 끝내 못 아는 것이다. 夜叉(야차)는 '날래고 모질다.'라고 한 뜻이니 虛空(허공)에 날아다니느니라. 乾闥婆(건달바)는 '香(향)내를 맡는다.'라고 하는 뜻이니 하늘의 풍류하는 神靈(신령)이니, 하늘에서 풍류하려 할 적이면 이 神靈(신령)이 香(향)내를 맡고 올라가느니라. 阿修羅(아수라)는 '하늘이 아니다.'라고 하는 뜻이니, 福(복)과 힘은 하늘과 같으되 하늘의 행적이 없으니, (이는) 嗔心(진심)이 많은 까닭이다. 迦樓羅(가루라)는 '金(금) 날개이다'라고 한 뜻이니, 두 날개의 사이가 三百三十六萬(삼백삼십육만) 里(리)이고 목에 如意珠(여의주)가 있고

위두흔⁷⁰⁾ 거시니 흔 모미 크락⁷¹⁾ 져그락⁷²⁾ ᄒᆞ야 神_씬奇_끵흔 變_변化_황ㅣ 몯내⁷³⁾ 앓

거시라 夜_양叉_창ᄂᆞᆫ 늘나고⁷⁴⁾ 모다다 혼 ᄠᅳ디니 虛_헝空_콩애 ᄂᆞ라ᄃᆞ니ᄂᆞ니라⁷⁵⁾

乾_껀闥_탏婆_뻉ᄂᆞᆫ 香_향내 맏ᄂᆞ다⁷⁶⁾ 혼 ᄠᅳ디니 하ᄂᆞᆳ 풍류ᄒᆞᄂᆞᆫ 神_씬靈_령이니 하ᄂᆞᆯ해

이셔⁷⁷⁾ 풍류호려⁷⁸⁾ 훓 저기면 이 神_씬靈_령이 香_향내 맏고 올아가ᄂᆞ니라⁷⁹⁾ 阿_항

修_슗羅_랑ᄂᆞᆫ 하ᄂᆞᆯ 아니라 ᄒᆞ논 ᄠᅳ디니 福_복과 힘과ᄂᆞᆫ 하ᄂᆞᆯ콰⁸⁰⁾ ᄀᆞ토ᄃᆡ⁸¹⁾ 하ᄂᆞᆳ 힝

뎌기⁸²⁾ 업스니 嗔_친心_심⁸³⁾이 한 전치라⁸⁴⁾ 迦_강樓_륳羅_랑ᄂᆞᆫ 金_금 늘개라 혼 ᄠᅳ디

니 두 늘개 ᄊᆞᅀᅵ⁸⁵⁾ 三_삼百_빅三_삼十_씹六_륙萬_먼 里_링오 모기⁸⁶⁾ 如_셩意_힁珠_즁ㅣ 잇고

---

70) 위두흔: 위두ᄒᆞ[으뜸가다: 위두(爲頭, 우두머리: 명사) + -ᄒᆞ(동접)-]- + -Ø(과시)- + -ㄴ(관전)

71) 크락: 크(크다, 大)- + -락(연어, 대립적 반복)

72) 져그락: 젹(작다, 적다, 小, 少)- + 으락(연어, 대립적 반복)

73) 몯내: [못내, 끝내 못, 이루 말할 수 없이(부사): 몯(못, 不: 부사, 부정) + -내(부접)] ※ 여기서 '몯내'는 '끝내 못'의 뜻으로 쓰였다.

74) 늘나고: 늘나[날래다, 速: 늘(날다, 飛)- + 나(나다, 現)-]- + -고(연어, 나열, 계기)

75) ᄂᆞ라ᄃᆞ니ᄂᆞ니라: ᄂᆞ라ᄃᆞ니[날아다니다: ᄂᆞᆯ(날다, 飛)- + -아(연어) + ᄃᆞᆮ(닫다, 走)- + 니(行)-]- + -ᄂᆞ(현시)- + -니(원칙)- + -라(←-다: 평종)

76) 맏ᄂᆞ다: 맏(← 맡다: 맡다, 嗅)- + -ᄂᆞ(현시)- + -다(평종)

77) 하ᄂᆞᆯ해 이셔: 하ᄂᆞᆯㅎ(하늘, 天) + -애(-에: 부조, 위치) # 이시(있다, 在)- + -어(연어) ※ '하ᄂᆞᆯ해 이셔'는 '하늘에서'로 의역하여 옮긴다.

78) 풍류호려: 풍류ᄒᆞ[← 풍류ᄒᆞ다(풍류하다): 풍류(風流: 명사) + -ᄒᆞ(동접)-]- + -오려(-려: 연어, 의도)

79) 올아가ᄂᆞ니라: 올아가[올라가다, 登去: 올(← 오ᄅᆞ다: 오르다, 登)- + -아(연어) + 가(가다, 去)- + -ᄂᆞ(현시)- + -니(원칙)- + -라(←-다: 평종)

80) 하ᄂᆞᆯ콰: 하ᄂᆞᆯㅎ(하늘, 天) + -과(부조: 비교)

81) ᄀᆞ토ᄃᆡ: ᄀᆞᇀ(← ᄀᆞᇀᄒᆞ다: 같다, 如)- + -오ᄃᆡ(-되: 연어, 설명 계속)

82) 힝뎌기: 힝뎍(행적, 行績) + -이(주조)

83) 嗔心: 진심. 왈칵 성내는 마음이다.

84) 젼치라: 젼ᄎᆞ(까닭, 이유, 因) + -ㅣ(←-이-: 서조)- + -Ø(현시)- + -라(←-다: 평종)

85) 늘개 ᄊᆞᅀᅵ: 늘개[날개, 翼(명사): 늘(날다, 飛)- + -개(명접)] + -ㅅ(관전) # ᄉᆞᅀᅵ(사이, 間) + -Ø(←-이: 주조)

86) 모기: 목(목, 喉) + -이(-에: 부조, 위치)

龍룡을 밥사마 자바 먹ᄂᆞ니라 緊긴那냥羅랑ᄂᆞᆫ 疑읭心심ᄃᆞᆫ 빈 神씬靈령이라 사ᄅᆞᆷ 혼ᄠᆞ디 ᄉᆞ니 사ᄅᆞᆷ가 토 ᄒᆞ야 ᄲᅳ리이실씨 疑읭心심 ᄃᆞ외ᄂᆞ니 놀애 브르ᄂᆞᆫ 神씬靈령이니 부톄 說쉃法법ᄒᆞ샤매 다 놀애로 브르ᄂᆞ니라 摩망睺ᅘᅮᇢ羅랑伽꺙ᄂᆞᆫ 큰 ᄇᆡᆺ바다ᄒᆞ로 긔여 ᄂᆞᆫ ᄠᅵ라 ᄒᆞ논 ᄠᅵ니 큰 ᄇᆡ얌 神씬靈령이라 變변은 常쌍例롕예셔 다ᄅᆞᆯ씨오 化황ᄂᆞᆫ 도욀씨라 三삼은 세히오 十씹은 열히오 六륙은 여스시라 百ᄇᆡᆨ이 열히 千천이오 千쳔이 열히 萬먼이라 여슷 자히 步뽕ㅣ오 三삼百ᄇᆡᆨ步뽕ㅣ라 里링라 珠즁는 구스리오

龍(용)을 밥으로 삼아 잡아먹느니라. 緊那羅(긴나라)는 '의심스러운 神靈(신령)이다.'라고 하는 뜻이니, 사람과 같되 뿔이 있으므로 사람인가 사람이 아닌가 하여 疑心(의심)되니, (긴나라는) 노래 부르는 神靈(신령)이니 부처가 說法(설법)하신 것마다 다 能(능)히 노래로 부르느니라. 摩睺羅伽(마후라가)는 '큰 뱃바닥으로 기어 움직인다.'라고 하는 뜻이니, 큰 뱀의 神靈(신령)이다. 變(변)은 보통과 다른 것이요, 化(화)는 되는 것이다. 三(삼)은 셋이요 十(십)은 열이요 六(육)은 여섯이다. 열 百(백)은 千(천)이요 열 千(천)이 萬(만)이다. 여섯 자가 步(보)이요 三百 步(삼백 보)가 里(리)이다. 珠(주)는 구슬이다.

龍룡을 밥 사마[87] 자바먹ᄂᆞ니라[88] 緊긴那낭羅랑ᄂᆞᆫ 疑읭心심ᄃᆞ뷘[89] 神씬靈령이라 혼 ᄠᅳ디니 사름 ᄀᆞ토ᄃᆡ[90] 쓰리[91] 이실ᄊᆡ 사ᄅᆞᆷ인가[92] 사름 아닌가 ᄒᆞ야 疑읭心심ᄃᆞ뷔니 놀애[93] 브르ᄂᆞᆫ 神씬靈령이니 부텨 說쉃法법ᄒᆞ신 다마다[94] 다 能ᄂᆞᆼ히 놀애로 브르ᅀᆞᆸᄂᆞ니라[95] 摩망睺ᅘᅮᆯ羅랑伽꺙ᄂᆞᆫ 큰 빗바다ᄋᆞ로[96] 긔여[97] ᄒᆞ니ᄂᆞ다[98] 혼 ᄠᅳ디니 큰 ᄇᆞ얐[99] 神씬靈령이라 變변은 常쌍例롕예셔[100] 다를[1] 씨오 化황ᄂᆞᆫ ᄃᆞ욀 씨라 三삼은 세히오[2] 十씹은 열히오 六륙은 여스시라 열 百빅이 千쳔이오 열 千쳔이 萬먼이라 여슷 자히[3] 步뽕ㅣ오 三삼百빅 步뽕ㅣ 里링라 珠즁는 구스리라

---

87) 사마 : 삼(삼다, 爲)-+-아(연어)
88) 자바먹ᄂᆞ니라 : 자바먹[잡아먹다, 捕食: 잡(잡다, 捕)-+-아(연어)+먹(먹다, 食)-]-+-ᄂᆞ(현시)-+-니(원칙)-+-라(←-다: 평종)
89) 疑心ᄃᆞ뷘 : 疑心ᄃᆞ뷔[의심스럽다: 疑心(의심: 명사)+-ᄃᆞ뷔(-되-: 형접)-]-+-Ø(현시)-+-ㄴ(관전)
90) ᄀᆞ토ᄃᆡ : 곹(← 곹ᄒᆞ다: 같다, 同)-+-오ᄃᆡ(연어, 설명 계속)
91) 쓰리 : 쓸(뿔, 角)+-이(주조)
92) 사ᄅᆞᆷ인가 : 사름(사람, 人)+-이(서조)-+-Ø(현시)-+-ㄴ가(-ㄴ가: 의종, 판정)
93) 놀애 : [노래, 歌: 놀(놀다, 遊)-+-애(명접)]
94) 다마다 : 다(데, 곳, 것, 處)+-마다(보조사, 각자) ※ '다'는 일반적으로 '데, 곳' 등의 위치를 나타내는 의존 명사로 쓰였으나, 여기서는 문맥에 따라서 '것'으로 의역하여 옮긴다.
95) 브르ᅀᆞᆸᄂᆞ니라 : 브르(부르다, 歌)-+-ᅀᆞᆸ(객높)-+-ᄂᆞ(현시)-+-니(원칙)-+-라(←-다: 평종)
96) 빗바다ᄋᆞ로 : [뱃바다: 빈(배, 腹)+-ㅅ(관조, 사잇)+바당(바닥, 面)]+-ᄋᆞ로(부조, 방편)
97) 긔여 : 긔(기다, 匍)-+-여(←-어: 연어)
98) ᄒᆞ니ᄂᆞ다 : ᄒᆞ니(움직이다, 動)-+-ᄂᆞ(현시)-+-다(평종)
99) ᄇᆞ얐 : ᄇᆞ얌(뱀, 蛇)+-ㅅ(-의: 관조)
100) 常例롕예셔 : 常例(상례, 보통)+-예(←-에: 부조, 위치, 비교)+-셔(-서: 보조사, 위치 강조)
 1) 다를 : 다ᄅᆞ(다르다, 異)-+-ㄹ(관전)
 2) 세히오 : 세ᄒᆞ(세, 三: 수사, 양수)+-이(서조)-+-오(←-고: 연어, 나열)
 3) 자히 : 자ᄒᆞ(자, 尺: 의명)+-이(주조)

【 說(설)은 이르는 것이다. 】 普光佛(보광불)이 讚歎(찬탄)하여 이르시되 【 讚歎(찬탄)은 기리는 것이다. 】, "좋다. 네가 阿僧祇(아승기) 劫(겁)을 지나가서 부처가 되어 號(호)를 釋迦牟尼(석가모니)라 하리라." 【 號(호)는 이름 삼아 부르는 것이다. 釋迦(석가)는 어질며 남을 가엾이 여기시는 것이니, 衆生(중생)을 爲(위)하여 世間(세간)에 나신 것을 사뢰고, 牟尼(모니)는 고요하고 잠잠한 것이니 智慧(지혜)의 根源(근원)을 사뢰니, '釋迦(석가)'라고 하시므로 涅槃(열반)에

說_쉃은·니를⁴⁾ 씨라⁵⁾】 普_퐁光_광佛_뽏이 讚_잔歎_탄ᄒᆞ야 니르샤ᄃᆡ【讚_잔歎_탄은 기릴⁶⁾ 씨라】 됴타⁷⁾ 네 阿_항僧_승祇_낑 劫_겁을 디나가 부톄⁸⁾ ᄃᆞ외야 號_뽛ᄅᆞᆯ 釋_셕迦_강牟_뭏尼_닝라 ᄒᆞ리라【號_뽛ᄂᆞᆫ 일훔 사마 브르ᄂᆞᆫ 거시라 釋_셕迦_강ᄂᆞᆫ 어딜며 ᄂᆞᆷ 어엿비⁹⁾ 너기실¹⁰⁾ 씨니 衆_즁生_{ᄉᆡᇰ} 爲_윙ᄒᆞ야 世_솅間_간¹¹⁾애 나샤ᄆᆞᆯ¹²⁾ 솗고 牟_뭏尼_닝ᄂᆞᆫ 괴외ᄌᆞᆷᄌᆞᆷᄒᆞᆯ¹³⁾ 씨니 智_딩慧_뼁ㅅ 根_{ᄀᆞᆫ}源_원을 슬ᄫᆞ니 釋_셕迦_강 ᄒᆞ실ᄊᆡ 涅_{ᄂᆞᇙ}槃_빠¹⁴⁾애

---

4) 니를: 니르(이르다, 曰)-+-ㄹ(관전)
5) 씨라: ㅆ(←ㅅ: 것, 의명) + -이(서조)-+-Ø(현시)-+-라(←-다: 평종)
6) 기릴: 기리(기리다, 높이 칭찬하다, 譽)-+-ㄹ(관전)
7) 됴타: 둏(좋다, 好)-+-Ø(현시)-+-다(평종)
8) 부톄: 부텨(부처, 佛)+-ㅣ(←-이: 보조)
9) 어엿비: [불쌍히, 불쌍하게(부사): 어엿ㅂ(←어엿브다(불쌍하다, 憫: 형사)-+-이(부접)]
10) 너기실: 너기(여기다, 思)-+-시(주높)-+-ㄹ(관전)
11) 世間: 세간. 세상 일반이다.
12) 나샤ᄆᆞᆯ: 나(나다, 現, 生)-+-샤(←-시-: 주높)-+-ㅁ(←-옴: 명전)+-ᄋᆞᆯ(목조)
13) 괴외ᄌᆞᆷᄌᆞᆷᄒᆞᆯ: 괴외ᄌᆞᆷᄌᆞᆷᄒᆞ[고요하고 잠잠하다: 괴외(고요: 명사) + ᄌᆞᆷᄌᆞᆷ(잠잠, 潛潛: 불어) + -ᄒᆞ(형접)-]-+-ㄹ(관전)
14) 涅槃: 열반. 모든 번뇌의 얽매임에서 벗어나고, 진리를 깨달아 불생불멸의 법을 체득한 경지이다. 불교의 궁극적인 실천 목적이다.

아니 계시고, '牟尼(모니)'라고 하시므로 生死(생사)에 아니 계시니라. 涅槃(열반)은 '없다'라고 하는 뜻이다. 】 授記(수기)를 다하시고【 授記(수기)는 "네가 아무 때에 부처가 되리라." 미리 이르시는 것이다. 】 부처가 가시는 땅이 질거늘, 善慧(선혜)가 입고 있으시던 鹿皮(녹피) 옷을 벗어 땅에 까시고【 鹿皮(녹피)는 사슴의 가죽이다. 】머리를 펴 덮으시거늘, 부처가 밟아 지나시고 또 授記(수기)하시되, "네가 後(후)에 아니 겨시고 牟_뭏尼_닝 ᄒᆞ실ᄊᆡ 生_{ᄉᆡᆼ}死_{ᄉᆞᆼ}애 아니 겨시니라 涅_넗槃_빤은 업다 ᄒᆞ논 ᄠᅳ디라 】 授_{ᄊᆛᆼ}記_긩[15] 다   ᄒᆞ시고【授_{ᄊᆛᆼ}記_긩ᄂᆞᆫ 네[16] 아모[17] 저긔 부텨 ᄃᆞ외리라[18] 미리 니ᄅᆞ실 씨라 】 부텨 가시논[19] ᄯᅡ히 즐어늘[20] 善_쎤慧_{ᄒᆑ} 니버 잇더신[21] 鹿_록皮_삥 오ᄉᆞᆯ 바사[22] ᄯᅡ해 ᄭᆞᄅᆞ시고[23]【鹿_록皮_삥ᄂᆞᆫ 사ᄉᆞ미 가치라[24] 】 마리ᄅᆞᆯ[25] 퍼[26] 두퍼시ᄂᆞᆯ[27] 부톄 불바[28] 디나시고 ᄯᅩ 授_{ᄊᆛᆼ}記_긩ᄒᆞ샤ᄃᆡ[29] 네 後_{후ᇢ}에

---

15) 授記: 수기. 부처가 그 제자에게 내생에 성불(成佛)하리라는 예언기(豫言記)를 주는 것이다.

16) 네: 너(너, 汝: 인대, 2인칭) + -ㅣ(←-이: 주조)

17) 아모: 아무, 某(관사, 지시, 부정칭)

18) ᄃᆞ외리라: ᄃᆞ외(되다, 爲)- + -리(미시)- + -라(←-다: 평종)

19) 가시논: 가(가다, 去)- + -시(주높)- + -ㄴ(←-ᄂᆞ-: 현시)- + -오(대상)- + -ㄴ(관전)

20) 즐어늘: 즐(질다, 泥)- + -어늘(←-거늘: 연어, 상황)

21) 니버 잇더신: 닙(입다, 着)- + -어(연어) # 잇(← 이시다: 있다, 보용, 완료 지속)- + -더(회상)- + -시(주높)- + -ㄴ(관전)

22) 바사: 밧(벗다, 脫)- + -아(연어)

23) ᄭᆞᄅᆞ시고: ᄭᆞᆯ(깔다, 藉)- + -ᄋᆞ시(주높)- + -고(연어, 나열, 계기)

24) 가치라: 갗(가죽, 皮) + -이(서조)- + -Ø(현시)- + -라(←-다: 평종)

25) 마리ᄅᆞᆯ: 마리(머리, 머리털, 毛髮) + -ᄅᆞᆯ(목조)

26) 퍼: 퍼(← 프다: 펴다, 伸)- + -어(연어)

27) 두퍼시ᄂᆞᆯ: 둪(덮다, 蔽)- + -시(주높)- + -어…ᄂᆞᆯ(-거늘: 연어, 상황)

28) 불바: ᄇᆞᆲ(← ᄇᆞᆲ다, ㅂ불: 밟다, 履)- + -아(연어)

29) 授記ᄒᆞ샤ᄃᆡ: 授記ᄒᆞ[수기하다(동사): 授記(수기: 명사) + -ᄒᆞ(동접)-]- + -샤(←-시-: 주높)- + -ᄃᆡ(←-오ᄃᆡ: -되, 연어, 설명 계속)

:텬·의야五·옹濁·똑惡·학世·셰·예【濁·똑·온모딜씨라五·옹濁·똑·온 劫·겁濁·똑見·견濁·똑煩·뻔惱·놀濁·똑衆生·ᄉᆡᆼ濁·똑命·명濁·똑 몰ᄀᆞᆫ性·셩에흐린ᄆᆞᅀᆞ미 ·에이모딘일ᄒᆞ·야흐·리·워罪·쬥業·업 ·을니르ᅘᅧ들씨라見·견·은볼씨니빗근 ·보미라煩·뻔·은만ᄒᆞᆯ씨오惱·놀·ᄂᆞᆫ어즈 ·미·릴씨라주·그·며살·며ᄒᆞ·야輪·륜廻·ᅘᆑ·ᄒᆞ 미衆·즁生·ᄉᆡᆼ濁·똑이·라목수·믈몯·여·희 命·명·은목수·미라天·텬人·ᅀᅵᆫ濟·졩渡

부처가 되어 五濁(오탁) 惡世(악세)에【濁(탁)은 흐린 것이요, 惡(악)은 모진 것이다. 五濁(오탁)은 劫濁(겁탁)·見濁(견탁)·煩惱濁(번뇌탁)·衆生濁(중생탁)·命濁(명탁)이니, 本來(본래) 맑은 性(성)에 흐린 마음이 일어나는 것이 濁(탁)이다. 劫(겁)은 時節(시절)이니, 時節(시절)에 모진 일이 많아 흐리게 하여 罪業(죄업)을 일으키는 것이다. 見(견)은 보는 것이니, 비뚤어지게 보는 것이다. 煩(번)은 많은 것이요, 惱(뇌)는 어지럽히는 것이다. 죽으며 살며 하여 輪廻(윤회)하는 것이 衆生濁(중생탁)이다. 목숨을 못 떠나는 것이 命濁(명탁)이니 命(명)은 목숨이다.】 天人(천인)을 濟渡(제도)하는 것을 부톄[30] 도외야 五_옹濁_똭[31] 惡_학世_솅[32]예【濁_똭은 흐릴 씨오 惡_학은 모딜

씨라 五_옹濁_똭은 劫_겁濁_똭 見_견濁_똭 煩_뻔惱_놀濁_똭 衆_즁生_싱濁_똭 命_명濁_똭이

니 本_본來_링 물 性_셩에 흐린 므슴 니러나미[33] 濁_똭이라 劫_겁은 時_씽節_졇이니

時_씽節_졇에 모딘 이리 만ᄒ야[34] 흐리워[35] 罪_쮕業_업을 니르바틀[36] 씨라 見_견은

볼 씨니 빗근[37] 보미라[38] 煩_뻔은 만홀 씨오 惱_놀ᄂ 어즈릴[39] 씨라 주그며 살

며 ᄒ야 輪_륜廻_{ᅘᆋ}호미 衆_즁生_싱濁_똭이라 목수믈 몯 여희유미[40] 命_명濁_똭이니

命_명은 목수미라 】 天_텬人_{ᅀᅵᆫ} 濟_졩渡_똥호믈

---

30) 부톄: 부텨(부처, 佛) + -ㅣ(←-이: 보조)

31) 五濁: 오탁. 세상의 다섯 가지 더러움이다. '명탁(命濁), 중생탁(衆生濁), 번뇌탁(煩惱濁), 견탁(見濁), 겁탁(劫濁)'을 이른다.

32) 惡世: 악세. 악한 일이 성행하는 나쁜 세상이다.

33) 니러나미: 니러나[일어나다: 닐(일어나다, 起)- + -어(연어) + 나(나다, 現)-]- + -ㅁ(←-옴: 명전) + -이(주조)

34) 만ᄒ야: 만ᄒ(많다, 多)- + -야(←-아: 연어)

35) 흐리워: 흐리우[흐리게 하다: 흐리(흐리다, 濁: 형사)- + -우(사접)-]- + -어(연어)

36) 니르바틀: 니르받[일으키다, 惹起: 닐(일어나다, 起: 자동)- + -으(사접)- + -받(강접)-]- + -을(관전)

37) 빗근: 빗(가로지다, 비뚤어지다, 橫)- + -Ø(과시)- + -은(관전)

38) 보미라: 보(보다, 見)- + -ㅁ(←-옴: 명전) + -이(서조)- + -Ø(현시)- + -라(←-다: 평종)

39) 어즈릴: 어즈리[어지럽히다, 亂: 어즐(어질: 불어) + -이(사접)-]- + -ㄹ(관전)

40) 여희유미: 여희(여의다, 떠나다, 別)- + -윰(←-움: 명전) + -이(주조)

어렵게 아니 하는 것이 마땅히 나와 같으리라."【天人(천인)은 하늘과 사
람이다. 】 그때에 善慧(선혜)가 부처께 가 出家(출가)하시어, 世尊(세존)께
사뢰시되【出(출)은 나는 것이요 家(가)는 집이니, (出家는) 집을 버리고 나가
머리를 깎는 것이다. 】, "내가 어저께에 다섯 가지의 꿈을 꾸니, 하나는
바다에 누우며, 둘은 須彌山(수미산)을 베며【須彌(수미)는 가장 높다고 하
는 뜻이다. 】, 셋은

쎨비⁴¹⁾ 아니 호미 당다이⁴²⁾ 나 굳ᄒ리라【天텬人ᅀᅵᆫ은 하ᄂᆞᆯ콰⁴³⁾ 사ᄅᆞᆷ 괘라⁴⁴⁾】그 ᄢᅴ⁴⁵⁾ 善쎤慧ᅘᆌ 부텻긔⁴⁶⁾ 가아 出츓家강ᄒᆞ샤 世셍尊존ᄭᅴ 슬ᇦ샤ᄃᆡ⁴⁷⁾【出츓은 날 씨오 家강ᄂᆞᆫ 지비니 집 ᄇᆞ리고 나가 머리 갓ᄀᆞᆯ⁴⁸⁾ 씨라】내 어저ᄢᅴ⁴⁹⁾ 다ᄉᆞᆺ 가짓 ᄭᅮ믈 ᄭᅮ우니⁵⁰⁾ ᄒᆞ나ᄒᆞᆫ⁵¹⁾ 바ᄅᆞ래⁵²⁾ 누ᄫᅳ며⁵³⁾ 둘흔⁵⁴⁾ 須슗彌밍山산⁵⁵⁾을 볘며⁵⁶⁾【須슗彌밍ᄂᆞᆫ ᄀᆞ장 놉다 ᄒᆞ논 ᄠᅳ디라】세흔⁵⁷⁾

---

41) 쎨비: [어렵게, 難(부사): 쎫(← 쎫다, ㅂ불: 어렵다, 難: 형사)- + -이(부접)]

42) 당다이: [반드시, 마땅히, 必(부사): 당당(마땅: 불어) + -Ø(← -ᄒ-: 형접)- + -이(부접)]

43) 하ᄂᆞᆯ콰: 하ᄂᆞᆯㅎ(하늘, 天) + -과(접조)

44) 사ᄅᆞᆷ괘라: 사ᄅᆞᆷ(사람, 人) + -과(접조) + -ㅣ(← -이-: 서조) + -Ø(현시)- + -라(← -다: 평종)

45) 그 ᄢᅴ: 그(그, 彼: 관사, 지시, 정칭) # ᄢᅴ(← ᄢᅵ: 때, 時) + -의(-에: 부조, 위치, 시간)

46) 부텻긔: 부텨(부처, 佛)- + -ᄭᅴ(-께: 부조, 상대, 높임)

47) 슬ᇦ샤ᄃᆡ: 슳(← 슯다, ㅂ불: 사뢰다, 아뢰다, 奏)- + -ᄋᆞ샤(← -ᄋᆞ시-: 주높)- + -ᄃᆡ(← -오ᄃᆡ: 연어, 설명 계속)

48) 갓ᄀᆞᆯ: 갂(깎다, 削)- + -ᄋᆞᆯ(관전)

49) 어저ᄢᅴ: [어저께(명사, 부사): 어저(← 어제: 어제, 昨日) + -ㅅ(관조, 사잇) + 긔(거기에: 의명)]

50) ᄭᅮ우니: ᄭᅮ(꾸다, 夢)- + -우(화자)- + -니(연어, 설명 계속, 이유)

51) ᄒᆞ나ᄒᆞᆫ: ᄒᆞ나ㅎ(하나, 一: 수사, 양수) + -은(보조사, 주제)

52) 바ᄅᆞ래: 바ᄅᆞᆯ(바다, 海) + -애(-에: 부조, 위치)

53) 누ᄫᅳ며: 눟(← 눕다, ㅂ불: 눕다, 臥)- + -으며(연어, 나열)

54) 둘흔: 둘ㅎ(둘, 二: 수사, 양수) + -은(보조사, 주제)

55) 須彌山: 수미산. 불교의 우주관에서, 세계의 중앙에 있다는 산이다. 꼭대기에는 제석천이, 중턱 에는 사천왕이 살고 있다고 한다.

56) 볘며: 볘(베다, 枕)- + -며(연어, 나열)

57) 세흔: 세ㅎ(셋, 三: 수사, 양수) + -은(보조사, 주제)

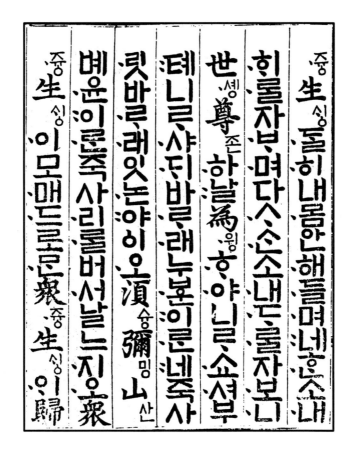

衆生(중생)들이 내 몸 안에 들며, 넷은 손에 해를 잡으며, 다섯은 손에
달을 잡으니, 世尊(세존)이시여 나를 爲(위)하여 이르소서." 부처가 이르
시되, "바다에 누운 일은 네가 죽살이(生死)의 바다에 있는 모양이요, 須
彌山(수미산)을 벤 일은 죽살이(生死)를 벗어날 조짐이요, 衆生(중생)이 몸
에 드는 것은 (네가) 衆生(중생)이

衆_즁生_싱둘히[58] 내 몸 안해[59] 들며 네흔[60] 소내 히를[61] 자보며 다스슨[62] 소내 드를[63] 자보니[64] 世_솅尊_존하[65] 날 爲_윙ᄒ야 니르쇼셔[66] 부톄[67] 니르샤ᄃᆡ 바ᄅᆞ래 누분[68] 이른 네[69] 죽사릿[70] 바ᄅᆞ래 잇논[71] 야이오[72] 須_슝彌_밍山_산 볘윤[73] 이른 죽사리를 버서날[74] 느지오[75] 衆_즁生_싱이 모매 드로믄[76] 衆_즁生_싱이[77]

---

58) 衆生둘히: 衆生둘ㅎ[중생들: 衆生(중생) + -둘ㅎ(-들 :복접)] + -이(주조)

59) 안해: 안ㅎ(안, 內) + -애(-에: 부조, 위치)

60) 네흔: 네ㅎ(넷, 四: 수사, 양수) + -은(보조사, 주제)

61) 히를: 히(해, 日) + -를(목조)

62) 다스슨: 다숫(다섯, 五: 수사, 양수) + -은(보조사, 주제)

63) 드를: 둘(달, 月) + -을(목조)

64) 자보니: 잡(잡다, 執)- + -오(화자)- + -니(연어, 설명 계속, 상황)

65) 世尊하: 世尊(세존) + -하(-이시여: 호조, 아주 높임)

66) 니르쇼셔: 니르(이르다, 曰)- + -쇼셔(-소서: 명종, 아주 높임)

67) 부톄: 부텨(부처, 佛) + -ㅣ(←-이: 주조)

68) 누분: 눕(← 눕다, ㅂ불: 눕다, 臥)- + -Ø(과시)- + -우(대상)- + -ㄴ(관전)

69) 네: 너(너, 汝: 인대, 2인칭) + -ㅣ(←-이: 주조)

70) 죽사릿: 죽사리[죽살이, 生死(명사): 죽(죽다, 死)- + 살(살다, 生)- + -이(명접)] + -ㅅ(-의: 관조)

71) 잇논: 잇(← 이시다: 있다, 在)- + -ㄴ(←-ᄂᆞ-: 현시)- + -오(대상)- + -ㄴ(관전)

72) 야이오: 양(양, 모양, 樣: 의명) + -이(서조)- + -오(←-고: 연어, 나열)

73) 볘윤: 볘(볘다, 枕)- + -Ø(과시)- + -유(←-우-: 대상)- + -ㄴ(관전)

74) 버서날: 버서나[벗어나다: 벗(벗다, 脫)- + -어(연어) + 나(나다, 出)-]- + -ㄹ(관전)

75) 느지오: 늦(조짐, 징조, 兆) + -이(서조)- + -오(←-고: 연어, 나열)

76) 드로믄: 들(들다, 入)- + -옴(명전) + -은(보조사, 주제)

77) 衆生이: 衆生(중생) + -이(관조, 의미상 주격)

歸依(귀의)할 땅이 될 조짐이요, 해를 잡은 것은 (너의) 智慧(지혜)가 널리
비칠 조짐이요, 달을 잡은 일은 (네가) 맑고 시원한 道理(도리)로 衆生(중
생)을 濟渡(제도)하여 더운 煩惱(번뇌)를 떨치게 할 조짐이니【더운 煩惱
(번뇌)는 煩惱(번뇌)가 불같이 달아올라서 나는 것이므로 덥다고 하느니라. 】,
이 꿈의 因緣(인연)은 네가 장차 부처가 될 相(상)이로다." 善慧(선혜)가

歸_귕依_읭홇⁷⁸⁾ 싸히⁷⁹⁾ 드월 느지오 히를 자보문 智_딩慧_휑 너비⁸⁰⁾ 비췰⁸¹⁾ 느지오 드를 자본⁸²⁾ 이른 묽고 간다분⁸³⁾ 道_똘理_링로 衆_즁生_싱을 濟_졩渡_똥ᄒ야 더븐⁸⁴⁾ 煩_뻔惱_놀를 여희의⁸⁵⁾ 홀 느지니【더븐 煩_뻔惱_놀ᄂᆫ 煩_뻔惱_놀ㅣ 블 ᄀ티⁸⁶⁾ 다라⁸⁷⁾ 나ᄂᆫ⁸⁸⁾ 거실씨⁸⁹⁾ 덥다 ᄒᆞᄂᆞ니라】이 ᄭᅮ믜⁹⁰⁾ 因_힌緣_원은 네 쟝ᄎᆞ⁹¹⁾ 부텨 드욀 相_샹이로다⁹²⁾ 善_쎤慧_휑

---

78) 歸依홇: 歸依ᄒ[← 歸依ᄒᆞ다(귀의하다): 歸依(귀의: 명사) + -ᄒ(동접)-]- + -오(대상)- + -ᇙ (관전) ※ '歸依(귀의)'는 부처와 불법(佛法)과 승가(僧伽)로 돌아가 의지하여 구원을 청하는 것이다.

79) 싸히: 쌓(땅, 地) + -이(주조)

80) 너비: [널리, 廣(부사): 넙(넓다, 廣: 형사)- + -이(부접)]

81) 비췰: 비취(비치다, 照)- + -ㄹ(관전)

82) 자본: 잡(잡다, 執)- + -Ø(과시)- + -오(대상)- + -ㄴ(관전)

83) 간다분: 간닶(← 간닶다, ㅂ불: 시원하다, 서늘하다, 凉)- + -Ø(현시)- + -은(관전)

84) 더븐: 덦(← 덦다, ㅂ불: 덥다, 署)- + -Ø(현시)- + -은(관전)

85) 여희의: 여희(여의다, 떨치다, 떠나다, 盡, 別)- + -의(← -긔: -게, 연어, 사동)

86) ᄀ티: [같이, 同(부사): 곹(← 곹ᄒ다: 같다, 同, 형사)- + -이(부접)]

87) 다라: 달(달다, 뜨거워지다, 焦, 熱)- + -아(연어)

88) 나ᄂᆫ: 나(나다, 出)- + -ᄂᆞ(현시)- + -ㄴ(관전)

89) 거실씨: 것(것: 의명) + -이(서조)- + -ㄹ씨(-므로: 연어, 이유)

90) ᄭᅮ믜: 꿈(꿈, 夢) + -의(관조)

91) 쟝ᄎᆞ: 장차, 將(부사)

92) 相이로다: 相(상) + -이(서조)- + -Ø(현시)- + -로(← -도-: 감동)- + -다(평종) ※ '相(상)'은 볼수 있고 알 수 있는 모습인데, 자상(自相)과 공상(共相), 동상(同相)과 이상(異相) 따위로 나뉜다.

듣고 기뻐하시더라. 後(후)에 普光佛(보광불)이 滅度(멸도)하시거늘【滅
(멸)은 없는 것이요 度(도)는 건너는 것이니, (滅度는) 비어서 아무것도 없어 世
間(세간) 밖에 건너서 나시는 것이니 그것이 涅槃(열반)이니, 涅槃(열반)은 조
용한 것이니 마음을 맑게 하시어 하나도 없이 비게 되시어, 살지 아니하시며
죽지 아니하시어 便安(편안)하게 되시는 것이다.】, 善慧(선혜) 比丘(비구)가
正(정)한 法(법)을 護持(호지)하시어【比丘(비구)는 중이다.】, 二萬(이만) 해
(年)의 사이에【二(이)는

듣ᄌᆞᆸ고 깃거ᄒᆞ더시다[93] 後ᅘᅮᇢ에 普ᄫᅩᆼ光광佛ᄲᅮᇙ 滅며ᇙ度똥ᄒᆞ거시ᄂᆞᆯ[94]【滅며ᇙ은 업슬 씨오 度똥ᄂᆞᆫ 건날 씨니[95] 뷔여[96] ᄒᆞᆫ 것도[97] 업서 世솅間간 밧긔[98] 건나나실 씨니 긔[99] 涅녀ᇙ槃빤이니 涅녀ᇙ槃빤ᄋᆞᆫ 괴외ᄒᆞᆯ[100] 씨니 ᄆᆞᅀᆞᄆᆞᆯ ᄆᆞᆯ기샤[1] ᄒᆞᆫ 것도 업시 뷔샤 사디[2] 아니ᄒᆞ시며 죽디 아니ᄒᆞ샤 便뼌安ᅙᅡᆫ케 ᄃᆞ외실 씨라】 善션慧ᅘᅰᆼ 比삥丘쿻ㅣ 正졍ᄒᆞᆫ 法법을 護ᅘᅩᆼ持띵ᄒᆞ샤[3]【比삥丘쿻는 즁이라】 二ᅀᅵᆼ萬먼 ᄒᆡᆺ ᄉᆞᅀᅵ예[4]【二ᅀᅵᆼᄂᆞᆫ

---

93) 깃거ᄒᆞ더시다: 깃거ᄒᆞ[기뻐하다, 歡: 귔(기뻐하다, 歡)- + -어(연어) + ᄒᆞ(하다, 爲)-]- + -더(회상)- + -시(주높)- + -다(평종)

94) 滅度ᄒᆞ거시ᄂᆞᆯ: 滅度ᄒᆞ[멸도하다, 스님이 죽다: 滅度(멸도: 명사) + -ᄒᆞ(동접)-]- + -시(주높)- + -거…ᄂᆞᆯ(-거늘: 연어, 상황)

95) 건날: 건나[건너다, 渡: 걷(걷다, 步)- + 나(나다, 現)-]- + -ㄹ(관전)

96) 뷔여: 뷔(비다, 空: 형사)- + -여(← -어: 연어)

97) ᄒᆞᆫ 것도: ᄒᆞᆫ(한, 一: 관사, 양수) # 것(것: 의명) + -도(보조사, 강조) ※ 'ᄒᆞᆫ 것도'는 '하나도', '아무것도'로 옮긴다.

98) 밧긔: 밝(밖, 外) + -의(-에: 부조, 위치)

99) 긔: 그(그것, 彼: 지대, 정칭) + -ㅣ(← -이: 주조)

100) 괴외ᄒᆞᆯ: 괴외ᄒᆞ[조용하다, 靜: 괴외(고요: 명사)- + -ᄒᆞ(형접)-]- + -ㄹ(관전)

1) ᄆᆞᆯ기샤: ᄆᆞᆯ기[맑게 하다(동사): ᄆᆞᆰ(맑다, 淨: 형사)- + -이(사접)-]- + -샤(← -시-: 주높)- + -Ø(← -아: 연어)

2) 사디: 사(← 살다, 生)- + -디(-지: 연어, 부정)

3) 護持ᄒᆞ샤: 護持ᄒᆞ[보호하여 지니다: 護持(호지: 명사) + -ᄒᆞ(동접)-]- + -샤(← -시-: 주높)- + -Ø(← -아: 연어)

4) ᄒᆡᆺ ᄉᆞᅀᅵ예: ᄒᆡ(해, 年) + -ㅅ(-의: 관조) # ᄉᆞᅀᅵ(사이, 間) + -예(← -에: 부조, 위치, 시간)

衆_즁生_싱濟_졩渡_똥를 몯내 니른·혜·

라·히

·에·호·시·고命_명終_즁·호·야

·라四_숭天_텬王_왕·이 외·샤

·하느

리·라·天_텬衆_즁敎_굘化_황·호·시·다·가

兩_량衆_즁은 하·늘햇 사른·미라 敎_굘化_황·눈 그른·쳐·어·딜·에·딯·외·오·리·라

天_텬王_왕이·니 東_동方_방持_띵國_귁天_텬王_왕

天_텬王_왕南_남方_방增_증長_땽天_텬王_왕

西_솅方_방廣_광目_목天_텬王_왕比_빅北_븍方_방

多_당聞_문天_텬王_왕이·니 아·래·로 첫

命_명終_즁은 목·숨 모·출·씨

四_숭天_텬王_왕은 네

·둘이다. 】 衆生(중생)을 濟渡(제도)함을 이루 (다) 헤아리지 못하게 (많이) 하시고, 命終(명종)하여【命終(명종)은 목숨을 마치는 것이다. 】 四天王(사천왕)이 되시어【四天王(사천왕)은 네 天王(천왕)이니, 東方持國天王(동방 지국천왕), 南方增長天王(남방 증장천왕), 西方廣目天王(서방 광목천왕), 北方多聞天王(북방 다문천왕)이니, 아래로 첫 하늘이다. 】 天衆(천중)을 敎化(교화)하시다가【天衆(천중)은 하늘에 있는 사람이다. 敎化(교화)는 가르치어 어질게 되게 하는 것이다. 】, 그 하늘

둘히라⁵⁾】 衆쥼生ᄉᆡᆼ 濟졩渡똥호ᄆᆞᆯ 몯 니ᄅᆞ⁶⁾ 혜에⁷⁾ ᄒᆞ시고 命명終쥼ᄒᆞ야【命명終쥼은 목숨 ᄆᆞᆾᄀᆞᆯ 씨라⁸⁾】四ᄉᆞᆼ天텬王왕⁹⁾이 ᄃᆞ외샤¹⁰⁾【四ᄉᆞᆼ天텬王왕ᄋᆞᆫ 네 天텬王왕이니 東동方방持띵國귁天텬王왕 南남方방增증長댱天텬王왕 西솅方방廣광目목天텬王왕 北븍方방多당聞문天텬王왕이니 아래로 첫 하ᄂᆞ리라¹¹⁾】天텬衆쥼 敎ᄀᆢ化황ᄒᆞ시다가¹²⁾【天텬衆쥼은 하ᄂᆞᆶ햇¹³⁾ 사ᄅᆞ미라 敎ᄀᆢ化황ᄂᆞᆫ ᄀᆞᄅᆞ쳐¹⁴⁾ 어딜에¹⁵⁾ ᄃᆞ외올¹⁶⁾ 씨라】그 하ᄂᆞᆯ

---

5) 둘히라: 둘ㅎ(둘, 二: 수사, 양수)+ -이(서조)- + -∅(현시)- + -라(←-다: 평종)

6) 니ᄅᆞ: [이루, 여간해서는 도저히(부사): 니르(이르다, 曰: 타동)- + -∅(부접)]

7) 혜에: 혜(헤아리다, 생각하다, 量)- + -에(←-게: 연어, 사동) ※ '몯 니ᄅᆞ 혜에'는 '이루 다 헤아리지 못하게'로 의역한다.

8) ᄆᆞᆾ 씨라: 몿(마치다, 終)- + -ᄋᆞᆯ(관전) # 씨(← ᄉᆞ: 것, 의명)+ -이(서조)- + -∅(현시)- + -라(←-다: 평종)

9) 四天王(사천왕): 사왕천(四王天)의 주신(主神)으로, 사방을 진호(鎭護)하며 국가를 수호하는 네 신이다. 위로는 제석천을 섬기고 아래로는 팔부중(八部衆)을 지배하여 불법에 귀의한 중생을 보호한다. 동쪽의 '지국천왕', 남쪽의 '증장천왕', 서쪽의 '광목천왕', 북쪽의 '다문천왕'이다.

10) ᄃᆞ외샤: ᄃᆞ외(되다, 爲)- + -샤(←-시-: 주높)- + -∅(←-아: 연어)

11) 하ᄂᆞ리라: 하ᄂᆞᆯ(← 하ᄂᆞᆶ: 하늘, 天)+ -이(서조)- + -∅(현시)- + -라(←-다: 평종)

12) 敎化ᄒᆞ시다가: 敎化ᄒᆞ[교화하다: 敎化(교화: 명사)+ -ᄒᆞ(동접)-]- + -시(주높)- + -다가(연어, 전환)

13) 하ᄂᆞᆶ햇: 하ᄂᆞᆶ(하늘, 天)+ -애(-에: 부조, 위치)+ -ㅅ(-의: 관조)

14) ᄀᆞᄅᆞ쳐: ᄀᆞᄅᆞ치(가르치다, 敎)- + -어(연어)

15) 어딜에: 어딜(어질다, 仁)- + -에(←-게: 연어, 피동)

16) ᄃᆞ외올: ᄃᆞ외오[되게 하다: ᄃᆞ외(되다, 化: 자동)- + -오(사접)-]- + -ㄹ(관전)

놀록숨다살ᄋᆞ시고ᄉ 人신間간애 ᄂ리
샤 人신間간ᄋᆞᆫ 사ᄅᆞᆷ서리라 轉뎐輪륜王왕이 ᄃᆞ외
야 轉뎐은 그올씨오 輪륜은 술위니 그우릴씨 聖
술위로ᄃᆞᆯ 聖셩王왕이 셔실 나래 해ᄃᆞ니라 실 轉뎐
다ᄒᆞ니라 輪륜王왕이시다 ᄒᆞ며 輪륜王왕ᄋᆞᆫ 聖셩人신이시
신王왕이시니 聖셩ᄋᆞᆫ 通통達달 四ᄉᆞ天
ᄯᆞᆷᄒᆞ야 몰롤이리업슬씨라 四ᄉᆞ天텬
텬下하ᄅᆞᆯ 다ᄉᆞ리시다가 ᄒᆞᆫ 東동弗불

목숨을 다 사시고 人間(인간)에 내리시어【人間(인간)은 사람의 가운데이다. 】轉輪王(전륜왕)이 되어【轉(전)은 구르는 것이요, 輪(윤)은 수레바퀴이니, 轉輪(전륜)은 수레를 굴리는 것이니, 聖王(성왕)이 서시는 날에 수레가 날아오거든, (성왕이) 그 수레를 타시어 나라에 다 다니시므로, 轉輪王(전륜왕)이시라고 하며 輪王(윤왕)이시라고 하느니라. 聖王(성왕)은 聖人(성인)이신 王(왕)이시니, 聖(성)은 通達(통달)하여 모르는 일이 없는 것이다. 】, 四天下(사천하)를 다스리시다가【四天下(사천하)는

목숨 다 사ᄅᆞ시고[17] 人ᅀᅵᆫ間간애 ᄂᆞ리샤【人ᅀᅵᆫ間간ᄋᆞᆫ 사ᄅᆞᆷ 서리라[18]】

轉둼輪륜王왕[19]이 ᄃᆞ외야【轉둼ᄋᆞᆫ 그울 씨오[20] 輪륜ᄋᆞᆫ 술위ᄧᅵ니[21] 轉둼輪륜

ᄋᆞᆫ 술위를[22] 그우릴[23] 씨니 聖셩王왕[24] 셔실[25] 나래 술위 ᄂᆞ라오나ᄃᆞᆫ[26] 그 술

위를 ᄐᆞ샤 나라해 다 ᄃᆞᆮ니실씨[27] 轉둼輪륜王왕이시다 ᄒᆞ며 輪륜王왕이시다 ᄒᆞ

ᄂᆞ니라 聖셩王왕ᄋᆞᆫ 聖셩人ᅀᅵᆫ이신 王왕이시니 聖셩ᄋᆞᆫ 通통達ᄠᅡᇙᄒᆞ야 몰롤 이리[28]

업슬 씨라】 四ᄉᆞᆼ天텬下행ᄅᆞᆯ 다ᄉᆞ리시다가[29]【四ᄉᆞᆼ天텬下행ᄂᆞᆫ

---

17) 사ᄅᆞ시고: 살(살다, 生)- + -ᄋᆞ시(주높)- + -고(연어, 나열, 계기)

18) 사ᄅᆞᆷ 서리라: 사ᄅᆞᆷ(사람, 人) + -ㅂ(-의: 관조) # 서리(가운데, 中) + -Ø(←-이-: 서조)- + -Ø(현시)- + -라(←-다: 평종) ※ '-ㅂ'은 앞 체언의 종성이 순음의 유성 자음인 /ㅁ/ 아래에 실현되는 관형사격 조사인데, 세종 때에 지은 『용비어천가』나 『월인천강지곡』에서 많이 쓰였다.

19) 轉輪王: 전륜왕. 인도 신화 속의 임금이다. 정법(正法)으로 온 세계를 통솔한다고 한다. 여래의 32상(相)을 갖추고 칠보(七寶)를 가지고 있으며 하늘로부터 금, 은, 동, 철의 네 윤보(輪寶)를 얻어 이를 굴리면서 사방을 위엄으로 굴복시킨다.

20) 그울 씨오: 그우(←그울다: 구르다, 轉)- + -ㄹ(관전) # ㅅ(←ᄉᆞ: 것, 의명) + -이(서조)- + -오(←-고: 연어)

21) 술위ᄧᅵ니: 술위ᄧᅵ[수레바퀴, 輪: 술위(수레, 車) + ᄧᅵ(바퀴, 輪)] + -Ø(←-이-: 서조)- + -니(연어, 설명 계속)

22) 술위를: 술위(수레, 車) + -를(목조)

23) 그우릴: 그우리[굴리다: 그울(구르다, 轉: 자동)- + -이(사접)-]- + -ㄹ(관전)

24) 聖王: 성왕. 어질고 덕이 뛰어난 임금이다.

25) 셔실: 셔(서다, 立)- + -시(주높)- + -ㄹ(관전)

26) ᄂᆞ라오나ᄃᆞᆫ: ᄂᆞ라오[날아오다: 날(날다, 飛)- + -아(연어) + 오(오다, 來)-]- + -나ᄃᆞᆫ(-거든: 연어, 조건)

27) ᄃᆞᆮ니실씨: ᄃᆞᆮ니[다니다: ᄃᆞᆮ(닫다, 달리다, 走)- + 니(가다, 行)-]- + -시(주높)- + -ㄹ씨(-므로: 연어, 이유)

28) 몰롤 이리: 몰ᄅᆞ(←모ᄅᆞ다: 모르다, 不知)- + -오(대상)- + -ㄹ(관전) # 일(일, 事) + -이(주조)

29) 다ᄉᆞ리시다가: 다ᄉᆞ리[다스리다, 治: 다ᄉᆞᆯ(다스려지다, 治: 자동)- + -이(사접)-]- + -시(주높)- + -다가(연어, 전환)

東弗婆提(동불파제), 西瞿陁尼(서구타니), 南閻浮提(남염부제), 北鬱單越(북울단
월)이다. 】 또 命終(명종)하시어 올라 忉利天(도리천)에 나시어【 忉利(도
리)는 서른셋이라고 하는 말이니, 忉利天(도리천) 內(내)에 서른세 하늘이 있으
니, 아래로 둘째 하늘이다. 內(내)는 안이다. 】 그 목숨 다 사시고, 또 내려
와 轉輪王(전륜왕)이 되시며, 또 梵天(범천)에 올라【 梵(범)은 깨끗한 행적
(行績)이라고 한 뜻이니, 아래로 일곱째의 하늘이다. 】, 天帝(천제)가

東동弗붏婆빵提똉 西솅瞿꿍陁떵尼닝 南남閻염浮뿔提똉 北븍鬱훓單단越웛이라 】

쏘 命몡終즁ᄒᆞ샤 올아[30] 忉똘利링天텬[31]에 나샤【忉똘利링ᄂᆞᆫ 셜흔세히

라[32] 혼 마리니 忉똘利링天텬 內뇡예 셜흔세 하ᄂᆞ리 잇ᄂᆞ니 아래로 둘찻[33] 하ᄂᆞ

리라 內뇡ᄂᆞᆫ 안히라[34] 】 그 목숨 다 사ᄅᆞ시고 쏘 ᄂᆞ려와[35] 轉둰輪륜

王왕이 ᄃᆞ외시며 쏘 梵뼘天텬[36]에 올아【梵뼘은 조ᄒᆞᆫ 힝뎌기라[37] 혼[38]

ᄠᅳ디니 아래로 닐굽찻 하ᄂᆞ리라 】 天텬帝뎽[39]

---

30) 올아: 올(← 오ᄅᆞ다: 오르다, 登)- + -아(연어)

31) 忉利天: 도리천. 육욕천의 둘째 하늘이다. 섬부주 위에 8만 유순(由旬) 되는 수미산 꼭대기에 있는 곳으로, 가운데에 제석천이 사는 선견성(善見城)이 있으며, 그 사방에 권속되는 하늘 사람들이 살고 있는 8개씩의 성이 있다.

32) 셜흔세히라: 셜흔세ㅎ[서른셋(수사, 양수): 셜흔(서른, 三十: 수사, 양수) + 세ㅎ(셋, 三: 수사, 양수)] + -이(서조)- + -Ø(현시)- + -라(← -다: 평종)

33) 둘찻: 둘차[둘째(수사, 서수): 둘(二: 수사, 양수) + -차(-째: 접미, 서수)] + -ㅅ(-의: 관조)

34) 안히라: 안ㅎ(안, 內) + -이(서조)- + -Ø(현시)- + -라(← -다: 평종)

35) ᄂᆞ려와: ᄂᆞ려오[내려오다, 降下: ᄂᆞ리(내리다, 降)- + 어(연어) + 오(오다, 來)-]- + -아(연어)

36) 梵天: 범천. 십이천(十二天)의 하나이다. ※ '십이천(十二天)'은 인간 세상을 지키는 열두 하늘이나 그곳을 지킨다는 신(神)이다. 동방에 제석천(帝釋天), 남방에 염마천(閻魔天), 서방에 수천(水天), 북방에 비사문천(毘沙門天), 동남방에 화천(火天), 서남방에 나찰천(羅刹天), 서북방에 풍천(風天), 동북방에 대자재천(大自在天), 위에 범천(梵天), 아래에 지천(地天)과 일천(日天), 월천(月天)이 있다.

37) 힝뎌기라: 힝뎍(행적, 行績) + -이(서조)- + -Ø(현시)- + -라(← -다: 평종)

38) 혼: ᄒᆞ(← ᄒᆞ다: 하다, 曰)- + -Ø(과시)- + -오(대상)- + -ㄴ(관전)

39) 天帝: 천제. 하느님이다.

[20 뒤]

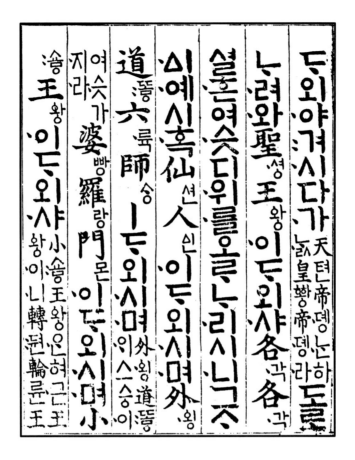

되어 계시다가【天帝(천제)는 하늘의 皇帝(황제)이다.】 도로 내려와 聖王 (성왕)이 되시어, 各各(각각) 서른여섯 번을 오르내리시니, 그 사이에 어떤 때에는 仙人(신선)이 되시며, 外道(외도) 六師(육사)가 되시며【外道(외도)의 스승이 여섯 가지이다.】, 婆羅門(바라문)이 되시며, 小王(소왕)이 되시어【小王(소왕)은 작은 王(왕)이니 轉輪王(전륜왕)이

ᄃᆞ외야 겨시다가【天텬帝뎅ᄂᆞᆫ 하ᄂᆞᆳ 皇ᅘᅪᆼ帝뎅라】도로⁴⁰⁾ ᄂᆞ려와 聖셩王
왕이 ᄃᆞ외샤 各각各각 셜혼여슷 디위를⁴¹⁾ 오ᄅᆞᄂᆞ리시니⁴²⁾ 그 ᄉᆞᅀᅵ
예⁴³⁾ 시혹⁴⁴⁾ 仙션人ᅀᅵᆫ이 ᄃᆞ외시며 外ᅌᅬᆼ道뚤⁴⁵⁾ 六륙師ᄉᆞ ㅣ⁴⁶⁾ ᄃᆞ외시며
【外ᅌᅬᆼ道뚤이 스승이 여슷 가지라】婆삥羅랑門몬⁴⁷⁾이 ᄃᆞ외시며 小숄王
왕⁴⁸⁾이 ᄃᆞ외샤【小숄王왕ᄋᆞᆫ 혀근⁴⁹⁾ 王왕이니 轉뒨輪륜王왕.

---

40) 도로: [도로, 反(부사): 돌(돌다, 回: 동사)- + -오(부접)]

41) 디위를: 디위(번, 番: 의명) + -를(목조)

42) 오ᄅᆞᄂᆞ리시니: 오ᄅᆞᄂᆞ리[오르내리다, 登落: 오ᄅᆞ(오르다, 登)- + ᄂᆞ리(내리다, 落)-]- + -시(주높)- + -니(연어, 설명 계속)

43) ᄉᆞᅀᅵ예: ᄉᆞᅀᅵ(사이, 間) + -예(←-에: 부조, 위치, 시간)

44) 시혹: 時或. 혹시, 어쩌다가. 또는 어떠한 때에(부사)

45) 外道: 외도. 불교 이외의 종교를 받드는 사람이다.

46) 六師ㅣ: 六師(육사, 여섯 명의 스승) + -ㅣ(←-이: 보조) ※ 육사(六師)는 석가모니 때에 중부 인도에서 가장 세력이 컸던 외도(外道)의 여섯 사상가이다. '아지타 케사캄바라', '산자야 벨라티풋타', '막카리 고살라', '파쿠다 칼차야나', '푸라나 캇사파', '니간타 나타풋다'가 있었다.

47) 婆羅門: 바라문. 산스크리트어 brāhmaṇa의 음사이다. 고대 인도의 사성(四姓) 가운데 가장 높은 계급으로, 제사와 교육을 담당하는 바라문교의 사제(司祭) 그룹이다.

48) 小王: 소왕. 작은 범위의 권한을 가진 왕이다.

49) 혀근: 혁(작다, 적다, 小, 少)- + -∅(현시)- + -은(관전)

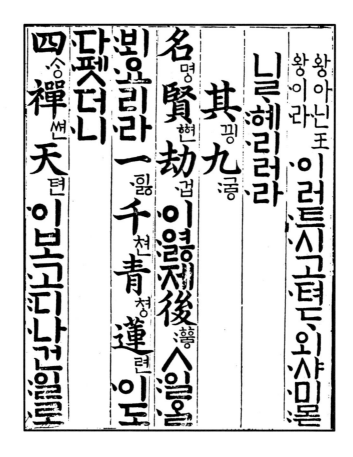

아닌 王(왕)이다. 】, 이렇듯이 고쳐 되시는 것이 이루 못 세겠더라.

其九(기구)

　名賢劫(명현겁)이 열릴 때에 後(후)의 일을 미리 보이리라 (하여), 一千(일천) 青蓮(청련)이 돋아 피어 있더니.

　四禪天(사선천)이 보고 지난 일로

아닌 王_왕이라 】 이러트시⁵⁰⁾ 고텨⁵¹⁾ 두외샤미⁵²⁾ 몯 니르⁵³⁾ 혜리러라⁵⁴⁾

　　　　其_끵九_굴

名_명賢_현劫_겁⁵⁵⁾이 옗 제⁵⁶⁾ 後_흏ㅅ 일을 뵈요리라⁵⁷⁾ 一_힗千_쳔 靑_쳥蓮_련⁵⁸⁾이 도다 펫더니⁵⁹⁾

四_숭禪_쎤天_텬⁶⁰⁾이 보고 디나건⁶¹⁾ 일로

---

50) 이러트시: 이러ㅎ[← 이러ㅎ다(이러하다, 이렇다): 이러(이러: 불어, 부사) + -ㅎ(형접)-]- + -드시(-듯이: 연어, 비교, 흡사)

51) 고텨: 고티[고치다, 改: 곧(곧다, 直: 형사)- + -히(사접)-]- + -어(연어)

52) 두외샤미: 두외(되다, 爲)- + -샤(←-시-: 주높) + -ㅁ(←-옴: 명전) + -이(주조)

53) 니르: [이루, 여간해서는 도저히(부사): 니르(이르다, 曰: 동사)- + -Ø(부접)]

54) 혜리러라: 혜(세다, 헤아리다, 생각하다, 量)- + -리(미시)- + -러(←-더-: 회상)- + -라(←-다: 평종)

55) 名賢劫: 명현겁. 삼겁(三劫)의 하나인데, 현세(現世)의 대겁(大劫)을 이른다.

56) 옗 제: 여(← 열다: 열리다, 開)- + -ㅭ(관전) # 제(제, 때, 時: 의명) ※ '제'는 [적(때: 의명) + -의(부조▷명접]으로 파생된 의존 명사이다.

57) 뵈요리라: 뵈[보이다, 示: 보(보다, 見: 타동)- + -ㅣ(←-이-: 사접)-]- + -요(←-오-: 화자)- + -리(미시)- + -라(←-다: 평종)

58) 靑蓮: 청련. 수미산 밖에 있는 일곱 산의 사이에 있는 향수 바다에 핀다고 하는 연꽃이다.

59) 펫더니: ㅍ(← 프다: 피다, 發)- + -어(연어) + 잇(← 이시다: 있다, 보용, 완료 지속)- + -더(회상)- + -니(평종, 반말) ※ '펫더니'는 '퍼 잇더니'가 축약된 형태인데, '펫더니이다'에서 '-이(상높, 아주 높임)- + -다(평종)'가 생략된 형태이다.

60) 四禪天: 사선천. 네 가지 선정을 닦는 사람이 태어나는 색계(色界)의 네 하늘이다. 초선천(初禪天), 이선천(二禪天), 삼선천(三禪天), 사선천(四禪天)이 있다.

61) 디나건: 디나(지나다, 過)- + -Ø(과시)- + -거(확인)- + -ㄴ(관전)

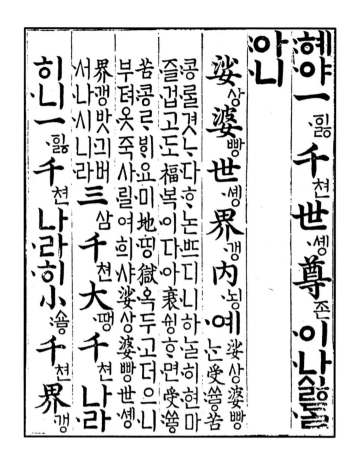

헤아려서 一千(일천) 世尊(세존)이 (이 세상에) 나실 것을 알았으니.

娑婆世界(사바세계) 內(내)에 【娑婆(사바)는 '受苦(수고)를 겪는다.'라고 하는 뜻이니, 하늘이 아무리 즐겁지만 福(복)이 다해 衰(쇠)하면 受苦(수고)로움이 地獄(지옥)보다 더하니, 부처야말로 죽살이(生死)를 떠나시어 娑婆世界(사바세계)의 밖에 벗어나셨니라. 】 三千大千(삼천대천) 나라이니, 一千(일천) 나라가 小千界(소천계)요

혜야⁶²⁾ 一힗千천 世솅尊존이 나싫 둘⁶³⁾ 아니⁶⁴⁾

娑상婆빵世솅界갱⁶⁵⁾ 內뇡예【娑상婆빵는 受쓩苦콩를 겻ᄂ다⁶⁶⁾ ᄒᆞ논 ᄠᅳ디니 하늘히 현마⁶⁷⁾ 즐겁고도⁶⁸⁾ 福복이 다아⁶⁹⁾ 衰솽ᄒᆞ면 受쓩苦콩ᄅᆞᄫᆡ요미⁷⁰⁾ 地띵獄옥두고⁷¹⁾ 더으니⁷²⁾ 부텨옷⁷³⁾ 죽사릴⁷⁴⁾ 여희샤 娑상婆빵 世솅界갱 밧긔 버서나시니라⁷⁵⁾】三삼千천大땡千천 나라히니 一힗千천 나라히 小숗千천界갱오⁷⁶⁾

---

62) 혜야: 혜(헤아리다, 짐작하다, 量)- + -야(←-아: 연어)

63) 나싫 둘: 나(나다, 出現)- + -시(주높)- + -ㅭ(관전) # ᄃᆞ(것: 의명) + -ㄹ(←-ᄅᆞᆯ: 목조)

64) 아니: 아(← 알다: 알다, 知)- + -∅(과시)- + -니(평종, 반말) ※ '아니'는 '아니이다'에서 '-이(상높, 아주 높임)- + -다(평종)'가 생략된 형태이다.

65) 娑婆世界: 사바세계. 괴로움이 많은 인간 세계이다. 석가모니불이 교화하는 세계를 이른다.

66) 겻ᄂ다: 겻(← 겨다: 겪다, 經驗)- + -ᄂ(현시)- + -다(평종)

67) 현마: 얼마라도, 아무리(부사, 지시, 부정칭)

68) 즐겁고도: 즐겁[즐겁다, 喜(형사): 즑(즐거워하다, 歡: 자동)- + -업(형접)-]- + -고(연어, 나열) + -도(보조사, 강조)

69) 다아: 다(← 다ᄋ다: 다하다, 盡)- + -아(연어)

70) 受苦ᄅᆞᄫᆡ요미: 受苦ᄅᆞᄫᆡ[수고롭다: 受苦(수고: 명사) + -ᄅᆞᄫᆡ(형접)-]- + -욤(←-옴: 명전) + -이(주조)

71) 地獄두고: 地獄(지옥) + -두고(-보다: 부조, 비교)

72) 더으니: 더으(더하다)- + -니(연어, 설명 계속, 이유)

73) 부텨옷: 부텨(부처, 佛) + -옷(←-곳: -야말로, 보조사, 한정 강조)

74) 죽사릴: 죽사리[죽살이, 生死: 죽(죽다, 死)- + 살(살다, 生)- + -이(명접)]- + -ㄹ(←-ᄅᆞᆯ: 목조)

75) 버서나시니라: 버서나[벗어나다, 脫: 벗(벗다)- + -어(연어) + 나(나다, 出)-]- + -시(주높)- + -∅(과시)- + -니(원칙)- + -라(←-다: 평종)

76) 小千界오: 小千界(소천계) + -∅(←-이-: 서조)- + -오(←-고: 연어, 나열)

[22 앞]

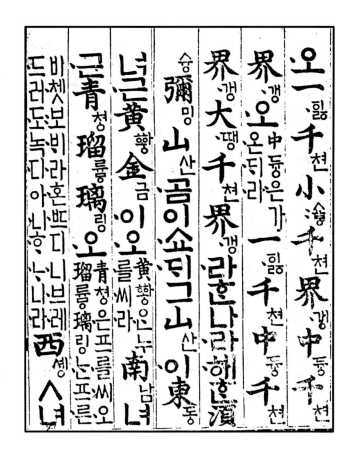

一千(일천) 小千界(소천계)가 中千界(중천계)요【中(중)은 가운데이다. 】, 一千(일천) 中千界(중천계)가 大千界(대천계)이다. 한 나라에 한 須彌山(수미산)씩 있되, 그 山(산)이 東(동)녁은 黃金(황금)이요【黃(황)은 누른 것이다. 】, 南(남)녁은 靑瑠璃(청유리)요【靑(청)은 푸른 것이요, 瑠璃(유리)는 푸른빛의 보배라 하는 뜻이니, 불에 들어도 녹지 아니하느니라. 】, 西(서)녁은

一_힗千_천　小_숗千_천界_갱⁷⁷⁾　中_듕千_천界_갱오【中_듕은 가온ᄃᆡ라】　一_힗千_천

中_듕千_천界_갱　大_땡千_천界_갱라 ᄒᆞᆫ 나라해 ᄒᆞᆫ　須_슣彌_밍山_산곰⁷⁸⁾ 이쇼

ᄃᆡ⁷⁹⁾　그　山_산이　東_동녀근⁸⁰⁾　黃_{ᅘᅪᇰ}金_금이오【黃_{ᅘᅪᇰ}은 누를 씨라⁸¹⁾】　南_남

녀근　靑_쳥瑠_륳璃_링오　【靑_쳥은 프를 씨오 瑠_륳璃_링ᄂᆞᆫ 프른 비쳇⁸²⁾ 보ᄇᆡ라⁸³⁾

ᄒᆞᆫ ᄠᅳ디니⁸⁴⁾ 브레⁸⁵⁾ 드러도⁸⁶⁾ 녹디 아니ᄒᆞᄂᆞ니라】 西_솅ㅅ녀근

---

77) 小千界: 小千界(소천계) + -Ø(← -이: 주조)

78) 須彌山곰: 須彌山(수미산) + -곰(-씩: 보조사, 각자) ※ '須彌山(수미산)'은 불교의 우주관에서, 세계의 중앙에 있다는 산이다. 꼭대기에는 제석천이, 중턱에는 사천왕이 살고 있으며, 그 높이는 물 위로 팔만 유순이고 물속으로 팔만 유순이며, 가로의 길이도 이와 같다고 한다. 북쪽은 황금, 동쪽은 은, 남쪽은 유리, 서쪽은 파리(玻璃)로 되어 있고, 해와 달이 그 주위를 돌며 보광(寶光)을 반영하여 사방의 허공을 비추고 있다. 산 주위에 칠금산이 둘러섰고 수미산과 칠금산 사이에 칠해(七海)가 있으며 칠금산 밖에는 함해(鹹海)가 있고 함해 속에 사대주가 있으며 함해 건너에 철위산이 둘러 있다.

79) 이쇼ᄃᆡ: 이시(있다, 有)- + -오ᄃᆡ(-되: 연어, 설명 계속)

80) 東녀근: 東녁[동녘, 동쪽: 東(동) + 녁(녘, 쪽: 의명)] + -은(보조사, 주제)

81) 씨라: ᄊᆞ(← ᄉᆞ: 것, 의명) + -이(서조)- + -Ø(현시)- + -라(← -다: 평종)

82) 비쳇: 빛(빛, 色) + -에(부조, 위치) + -ㅅ(-의: 관조)

83) 보ᄇᆡ라: 보ᄇᆡ(보배, 寶) + -Ø(← -이-: 서조)- + -Ø(현시)- + -라(← -다: 평종)

84) ᄠᅳ디니: ᄠᅳᆮ(뜻, 意) + -이(서조)- + -니(연어, 설명 계속)

85) 브레: 블(불, 火) + -에(부조, 위치)

86) 드러도: 들(들다, 入)- + -어도(연어, 양보)

白銀(백은)이요【 白(백)은 흰 것이다. 】, 北(북)녘은 黑玻瓈(흑파려)이다.【 黑
(흑)은 검은 것이요, 玻瓈(파려)는 물 玉(옥)이라 한 말이니 水精(수정)이다. 】
須彌山(수미산) 밖에 일곱 山(산)이 둘러 있으니【 일곱 山(산)은 持雙山(지
쌍산), 持軸山(지축산), 擔木山(담목산), 善見山(선견산), 馬耳山(마이산), 象鼻山
(상비산), 魚觜山(어자산)이다. 】, 金(금)·銀(은)·瑠璃(유리)·玻瓈(파려)·硨磲
(차거)·瑪瑙(마노)·赤眞珠(적진주)가

白빅銀은이오【白빅은 힐[87] 씨라】 北븍녀근 黑흑玻팡璨롕라【黑흑은 거

믈 씨오 玻팡璨롕[88]눈 믈玉옥이라 혼 마리니 水쉬精졍이라】 須슝彌밍山

산 밧긔[89] 닐굽 山산이 둘어[90] 잇ᄂᆞ니【닐굽 山산은 持띵雙솽山산[91] 持

띵軸뜍山산[92] 擔담木목山산[93] 善쎤見견山산[94] 馬망耳싱山산[95] 象쌍鼻삥山산[96] 魚엉

觜졍山산[97]이라】 金금 銀은 瑠륳璃링[98] 玻팡璨롕 硨챵磲껑[99] 瑪망瑙놓[100]

赤쳑眞진珠즁ㅣ

---

87) 힐: 히(희다, 白) + -ㄹ(관전)

88) 玻璨: 파려. 일곱 가지 보석 가운데 수정(水精)을 이르는 말이다.

89) 밧긔: 밨(밖, 外) + -의(-에: 부조, 위치)

90) 둘어: 둘(← 두르다: 두르다, 旋)- + -어(연어)

91) 持雙山: 지쌍산. 구산팔해 가운데 칠금산의 하나이다. 수미산을 둘러 있으며 두 산이 서로 나 란히 있다고 하는 데서 이 이름이 유래한다. 높이와 넓이가 각각 420 유순이라고 한다.

92) 持軸山: 지축산. 수미산의 둘레를 두 번째로 둘러싸고 있는 산이다. 산의 꼭대기가 차축(車軸) 과 같이 생겼다고 한다.

93) 擔木山: 담목산. 수미산을 둘러싸고 있는 칠금산 가운데 셋째 산이다. 높이와 넓이가 각각 일 만 오백 유순(由旬)이라고 한다.

94) 善見山: 선견산. 수미산의 꼭대기에 있는 산이다. 그곳에 선견성이 있다.

95) 馬耳山: 마이산. 미상(未詳)이다.

96) 象鼻山: 상비산. 구산팔해(九山八海) 칠금산(七金山)의 하나이다. 마이산을 둘러싸고 있으며, 코끼리의 코같이 생겼다고 한다.

97) 魚觜山: 어자산. 미상(未詳)이다.

98) 瑠璃: 유리. 황금색의 작은 점이 군데군데 있고 거무스름한 푸른색을 띤 광물이다.

99) 硨磲: 차거. 보석과 같이 아름다운 돌이다.

100) 瑪瑙: 마노. 석영이다. 아름다운 것은 보석이나 장식품으로 쓰고, 그 외에는 세공물이나 조각 의 재료로 쓴다.

도외야 잇ᄂᆞ니라 【瑪망瑙놓ᄂᆞᆫ ᄆᆞᆯ 頭뚤腦놓ㅣ니 비치 희오 블구미 ᄆᆞᆯ 頭뚤腦놓ㅣ ᄀᆞᆮ ᄐᆞ니라 赤쳑眞진珠즁는 블근 眞진珠즁ㅣ라】 굼山산 ᄊᆞ이ᄂᆞᆫ 香향水슁 바다ㅎㅣ니 【水슁는 므리라】 優ᄒᆞᆯ鉢ᄡᆞᆼ羅랑花황ㅣᄋᆞ 【優ᄒᆞᆯ鉢ᄡᆞᆼ羅랑花황ᄂᆞᆫ 靑쳥蓮련花황ㅣ니 花황ᄂᆞᆫ 고지라】 波방頭뚤摩망花황와 【波방頭뚤摩망花황ᄂᆞᆫ 紅ᅘᅩᆼ蓮련花황ㅣ니 紅ᅘᅩᆼᄋᆞᆫ 블글 ᄭᅦ라】 拘궁牟뭏頭뚤花황와 【拘궁牟뭏頭뚤花황ᄂᆞᆫ 黃ᅘᅪᆼ蓮련花황ㅣᄋᆞ】

되어 있느니라.【瑪瑙(마노)는 말의 頭腦(두뇌)이니, 빛이 희고 붉은 것이 말의 頭腦(두뇌)와 같으니라. 赤眞珠(적진주)는 붉은 眞珠(진주)이다. 】 일곱 山(산)의 사이는 香水(향수)의 바다이니【水(수)는 물이다. 】, 優鉢羅花(우발라화)와【優鉢羅花(우발라화)는 靑蓮花(청련화)이니 花(화)는 꽃이다. 】 波頭摩花(파두마화)와【波頭摩花(파두마화)는 紅蓮花(홍련화)이니 紅(홍)은 붉은 것이다. 】 拘牟頭花(구모두화)와【拘牟頭花(구모두화)는 黃蓮花(황련화)이다. 】

ᄃᆞ외야¹⁾ 잇ᄂᆞ니라【瑪_망瑙_놀ᄂᆞᆫ 믌 頭_뚤腦_놀ㅣ니 비치²⁾ 히오³⁾ 블구미⁴⁾ 믌 頭_뚤腦_놀ㅣ⁵⁾ ᄀᆞᆮ니라 赤_쳑眞_진珠_즁는 블근 眞_진珠_즁ㅣ라】 닐굽 山_산 ᄊᆞᆺ이ᄂᆞᆫ⁶⁾ 香_향水_쉉 바다히니⁷⁾【水_쉉ᄂᆞᆫ 므리라⁸⁾】 優_{ᅙᅮᇢ}鉢_밣羅_랑花_황와【優_{ᅙᅮᇢ}鉢_밣羅_랑花_화ᄂᆞᆫ 靑_쳥蓮_련花_황ㅣ니 花_황ᄂᆞᆫ 고지라⁹⁾】 波_방頭_뚤摩_망花_황와【波_방頭_뚤摩_망花_황ᄂᆞᆫ 紅_{ᅘᅩᇰ}蓮_련花_황ㅣ니 紅_{ᅘᅩᇰ}은 블글 씨라】 拘_궁牟_뭏頭_뚤花_황와【拘_궁牟_뭏頭_뚤花_황ᄂᆞᆫ 黃_{ᅘᅪᇰ}蓮_련花_황ㅣ라】

---

1) ᄃᆞ외야: ᄃᆞ외(되다, 爲)- + -야(←-아: 연어)

2) 비치: 빛(빛, 光) + -이(주조)

3) 히오: 히(← 히다: 희다, 白) + -오(←-고: 연어)

4) 블구미: 븕(붉다, 赤)- + -움(명전) + -이(주조)

5) 頭腦ㅣ: 頭腦(두뇌) + -ㅣ(←-이: -와, 부조, 비교)

6) 山 ᄊᆞᆺ이ᄂᆞᆫ: 山(산) + -ㅅ(-의: 관조) # ᄉᆞ시(사이, 間) + -ᄂᆞᆫ(보조사, 주제)

7) 바다히니: 바다ㅎ(바다, 海) + -이(서조)- + -니(연어, 설명 계속)

8) 므리라: 믈(물, 水) + -이(서조)- + -Ø(현시)- + -라(←-다: 평종)

9) 고지라: 곳(꽃, 花) + -이(서조)- + -Ø(현시)- + -라(←-다: 평종)

奔茶利花(분다리화)가 【 奔茶利花(분다리화)는 白蓮花(백련화)이다. 】 물 위에 차서 덮어 있느니라. 일곱 山(산)의 밖에야 鹹水(함수)의 바다가 있는데 【 鹹(함)은 짠 것이다. 】, 娑竭羅龍王(사갈라용왕)이 으뜸으로 있나니 【 娑竭羅(사갈라)는 짠 바다라 한 뜻이니, 사는 땅으로 이름을 지었니라. 龍王(용왕)은 龍(용)의 中(중)에 있는 王(왕)이니, 대개 사슴을 鹿王(녹왕)이라 하며 소를 牛王(우왕)이라 하며 鸚鵡(앵무)를

奔본茶땅利링花황ㅣ【奔본茶땅利링花황는 白삑蓮련花황ㅣ라】믈 우희[10] 차
두퍼[11] 잇느니라 닐굽 山산 바ᄭᅴ사[12] 鹹ᄒᆞᆷ水슁 바다히 잇거든【鹹
ᄒᆞᆷ은 ᄧᆞᆯ[13] 씨라】娑상竭껋羅랑龍룡王왕이 위두ᄒᆞ야[14] 잇ᄂᆞ니【娑상竭껋羅
랑는 ᄶᆞᆫ 바다히라[15] ᄒᆞᆫ[16] 쁘디니 사ᄂᆞᆫ ᄯᅡᄒᆞ로[17] 일훔지ᄒᆞ니라[18] 龍룡王왕은 龍
룡이 中듕엣[19] 王왕이니 대도ᄒᆞᆫ디[20] 사ᄉᆞ믈[21] 鹿록王왕이라 ᄒᆞ며 쇼를 牛ᅌᅮᆯ王왕
이라 ᄒᆞ며 鸚ᅙᅵᆼ鵡뭉를[22]

---

10) 우희: 우ㅎ(위, 上) + -의(-에: 부조, 위치)

11) 차 두퍼: ᄎ(← ᄎᆞ다: 차다, 滿) + -아(연어) # 둪(덮다, 蔽) + -어(연어)

12) 바ᄭᅴ사: 밧(밖, 外) + -의(-에: 부조, 위치) + -사(-야: 보조사, 한정 강조)

13) ᄧᆞᆯ: ᄧᆞ(짜다, 鹹) + -ㄹ(관전)

14) 위두ᄒᆞ야: 위두ᄒᆞ[으뜸가다: 위두(위두, 爲頭, 우두머리: 명사) + -ᄒᆞ(동접)] + -야(←-아: 연어)

15) 바다히라: 바다ㅎ(바다, 海) + -이(서조) + -Ø(현시) + -라(←-다: 평종)

16) ᄒᆞᆫ: ᄒᆞ(← ᄒᆞ다: 하다, 말하다, 曰) + -Ø(과시) + -오(대상) + -ㄴ(관전)

17) ᄯᅡᄒᆞ로: ᄯᅡㅎ(땅, 地) + -ᄋᆞ로(부조, 방편)

18) 일훔지ᄒᆞ니라: 일훔짛[이름 짓다, 作名: 일훔(이름, 名) + 짛(붙이다)] + -Ø(과시) + -ᄋᆞ니
(원칙) + -라(←-다: 평종)

19) 中엣: 中(중, 가운데) + -에(부조, 위치) + -ㅅ(-의: 관조)

20) 대도ᄒᆞᆫ디: [대체로, 대개, 大抵(부사): 대도(대개, 凡: 불어) + -ᄒᆞ(형접) + -ㄴ디(연어 ▷부접)]

21) 사ᄉᆞ믈: 사ᄉᆞᆷ(사슴, 鹿) + -을(목조)

22) 鸚鵡: 앵무. 앵무새이다.

鸚鵡王(앵무왕)이라 하며 큰 나무를 樹王(수왕)이라 하듯 하여, 아무에게도 자기의 무리에 으뜸가는 것을 王(왕)이라 하느니라. 】, 다른 龍(용)이 다 臣下(신하)이다. 그 鹹水(함수) 바다에 네 섬이 있으니, 東(동)녘 섬은 弗婆提(불파제)요 【弗婆提(불파제)는 처음이라 한 뜻이니 해가 처음 나는 땅이다. 】 南(남)녘 섬은 閻浮提(염부제)요 【閻浮(염부)는 나무의 이름이요 提(제)는 섬이니, 이 섬 위에 이 나무가 있고 그 숲 가운데에 물이 있나니, 그 물 밑에 金(금)

鸚_{ᅙᅵᆼ}鵡_뭉王_왕이라 ᄒ며 즘게남ᄀᆞᆯ²³⁾ 樹_쓩王_왕이라 ᄒ듯 ᄒ야 아모 거긔도²⁴⁾ 제²⁵⁾

무레²⁶⁾ 위두ᄒᆞᆫ 거슬 王_왕이라 ᄒᄂᆞ니라】 녀느²⁷⁾ 龍_룡이 다 臣_씬下_행ㅣ라

그 鹹_햄水_슁 바다해 네 셔미²⁸⁾ 잇ᄂᆞ니 東_동녁 셔믄 弗_{ᄫᅮᇙ}婆_{빵}提_똉

오²⁹⁾【弗_{ᄫᅮᇙ}婆_{빵}提_똉ᄂᆞᆫ 처서미라³⁰⁾ ᄒᆞᆫ ᄠᅳ디니 히³¹⁾ 처ᅀᅥᆷ 나ᄂᆞᆫ 싸히라³²⁾】 南_남

녁 셔믄 閻_염浮_{쀼ᇢ}提_똉오【閻_염浮_{쀼ᇢ}ᄂᆞᆫ 나못³³⁾ 일후미오 提_똉ᄂᆞᆫ 셔미니³⁴⁾ 이

셤 우희 이 남기³⁵⁾ 잇고 그 숩³⁶⁾ 서리예³⁷⁾ ᄆᆞ리 잇ᄂᆞ니 그 믈 미틔³⁸⁾ 金_금

---

23) 즘게남ᄀᆞᆯ: 즘게낡[← 즘게나모(큰 나무, 巨木): 즘게(나무, 木) + 낡(← 나모: 나무, 木)] + -ᄋᆞᆯ(목조)

24) 아모 거긔도: 아모(아무, 某: 관사, 지시, 부정칭) # 거긔(거기에: 의명) + -도(보조사, 강조) ※ '아모 거긔'은 '아무에게도'로 의역하여 옮긴다.

25) 제: 저(저, 彼: 인대, 재귀칭) + -ㅣ(-의: 관조)

26) 무레: 물(무리, 衆) + -에(부조, 위치)

27) 녀느: 여느, 다른, 他(관사)

28) 셔미: 셤(섬, 島) + -이(주조)

29) 弗婆提오: 弗婆提(불파제) + -∅(←-이-: 서조)- + -오(←-고: 연어, 나열)

30) 처서미라: 처섬[처음, 初: 첫(← 첫: 첫, 관사, 서수) + -엄(명접)] + -이(서조)- + -∅(현시)- + -라(←-다: 평종)

31) 히: 히(해, 태양, 日) + -∅(←-이: 주조)

32) 싸히라: 싸ᄒᆡ(땅, 地) + -이(서조)- + -∅(현시)- + -라(←-다: 평종)

33) 나못: 나모(나무, 木) + -ㅅ(-의: 관조)

34) 셔미니: 셤(섬, 島) + -이(서조)- + -니(연어, 설명의 계속)

35) 남기: 낡(← 나모: 나무, 木) + -이(주조)

36) 숩: 숲, 林.

37) 서리예: 서리(가운데, 사이, 中間) + -예(←-에: 부조, 위치)

38) 미틔: 밑(밑, 下) + -의(-에: 부조, 위치)

모래가 있나니 이름이 閻浮檀金(염부단금)이니, 그러므로 이름을 閻浮提(염부
제)라 하느니라. 】 西(서)녁 섬은 瞿陁尼(구타니)요【瞿陁尼(구타니)는 소 재
물이라 한 뜻이니, 거기에 소가 많아 소로 돈으로 삼아 흥정하느니라. 】 北
(북)녁 섬은 鬱單越(울단월)이니【鬱單越(울단월)은 가장 좋은 땅이라 한 뜻
이니, 네 天下(천하)의 中(중)에 가장 좋으니라. 】, 이 네 섬을 네 天下(천하)
라 하나니, 우리가 사는 땅이 南(남)녁 閻浮提(염부제)의

몰애³⁹⁾ 잇ᄂᆞ니 일후미 閻_염浮_뿔檀_딴金_금이니 그럴ᄊᆡ⁴⁰⁾ 일후믈 閻_염浮_뿔提_똉라

ᄒᆞᄂᆞ니라 】 西_솅ㅅ녁⁴¹⁾ 셔믄 瞿_꿍陁_땅尼_닝오【瞿_꿍陁_땅尼_닝ᄂᆞ 쇼⁴²⁾ 쳔량⁴³⁾

이라 혼 ᄠᅳ디니 그어긔⁴⁴⁾ 쇠⁴⁵⁾ 하아⁴⁶⁾ 쇼로 쳔⁴⁷⁾ 사마 훙졍ᄒᆞᄂᆞ니라⁴⁸⁾ 】 北_븍

녁 셔믄 鬱_흃單_단越_웛이니【鬱_흃單_단越_웛은 ᄆᆞᆺ⁴⁹⁾ 됴ᄒᆞᆫ 싸히라 혼 ᄠᅳ디니

네 天_텬下_행ㅅ 中_듕에 ᄆᆞᆺ 됴ᄒᆞ니라⁵⁰⁾ 】 이 네 셔믈 네 天_텬下_행ㅣ라 ᄒᆞ

ᄂᆞ니 우리 사ᄂᆞᆫ 싸히 南_남녁 閻_염浮_뿔提_똉

---

39) 몰애: 몰애(모래, 沙) + -Ø(←-이: 주조)

40) 그럴ᄊᆡ: [그러므로(부사, 접속): 그러(← 그러ᄒᆞ다: 불어) + -ㄹᄊᆡ(-므로: 연어▷부접)]

41) 西ㅅ녁: [서녘, 서쪽: 西(서) + -ㅅ(관조, 사잇) + 녁(녘, 쪽, 偏: 의명)]

42) 쇼: 소, 牛.

43) 쳔량: 천량, 재물, 財. ※ '쳔량'은 중국어 '錢糧'에서 온 차용어인데, 중세 국어에서는 '재물'의 뜻으로 쓰였다.

44) 그어긔: 거기에, 彼處(대명사, 지시, 정칭)

45) 쇠: 쇼(소, 牛) + -ㅣ(←-이: 주조)

46) 하아: 하(많다, 多)- + -아(연어)

47) 쳔: 돈(錢), 재물(= 쳔량)

48) 훙졍ᄒᆞᄂᆞ니라: 훙졍ᄒᆞ[훙정하다, 商: 훙졍(훙정, 거래) + -ᄒᆞ(동접)-]- + -ᄂᆞ(현시)- + -니(원칙)- + -라(←-다: 평종)

49) ᄆᆞᆺ: 가장, 最(부사)

50) 됴ᄒᆞ니라: 둏(좋다, 好)- + -Ø(현시)- + -ᄋᆞ니(원칙)- + -라(←-다: 평종)

天下(천하)이다. 이 네 天下(천하)를 金輪王(금륜왕)은 다 다스리시고, 銀
輪王(은륜왕)은 세 天下(천하)를 다스리시고, 銅輪王(동륜왕)은 두 天下(천
하)를 다스리시고, 鐵輪王(철륜왕)은 한 閻浮提(염부제)를 다스리시나니,
이 네 輪王(윤왕)이 한 밤낮 사이에 당신이 다스리는 땅을

天텬下행ㅣ라 이 네 天텬下행를 金금輪륜王왕⁵¹⁾은 다 다스리시고⁵²⁾
銀은輪륜王왕⁵³⁾은 세 天텬下행를 다스리시고 銅똥輪륜王왕⁵⁴⁾은 두 天
텬下행를 다스리시고 鐵텷輪륜王왕⁵⁵⁾은 ᄒᆞᆫ 閻염浮뿔提뗑를 다스리시ᄂ
니 이 네 輪륜王왕이 ᄒᆞᆫ 밤낫 ᄉᆞᅀᅵ예⁵⁶⁾ ᄌᆞ갸⁵⁷⁾ 다스리시논⁵⁸⁾ ᄯᅡ
홀⁵⁹⁾

---

51) 金輪王: 금륜왕. 사천하(四天下)를 다스리는 사륜왕(四輪王) 가운데의 하나이다. 수미산(須彌
山)에 딸린 사주(四洲)인 네 천하, 곧 동녘의 불바제(弗婆提), 서녘의 구타니(瞿陁尼), 남녘의
염부제(閻浮提), 북녘의 울단월(鬱單越)을 다 다스리었다. 금륜(金輪)은 금수레이다.

52) 다스리시고: 다스리[다스리다, 治: 다슬(다스려지다, 治: 자동)- + -이(사접)-]- + -시(주높)- +
-고(연어, 나열, 계기)

53) 銀輪王: 은륜왕. 사륜왕(四輪王) 가운데의 하나이다. 은륜왕(銀輪王)은 수미(須彌) 사주(四洲)
인 네 천하(四天下) 가운데에서 동녘의 불바제(弗婆提), 남녘의 염부제(閻浮提), 서녘의 구타니
(瞿陁尼) 등의 세 천하를 다스렸다. 은륜(銀輪)은 은수레이다.

54) 銅輪王: 동륜왕. 사륜왕 가운데 하나이다. 동륜(銅輪)을 굴리면서 두 주(洲)를 다스리는 왕을
이른다. 사람의 수명 4만 세 때에 나타난다고 한다.

55) 鐵輪王: 철륜왕. 사륜왕 가운데 하나이다. 철륜(鐵輪)을 굴리면서 염부주의 한 주(洲)를 다스리
는 왕을 이른다. 증겁(增劫) 때에는 사람의 수명 2만 세에 나타나고 감겁(減劫) 때에는 사람의
수명 8만 세 이상이 되면 나타난다고 한다.

56) ᄉᆞᅀᅵ예: ᄉᆞᅀᅵ(사이, 間) + -예(←-에: 부조, 위치)

57) ᄌᆞ갸: ᄌᆞ갸('저(己)'의 높임말, 당신, 인대, 재귀칭, 높임) + -ㅣ(←-이: 주조) ※ 'ᄌᆞ갸'는 한자
말인 '自家'에서 온 것으로 추정한다.

58) 다스리시논: 다스리[다스리다, 治: 다슬(다스려지다: 자동)- + -이(사접)-]- + -시(주높)- + -
ㄴ(←-ᄂᆞ-: 현시)- + -오(대상)- + -ㄴ(관전)

59) ᄯᅡ홀: ᄯᅡㅎ(땅, 地) + -울(목조)

다 도시어 十善(십선)으로 敎化(교화)하시나니【十善(십선)은 열 가지의 좋은 일이니, 산 것을 죽이지 아니 하며, 도적을 아니 하며, 婬欲(음욕)을 아니 하며, 거짓말을 아니 하며, 빛난 말을 아니 하며, 모진 말을 아니 하며, 두 가지의 말을 아니 하며, 아끼고 貪(탐)하지 아니하며, 嗔心(진심)을 아니 하며, 邪曲(사곡)하게 보는 것을 아니 하는 것이다. 婬欲(음욕)은 남자와 여자가 함께 자는 것이요, 邪曲(사곡)은 비뚤며 굽어 正(정)하지 못하는 것이다. 】, 金輪王(금륜왕)은 하늘에도 가시느니라.【金輪(금륜)은 金(금) 수레요 銀輪(은륜)은

다 도ᄅᆞ샤[60] 十씹善쎤ᄋᆞ로 敎교化황ᄒᆞ시ᄂᆞ니【十씹善쎤ᄋᆞᆫ 열 가짓 됴ᄒᆞᆫ

이리니 산 것 주기디 아니ᄒᆞ며 도죽 아니 ᄒᆞ며 婬음欲욕 아니 ᄒᆞ며 거즛말[62] 아

니 ᄒᆞ며 빗난[63] 말 아니 ᄒᆞ며 모딘 말 아니 ᄒᆞ며 두 가짓 말 아니 ᄒᆞ며 앗기고[64]

貪탐티[65] 아니ᄒᆞ며 嗔침心심[66] 아니 ᄒᆞ며 邪썅曲콕ᄒᆞᆫ[67] 봄[68] 아니 홀 씨라 婬음

欲욕ᄋᆞᆫ 남진 겨지비 ᄒᆞᆫ듸[69] 잘 씨오 邪썅曲콕ᄋᆞᆫ 빗그며[70] 고바[71] 正졍티[72] 못홀

씨라】金금輪륜王왕ᄋᆞᆫ 하ᄂᆞᆯ해도[73] 가시ᄂᆞ니라 【金금輪륜ᄋᆞᆫ 金금 술위

오[74] 銀은輪륜ᄋᆞᆫ

---

60) 도ᄅᆞ샤: 돌(돌다, 回)- + -ᄋᆞ샤(←-ᄋᆞ시-: 주높)- + -Ø(←-아: 연어)

61) 十善: 십선. 십악(十惡)을 행하지 않는 것이다. 불살생(不殺生), 불투도(不偸盜), 불사음(不邪淫), 불망어(不妄語), 불기어(不綺語), 불악구(不惡口), 불양설(不兩舌), 불탐욕(不貪慾), 불진에(不瞋恚), 불사견(不邪見)이다.

62) 거즛말: [거짓말, 僞言: 거즛(거짓, 假) + 말(말, 言)]

63) 빗난: 빗나[빛나다, 耀: 빗(← 빛: 빛, 光) + 나(나다, 出)-]- + -Ø(과시)- + -ㄴ(관전) ※ '빗난 말'은 '綺語(기어)'를 직역한 것이다. '綺語(기어)'는 십악의 하나로서, 도리에 어긋나며 교묘하게 꾸며 대는 말을 이른다.

64) 앗기고: 앗기(아끼다, 惜)- + -고(연어, 나열)

65) 貪티: 貪ᄒᆞ[← 貪ᄒᆞ다(탐하다): 동사): 貪(탐: 불어) + -ᄒᆞ(동접)-]- + -디(-지: 연어, 부정)

66) 嗔心: 진심. 왈칵 성내는 마음이다.

67) 邪曲ᄒᆞᆫ: 邪曲ᄒᆞ[사곡하다(형사): 邪曲(사곡: 명사) + -ᄒᆞ(형접)-]- + -Ø(현시)- + -ㄴ(관전) ※ '邪曲(사곡)'은 요사스럽고 교활한 것이다.

68) 봄: 보(보다, 見)- + -ㅁ(←-옴: 명전)

69) ᄒᆞᆫ듸: ① [함께(부사): ᄒᆞᆫ(한, 一: 수관, 양수) + 듸(데, 곳, 處: 의명)] ② [한데, 한곳(명사): ᄒᆞᆫ(한, 一: 수관, 양수) + 듸(데, 곳, 處: 의명)] ※ 여기서 'ᄒᆞᆫ듸'는 문맥상 부사인 '함께'로 쓰였다.

70) 빗그며: 빗글(비뚤다, 斜)- + -며(연어, 나열)

71) 고바: 곱(굽다, 曲)- + -아(연어)

72) 正티: 正ᄒᆞ[← 正ᄒᆞ다(정하다, 바르다): 正(정: 불어) + -ᄒᆞ(형접)-]- + -디(-지: 연어, 부정)

73) 하ᄂᆞᆯ해도: 하ᄂᆞᆯㅎ(하늘, 天) + -애(-에: 부조, 위치) + -도(보조사, 마찬가지)

74) 술위오: 술위(수레, 車) + -Ø(←-이-: 서조)- + -오(←-고: 연어, 나열)

은 銀은술위오 銅똥輪륜은구리술위
오 鐵텼輪륜은쇠술위니네輪륜王왕
실 이七칠寶봉千쳔子ᄌᆞᆼ를두시니
나래 七칠寶봉ᅵ하ᄂᆞᆯ로셔ᄂᆞ라오ᄂᆞ니라
金금輪륜寶봉과如ᅀᅧ意ᄒᆡᆼ珠즁寶봉
와 玉옥女녕寶봉와主즁藏짱臣씬寶봉
와 象썅寶봉ᅵ라金금輪륜寶봉ᄂᆞᆫ술
위 象썅寶봉ᄒᆞᆫ千쳔삸리니寶봉로ᄭᅮ며光
光明명이ᄒᆡᄃᆞᆯ두고더으니王왕ᄉᆞᄆᆞ면그술위
절로그우러시러아니ᄒᆞᆫ술위예天텬下행
ᄅᆞᆯ다도라시ᄂᆞ니그술위ᄅᆞᆯ본나라

銀(은) 수레요 銅輪(동륜)은 구리 수레요 鐵輪(철륜)은 쇠 수레이니, 네 輪王(윤왕)이 七寶千子(칠보천자)를 두시니, (왕으로) 서시는 날에 七寶(칠보)가 하늘로서 날아오느니라. 七寶(칠보)는 일곱 가지의 보배이니, 金輪寶(금륜보)와 如意珠寶(여의주보)와 玉女寶(옥녀보)와 主藏臣寶(주장신보)와 主兵臣寶(주병신보)와 馬寶(마보)와 象寶(상보)이다. 金輪寶(금륜보)는 수레바퀴가 一千(일천) 살이니 보배로 꾸며 光明(광명)이 해달보다 더하니, 王(왕)의 마음에 아무데나 가고자 하시면 그 수레가 절로 굴러 크지 않은 사이(잠깐 동안)에 天下(천하)를 다 도시나니, 그 수레를 본 나라는

銀은 술위오 銅똥輪륜은 구리 술위오 鐵텼輪륜은 쇠 술위니 네 輪륜王왕이 七칢

寶봏千쳔子즁⁷⁵⁾를 두시ᄂᆞ니 셔실⁷⁶⁾ 나래 七칢寶봏ㅣ 하늘로셔⁷⁷⁾ ᄂᆞ라오ᄂᆞ니라

七칢寶봏ᄂᆞᆫ 닐굽 가짓 보비니 金금輪륜寶봏와 如셩意힁珠즁寶봏와 玉옥女녕寶봏

와 主즁藏짱臣씬寶봏와 主즁兵병臣씬寶봏와 馬망寶봏와 象썅寶봏ㅣ라 金금輪륜

寶봏ᄂᆞᆫ 술위띠⁷⁸⁾ 一힗千쳔 사리니⁷⁹⁾ 보비로 ᄭᅮ며⁸⁰⁾ 光광明명이 ᄒᆡᄃᆞᆯ두고⁸¹⁾ 더으

니⁸²⁾ 王왕ㅅ ᄆᆞᅀᆞ매 아모ᄃᆡ나⁸³⁾ 가고져 ᄒᆞ시면 그 술위 절로 그우러⁸⁴⁾ 아니

한⁸⁵⁾ ᄉᆞᅀᅵ예⁸⁶⁾ 天텬下ᅘᅡ를 다 도ᄅᆞ시ᄂᆞ니⁸⁷⁾ 그 술위 보ᅀᆞᄫᆞᆯ⁸⁸⁾ 나라흔

---

75) 千子: 천자. 칠보의 하나가 어질어서, 각각 '일천의 사람(千子)'을 감당한다는 뜻이다.

76) 셔실: 셔(서다, 立)- + -시(주높)- + -ㄹ(관전) ※ '셔다'는 왕으로 즉위하는 것이다.

77) 하늘로셔: 하늘(← 하ᄂᆞᆯㅎ: 하늘, 天) + -로(부조, 방향) + -셔(-서: 보조사, 위치 강조)

78) 술위띠: [수레바퀴, 車輪: 술위(수레, 車) + 띠(바퀴: 輪)]

79) 사리니: 살(살) + -이(서조)- + -니(연어, 설명 계속) ※ '살'은 창문이나 연(鳶), 부채, 바퀴 따위의 뼈대가 되는 부분이다. 여기서는 '수레바퀴'의 뼈대가 되는 부분을 나타낸다.

80) ᄭᅮ며: ᄭᅮ미(꾸미다, 飾)- + -어(연어)

81) ᄒᆡᄃᆞᆯ두고: ᄒᆡᄃᆞᆯ[해달, 해와 달: ᄒᆡ(해, 日) + ᄃᆞᆯ(달, 月)] + -두고(-보다: 부조, 비교)

82) 더으니: 더으(더하다, 낫다, 勝)- + -니(연어, 설명 계속)

83) 아모ᄃᆡ나: 아모ᄃᆡ[아무데, 某處(지대, 부정칭): 아무(아무, 某: 관사, 지시, 부정칭) + ᄃᆡ(데, 處: 의명)] + -나(보조사, 선택)

84) 그우러: 그울(구르다, 轉)- + -어(연어)

85) 아니한: 아니하[크지 않다, 많지 않다: 아니(아니, 不: 부사, 부정) + 하(크다, 많다, 大, 多: 형사)-]- + -Ø(현시)- + -ㄴ(관전)

86) ᄉᆞᅀᅵ예: ᄉᆞᅀᅵ(사이, 間) + -예(←-에: 부조, 위치) ※ '아니한 ᄉᆞᅀᅵ예'는 잠깐 사이로 의역하여 옮긴다.

87) 도ᄅᆞ시ᄂᆞ니: 돌(돌다, 回)- + -ᄋᆞ시(주높)- + -ᄂᆞ(현시)- + -니(연어, 설명 계속)

88) 보ᅀᆞᄫᆞᆯ: 보(보다, 見)- + -ᅀᆞᇦ(←-ᅀᆞᆸ-: 객높)- + -Ø(과시)- + -ㄴ(관전)

호ᇰ降ᅘᅡᆼ服뼉ᄒᆞ습ᄂᆞ니라 如ᅀᅵᆼ意ᅙᅳᆼ珠즁寶뵣는 ᄃᆞᆯ업슨 바ᄆᆡ 虛헝空콩애 ᄃᆞᆯ면 그 나랏 ᄀᆞ자ᇰ은 낫ᄀᆞ티 ᄇᆞᆯᄀᆞ뎌 지비니라 玉옥女녕寶뵣는 玉옥 ᄀᆞᄐᆞᆫ 겨지비니 모미 겨ᅀᅳ렌 덥고 이르멘 ᄎᆞ고 이베셔 靑쳐ᇰ蓮련花황ㅅ 香햐ᇰ내 나며 모매셔 栴젼檀딴香햐ᇰ내 나며 차바ᄀᆞᆯ 머거도 自쪙然션히 스러 몰보기ᄅᆞᆯ 아니ᄒᆞ며 겨지븨 그에 브튼 더러ᄫᅳᆫ 이스리 업스며 마릿 기릐 모과 ᄀᆞᆯᄫᅵ며 킈 젹도 크도 아니ᄒᆞ고 ᄉᆞᆯ히 지도 여위도 아니ᄒᆞ니라 栴젼檀판香햐ᇰᄋᆞᆫ 모매 ᄇᆞ르면 브레 들오도 브리 몯 ᄉᆞᆯ며 諸졍天텬ᄃᆞᆯ히 阿항修슈羅랑와 ᄡᅡ홀 저긔 갈해 헌 ᄃᆡᆯ

降服(항복)하느니라. 如意珠寶(여의주보)는 달이 없는 밤에 虛空(허공)에 달면 그 나라까지는 낮같이 밝아지느니라. 玉女寶(옥녀보)는 玉(옥) 같은 여자이니, 몸이 겨울에는 덥고 여름에는 차고, 입에서 靑蓮花(청련화)의 香(향)내가 나며 몸에서 栴檀香(전단향)의 냄새가 나며, 음식을 먹어도 自然(자연)히 없어져 용변보기를 아니 하며, 여자에게 붙은 더러운 이슬이 없으며, 머리의 길이가 몸과 나란하며, 키가 작도 크도 아니하고, 살이 찌지도 여위지도 아니하니라. 栴檀香(전단향)은 몸에 바르면 불에 들고도 불이 (몸을) 못 사르며 諸天(제천)들이 阿修羅(아수라)와 싸울 적에 칼에 헌(상한) 데를

降ᅘᅡᆼ服뽁ᄒᆞᅀᆞᆸᄂᆞ니라[89)] 如ᅀᅧᆼ意ᅙᅵᆼ珠즁寶봉ᄂᆞᆫ ᄃᆞᆯ 업슨 바ᄆᆡ 虛헝空콩애 ᄃᆞᆯ면 그 나랏 ᄀᆞ자ᅌᆞᆫ[90)] 낫[91)] ᄀᆞ티 ᄇᆞᆰᄂᆞ니라[92)] 玉옥女녕寶봉ᄂᆞᆫ 玉옥 ᄀᆞᄐᆞᆫ 겨지비니 모미 겨스렌[93)] 덥고 녀르멘[94)] ᄎᆞ고 이베셔 靑쳥蓮련花황ㅅ 香향내 나며 모매셔 栴젼檀딴香향내 나며 차바ᄂᆞᆯ[95)] 머거도 自쭝然ᅀᅧᆫ히 스러[96)] ᄆᆞᆯ보기ᄅᆞᆯ[97)] 아니 ᄒᆞ며 겨지븨 그에[98)] 브튼 더러븐 이스리[99)] 업스며 마릿[100)] 기리 몸과 ᄀᆞᆯᄫᆞ며[1)] 킈 젹도[2)] 크도 아니ᄒᆞ고 ᄉᆞᆯ히[3)] 지도 여위도 아니ᄒᆞ니라 栴젼檀딴香향ᄋᆞᆫ 모매 ᄇᆞᄅᆞ면 브레 들오도[4)] 브리 몯 ᄉᆞᆯ며[5)] 諸졍天텬ᄃᆞᆯ히 阿ᅙᅡᆼ修슣羅라[6)]와 싸홇 저긔 갈해[7)] 헌[8)] 싸ᄒᆞᆯ[9)]

---

89) 降服ᄒᆞᅀᆞᆸᄂᆞ니라: 降服ᄒᆞ[항복하다: 降服(항복: 명사) + -ᄒᆞ(동접)-]- + -ᅀᆞᆸ(객높)- + -ᄂᆞ(현시)- + -니(원칙)- + -라(← -다: 평종)

90) 나랏 ᄀᆞ자ᅌᆞᆫ: 나라(← 나라ㅎ: 나라, 國) + -ㅅ(-의: 관전) # ᄀᆞ장(까지: 의명)

91) 낫: 낫(← 낮: 낮, 夜)

92) ᄇᆞᆰᄂᆞ니라: ᄇᆞᆰ(밝아지다, 明: 동사)- + -ᄂᆞ(현시)- + -니(원칙)- + -라(← -다: 평종)

93) 겨스렌: 겨슬(겨울, 冬) + -에(부조, 위치) + -ㄴ(← -는: 보조사, 주제, 대조)

94) 녀르멘: 녀름(여름, 夏) + -에(부조, 위치) + -ㄴ(← -는: 보조사, 주제, 대조)

95) 차바ᄂᆞᆯ: 차반(음식, 飮食) + -ᄋᆞᆯ(목조)

96) 스러: 슬(없어지다, 사라지다, 消)- + -어(연어)

97) ᄆᆞᆯ보기ᄅᆞᆯ: ᄆᆞᆯ보기[용변하기(명사): ᄆᆞᆯ(대소변, 便) + 보(보다, 見)- + -기(명접)] + -ᄅᆞᆯ(목조)

98) 겨지븨 그에: 겨집(여자, 女) + -의(관조) # 그에(거기에: 의명, 위치)

99) 이스리: 이슬(이슬, 여자의 생리 현상) + -이(주조)

100) 마릿: 마리(머리, 頭) + -ㅅ(-의: 관조)

1) ᄀᆞᆯᄫᆞ며: ᄀᆞᇙ(← ᄀᆞᇙ다, ㅂ불: 나란하다, 같다, 竝)- + -ᄋᆞ며(연어, 나열)

2) 킈 젹도: 킈[키, 身長(명사): 크(크다, 大: 형사)- + -의(명접)] + -Ø(← -이: 주조) # 젹(작다, 小)- + -Ø(← -디: -지, 연어) + -도(보조사) ※ '젹도'는 '젹디도'에서 보조적 연결 어미인 '-디'가 생략된 형태이다.

3) ᄉᆞᆯ히: ᄉᆞᆯㅎ(살, 膚) + -이(주조)

4) 들오도: 들(들다, 入)- + -오도(← -고도: 연어, 대조)

5) ᄉᆞᆯ며: ᄉᆞᆯ(불사르다, 燒)- + -며(연어, 나열)

6) 阿修羅: 아수라. 싸움을 좋아하는 귀신이다.

7) 갈해: 갈ㅎ(칼, 刀) + -애(-에: 부조, 위치)

8) 헌: 허(← 헐다: 헐다, 상하다, 傷)- + -Ø(과시)- + -ㄴ(관전)

9) 싸ᄒᆞᆯ: 싸ㅎ(곳, 데, 處) + -ᄋᆞᆯ(목조)

렝‧는金금과銀은과瑠륭璃링와玻팡璨
와碑챵磲껑와瑪망瑙놀와赤쳑真

해‧셔七‧칧寶‧봉ㅣ나‧니‧니라七‧칧寶‧봉‧ㅣ
‧셔七‧칧寶‧봉ㅣ나‧고‧돌‧홀‧ㄱ‧르‧치‧면‧돌

七‧칧寶‧봉ㅣ나‧고‧뫼‧홀‧ㄱ‧르‧치‧면‧뫼‧예
‧칧寶‧봉ㅣ나‧고‧므‧를‧ㄱ‧르‧치‧면‧므‧레‧셔

‧행‧ㅣ소‧노‧로‧따‧홀‧ㄱ‧르‧치‧면‧해‧셔七
이‧보‧비‧롤‧얻‧고‧져‧ㅎ‧거‧시‧든‧그‧臣‧씬下‧

‧봉‧는藏짱‧ㄱ‧숨‧안‧ᄃ 臣‧씬下‧행‧ㅣ
ᅟᅮᇰ頭뜡‧는쇠머리‧라主즁藏짱臣‧씬下‧행ㅣ王

‧ᅟᅮᇰ頭뜡旃젼檀딴香향이‧라‧ᄒ‧ᄂ‧니牛
나‧ᄂ‧니‧그‧묏‧보‧오‧리‧ᄀ‧돌‧씨‧牛

‧라‧이香향이高곻山산‧이‧라‧홀‧뫼‧예‧셔‧니
전檀딴香향‧ᄇ‧ᄅ‧면즉자히암‧ᄀ‧ᄂ‧

旃檀香(전단향)을 바르면 즉시로 (헌 데가) 아무느니라. 이 香(향)이 高山(고산)이라 하는 산에서 나나니, 그 산봉우리가 쇠머리와 같으므로 牛頭旃檀香(우두전단향)이라 하나니, 牛頭(우두)는 소머리이다. 主藏臣寶(주장신보)는 藏(장)을 주관하는 臣下(신하)이니, 王(왕)이 보배를 얻고자 하시거든, 그 臣下(신하)가 손으로 땅을 가리키면 땅에서 七寶(칠보)가 나고, 산을 가리키면 산에서 七寶(칠보)가 나고, 물을 가리키면 물에서 七寶(칠보)가 나고, 돌을 가리키면 돌에서 七寶(칠보)가 나느니라. 七寶(칠보)는 金(금)과 銀(은)과 瑠璃(유리)와 玻瓈(파려)와 硨磲(차거)와 瑪瑙(마노)와 赤眞珠(적진주)이다.

旃_젼檀_딴香_향 ᄇᆞᄅ면 즉자히[10] 암ᄀᆞᄂᆞ니라[11] 이 香_향이 高_공山_산이라 홀[12] 뫼해셔[13] 나ᄂᆞ니 그 묏보오리[14] 쇠머리[15] ᄀᆞᄐᆞᆯᄊᆡ 牛_{ᅌᅮᆯ}頭_뜔旃_젼檀_딴 香_향이라 ᄒᆞᄂᆞ니 牛_{ᅌᅮᆯ}頭_뜔는 쇠머리라 主_즁藏_짱臣_씬寶_봄는 藏_짱[16] ᄀᆞᄋᆞᆷ안[17] 臣_씬下_{ᅘᅡᆼ}ㅣ니 王_왕이 보ᄇᆡᆯ 얻고져 ᄒᆞ거시든[18] 그 臣_씬下_{ᅘᅡᆼ}ㅣ 소ᄂᆞ로[19] ᄯᅡ홀[20] ᄀᆞᄅ치면 ᄯᅡ해셔 七_칢寶_봄ㅣ 나고 뫼홀[21] ᄀᆞᄅ치면 뫼해셔 七_칢寶_봄ㅣ 나고 므를[22] ᄀᆞᄅ치면 므레셔 七_칢寶_봄ㅣ 나고 돌홀[23] ᄀᆞᄅ치면 돌해셔 七_칢寶_봄ㅣ 나ᄂᆞ니라 七_칢寶_봄는 金_금과 銀_은과 瑠_률璃_링와 玻_광瓈_롕와 硨_챵磲_껑와 瑪_망瑙_{ᄂᆞᇢ}와 赤_쳑眞_진珠_즁왜라[24]

---

10) 즉자히: 즉시로, 곧, 卽(부사)

11) 암ᄀᆞᄂᆞ니라: 암ᄀᆞ(← 암글다: 아물다, 完治)- + -ᄂᆞ(현시)- + -니(원칙)- + -라(← -다: 평종)

12) 홀: ᄒᆞ(← ᄒᆞ다: 하다, 曰)- + -오(대상)- + -ㄹ(관전)

13) 뫼해셔: 뫼ㅎ(산, 山) + -애(-에: 부조, 위치) + -셔(-서: 보조사, 위치 강조)

14) 묏보오리: 묏보오리[산봉우리: 뫼(← 뫼ㅎ: 산, 山) + -ㅅ(관조, 사잇) + 보오리(봉우리, 峰)] + -∅(←-이: 주조)

15) 쇠머리: 쇠머리[쇠머리(牛頭): 쇼(소, 牛) + -ㅣ(관조, 사잇) + 머리(머리, 頭)] + -∅(←-이: -와, 부조, 비교)

16) 藏: 장. '곳간'이나 '창고'이다.

17) ᄀᆞᄋᆞᆷ안: ᄀᆞᄋᆞᆷ아[← ᄀᆞᄋᆞᆷ알다(주관하다): ᄀᆞᄋᆞᆷ(감, 材料) + 알(알다, 知)]- + -∅(과시)- + -ㄴ(관전)

18) ᄒᆞ거시든: ᄒᆞ(하다, 爲: 보용, 의도)- + -시(주높)- + -거…든(연어, 조건)

19) 소ᄂᆞ로: 손(손, 手) + -ᄋᆞ로(부조, 위치)

20) ᄯᅡ홀: ᄯᅡㅎ(땅, 地) + -올(목조)

21) 뫼홀: 뫼ㅎ(산, 山) + -올(목조)

22) 므를: 믈(물, 水) + -을(목조)

23) 돌홀: 돌ㅎ(돌, 石) + -올(목조)

24) 赤眞珠왜라: 赤眞珠(적진주) + -와(접조) + -ㅣ(←-이-: 서조) + -∅(현시)- + -라(← -다: 평종) ※ '赤眞珠(적진주)'는 붉은 진주이다.

진珠쥬왜라主쥬兵병臣씬寶·볼··는 兵
·병馬:망·ㄱ 숨·안 臣씬·下:하ㅣ·니 王왕·이
象:썅兵병 ·병馬:망兵병車겅兵병步·뽕兵
·병 :네 가·짓 兵병馬:망·롤 얻·고·져 ·ᄒᆞ·샤 一
하 얻·고·져 ·ᄒᆞ·샤·도 아·니 한 ·ᄉᆞᅀᅵ·예 ·쫘·숭
힘 千쳔·이·여 一·ᄒᆞᆶ 萬·먼·이·여 無뭉數·숭
·병·이·오 車겅兵병·은 ·거·른 兵병·이·라 ᄃᆞᆫ 兵
步·뽕兵병·은 ·술·위·라 ᄐᆞᆫ 馬:망寶·볼
·브·라·내ᄂᆞ·니 象:썅兵병·은 ·ᄀᆞᄅᆞ·쳐 싸·호·매
·위·내ᄂᆞ·니 ·고·키·리·오 馬:망兵병·은 ·ᄆᆞᆯ ᄐᆞᆫ 兵
·스·리·니 가·든 ·솔·로 빗·기·면 ·놀·고 ·그·구·스
·눈·무 ·리·쎼·옛 ·가·치 ·플·라·코 ·갈·기·예·스·구
·병·이 오·며 車겅兵병·은 ·술·위 ·라·툰 馬:망·이·오
步·뽕兵병·은 ·거·른 兵병·이·라 ᄃᆞᆫ 馬:망寶·볼·오
른 ·쎼·러·디·고 새·로 王왕·이·타
룸 ·쏘·리·러 즘·게 나·마·며 ·샤·며·나·우

主兵臣寶(주병신보)는 兵馬(병마)를 주관하는 臣下(신하)이니, 王(왕)이 象兵(상병), 馬兵(마병), 車兵(거병), 步兵(보병)의 네 가지의 兵馬(병마)를 얻고자 하시어, 一千(일천)이며 一萬(일만)이며 無數(무수)히 얻고자 하셔도 많지 않은 사이(= 잠깐 동안)에 다 이루어 내나니, 象兵(상병)은 가르쳐서 싸움에 부리는 코끼리요, 馬兵(마병)은 말을 탄 兵(병)이요, 車兵(거병)은 수레를 탄 兵(병)이요, 步兵(보병)은 걸은 兵(병)이다. 馬寶(마보)는 말(馬)이니, 빛이 밝아 파랗고 갈기에 구슬이 꿰여 있는데, 솔로 빗기면 낡은 구슬은 떨어지고 즉시 새 구슬이 나며, 우룸소리가 30리 가량을 넘어 가며, 王(왕)이 타시어

主_즁兵_병臣_씬寶_볼는 兵_병馬_망 ᄀᆞ슴안²⁵⁾ 臣_씬下_행ㅣ니 王_왕이 象_썅兵_병 馬_망兵_병 車_겅兵_병 步_뽕兵_병 네 가짓 兵_병馬_망ᄅᆞᆯ 얻고져 ᄒᆞ샤 一_힗千_쳔이여²⁶⁾ 一_힗萬_먼이여 無_뭉數_숭히 얻고져 ᄒᆞ샤도²⁷⁾ 아니한 ᄉᆞᅀᅵ예 다 일워²⁸⁾ 내ᄂᆞ니 象_썅兵_병은 ᄀᆞᄅᆞ쳐 싸호매²⁹⁾ 브리는³⁰⁾ 고키리오³¹⁾ 馬_망兵_병은 ᄆᆞᆯ 튼 兵_병이오 車_겅兵_병은 술위 튼 兵_병이오 步_뽕兵_병은 거른³²⁾ 兵_병이라 馬_망寶_볼는 ᄆᆞ리니 비치 ᄇᆞᆲ가 ᄑᆞ라코³³⁾ 갈기예³⁴⁾ 구스리 ᄢᅦ옛거든³⁵⁾ 솔로 빗기면³⁶⁾ 늘근³⁷⁾ 구스른 ᄣᅥ러디고 즉자히³⁸⁾ 새 구스리 나며 우룸쏘릐³⁹⁾ 즘게⁴⁰⁾ 나마⁴¹⁾ 가며 王_왕이 ᄐᆞ샤

---

25) ᄀᆞ슴안: ᄀᆞ슴아[← ᄀᆞ슴알다(주관하다, 관리하다, 典, 掌): 가슴(감, 재료, 材料: 명사) + -알(알다, 知)]- + -Ø(과시)- + -ㄴ(관전)

26) 一千이여: 一千(일천: 수사, 양수) + -이여(-이며: 접조)

27) ᄒᆞ샤도: ᄒᆞ(하다, 爲)- + -샤(← -시-: 주높)- + -도(← -아도: 연어, 양보)

28) 일워: 일우[이루다, 成: 일(이루어지다, 成: 자동)- + -우(사접)-]- + -어(연어)

29) 싸호매: 싸홈[싸움, 爭: 싸호(싸우다, 爭: 자동)- + -ㅁ(명접)]- + -애(-에: 부조, 위치)

30) 브리는: 브리(부리다, 시키다, 使)- + -ᄂᆞ(현시)- + -ㄴ(관전)

31) 고키리오: 고키리[코끼리, 象: 곻(코, 鼻: 명사) + 길(길다, 長: 형사)- + -이(명접)] + -Ø(← -이-: 서조)- + -오(← -고: 연어, 나열)

32) 거른: 걸(← 걷다, ㄷ불: 걷다, 步)- + -Ø(과시)- + -은(관전)

33) ᄑᆞ라코: ᄑᆞ랗[← ᄑᆞ라ᄒᆞ다(파랗다, 靑): ᄑᆞ라(불어) + -ᄒᆞ(← -ᄒᆞ-: 형접)-]- + -고(연어, 나열)

34) 갈기예: 갈기(말의 갈기, 鬣) + -예(← -에: 부조, 위치)

35) ᄢᅦ옛거든: ᄢᅦ(꿰이다, 貫: 자동)- + -여(← -어: 연어) + 잇(← 이시다: 있다, 有)- + -거든(-는데: 연어, 설명 계속) ※ 'ᄢᅦ옛거든'은 'ᄢᅦ여 잇거든'이 축약된 형태이다.

36) 빗기면: 빗기[빗기다: 빗(빗다, 扰: 자동)- + -기(사접)-]- + -면(연어, 조건)

37) 늘근: 늙(낡다, 朽)- + -Ø(과시)- + -은(관전)

38) 즉자히: 곧, 즉시, 卽(부사)

39) 우룸쏘릐: 우룸쏘릐[울음소리: 울(울다, 泣) + -움(명접) + -ㅅ(관전, 사잇) + 소리(소리, 聲)] + -Ø(← -이: 주조)

40) 즘게: 30리가량의 거리이다.

41) 나마: 남(넘다, 越)- + -아(연어)

나시면 天下(천하)를 하루의 內(내)에 다 돌아오시되, 그 말이 힘겨워 하지 아니하며, 그 말이 밟은 땅은 모래의 金(금)이 되느니라. 象寶(상보)는 코끼리이니, 빛이 희고 꼬리에 구슬이 꿰이고, 힘이 常例(상례)의 一百(일백) 象(상)보다 세며, 여섯 어금니를 가지고 어금니가 七寶(칠보)의 빛이고, 王(왕)이 타시면 天下(천하)를 하루의 內(내)에 다 돌아오시되, 그 象(상)이 힘겨워 하지 아니하며, 물을 건너셔도 물이 움직이지 아니하고 발이 젖지 아니하느니라. 千子(천자)는 천 명의 아들이니, 하나가 어질어 천 명의 사람을 당하겠으므로 千子(천자)이라고 하느니라. 】 鐵圍山(철위산)이 네

나시면 天텬下행를 ᄒᆞᄅᆞᆺ[42] 內뇡예 다 도라오샤ᄃᆡ[43] 그 ᄆᆞ리 ᄀᆞᆺ디[44] 아니ᄒᆞ며

그 ᄆᆞᆯ 볼ᄫᆞᆫ[45] ᄢᅡ혼 몰애[46] 金금이 ᄃᆞ외ᄂᆞ니라[47] 象쌍寶봉ᄂᆞᆫ 고키리니 비치 히

오[48] 쇼리예 구스리 ᄢᅦ오[49] 히미 常쌍例롕ㅅ[50] 一ᅙᅵᆯ百ᄇᆡᆨ 象쌍두고[51] 세며 여슷

엄[52] 가지고 어미 七칧寶봉ㅅ 비치오[53] 王왕이 ᄐᆞ시면 天텬下행를 ᄒᆞᄅᆞᆺ 內뇡예

다 도라오샤ᄃᆡ 그 象쌍이 ᄀᆞᆺ디 아니ᄒᆞ며 므를 걷나샤도[54] 므리 뮈디[55] 아니ᄒᆞ

고 바리 젓디[56] 아니ᄒᆞᄂᆞ니라 千쳔子ᄌᆞᆫ 즈믄[57] 아ᄃᆞ리니 ᄒᆞ나히[58] 어디러[59]

즈믄 사ᄅᆞᄆᆞᆯ 당ᄒᆞ릴ᄊᆡ[60] 千쳔子ᄌᆞ ㅣ 라 ᄒᆞᄂᆞ니라 】 鐵텷圍윙山산[61]이 네

---

42) ᄒᆞᄅᆞᆺ: ᄒᆞᄅᆞ(하루, 一日) + -ㅅ(-의: 관조)

43) 도라오샤ᄃᆡ: 도라오[돌아오다, 歸: 돌(돌다, 回)- + -아(연어) + 오(오다, 來)-]- + -샤(←-시-: 주높)- + -ᄃᆡ(←-오ᄃᆡ: -되, 연어, 설명의 계속)

44) ᄀᆞᆺ디: ᄀᆞᆺ(← ᄀᆞᆺ다: 힘겨워 하다, 勞)- + -디(-지: 연어, 부정)

45) 볼ᄫᆞᆫ: ᄇᆞᆲ(← ᄇᆞᆲ다, ㅂ불: 밟다, 履)- + -∅(과시)- + -은(관전)

46) 몰애: 모래, 沙.

47) ᄃᆞ외ᄂᆞ니라: ᄃᆞ외(되다, 爲)- + -ᄂᆞ(현시)- + -니(원칙)- + -라(←-다: 평종)

48) 히오: 히(희다, 白)- + -오(←-고: 연어, 나열)

49) ᄢᅦ오: ᄢᅦ(꿰이다, 貫: 자동)- + -오(←-고: 연어, 나열)

50) 常例ㅅ: 常例(상례, 보통) + -ㅅ(-의: 관조)

51) 象두고: 象(상, 코끼리) + -두고(-보다: 부조, 비교)

52) 엄: 엄(어금니, 牙)

53) 비치오: 빛(빛, 光) + -이(서조)- + -오(←-고: 연어, 나열)

54) 걷나샤도: 걷나[건너다, 渡: 걷(걷다, 步)- + 나(나다, 出)-]- + -샤(←-시-: 주높)- + -도(←-아도: 연어, 양보)

55) 뮈디: 뮈(움직이다, 動)- + -디(-지: 연어)

56) 젓디: 젓(← 젓다: 젖다, 潤)- + -디(-지: 연어, 부정)

57) 즈믄: 一千(관사, 양수)

58) ᄒᆞ나히: ᄒᆞ나ᄒᆞ(하나, 一: 수사) + -이(주조)

59) 어디러: 어딜(어질다, 仁)- + -어(연어)

60) 당ᄒᆞ릴ᄊᆡ: 당ᄒᆞ[당하다: 당(당, 當: 불어) + -ᄒᆞ(동접)-]- + -리(미시)- + -ㄹᄊᆡ(-므로: 연어, 이유)

61) 鐵圍山: 철위산. 지변산을 둘러싸고 있는 아홉 산 가운데 가장 밖에 있는 산이다.

下ᅘᅣᇰㅅ 밧긔 둘어 잇고 그 밧긔 ᄯᅩ 鐵텷圍
윙山산이 둘어 잇ᄂᆞ니 두 鐵텷圍윙山
산ㅅ ᄉᆞᅀᅵ 어드븐 ᄯᅡ해 地띵獄옥이 버러
잇ᄂᆞ니라 獄옥ᄋᆞᆫ 罪쬥 지ᅀᅳᆫ 사ᄅᆞᆷ 가도ᄂᆞᆫ ᄯᅡ히니 ᄯᅡ 아랫 獄옥일ᄊᆡ
地띵獄옥이라 ᄒᆞᄂᆞ니라 큰 地띵獄
옥이 여듧비니 活 地띵獄옥과 黑흑
繩씽地띵獄옥과 合합地띵獄옥과 叫
공喚환地띵獄옥과 大땡叫공喚환地
띵獄옥과 熱ᅀᅧᇙ惱놓地띵獄옥과 大땡
熱ᅀᅧᇙ惱놓地띵獄옥과 阿항鼻삥地띵

天下(천하) 밖에 둘러 있고 그 밖에 또 鐵圍山(철위산)이 둘러 있나니, 두 鐵圍山(철위산)의 사이에 있는 어두운 땅에 地獄(지옥)이 벌여 있느니라. 【獄(옥)은 罪(죄)를 지은 사람을 가두는 땅이니, 땅 아래에 있는 獄(옥)이므로 地獄(지옥)이라 하느니라. 큰 地獄(지옥)이 여덟이니, 活地獄(활지옥)과 黑繩地獄(흑승지옥)과 合地獄(합지옥)과 叫喚地獄(규환지옥)과 大叫喚地獄(대규환지옥)과 熱惱地獄(열뇌지옥)과 大熱惱地獄(대열뇌지옥)과 阿鼻地獄(아비지옥)이다.

天_텬下_행 밧긔⁶²⁾ 둘어⁶³⁾ 잇고 그 밧긔 쏘⁶⁴⁾ 鐵_텷圍_윙山_산이 둘어 잇ᄂᆞ니 두 鐵_텷圍_윙山_산 쓰싀⁶⁵⁾ 어드븐⁶⁶⁾ ᄯᅡ해 地_띵獄_옥이 버러⁶⁷⁾ 잇ᄂᆞ니라【獄_옥은 罪_쬉 지슨⁶⁸⁾ 사ᄅᆞᆷ 가도ᄂᆞᆫ⁶⁹⁾ ᄯᅡ히니 ᄯᅡ 아랫⁷⁰⁾ 獄_옥일ᄊᆡ 地_띵獄_옥이라 ᄒᆞᄂᆞ니라 굴근⁷¹⁾ 地_띵獄_옥이 여들비니⁷²⁾ 活_ᇢ地_띵獄_옥과 黑_흑繩_씽地_띵獄_옥과 合_햅地_띵獄_옥과 叫_ᇢ喚_환地_띵獄_옥과 大_땡叫_ᇢ喚_환地_띵獄_옥과 熱_셞惱_놀地_띵獄_옥과 大_땡熱_셞惱_놀地_띵獄_옥과 阿_ᅙ鼻_삥地_띵獄_옥괘라⁷³⁾】

---

62) 밧긔: 밝(밖, 外) + -의(-에: 부조, 위치)

63) 둘어 잇ᄂᆞ니라: 둘(← 두르다: 두르다, 圍)- + -어(연어) # 잇(← 이시다: 있다, 보용, 완료 지속)- + -ᄂᆞ(현시)- + -니(원칙)- + -라(← -다: 평종)

64) 쏘: 또, 又(부사)

65) 鐵圍山(철위산) 쓰싀: 鐵圍山(철위산) + -ㅅ(관조) # 스싀(사이, 間: 명사)

66) 어드븐: 어듭(← 어듭다, ㅂ불: 어둡다, 昏)- + -∅(현시)- + -ㄴ(관전)

67) 버러: 벌(벌여 있다, 늘어서다, 列)- + -어(연어)

68) 지슨: 짓(짓다, 作)- + -∅(과시)- + -ㄴ(관전)

69) 가도ᄂᆞᆫ: 가도[가두다, 囚: 갇(걷다, 收: 타동)- + -오(사접)-]- + -ᄂᆞ(현시)- + -ㄴ(관전)

70) 아랫: 아래(아래, 下) + -ㅅ(-의: 관전)

71) 굴근: 굵(크다, 굵다, 大)- + -∅(현시)- + -ㄴ(관전)

72) 여들비니: 여듧(여덟, 八: 수사, 양수)- + -이(서조)- + -니(연어, 설명의 계속)

73) 阿鼻地獄괘라: 阿鼻地獄(아비지옥) + -과(접조) + -ㅣ(← -이-: 서조)- + -∅(현시)- + -라(← -다: 평종)

獄·옥괘·라 活·ᅘᅪᆯ·은 살·씨·니 제 손·토·비 ·쇠 ᄃᆞ외·야 제 ·모·ᄆᆞᆯ ᄲᅡ·려 죽·고·져 호·ᄃᆡ ·몯·ᄒᆞ·ᄂᆞ·니·라 黑흑繩씽·은 거·믄 노·히·니 ·ᄆᆞᆺ 처ᅀᅥ·믜 더·ᄫᆞᆫ ·블·로 ·모·ᄆᆞᆯ ᄉᆞ·라 셜·ᄫᅥ 드·니 ·뒤·ᅘᅧ·게 ·ᄒᆞ·고 더·ᄫᆞᆫ ·쇠 노·ᄒᆞ·로 바·히·ᄂᆞ·니·라 고 더·ᄫᆞᆫ ·돗·귀·와 ·톱·과·로 바·히·ᄂᆞ·니·라 合·은 ·어·울 ·씨·니 ·두 큰 ·블 ·뫼 山산 가·온·ᄃᆡ 녀·코 ·두 山산·이 어·우·러 ·ᄀᆞ·라 ·ᄀᆞ·ᄅᆞ ᄃᆞ외·ᄂᆞ·니·라 叫喚·은 우·를 ·씨·니 ·쇠 城쎵 가·온·ᄃᆡ 고·ᄅᆞᆫ ·브·리어·든 그·ᅌᅦ ·드·리·텨·든 우·ᄂᆞ·니·라 大땡叫喚·은 ·더 울·씨·라 熱·셣惱·ᄂᆞᆯ·ᄂᆞᆫ 더·ᄫᅥ 셜·ᄫᆞᆯ ·씨·니 罪쭹人ᅀᅵᆫ ·을·글·ᄂᆞᆫ 가·마·애 드·리·티·ᄂᆞ·니·라 大땡阿ᅙᅡᆼ熱·셣惱·놀·ᄂᆞᆫ 熱·셣惱·놀·ᄫᅩ·다 ·더 을·씨·라

活(활)은 사는 것이니, 제 손톱이 쇠가 되어 제 몸을 째어 버려, 죽고자 하되 못 하느니라. 黑繩(흑승)은 검은 끈이니, 맨 처음에 더운 불로 (죄인의) 몸을 (불)살아 괴로워서 뒤쳐지게 하고, 더운 쇠 끈으로 (몸에) 줄을 치고 (몸을) 더운 도끼와 톱으로 베느니라. 合(합)은 합쳐지는 것이니, 두 큰 불(火) 산의 가운데에 (사람을) 넣고 두 山(산)이 합쳐져서 갈아 (사람이) 가루가 되느니라. 叫喚(규환)은 울부짖는 것이니, 쇠로 된 城(성)의 가운데에 고른(= 온통) 불인데 거기에 들이치거든 울부짖느니라. 大叫喚(대규환)은 더 울부짖는 것이다. 熱惱(열뇌)는 더워 괴로운 것이니, 罪人(죄인)을 끓는 가마에 들이치느니라. 大熱惱(대열뇌)는 熱惱(열뇌)보다 더한 것이다.

活활은 살 씨니 제 손토비[74] 쇠 두외야 제 모물 뻐야 브려[75] 죽고져 호디 몯
ᄒᆞᄂᆞ니라 黑흑繩씽은 거믄 노히니[76] 믓 처서믜[77] 더블 블로 모몰 ᄉᆞ라[78] 셜
버[79] 드위텨[80] 디게 ᄒᆞ고 더블 쇠 노ᄒᆞ로[81] 시울[82] 티고 더블 돗귀[83]와 톱과로
바히ᄂᆞ니라[84] 合합은 어울[85] 씨니 두 큰 블 묏 가온ᄃᆡ 녀코[86] 두 山산이 어우
러 ᄀᆞ라 글리[87] 두외ᄂᆞ니라 따끌喚환은 우를[88] 씨니 쇠 城씽ㅅ 가온ᄃᆡ 고른[89]
브리어든[90] 그에[91] 드리텨든[92] 우르ᄂᆞ니라[93] 大땡따끌喚환은 더 우를 씨라 熱
ᅀᅥᇙ惱놀ᄂᆞᆫ 더버 셜볼 씨니 罪쬥人ᅀᅵᆫ을 글는[94] 가마애 드리티ᄂᆞ니라 大땡熱ᅀᅥᇙ惱
놀ᄂᆞᆫ 熱ᅀᅥᇙ惱놀ㅣ 더을 씨라

---

74) 손토비: 손톱[손톱, 爪: 손(손, 手) + 톱(톱, 鋸)] + -이(주조)

75) 뻐야 브려: 뻐(쩨다, 破)- + -야(←-아: 연어) # 브리(버리다: 보용, 완료)- + -어(연어)

76) 노히니: 노ᄒᆞ(끈, 線) + -이(서조)- + -니(연어, 설명 계속)

77) 처서믜: 처섬[처음, 初(명사): 첫(← 첫: 첫, 관사, 서수) + -엄(명접)] + -의(-에: 부조, 위치)

78) ᄉᆞ라: ᄉᆞᆯ(살다, 불태우다, 燒)- + -아(연어)

79) 셜버: 셟(← 셟다, ㅂ불: 괴롭다, 苦)- + -어(연어)

80) 드위텨: 드위티[뒤치다, 세게 뒤집다, 顚: 드위(뒤집다, 傾)- + -티(-치-: 강접)-]- + -어(연어)

81) 노ᄒᆞ로: 노ᄒᆞ(노, 끈, 繩) + -ᄋᆞ로(부조, 방편)

82) 시울: '줄'이나 '활의 시위'이다.

83) 돗귀: 도끼, 斧.

84) 바히ᄂᆞ니라: 바히(베다, 斬)- + -ᄂᆞ(현시)- + -니(원칙)- + -라(←-다: 평종)

85) 어울: 어울(어울리다, 합하다, 合)- + -ㄹ(관전)

86) 녀코: 녛(넣다, 슴)- + -고(연어, 나열, 계기)

87) 글리: ᄀᆞᆯᄅ(← ᄀᆞᄅᆞ: 가루, 粉) + -이(주조)

88) 우를: 우르(울부짖다, 叫)- + -ㄹ(관전)

89) 고른: 고ᄅᆞ(고르다, 均)- + -Ø(현시)- + -ㄴ(관전) ※ '고른(均)'은 '온통'으로 의역했다.

90) 브리어든: 블(불, 火) + -이(서조)- + -어든(← -거든: -ㄴ데, 연어, 설명 계속)

91) 그에: 거기에, 彼處(지대, 정칭)

92) 드리텨든: 드리[들이치다, 使入: 들(들다, 入: 자동)- + -이(사접)- + -티(-치-: 강접)-]- + -어든
(거든: 연어, 조건)

93) 우르ᄂᆞ니라: 우르(울부짖다, 叫)- + -ᄂᆞ(현시)- + -니(원칙)- + -라(←-다: 평종)

94) 글는: 글(← 긇다: 끓다, 沸)- + -ᄂᆞ(현시)- + -ㄴ(관전)

항鼻삥는 쉴 쏴씨 업다 ᄒᆞᆫ 논 마리우니 東
西셩南남北북과 네 모콰 아라우니 回
다 큰 브리어든 罪쬉人신을 그에 各각리
티ᄂᆞ니라 이 여ᄃᆞᆲ 地띵獄옥이
각各 여ᄃᆞᆲ 寒ᄒᆞᆫ 冰빙 地띵獄옥과 여ᄃᆞᆲ 炎
염火황 地띵獄옥이 眷권屬쓕 ᄃᆞ외야
잇고 쏘 ᄒᆡ근 地띵獄옥이 그지업스니
그 어긔 受쓩苦콩ᄒᆞᆯ 싸ᄅᆞ미 各각각
罪쬉이 ᄆᆞᆺ 젹ᄒᆞ며 쿠므로 劫겁數숭를 八
내ᄂᆞ니 ᄆᆞᆺ 重ᄜᅲᆼᄒᆞᆫ ᄯᅡ히 ᄒᆞᄅᆞ 내 八
밤萬먼 四ᄉᆞᆼ千쳔 디위ᄅᆞᆯ 주그락 살락
ᄒᆞᄂᆞ니라 寒ᄒᆞᆫ冰빙은 ᄎᆞᆫ 어르미오 炎

阿鼻(아비)는 쉴 사이가 없다고 하는 말이니, 東西南北(동서남북)과 네 모퉁이(方)와 아래위에 다 큰 불인데, 罪人(죄인)을 거기에 들이치느니라. 이 여덟 地獄(지옥)이 各各(각각) 여듧 寒冰地獄(한빙지옥)과 여덟 炎火地獄(염화지옥)이 眷屬(권속, 딸림)이 되어 있고, 또 작은 地獄(지옥)이 그지없으니, 거기에 受苦(수고)할 사람이 各各(각각) 罪(죄)의 적으며 큼으로써 劫數(겁수)를 디내나니, 가장 重(중)한 땅은 하루의 內(내)에 八萬四千(팔만사천) 번을 죽으락 살락 하느니라. 寒氷(한빙)은 찬 얼음이요 炎火(염화)는 더운 불이다. 】 須彌山(수미산)의 허리에

阿ᅘᅡᆼ鼻ᄤᆼᄂᆫ 쉴 ᄊᆡ⁹⁵⁾ 업다 ᄒᆞ논 마리니 東동西솅南남北븍과 네 모콰⁹⁶⁾ 아라우희⁹⁷⁾ 다 큰 브리어든⁹⁸⁾ 罪쬥人ᅀᅵᆫ을 그에⁹⁹⁾ 드리티ᄂᆞ니라 이 여듧 地띵獄옥이 各각各각 여듧 寒ᄒᆞᆫ冰빙地띵獄옥과 여듧 炎염火황地띵獄옥이 眷권屬쑉 ᄃᆞ외야 잇고 ᄯᅩ 혀근¹⁾ 地띵獄옥이 그지업스니²⁾ 그어긔³⁾ 受쓩苦콩ᄒᆞᆯ 싸ᄅᆞ미⁴⁾ 各각各각 罪쬥이 져그며 쿠므로⁵⁾ 劫겁數숭⁶⁾를 디내ᄂᆞ니⁷⁾ 못 重뜡ᄒᆞᆫ 싸ᄒᆞᆫ ᄒᆞᄅᆞ 內ᄂᆡᆼ예 八밣萬먼四숭千천 디위를⁸⁾ 주그락⁹⁾ 살락 ᄒᆞᄂᆞ니라 寒ᄒᆞᆫ氷빙은 ᄎᆞᆫ 어르미오¹⁰⁾ 炎염火황ᄂᆞᆫ 더븐¹¹⁾ 브리라 】 須슝彌밍山산 허리예

(＊〈서강대 본〉에서는 29장 뒤쪽에 있는 맨 끝 행의 "ᄒᆞᄂᆞ니라~ 허리예"에 해당하는 원문이 훼손되어 있다. 여기서는 훼손된 내용을 〈희방사 본〉에 있는 내용으로 기워 넣었다.)

---

95) 쉴 ᄊᆡ: 쉬(쉬다, 休)- + -ㄹ(관전) # ᄊᆡ(← ᄉᆞᅵ: 사이, 間) + -∅(← -이: 주조)

96) 모콰: 모ㅎ(모, 모퉁이, 方) + -과(접조) ※ '네 모'는 동남, 동북, 서남, 서북을 이른다.

97) 아라우희: 아라우ㅎ[아래위, 上下: 아라(← 아래: 아래, 下) + 우ㅎ(위, 上)] + -의(-에: 부조, 위치)

98) 브리어든: 블(불, 火) + -이(서조)- + -어든(← -거든: -ㄴ데, 연어, 설명 계속)

99) 그에: 거기에彼處(지대, 정칭)

100) 眷屬: 권속. 한 집에 딸려 있는 식구이다. 여기서는 '딸림'으로 의역하여 옮긴다.

 1) 혀근: 혁(작다, 小)- + -∅(현시)- + -ㄴ(관전)

 2) 그지업스니: 그지없[그지없다, 無限: 그지(그지, 限: 명사) + 없(없다, 無: 형사)-]- + -으니(연어, 설명 계속)

 3) 그어긔: 거기에, 彼處(지대, 정칭)

 4) 受苦ᄒᆞᆯ: 受苦ᄒᆞ[수고하다: 受苦(수고: 명사) + -ᄒᆞ(동접)-]- + -ㄹ(관전)

 5) 쿠므로: ㅋ(← 크다: 크다, 大)- + -움(명전) + -으로(부조, 방편)

 6) 劫數: 겁수. 재앙이 긴 운수이다.

 7) 디내ᄂᆞ니: 디내[지내다: 디나(지나다, 過: 자동)- + -ㅣ(← -이-: 사접)-]- + -ᄂᆞ(현시)- + -니(연어, 설명 계속)

 8) 디위를: 디위(번: 의명) + -를(목조)

 9) 주그락: 죽(죽다, 死)- + -으락(연어, 동작의 전환)

10) 어르미오: 어름[얼음, 水: 얼(얼다, 水: 동사)- + -음(명접)]- + -이(서조)- + -오(← -고: 연어, 나열)

11) 더븐: 덜(← 덥다, ㅂ불: 덥다, 炎)- + -∅(현시)- + -은(관전)

도·리갑ᄉᆞᆫ·니 須슝彌밍 山산·이·ᄀᆞ·리
면·바·미·라 東동方방·앤 持띵國·귁天텬
王·왕 持띵國·귁은 나라 가질·씨·니 西셍天텬·ㅅ 마·래 提똉頭뚱賴랭ᄠᆞ·라
·라 西셍天텬·은 부텨 나신 나·라·히·니 中듕國·귁·으·로 西셍ㅅ녀·길·씨 西셍天텬
·이·라 ᄒᆞ·ᄂᆞ·니·라 中듕國·귁·은·가·온·딧 나
·라·히·니 우·리 나·랏 常쌍談땀·애 江강南남·이·라 ᄒᆞ·ᄂᆞ·니·라 中듕
國·귁·을·하·ᄂᆞᆯ 가·온·딧·라·ᄒᆞ·고 부텨ㅅ 나·라·ᄒᆞᆯ 西셍ㅅ녁 ᄀᆞ·ᅀᅵ·라 ᄒᆞ·야 西셍天텬·이·라·홀·ᄊᆡ 부텨ㅅ나·라·해·션 부텨ㅅ나·라·ᄒᆞᆯ

해달이 감도나니 須彌山(수미산)이 (해를) 가리면 밤이다. 東方(동방)엔 持國天王(지국천왕)【持國(지국)은 나라를 가지는 것이니 西天(서천)의 말에 提頭賴埵(제두뢰타)이다. 西天(서천)은 부처가 나신 나라이니, 中國(중국)으로부터 西(서)녘이므로 西天(서천)이라고 하느니라. 中國(중국)은 가운데의 나라이니, 우리나라의 常談(상담)애 江南(강남)이라고 하느니라. 中國(중국)에서는 中國(중국)을 하늘의 가운데라고 하고 부처의 나라를 西(서)녘 가이라 하여, 西天(서천)이라고 하는데, 부처의 나라에서는 부처의 나라를

히ᄃ리[12] 감ᄯᄂ니[13] 須슣彌밍山산이 ᄀ리면[14] 바미라[15] 東동方방앤[16] 持띵國귁天텬王왕【持띵國귁은 나라 가질 씨니 西솅天텬 마래 提똉頭뚤賴랭埵당ㅣ라 西솅天텬은 부텨 나신 나라히니 中듕國귁으로 西솅ㅅ녀길씨[17] 西솅天텬이라 ᄒᄂ니라 中듕國귁은 가온딧[18] 나라히니 우리나랏 常썅談땀[19]애 江강南남이라 ᄒᄂ니라 中듕國귁에션[20] 中듕國귁을 하ᄂᆶ 가온ᄃ라[21] ᄒ고 부텻 나라흘 西솅ㅅ녁 ᄀᆡ라[22] ᄒ야 西솅天텬이라 ᄒ거든[23] 부텻 나라해션[24] 부텻 나라흘

---

12) 히ᄃ리: 히ᄃᆯ[해달, 해와 달, 日月: 히(해, 日) + ᄃᆯ(달, 月)] + -이(주조)

13) 감ᄯᄂ니: 감ᄯ[← 감ᄯ다(감돌다, 紆): 값(← 감다: 감다, 旋)- + ᄃᆯ(돌다, 回)-] - + -ᄂ(현시)- + -니(연어, 설명의 계속)

14) ᄀ리면: ᄀ리(가리다, 蔽)- + -면(연어, 조건)

15) 바미라: 밤(밤, 夜) + -이(서조)- + -Ø(현시)- + -라(← -다: 평종)

16) 東方앤: 東方(동방, 동쪽) + -애(-에: 부조, 위치) + -ㄴ(← -는: 보조사, 주제)

17) 西ㅅ녀길씨: 西ㅅ녁[서녁: 西(서) + -ㅅ(관조, 사잇) + 녁(녘: 의명)] + -이(서조)- + -ㄹ씨(-므로: 연어, 이유)

18) 가온딧: 가온ᄃᆡ(가운데, 中) + -ㅅ(-의: 관조)

19) 常談: 상담. 늘 쓰는 예사로운 말이다.

20) 中國에션: 中國(중국) + -에(부조, 위치) + -셔(-서: 보조사, 위치 강조) + -ㄴ(← -는: 보조사, 주제, 대조)

21) 가온ᄃ라: 가온ᄃᆡ(가운데, 中) + -Ø(← -이-: 서조)- + -Ø(현시)- + -라(← -다: 평종)

22) ᄀᆡ라: ᄀᆞ(← ᄀᆞᆺ: 가, 邊) + -이(서조)- + -Ø(현시)- + -라(← -다: 평종)

23) ᄒ거든: ᄒ(하다, 曰)- + -거든(-거든, -는데: 연어, 설명의 계속)

24) 나라해션: 나라ᄒ(나라, 國) + -애(-에: 부조, 위치) + -셔(-서: 보조사, 위치 강조) + -ㄴ(← -는: 보조사, 주제)

하ᄂᆞᆯ가온ᄃᆡ라ᄒᆞ고 中듕國귁을 東동녁 ᄀᆞᆺ이라 ᄒᆞ야 東동土통ᅵ라 ᄒᆞᄂᆞ니 土통ᄂᆞᆫ ᄯᅡ히라】 南남方방앤 增증長땽天텬王왕【增증은 더을 씨오 長땽ᄋᆞᆫ 길 씨니 西셍天텬 마래 毗삥留륳勒륵叉창ᅵ라】 西셍方방앤 廣광目목天텬王왕【廣광目목은 너븐 누니니 西셍天텬 마래 毗삥留륳博박叉창ᅵ라】 北북方방앤 多당聞문天텬王왕이니【多당聞문은 해 들일 씨니 福복德득 일후미 四ᄉᆞᆼ方방애 들일 씨니라 西셍天텬 마래 毗삥沙상門문이라】

하늘의 가운데라 하고, 中國(중국)을 東(동)녘의 가(邊)이라 하여 東土(동토)이라 하나니, 土(토)는 땅이다. 】 南方(남방)엔 增長天王(증장천왕)【 增(증)은 더하는 것이요 長(장)은 긴 것이니, 西天(서천)의 말에 毗留勒叉(비류륵차)이다. 】 西方(서방)에는 廣目天王(광목천왕)【 廣目(광목)은 넓은 눈이니 西天(서천)의 말에 毗留博叉(비류박차)이다. 】 北方(북방)엔 多聞天王(다문천왕)이니【 多聞(다문)은 많이 들리는 것이니, 福德(복덕)의 이름이 四方(서방)에 들리는 것이다. 西天(서천)의 말에 毗沙門(비사문)이다. 】

하늜 가온디라 ᄒᆞ고 中듕國귁을 東동녁 ᄀᆞᅀᅵ라[25] ᄒᆞ야 東동土통ㅣ라 ᄒᆞᄂᆞ니 土
통ᄂᆞᆫ 싸히라[26] 】 南남方방앤 增증長댱天텬王왕【增증은 더을[27] 씨오 長댱은
길 씨니 西셩天텬 마래 毗삥留륭勒륵叉챠ㅣ라 】 西셩方방앤 廣광目목天텬王
왕【廣광目목은 너븐[28] 누니니[29] 西셩天텬 마래 毗삥留륭博박叉챠ㅣ라 】 北븍
方방앤 多당聞문天텬王왕이니【多당聞문은 만히[30] 들일[31] 씨니 福복德득 일훔
미[32] 四ᄉᆞᆼ方방애 들일 씨라 西셩天텬 마래 毗삥沙샹門문이라 】

---

25) ᄀᆞᅀᅵ라: ᄀᆞᇫ(← ᄀᆞᆽ: 가, 邊) + -이(서조)- + -Ø(현시)- + -라(← -다: 평종)

26) 싸히라: 싸ㅎ(땅, 地) + -이(서조)- + -Ø(현시)- + -라(← -다: 평종)

27) 더을: 더으(더하다, 加)- + -ㄹ(관전)

28) 너븐: 넙(넓다, 廣)- + -Ø(현시)- + -은(관전)

29) 누니니: 눈(눈, 目) + -이(서조)- + -니(연어, 설명 계속)

30) 만히: [많이(부사): 많(많다, 多: 형사) + -이(부접)]

31) 들일: 들이[들리다, 聞: 들(← 듣다, ㄷ불: 듣다, 聞, 타동)- + -이(피접)-]- + -ㄹ(관전)

32) 일후미: 일훔(이름, 名) + -이(주조)

상門몬·이 四·ᄉᆞᆼ天텬王왕도 須·ᄉᆔᆼ彌밍
山산 허리·예 잇ᄂᆞ·니라 須·ᄉᆔᆼ彌밍山산
뎡바기·예 忉동利링天텬·이 잇ᄂᆞ·니라 忉
利링天텬內·ᄂᆡᆼ예 三삼十·씹三삼天텬
·이니 가온·ᄃᆡ 흔 天텬·이오 四·ᄉᆞᆼ方방
·애 여·듧곰 버·러 잇거·든 帝·뎽釋·셕·이
온·ᄃᆡ 위두·ᄫᅳ·야 잇ᄂᆞ·니라 【帝·뎽釋·셕은 西셩天텬 마·

이 四天王(사천왕)도 須彌山(수미산)의 허리에 있느니라. 須彌山(수미산) 정수리에 忉利天(도리천)이 있나니, 忉利天(도리천)의 內(내)에 三十三天 (삼십삼천)이니, 가운데에 한 天(천)이요 四方(사방)에 여덟씩 벌이어 있 는데, 帝釋(제석)이 가운데에 으뜸가 있느니라. 【帝釋(제석)은 西天(서천) 말에 있는 이 四_숭天_텬王_왕도 須_슝彌_밍山_산 허리예 잇ᄂᆞ니라³³⁾ 須_슝彌_밍山_산 뎡바기예³⁴⁾ 忉_돌利_링天_텬이 잇ᄂᆞ니 忉_돌利_링天_텬 內_뇡예 三_삼十_씹三_삼天_텬이니 가온ᄃᆡ³⁵⁾ ᄒᆞᆫ 天_텬이오³⁶⁾ 四_숭方_방애 여듧곰³⁷⁾ 버러³⁸⁾ 잇거든 帝_뎽釋_셕이 가온ᄃᆡ 위두ᄒᆞ야³⁹⁾ 잇ᄂᆞ니라【帝_뎽釋_셕⁴⁰⁾은 西_솅天_텬 마랫⁴¹⁾

---

33) 잇ᄂᆞ니라: 잇(← 이시다: 있다, 在)- + -ᄂᆞ(현시)- + -니(원칙)- + -라(← -다: 평종)

34) 뎡바기예: 뎡바기(정수리, 頂上) + -예(← -에: 부조, 위치)

35) 가온ᄃᆡ: 가온ᄃᆡ(가운데, 中) ※ '가온ᄃᆡ' 뒤에 실현될 부사격 조사 '-예'가 생략되었다.

36) 天이오: 天(천, 하늘) + -이(서조)- + -오(← -고: 연어, 나열)

37) 여듧곰: 여듧(여덟, 八) + -곰(-씩: 보조사, 각자)

38) 버러: 벌(벌이다, 벌어지다, 列)- + -어(연어)

39) 위두ᄒᆞ야: 위두ᄒᆞ[으뜸가다: 위두(爲頭, 으뜸, 우두머리) + -ᄒᆞ(동접)-]- + -야(← -아: 연어)

40) 帝釋: 제석. 제석은 원래 인드라(Indra)라는 인도 신령의 중국 역어(譯語)이다. 인드라는 리그베다(Rig-Veda) 찬가에 흔히 등장하는 천상신인데, 수미산(須彌山) 정상의 희견성(喜見城)에 있으면서 33천(天)을 통괄하고 아수라(阿修羅)라는 마신(魔神)과 싸워 인류를 보호할 뿐 아니라 우주의 동서남북을 1개월씩 순회하면서 큰 거울로 그곳 인간의 선악을 살피는 것으로 믿어진다.

41) 마랫: 말(말, 言) + -애(-에: 부조, 위치) + -ㅅ(-의: 관조)

釋迦提婆因陀羅(석가제파인타라)를 줄여 이른 말이니, 어진 하늘의 임금이라 한 뜻이다. 】 이 위에 夜摩天(야마천) 【夜摩(야마)는 가장 좋은 것이다. 】 兜率陁天(도솔타천) 【兜率陁(도솔타)는 足(족)한 것을 아는 것이니, 最後身菩薩(최후신보살)이 이 하늘에 나시어 가르치시므로 欲心(욕심)에 足(족)한 것을 아느니라. 最後身(최후신)은 가장 後(후)의 몸이니, 다시 죽살이를 아니 하여 부처가 되시는 것이다. 心(심)은 마음이다. 】 化樂天(화락천) 【化樂(화락)은 지어서 즐기는 것이니, 즐거움을 자기가 만들어 자기가 즐기나니, 눈에 고운

釋셕迦강提뗑婆빵因ᅙᅵᆫ陁땅羅랑ᄅᆞᆯ 조려[42] 닐온[43] 마리니 어딘[44] 하ᄂᆞᆳ 님그미라[45] ᄒᆞᆫ[46] ᄠᅳ디라】 이 우희[47] 夜양摩망天텬【夜양摩망ᄂᆞᆫ ᄀᆞ장 됴ᄒᆞᆯ 씨라】 兜두ᇢ率쉬ᇙ陁땅天텬【兜두ᇢ率쉬ᇙ陁땅ᄂᆞᆫ 足죡ᄒᆞᆫ 곧[48] 알 씨니 最죙後ᅘᅮᇢ身신 菩뽕薩삻이 이 하ᄂᆞ래 나샤 ᄀᆞᄅᆞ치실ᄊᆡ[49] 欲욕心심에 足죡ᄒᆞᆫ 고ᄃᆞᆯ 아ᄂᆞ니라[50] 最죙後ᅘᅮᇢ身신ᄋᆞᆫ ᄆᆞᆺ 後ᅘᅮᇢㅅ 모미니 ᄂᆞ외[51] 죽사리[52] 아니 ᄒᆞ야 부텨 ᄃᆞ외실[53] 씨라 心심ᄋᆞᆫ ᄆᆞᅀᆞ미라[54]】 化황樂락天텬【化황樂락ᄋᆞᆫ 지ᅀᅥ[55] 즐길[56] 씨니 즐거ᄫᅮᄆᆞᆯ[57] 제[58] ᄆᆡᇰᄀᆞ라 제 즐기ᄂᆞ니 누네 고ᄫᆞᆫ[59]

---

42) 조려: 조리[줄이다, 縮: 졸(줄다, 縮: 자동)-+-이(사접)-]-+-어(연어)
43) 닐온: 닐(←니ᄅᆞ다: 이르다, 曰)-+-∅(과시)-+-오(대상)-+-ㄴ(관전)
44) 어딘: 어디(←어딜다: 어질다, 仁)-+-∅(현시)-+-ㄴ(관전)
45) 님그미라: 님금(임금, 王)+-이(서조)-+-∅(현시)-+-라(←-다: 평종)
46) ᄒᆞᆫ: ᄒᆞ(하다, 曰)-+-∅(과시)-+-오(대상)-+-ㄴ(관전)
47) 우희: 우ㅎ(위, 上)+-의(-에: 부조, 위치)
48) 곧: 것(의명)
49) ᄀᆞᄅᆞ치실ᄊᆡ: ᄀᆞᄅᆞ치(가르치다, 敎)-+-시(주높)-+-ㄹᄊᆡ(-므로: 연어, 이유)
50) 아ᄂᆞ니라: 아(←알다: 알다, 知)-+-ᄂᆞ(현시)-+-니(원칙)-+-라(←다: 평종)
51) ᄂᆞ외: [다시, 反(부사): ᄂᆞ외(거듭하다, 復: 동사)-+-∅(부접)]
52) 죽사리: [죽살이, 죽고 사는 것, 生死(명사): 죽(죽다, 死: 동사)-+살(살다, 生: 동사)-+-이(명접)]
53) ᄃᆞ외실: ᄃᆞ외(되다, 爲)-+-시(주높)-+-ㄹ(관전)
54) ᄆᆞᅀᆞ미라: ᄆᆞᅀᆞᆷ(마음, 心)+-이(서조)-+-∅(현시)-+-라(←-다: 평종)
55) 지ᅀᅥ: 지ᇫ(←짓다, ㅅ불: 짓다, 作)-+-어(연어)
56) 즐길: 즐기[즐기다, 樂: 즑(즐거워하다, 歡: 자동)-+-이(사접)-]-+-ㄹ(관전)
57) 즐거ᄫᅮᄆᆞᆯ: 즐거ᇦ[←즐겁다, ㅂ불(즐겁다, 喜: 형사): 즑(즐거워하다, 歡: 자동)-+-업(형접)-]-+-옴(명전)+-ᄋᆞᆯ(목조)
58) 제: 저(자기, 己: 인대, 재귀칭)+-ㅣ(←-이: 주조)
59) 고ᄫᆞᆫ: 고ᇦ(←곱다, ㅂ불: 곱다, 麗)-+-∅(현시)-+-ᄋᆞᆫ(관전)

것 보고져 ᄒᆞ면 제 먹논ᄠᅳ드리로 고ᄫᆞ니고져 거
시드ᇰ 외야ᄫᅵ며 귀예됴ᄒᆞᆫ소리듣고져
ᄒᆞ며 고해됴ᄒᆞᆫ내맏고져 ᄒᆞ며 이베
됴ᄒᆞᆫ차반먹고져 ᄒᆞ며 모매됴ᄒᆞᆫ옷닙고져
로ᄃᆞᆨ외야다 제먹논ᄠᅳ
로외야다 나ᄂᆞ니라 他탕化황自ᄍᆞᆼ
在ᄍᆡᆼ天텬이 次ᄎᆞᆼ第똉로노피이쇼ᄃᆡ 他탕化황自ᄍᆞ
他탕化황ᄂᆞᆫ ᄂᆞᆷ지ᅀᅳᆯ씨오 自ᄍᆞᆼ在ᄍᆡᆼ
ᄂᆞᆫ自ᄍᆞᆼ得득홀씨니 이하ᄂᆞ른ᄂᆞᆷ지
니ᅀᅩᆫ거슬아ᅀᅡ제즐기ᄂᆞ
니ᄀᆞᆯ 魔망王왕이라 ᄃᆞ구루믈브터 欲
虛헝空콩애잇ᄂᆞ니이여슷하ᄂᆞ리여슷한ᄒᆞᆯ리

것 보고자 하면 제가 먹은 뜻으로 고운 것이 되어 보이며, 귀에 좋은 소리를 듣고자 하며, 코에 좋은 냄새를 맡고자 하며, 입에 좋은 음식을 먹고자 하며, 몸에 좋은 옷을 입고자 함에 다 자기가 먹는 뜻으로 되어서 나느니라. 】 他化自在天(타화자재천)이 次第(차제, 차례)로 높이 있되【他化(타화)는 남이 짓는 것이요, 自在(자재)는 自得(자득)하는 것이니, 이 하늘은 남이 지은 것을 빼앗아 제가 즐기나니, 그가 魔王(마왕)이다. 】, 다 구름에 붙어서 虛空(허공)에 있나니 이 여섯 하늘이것 보고져 ᄒ면 제 머군[60] ᄠᅳ드로[61] 고ᄫᆞᆫ[62] 거시 ᄃᆞ외야 뵈며[63] 귀예 됴ᄒᆞᆫ[64] 소리 듣고져 ᄒᆞ며 고해[65] 됴ᄒᆞᆫ 내[66] 맏고져[67] ᄒᆞ며 이베[68] 됴ᄒᆞᆫ 차반[69] 먹고져 ᄒᆞ며 모매 됴ᄒᆞᆫ 옷 닙고져[70] 호매 다 제 먹논[71] ᄠᅳ드로 ᄃᆞ외야 나ᄂᆞ니라】他탕化황自ᄍᆞᆼ在찡天텬이 次ᄎᆞᆼ第똉로 노피 이쇼ᄃᆡ[72]【他탕化황ᄂᆞᆫ ᄂᆞ미 지ᅀᅳᆯ[73] 씨오 自ᄍᆞᆼ在찡ᄂᆞᆫ 自ᄍᆞᆼ得득ᄒᆞᆯ[74] 씨니 이 하ᄂᆞᆯ 누미[75] 지ᅀᅩᆫ[76] 거슬 아ᅀᅡ[77] 제 즐기ᄂᆞ니 긔[78] 魔망王왕이라】다 구루믈[79] 브터[80] 虛헝空콩애 잇ᄂᆞ니 이 여슷 하ᄂᆞ리

---

60) 머군: 먹(먹다, 食, 圖)- + -Ø(과시)- + -우(대상)- + -ㄴ(관전)

61) ᄠᅳ드로: ᄠᅳᆮ(뜻, 意) + -으로(부조, 방편)

62) 고ᄫᆞᆫ: 곱(← 곱다, ㅂ불: 곱다, 麗)- + -Ø(현시)- + -은(관전)

63) 뵈며: 뵈[보이다, 보게 되다: 보(보다, 見: 타동)- + -ㅣ(← -이-: 피접)-]- + -며(연어, 나열)

64) 됴ᄒᆞᆫ: 둏(좋다, 好)- + -Ø(현시)- + -은(관전)

65) 고해: 고ㅎ(코, 鼻) + -애(-에: 부조, 위치)

66) 내: 냄새(嗅)

67) 맏고져: 맏(← 맡다: 맡다, 嗅)- + -고져(-고자: 연어, 의도)

68) 이베: 입(입, 口) + -에(부조, 위치)

69) 차반: 음식(飮食)

70) 닙고져: 닙(입다, 着)- + -고져(-고자: 연어, 의도)

71) 먹논: 먹(먹다, 食, 圖)- + -ㄴ(← -ᄂᆞ-: 현시)- + -오(대상)- + -ㄴ(관전)

72) 이쇼ᄃᆡ: 이시(있다, 在)- + -오ᄃᆡ(-되: 연어, 설명 계속)

73) 지ᅀᅳᆯ: 짛(← 짓다: 짓다, 만들다, 製)- + -을(관전)

74) 自得ᄒᆞᆯ: 自得ᄒᆞ[자득하다, 저절로 얻다: 自得(자득: 명사) + -ᄒᆞ(동접)-]- + -ㄹ(관전)

75) 누미: 눔(남, 他) + -이(관조, 의미상 주격) ※ '누미 지ᅀᅩᆫ'에서 '누미'는 의미상 주격으로 쓰였으므로 '남이 지은'으로 옮긴다.

76) 지ᅀᅩᆫ: 짛(짓다, ㅅ불: 짓다, 製)- + -Ø(과시)- + -오(대상)- + -ㄴ(관전)

77) 아ᅀᅡ: 앗(← 앗다: 앗다, 빼앗다, 奪)- + -아(연어)

78) 긔: 그(그, 彼: 지대, 정칭) + -ㅣ(← -이: 주조)

79) 구루믈: 구름(구름, 雲) + -을(← -에: 목조, 보조사적 용법) ※ 이때의 '-을'은 의미상 부사격인데, 보조사적 용법으로 쓰였다.

80) 브터: 븥(붙다, 기대다, 의지하다, 附)- + -어(연어)

欲界六天(욕계 육천)이다. 【界(계)는 '가(邊)'이라 하며 '겹(경계)'이라 하는 말이니, 이 여섯 하늘까지가 欲心(욕심)을 못 떠난 '겹(경계)'이니, 人間(인간)도 欲界(욕계)에 들었느니라. 】 이 위에 또 初禪三天(초선삼천)에 【初(초)는 처음이요, 禪(선)은 寂靜(적정)한 것이니, 이 하늘이 欲心(욕심)을 아니 움직여서 가만히 있느니라. 寂靜(적정)은 고요한 것이다. 】 梵衆天(범중천) 【衆(중)은 많은 것이니, 梵王(범왕)의 많은 百姓(백성)이 사는 하늘이다. 】 梵輔天(범보천) 【輔(보)는 도우는 것이니, 梵王(범왕)을 돕는 臣下(신하)가 사는 하늘이다. 】

欲_욕界_갱六_륙天_텬⁸¹⁾이라【界_갱는 ᄀᆞᅀᅵ라⁸²⁾ ᄒᆞ며 글비라⁸³⁾ ᄒᆞ논 마리니 이 여

슷 하ᄂᆞᆳ ᄀᆞ자이⁸⁴⁾ 欲_욕心_심을 몯 여횐⁸⁵⁾ 골비니 人_{ᅀᅵᆫ}間_간⁸⁶⁾도 欲_욕界_갱예

드니라⁸⁷⁾】 이 우희 ᄯᅩ 初_총禪_쎤三_삼天_텬에【初_총는 처어미오⁸⁸⁾ 禪_쎤은

寂_쩍靜_쪙ᄒᆞᆯ 씨니 이 하ᄂᆞ리 欲_욕心_심 아니 뮈워⁸⁹⁾ ᄀᆞ마니⁹⁰⁾ 잇ᄂᆞ니라 寂_쩍靜_쪙

은 괴외ᄒᆞᆯ⁹¹⁾ 씨라】 梵_뻠衆_즁天_텬【衆_즁은 할⁹²⁾ 씨니 梵_뻠王_왕⁹³⁾ㅅ 한 百_{ᄇᆡᆨ}

姓_셩 사ᄂᆞᆫ 하ᄂᆞ리라⁹⁴⁾】 梵_뻠輔_뿡天_텬【輔_뿡는 도ᄫᆞᆯ⁹⁵⁾ 씨니 梵_뻠王_왕 돕ᄂᆞᆫ

臣_씬下_{ᅘᅡᆼ} 사ᄂᆞᆫ 하ᄂᆞ리라】

---

81) 欲界六天: 욕계. 삼계(三界)의 하나이다. 유정(有情)이 사는 세계로서 '지옥·악귀·축생·아수
라·인간·육욕천'을 함께 이르는 말이다. 여기에 있는 유정에게는 식욕, 음욕, 수면욕이 있어
이렇게 이른다.

82) ᄀᆞᅀᅵ라: ᄀᆞᇫ(← ᄀᆞᆺ: 가, 邊) + -이(서조)- + -Ø(현시)- + -라(← -다: 평종)

83) 글비라: 긇(겁, 경계, 층, 層, 界) + -이(서조)- + -Ø(현시)- + -라(← -다: 평종)

84) 하ᄂᆞᆳ ᄀᆞ자이: 하늘(← 하ᄂᆞᇂ: 하늘, 天) + -ㅅ(-의: 관조) # ᄀᆞ장(까지: 의명) + -이(주조)

85) 여횐: 여희(여의다, 버리다, 떠나다, 棄, 別)- + -Ø(과시)- + -ㄴ(관전)

86) 人間: 인간. 사람이 사는 세상이다.

87) 드니라: 드(← 들다: 들다, 入)- + -Ø(과시)- + -니(원칙)- + -라(← -다: 평종)

88) 처어미오: 처엄[처음, 初(명사): 첫(첫, 初: 관사, 서수) + -엄(명접)] + -이(서조)- + -오(← -
고: 연어, 나열)

89) 뮈워: 뮈우[움직이게 하다, 使動: 뮈(움직이다, 動: 자동)- + -우(사접)-]- + -어(연어)

90) ᄀᆞ마니: [가만히, 靜(부사): ᄀᆞ만(가만: 불어) + -Ø(← -ᄒᆞ-: 형접)- + -이(부접)]

91) 괴외ᄒᆞᆯ: 괴외ᄒᆞ[고요하다, 寂靜: 괴외(고요: 불어) + -ᄒᆞ(동접)-]- + -ㄹ(관전)

92) 할: 하(많다, 多)- + -ㄹ(관전)

93) 梵王: 범왕. 색계(色界) 초선천(初禪天)의 우두머리이다. 제석천(帝釋天)과 함께 부처를 좌우에
서 모시는 불법 수호의 신이다.

94) 하ᄂᆞ리라: 하ᄂᆞᇂ(하늘, 天) + -이(서조)- + -Ø(현시)- + -라(← -다: 평종)

95) 도ᄫᆞᆯ: 돕(← 돕다, ㅂ불: 돕다, 助)- + -올(관전)

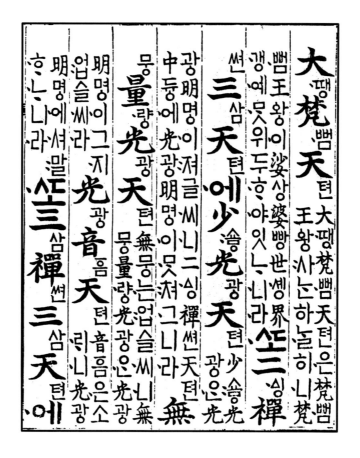

大梵天(대범천)【 大梵天(대범천)은 梵王(범왕)이 사는 하늘이니, 梵王(범왕)이
娑婆世界(사바세계)에 가장 으뜸가 있느니라. 】 또 二禪三天(이선삼천)에 少
光天(소광천)【 少光(소광)은 光明(광명)이 적은 것이니, 二禪天(이선천) 中(중)
에 光明(광명)이 가장 적으니라. 】 無量光天(무량광천)【 無(무)는 없는 것이
니, 無量光(무량광)은 光明(광명)이 그지없는 것이다. 】 光音天(광음천)【 音
(음)은 소리이니 光明(광명)에서 말하느니라. 】 또 三禪三天(삼선삼천)에

大_땡梵_뻠天_텬【 大_땡梵_뻠天_텬은 梵_뻠王_왕 사는 하늘히니 梵_뻠王_왕이 娑_상婆_빵世_솅界_갱⁹⁶⁾예 뭇⁹⁷⁾ 위두ᄒᆞ야⁹⁸⁾ 잇ᄂᆞ니라⁹⁹⁾ 】 ᄯᅩ 二_{ᅀᅵᆼ}禪_션三_삼天_텬에 少_숍光_광天_텬【 少_숍光_광은 光_광明_명이 져글¹⁰⁰⁾ ᄊᆡ니 二_{ᅀᅵᆼ}禪_션天_텬 中_{듀ᇰ}에 光_광明_명이 뭇 져그니라¹⁾ 】 無_뭉量_{랴ᇰ}光_광天_텬【 無_뭉는 업슬 ᄊᆡ니 無_뭉量_{랴ᇰ}光_광은 光_광明_명이 그지업슬²⁾ ᄊᆡ라 】 光_광音_흠天_텬【 音_흠은 소리니³⁾ 光_광明_명에셔 말ᄒᆞᄂᆞ니라 】 ᄯᅩ 三_삼禪_쎤三_삼天_텬에

---

96) 娑婆世界: 사바세계. 괴로움이 많은 인간 세계이다. 석가모니불이 교화하는 세계를 이른다.

97) 뭇: 가장, 제일, 最(부사)

98) 위두ᄒᆞ야: 위두ᄒᆞ[위두하다, 으뜸가다(동사): 위두(爲頭: 우두머리) + -ᄒᆞ(동접)-]- + -야(← -아: 연어)

99) 잇ᄂᆞ니라: 잇(← 이시다: 있다, 보용, 완료 지속)- + -ᄂᆞ(현시)- + -니(원칙)- + -라(← -다: 평종)

100) 져글: 젹(적다, 少)- + -을(관전)

1) 져그니라: 젹(적다, 少)- + -Ø(현시)- + -으니(원칙)- + -라(← -다: 평종)

2) 그지업슬: 그지없[그지없다, 끝이 없다, 無限: 그지(끝, 限: 명사) + 없(없다, 無: 형사)-]- + -을(관전)

3) 소리니: 소리(소리, 音) + -Ø(← -이-: 서조)- + -니(연어, 설명 계속)

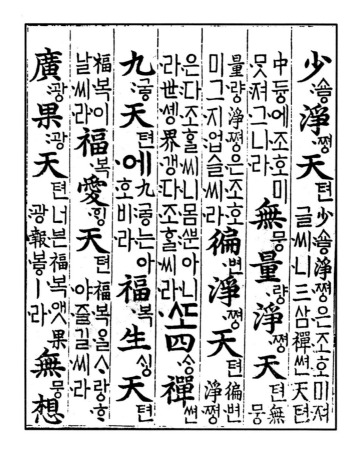

少淨天(소정천)【 少淨(소정)은 깨끗함이 적은 것이니, 三禪天(삼선천) 中(중)에 깨끗함이 가장 적으니라. 】 無量淨天(무량정천)【 無量淨(무량정)은 깨끗함이 그지없는 것이다. 】 徧淨天(편정천)【 徧淨(편정)은 다 깨끗한 것이니, 몸뿐 아니라 世界(세계)가 다 깨끗한 것이다.】 또 四禪九天(사선구천)에【 九(구)는 아홉이다. 】 福生天(복생천)【 福(복)이 나는 것이다. 】 福愛天(복애천)【 福(복)을 사랑하여 즐기는 것이다. 】 廣果天(광과천)【 넓은 福(복)이 있는 果報(과보)이다. 】 無想天(무상천)

少_숄淨_쪙天_텬【少_숄淨_쪙은 조호미⁴⁾ 져글 씨니 三_삼禪_쎤天_텬 中_듕에 조호미 뭇 져그니라 】 無_뭉量_량淨_쪙天_텬【無_뭉量_량淨_쪙은 조호미 그지업슬 씨라 】 偏_변淨_쪙天_텬【偏_변淨_쪙은 다 조홀 씨니 몸 뿐⁵⁾ 아니라⁶⁾ 世_솅界_갱 다 조홀 씨라 】 쏘⁷⁾ 四_숭禪_쎤九_굴天_텬에【九_굴는 아호비라⁸⁾ 】 福_복生_싱天_텬【福_복이 날⁹⁾ 씨라 】 福_복愛_힝天_텬【福_복을 스랑ᄒᆞ야¹⁰⁾ 즐길¹¹⁾ 씨라 】 廣_광果_광天_텬【너 븐¹²⁾ 福_복앳¹³⁾ 果_광報_봉 ㅣ 라¹⁴⁾ 】 無_뭉想_샹天_텬

---

4) 조호미: 좋(깨끗하다, 맑다, 淨) + -옴(명전) + -이(주조)

5) 뿐: 뿐(의명, 한정)

6) 아니라: 아니(아니다, 不)- + -라(←-아: 연어)

7) 쏘: 또, 又(부사)

8) 아호비라: 아홉(아홉, 九: 수사) + -이(서조)- + -Ø(현시)- + -라(←-다: 평종)

9) 날: 나(나다, 生)- + -ㄹ(관전)

10) 스랑ᄒᆞ야: 스랑ᄒᆞ[사랑하다, 愛(동사): 사랑(사랑, 愛) + -ᄒᆞ(동접)-] + -야(←-아: 연어)

11) 즐길: 즐기[즐기다, 樂: 즑(즐거워하다, 歡: 자동)- + -이(사접)-] + -ㄹ(관전)

12) 너븐: 넙(넓다, 廣)- + -Ø(현시)- + -은(관전)

13) 福앳: 福(복) + -애(-에: 부조, 위치) + -ㅅ(-의: 관조) ※ '너븐 福앳'는 '넓은 복이 있는'으로 의역하여 옮긴다.

14) 果報ㅣ라: 과보(과보, 果報) + -ㅣ(←-이-: 서조)- + -Ø(현시)- + -라(←-다: 평종) ※ '과보 (果報)'는 전생에 지은 선악에 따라 현재의 행과 불행이 있고, 현세에서의 선악의 결과에 따라 내세에서 행과 불행이 있는 일이다. 인과응보(因果應報).

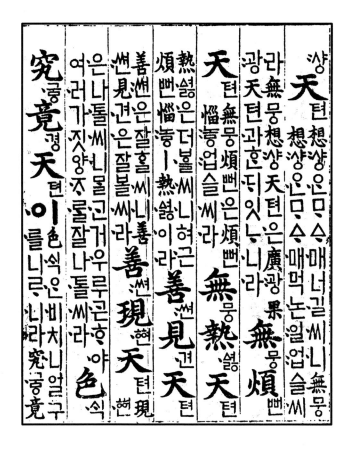

【 想(상)은 마음에 여기는 것이니, 無想(무상)은 마음에 먹는 일이 없는 것이다. 無想天(무상천)은 廣果天(광과천)과 한데에 있느니라. 】 無煩天(무번천) 【 無煩(무번)은 煩惱(번뇌)가 없는 것이다. 】 無熱天(무열천) 【 熱(열)은 더운 것이니, 작은 煩惱(번뇌)가 熱(열)이다. 】 善見天(선견천) 【 善(선)은 잘하는 것이니, 善見(선견)은 잘 보는 것이다. 】 善現天(선현천) 【 現(현)은 나타내는 것이니, 맑은 거울 같아서 여러 가지의 모습을 잘 나타내는 것이다. 】 色究竟天(색구경천)이 【 色(색)은 빛이니 모습을 일렀느니라. 구경(究竟)은

【想샹은 ᄆᆞᅀᆞ매¹⁵⁾ 너길¹⁶⁾ 씨니 無뭉想샹은 ᄆᆞᅀᆞ매 먹논¹⁷⁾ 일 업슬 씨라 無뭉想샹天텬은 廣광果광天텬과 ᄒᆞᆫᄃᆡ¹⁸⁾ 잇ᄂᆞ니라¹⁹⁾ 】 無뭉煩뻔天텬【無뭉煩뻔은 煩뻔惱놀²⁰⁾ 업슬 씨라 】 無뭉熱ᅀᅥᆯ天텬【熱ᅀᅥᆯ은 더블²¹⁾ 씨니 혀근²²⁾ 煩뻔惱놀ㅣ 熱ᅀᅥᆯ이라 】 善쎤見견天텬【善쎤은 잘 ᄒᆞᆯ 씨니 善쎤見견은 잘 볼 씨라 】 善쎤現현天텬【現현은 나톨²³⁾ 씨니 ᄆᆞᆯ근²⁴⁾ 거우루²⁵⁾ ᄀᆞᆮᄒᆞ야²⁶⁾ 여러 가짓 양ᄌᆞ를²⁷⁾ 잘 나톨 씨라 】 色식究굴竟겅天텬이【色식은 비치니 얼구를²⁸⁾ 니ᄅᆞ니라²⁹⁾ 究굴竟겅은

---

15) ᄆᆞᅀᆞ매: ᄆᆞᅀᆞᆷ(마음, 心) + -애(-에: 부조, 위치)

16) 너길: 너기(여기다, 念)- + -ㄹ(관전)

17) 먹논: 먹(먹다, 食)- + -ㄴ(←-ᄂᆞ-: 현시)- + -오(화자)- + -ㄴ(관전)

18) ᄒᆞᆫᄃᆡ: [한데, 같은 데(명사): ᄒᆞᆫ(한, 一: 관사, 양수) + ᄃᆡ(데, 處: 의명)] + -Ø(←-이: 부조, 위치)

19) 잇ᄂᆞ니라: 잇(← 이시다: 있다, 동사)- + -ᄂᆞ(현시)- + -니(원칙)- + -라(←-다: 평종)

20) 煩惱: 번뇌. 마음이나 몸을 괴롭히는 노여움이나 욕망 따위의 망념(妄念)이다.

21) 더블: 덥(← 덥다, ㅂ불: 덥다, 暑)- + -을(관전)

22) 혀근: 혁(작다, 小)- + -Ø(현시)- + -은(관전)

23) 나톨: 나토[나타내다, 現: 낟(나타나다, 現: 자동)- + -호(사접)-] + -ㄹ(관전)

24) ᄆᆞᆯ근: ᄆᆞᆰ(맑다, 淨)- + -Ø(현시)- + -은(관전)

25) 거우루: 거울, 鏡.

26) ᄀᆞᆮᄒᆞ야: ᄀᆞᆮᄒᆞ(같다, 同)- + -야(←-아: 연어)

27) 양ᄌᆞ를: 양ᄌᆞ(모습, 樣子) + -를(목조)

28) 얼구를: 얼굴(모습, 형체, 模) + -을(목조)

29) 니ᄅᆞ니라: 니ᄅᆞ(이르다, 말하다, 曰)- + -Ø(과시)- + -니(원칙)- + -라(←-다: 평종)

마치는 것이니, 모습(형체)가 있는 것을 이 하늘이 마치므로 色究竟(색구경)이라 하였니라. 無煩天(무번천)부터 이까지는 不還天(불환천)이라 하느니, 不還(불환)은 안 돌아가는 것이니, 다시 欲界(욕계)에 안 돌아가는 것이다. 또 淨居天(정거천)이라 하나니, 淨居(정거)는 깨끗한 몸이 사는 데라고 한 뜻이다. 】
次第(차제, 차례)로 위에 있으니, 初禪三天(초선삼천)은 네 天下(천하)를 덮어 있고, 二禪三天(이선삼천)은 小千世界(소천세계)를 덮어 있고

ᄆᆞᆾ[30] 씨니 얼굴 이쇼몰[31] 이 하ᄂᆞᆯ히 ᄆᆞᄎᆞᆯ씨 色ᄉᆡᆨ究궇竟경이라 ᄒᆞ니라[32] 無뭉煩뻔天텬브터[33] 잇 ᄀᆞ장올[34] 不붏還ᅘᅪᆫ天텬이라 ᄒᆞᄂᆞ니 不붏還ᅘᅪᆫ은 아니 도라갈 씨니 ᄂᆞ외야[35] 欲욕界갱예 아니 도라갈 씨라 ᄯᅩ 淨쪙居겅天텬이라 ᄒᆞᄂᆞ니 淨쪙居겅ᄂᆞᆫ 조ᄒᆞᆫ[36] ᄆᆞ미 사ᄂᆞᆫ 듸라[37] ᄒᆞᆫ ᄠᅳ디라】 次ᄎᆞᆼ第똉로 우희[38] 잇ᄂᆞ니 初총禪썬三삼天텬은 네 天텬下행를 두퍼[39] 잇고[40] 二ᅀᅵᆼ禪썬三삼天텬은 小숗千쳔世솅界갱를 두퍼 잇고

---

30) ᄆᆞᆾ: 몾(마치다, 終)- + -올(관전)

31) 이쇼몰: 이시(있다, 有)- + -옴(명전) + -올(목조) ※ '얼굴 이쇼몰'은 '모습(형체)가 있는 것을'로 의역하여 옮긴다.

32) ᄒᆞ니라: ᄒᆞ(하다, 曰)- + -Ø(과시)- + -니(원칙)- + -라(← -다: 평종)

33) 無煩天브터: 無煩天(무번천) + -브터(-부터: 보조사, 비롯함) ※ '-브터'는 동사 어근인 '븥(붙다, 附)-'에 연결 어미인 '-어'가 붙어서된 파생 조사이다.

34) 잇 ᄀᆞ장올: 이(이, 여기, 此處: 지대, 정칭) + -ㅅ(-의: 관조) # ᄀᆞ장(-까지: 의명, 도달, 미침) + -올(목조)

35) ᄂᆞ외야: [다시, 復(부사): ᄂᆞ외(거듭하다, 復: 동사)- + -아(연어 ▷부접)]

36) 조ᄒᆞᆫ: 좋(맑다, 깨끗하다, 淨)- + -Ø(현시)- + -은(관전)

37) 듸라: 듸(데, 處: 의명, 장소) + -Ø(← -이-: 서조)- + -Ø(현시)- + -라(← -다: 평종)

38) 우희: 웋(위, 上) + -의(-에: 부조, 위치)

39) 두퍼: 둪(덮다, 蔽)- + -어(연어)

40) 잇고: 잇(← 이시다: 있다, 보용, 완료 지속)- + -고(연어, 나열)

三禪三天(삼선삼천)은 中千世界(중천세계)를 덮어 있고 四禪九天(사선구천)은 大千世界(대천세계)를 덮어 있나니, 이 열여덟 하늘을 色界(색계) 十八天(십팔천)이라고 하느니라. 【이 열여덟 하늘이 欲心(욕심)과 더러움을 떠나므로 모아서 梵世(범세)라 하고, 色蘊(색온)의 형체가 있으므로 色界(색계)라고 하느니라. 蘊(온)이 다섯 가지이니 色蘊(색온)은 비어 맑지 못하여 빛이 있는 것이요

三삼禪쎤三삼天텬은 中듕千쳔世솅界갱를 두퍼 잇고 四숭禪쎤九귤天텬은 大땡千쳔世솅界갱를 두퍼 잇ᄂᆞ니 이 열여듧 하ᄂᆞᄅᆞᆯ 色식界갱⁴¹⁾ 十씹八밣天텬이라 ᄒᆞᄂᆞ니라【이 열여듧 하ᄂᆞ리 欲욕心심 더러부믈⁴²⁾ 여희ᄊᆡ⁴³⁾ 모도아⁴⁴⁾ 梵뼘世솅⁴⁵⁾라 ᄒᆞ고 色식蘊훈 얼구리 이실ᄊᆡ 色식界갱라 ᄒᆞᄂᆞ니라 蘊훈⁴⁶⁾이 다ᄉᆞᆺ 가지니 色식蘊훈은 뷔여⁴⁷⁾ ᄆᆞᆰ디 몯ᄒᆞ야 빗⁴⁸⁾ 이쇼미오⁴⁹⁾

---

41) 色界: 색계. 욕계에서 벗어난 깨끗한 물질의 세계를 이른다. 선정(禪定)을 닦는 사람이 가는 곳으로, 욕계와 무색계의 중간 세계이다.

42) 더러부믈: 더럽(←더럽다, ㅂ불: 더럽다, 汚)- + -움(명전) + -을(목조)

43) 여희ᄊᆡ: 여희(떠나다, 벗어나다, 이별하다, 脫, 別)- + -ㄹᄊᆡ(-므로: 연어, 이유)

44) 모도아: 모도[모으다, 集: 몯(모이다: 자동) + -오(사접)-]- + -아(연어)

45) 梵世: 범세. 색계의 모든 천(天)을 통틀어 일컫는 말이다. 곧, 욕계의 탐욕을 소멸한, 청정한 세계라고 하여 이와 같이 말한다.

46) 蘊: 온. 생멸하고 변화하는 모든 것을 구성하는 요소로서 '색온(色蘊), 수온(受蘊), 상온(想蘊), 행온(行蘊), 식온(識蘊)'의 다섯 가지를 이른다. 첫째, '색온(色蘊)'은 인간 또는 세계를 구성하고 있는 물질적인 부분을 이른다. 둘째, '수온(受蘊)'은 괴로움과 즐거움, 또는 괴롭지도 즐겁지도 않음을 느끼는 마음의 작용을 이른다. 셋째, '상온(想蘊)'은 어떤 일이나 사물을 마음속에 받아들이고 상상하여 보는 여러 가지의 감정과 생각을 이른다. 넷째, '행온(行蘊)'은 의지, 혹은 충동적 욕구에 해당하는 마음의 작용을 이른다. 다섯째, '식온(識蘊)'은 사물의 총상(總相)을 식별하는 마음의 본체를 이른다.

47) 뷔여: 뷔(비다, 空)- + -여(←-어: 연어)

48) 빗: 빗(←빛: 빛, 光)

49) 이쇼미오: 이시(있다, 有)- + -옴(명전) + -이(서조)- + -오(←-고: 연어, 나열)

蘊훈은 受쓩苦콩ㄹ 쁴며 즐거ᄫᅳ며 受쓩苦콩롭디도 즐겁도 아니ᄒᆞ야ᄡ며 受쓩想샹蘊훈은 여러 가짓 이ᄅᆞᆯ ᄉᆞ치ᄡ며 오 行혱蘊훈은 힝뎍ᅙᆞᆯᄡᄫᆞᆯ씨오 識식蘊훈은 골히디버알씨라 五ᅌᅩᆼ蘊훈을 五ᅌᅩᆼ陰흠이라도 ᄒᆞᄂᆞ니 蘊훈은 모ᄃᆞᆯᄡ이오 陰흠은ᄀᆞ리두플씨니 논일이 이쇼ᄆᆞᆯ 모도아 眞진實씷ᄉ 性셩을 ᄀᆞ리둡다 ᄒᆞ논 ᄠᅳ디라 이 우희ᅀᅩᆮ四ᄉᆞ空콩處쳥에 空콩處쳥 四ᄉᆞ空콩處쳥는 네 뷘 ᄯᅡ히라 空콩處쳥 이 하ᄂᆞᄅᆞᆫ 色ᄉᆡᆨ을 슬히너겨 뷔유메 브터 잇ᄂᆞ니라 識식處쳥 色ᄉᆡᆨ과 뷔윰과ᄅᆞᆯ 슬히너겨 識식에 브터 잇ᄂᆞ니

受蘊(수온)은 受苦(수고)로우며 즐거우며 受苦(수고)롭지도 즐겁지도 아니하는 것을 받는 것이요, 想蘊(상온)은 여러 가지의 일을 생각하는 것이요, 行蘊(행온)은 행적(行績)을 하는 것이요, 識蘊(식온)은 가려내어 아는 것이다. 五蘊(오온)을 五陰(오음)이라도 하나니, 蘊(온)은 모이는 것이요, 陰(음)은 가려서 덮는 것이니, 하는 일이 있음을 모아서 眞實(진실)의 性(성)을 가려서 덮는다 하는 뜻이다. 】 이 위에 또 四空處(사공처)에【 四空處(사공처)는 네 빈 땅이다. 】 空處(공처)【 이 하늘은 色(색)을 싫게 여겨서 비움에 근거하여 있느니라. 】 識處(식처)【 色(색)과 비움을 싫게 여겨 識(식)에 근거하여

受쓩蘊훈은 受쓩苦콩ㄹ뷔며[50] 즐거브며[51] 受쓩苦콩룹도[52] 즐겁도 아니호물 바들 씨오 想샹蘊훈은 여러 가짓 일 스칠씨오[53] 行행蘊훈은 힝뎍[54] 홀 씨오 識식蘊훈은 글히지버[55] 알 씨라 五옹蘊훈을 五옹陰흠이라도[56] ᄒᄂ니 蘊훈은 모돌[57] 씨오 陰흠은 ᄀ리두플[58] 씨니 ᄒᄂ논 일 이쇼믈 모도아[59] 眞진實씷ㅅ 性셩을 ᄀ리둡다 ᄒᄂ논 ᄠ디라 】 이 우희 ᄯᅩ 四ᄉᆞᆼ空콩處청[60]에【四ᄉᆞᆼ空콩處청는 네 뷘 짜히라 】 空콩處청【이 하ᄂᆞ른 色식을 슬히[61] 너겨 뷔유믈[62] 브터[63] 잇ᄂ니라 】 識식處청【色식과 뷔윰과 슬히 너겨 識식[64]을 브터

---

50) 受苦ㄹ뷔며: 受苦ㄹ뷔[수고롭다: 受苦(수고: 명사) + -ㄹ뷔(← -롭-: 형접)-]- + -며(← -ᄋ며: 연어, 나열)

51) 즐거브며: 즐깁[← 즐겁다, ㅂ불(즐겁다: 喜): 즑(즐거워하다, 歡: 동사)- + -겁(형접)-]- + -ᄋ며(연어, 나열)

52) 受苦룹도: 受苦룹[수고롭다: 受苦(수고: 명사) + -룹(-롭-: 형접)-]- + -Ø(← -디: 연어, 부정) + -도(보조사, 마찬가지) ※ '受苦룹도'는 '受苦디룹도'에서 보조적 연결 어미인 '-디'가 탈락된 형태이다.

53) 스칠: 스치(생각하다, 상상하다, 想)- + -ㄹ(관전)

54) 힝뎍: 행적(行績). 어떠한 행위를 하여 실적이나 자취를 남기는 것이다.

55) 글히지버: 글히집[가려내다, 選: 글히(가리다, 選)- + 집(집다, 執)-]- + -어(연어)

56) 五陰이라도: 五陰(오음) + -이(서조)- + -Ø(현시)- + -라(← -다: 평종) + -도(보조사, 마찬가지)

57) 모돌: 몯(모이다, 集)- + -오(대상)- + -ㄹ(관전)

58) ᄀ리두플: ᄀ리둪[가리어 덮다: ᄀ리(가리다, 蔽)- + 둪(덮다, 蔽)-]- + -을(관전)

59) 모도아: 모도[모으다, 集: 몯(모이다, 集: 자동)- + -오(사접)-]- + -아(연어)

60) 四空處(사공처): 삼라만상은 스스로 생긴 것이 아니고 모두 인연에 의하여 생긴다고 보는 네 가지 선정인 '사공정(四空定)'을 닦아서 태어나는 곳이다.

61) 슬히: [싫게(부사): 슳(싫다, 厭: 형사)- + -이(부접)]

62) 뷔유믈: 뷔(비다, 空)- + -윰(← 움: 명전) + -을(목조)

63) 브터: 븥(붙다, 의지하다, 말미암다, 따르다, 근거하다, 附, 依, 由)- + -어(연어)

64) 識: 식. 대상에 대하여 인식하는 마음의 움직임이다.

있느니라. 】 無所有處(무소유처)【 無所有(무소유)는 있는 것이 없는 것이니, 이 하늘은 色(색)과 空(공)과 識心(식심)이 다 없고 識性(식성)이 있느니라. 】
非想非非想處(비상비비상처)【 識性(식성)을 움직이지 아니하고 또 (식성을) 가장 더 없게 하니, 그러나 識(식)을 의지하여 없게 하므로, 끝내 진짜로 없는 것이 아니니, 있는 듯하되 있지 아니하는 것이 '생각함이 아니요(非想)', 없는 듯하되 없지 아니한 것이 '생각함이 아님이 아니다.(非非想)' ○ 이 四空處(사공처)가 業果(업과)에 있는 굵은 빛은 없고 定果(정과)에 있는 가는 빛이 있나니, 한 比丘(비구)가 無色定(무색정)에

잇ᄂ니라 】 無뭉所송有ᅟᅮᆲ處쳥【 無뭉所송有ᅟᅮᆲ는 잇ᄂ 것 업슬 씨니 이 하ᄂ른

色ᄉᆡᆨ과 空콩과 識ᄉᆡᆨ心심⁶⁵⁾괘 다 업고 識ᄉᆡᆨ性셩⁶⁶⁾이 잇ᄂ니라 】 非빙想샹非빙非

빙想샹處쳥⁶⁷⁾【 識ᄉᆡᆨ性셩을 뮈우디⁶⁸⁾ 아니ᄒ고 ᄯ ᄀ장 더 업게 ᄒ니 그러나

識ᄉᆡᆨ을 브터 업게 ᄒᆞᆯ씨 乃냉終즁내⁶⁹⁾ 진딧⁷⁰⁾ 업수미 아니니 잇ᄂ 듯⁷¹⁾ ᄒᆞ듸 잇

디 아니ᄒ미 스쵸미⁷²⁾ 아니오 업슨 듯 ᄒᆞ듸 업디 아니ᄒ미 스쵬 아뇨미⁷³⁾ 아니

라 ○ 이 四ᄉᆞ空콩處쳥ㅣ 業업果광⁷⁴⁾앳 굴근 비츤 업고 定띵果광⁷⁵⁾앳 ᄀᆞᄂ⁷⁶⁾ 비

치 잇ᄂ니 ᄒᆞᆫ 比삥丘쿨ㅣ⁷⁷⁾ 無뭉色ᄉᆡᆨ定띵⁷⁸⁾에

---

65) 識心: 식심. 사물을 인식하는 정신 작용이다. '육식(六識)'과 '팔식(八識)'으로 구분된다.

66) 識性: 식성. 식성은 인식이나 이해를 잘 하는 천성(天性)이다.

67) 非想非非想處: 비상비비상처. 삼계(三界)의 하늘 가운데 가장 높은 하늘이다. 여기의 사람은 번 뇌를 떠났으므로 '非想'이라 하지만, 완전히 떠나지는 못했으므로 '非非想'이라고도 이른다.

68) 뮈우디: 뮈우[움직이다, 움직이게 하다: 뮈(움직이다, 動: 자동)- + -우(사접)-]- + -디(-지: 연 어, 부정)

69) 乃終내: [끝내(부사) :乃終(내종, 끝: 명사) + -내(부접)]

70) 진딧: 진짜로, 참으로, 眞(부사)

71) 듯: 듯(의명, 흡사)

72) 스쵸미: 스치(생각하다, 思)- + -옴(명전) + -이(주조)

73) 아뇨미: 아니(아니다, 非)- + -옴(명전) + -이(주조)

74) 業果앳: 業果(업과) + -애(-에: 부조, 위치) + -ㅅ(-의: 관조) ※ '業果(업과)'는 선악의 행업으 로 말미암은 과보(果報)이다.

75) 定果: 정과. 선정(禪定)으로 말미암은 과보(果報)이다. 선정(禪定)은 한마음으로 사물을 생각하 여 마음이 하나의 경지에 정지하여 흐트러짐이 없는 것이다.

76) ᄀᆞᄂ: ᄀᆞᄂ(← ᄀᆞᄂᆯ다: 가늘다, 細)- + -ᄂ(현시)- + -ㄴ(관전)

77) 比丘ㅣ: 比丘(비구) + -ㅣ(←-이: 주조) ※ '比丘(비구)'는 남자 중을 이른다.

78) 無色定: 무색정. 무색계(無色界)에 드는 선정(禪定)이다.

거·뗑에 ·드렛·다가 아虛헝空콩·을 :묻·지 ·ᄂᆞ·니 :마·ᄀᆞ로·ᄃᆡ 므·스·글 :얻는·다 對·됭 答·답·ᄒᆞ·야·ᄃᆡ :내·모·물 :언·노·라 ·ᄒᆞ·니 ㅣ 得·득ᄒᆞ·야·도 :모·ᄆᆞᆯ :몯 ·보·니 四ᄉᆞᆼ空콩處·쳥ㅣ 業·업果·광色·ᄉᆡᆨ ·이 :업·슨·ᄃᆞᆯ :아·ᄅᆞᆯ·디·니 定·뗑 定·뗑果·광色·ᄉᆡᆨ·ᄋᆞᆫ 定·뗑力·력·이 至·징極·끅 ·ᄒᆞᆯ·ᄊᆡ 一·ᅙᅵᆳ切·촁色·ᄉᆡᆨ·애 ·다 自·쫑在·ᄍᆡᆼ ·ᄒᆞ·야 定·뗑·으·로 色·ᄉᆡᆨ·을 니·ᄅᆞ·완·ᄂᆞ·니 經·경·에 닐·오·ᄃᆡ 菩·뽕薩·삻 ᄉ·고·해 無·뭉 色·ᄉᆡᆨ界·갱·옛 香·향·올 :마·ᄐᆞ·시·다 ·ᄒᆞ·혼·말·도 이·시·며 色·ᄉᆡᆨ界·갱·옛 舍·샹利·링弗·붏·이 涅·녏槃·빤·홇·저 ·긔 ·ᄂᆞᆫ 無·뭉色·ᄉᆡᆨ界·갱·옛 :눈·므·리 ·ᄀᆞ·ᄅᆞ·비 ·티·ᄂᆞ·니·다 ·ᄒᆞ·혼·말·도 이·시·며 無·뭉色·ᄉᆡᆨ諸·정 정天·텬·이 世·솅尊·존·ᄭᅴ ·저·ᄉᆞᆸ·다 ·ᄒᆞ·혼·말·도

들어 있다가 나와 虛空(허공)을 만지거늘, 남(他人)이 묻되 "무엇을 얻는가?" (비구가) 對答(대답)하되 "나의 몸을 얻노라."고 하니, 이것은 定(정)을 得(득)하여도 몸을 못 보니, 四空處(사공처)가 業果色(업과색)이 없음을 알 것이로다. 定果色(정과색)은 定力(정력)이 至極(지극)하므로, 一切(일체)의 色(색)에 다 自在(자재)하여서 定(정)으로 色(색)을 일으키나니, 經(경)에 이르되 菩薩(보살)의 코에 無色界(무색계)에 있는 香(향)을 맡으셨다고 한 말도 있으며, 舍利弗(사리불)이 涅槃(열반)할 적에 無色界(무색계)에 있는 눈물이 가랑비같이 내렸다고 한 말도 있으며, 無色諸天(무색제천)이 世尊(세존)께 절하였다고 한 말도

드렛다가⁷⁹⁾ 나아 虛헝空콩을 ᄆᆞ지거늘⁸⁰⁾ 누미 무로ᄃᆡ 므스글⁸¹⁾ 얻ᄂᆞᆫ다⁸²⁾ 對됭

荅답호ᄃᆡ 내 몸 얻노라⁸³⁾ ᄒᆞ니 이 定뗑⁸⁴⁾ 得득ᄒᆞ야도 모ᄆᆞᆯ 몯 보니 四ᄉᆞᆼ空콩處

청ㅣ 業업果광色ᄉᆡᆨ 업수믈 아롫⁸⁵⁾ 디로다⁸⁶⁾ 定뗑果광色ᄉᆡᆨ⁸⁷⁾은 定뗑力륵이 至징極

끅홀ᄊᆡ 一ᅙᅵᆳ切촁 色ᄉᆡᆨ애 다 自쭝在찡ᄒᆞ야셔 定뗑으로 色ᄉᆡᆨ을 니르와ᄂᆞ니⁸⁸⁾ 經경

에 닐오ᄃᆡ 菩뽕薩삻ㅅ 고해⁸⁹⁾ 無뭉色ᄉᆡᆨ界갱옛 香향을 마트시다⁹⁰⁾ 혼 말도 이시

며 舍샹利링弗붏 涅녏槃빤ᄒᆞᆶ 저긔 無뭉色ᄉᆡᆨ界갱옛 눉므리⁹¹⁾ ᄀᆞᄅᆞ비⁹²⁾ ᄀᆞ티⁹³⁾ ᄂᆞ

리다 혼 말도 이시며 無뭉色ᄉᆡᆨ諸졍天텬이 世솅尊존ᄭᅴ⁹⁴⁾ 저ᇫ다⁹⁵⁾ 혼 말도

---

79) 드렛다가: 들(들다, 入)- + -어(연어) + 잇(← 이시다: 있다, 보용, 완료 지속)- + -다가(연어, 전환)
※ '드렛다가'는 '드러 잇다가'가 축약된 형태이다.

80) ᄆᆞ지거늘: ᄆᆞ지(만지다, 撃)- + -거늘(-거늘: 연어, 상황)

81) 므스글: 므슥(무엇, 何: 지대, 미지칭) + -을

82) 얻ᄂᆞᆫ다: 얻(얻다, 得)- + -ᄂᆞ(현시)- + -ㄴ다(의종, 2인칭)

83) 얻노라: 얻(얻다, 得)- + -ㄴ(← -ᄂᆞ-: 현시)- + -오(화자)- + -라(← -다: 평종)

84) 定: 정. 마음을 한 곳에 머무르게 하여 흩어지지 않게 하는 것이다.

85) 아롫: 알(알다, 知)- + -아(확인)- + -ᇙ(관전)

86) 디로다: ᄃ(← ᄃᆞ: 것, 의명) + -이(서조)- + -Ø(현시)- + -로(← -도-: 감동)- + -다(평종)

87) 定果色: 정과색. 선정(禪定)의 결과로 나타나는 형상이다.

88) 니르와ᄂᆞ니: 니르완[일으키다, 擧: 닐(일어나다, 起: 자동)- + -ᄋᆞ(사접)- + -완(강접)]- + -ᄂᆞ(현시)- + -니(연어, 설명 계속)

89) 고해: 고ㅎ(코, 鼻) + -애(-에: 부조, 위치)

90) 마트시다: 맡(맡다, 臭)- + -ᄋᆞ시(주높)- + -Ø(과시)- + -다(평종)

91) 눉므리: 눉믈[눈물, 淚: 눈(눈, 目) + -ㅅ(관조, 사잇) + 믈(물, 水)] + -이(주조)

92) ᄀᆞᄅᆞ비: ᄀᆞᄅᆞ비[가랑비, 細雨: ᄀᆞᄅᆞ(가루, 粉) + 비(← 비: 비, 雨)] + -Ø(← -이: 부조, 비교)

93) ᄀᆞ티: [같이, 同(부사): ᄀᆞᇀ(같다, 同: 형사)- + -이(부접)]

94) 世尊ᄭᅴ: 世尊(세존) + -ᄭᅴ(-께: 부조, 상대, 높임)

95) 저ᇫ다: 저ᇫ(저쑿다, 절하다, 拜)- + -Ø(과시)- + -다(평종) ※ '저ᇫ다'는 신이나 부처에게 절하는 것이다. 그리고 '저ᇫ다'는 [저(← 절: 절, 拜) + -Ø(← -ᄒᆞ-: 동접)- + -ᇫ(객높)- + -다]로 분석되는 파생 동사이다.

이 시며 無뭉色식이 머리 좃다 혼 말도 이셔며 無뭉色식界갱天텬에 이셔 香향과 곳과롤 비흐니 香향이 須슝彌밍山산 ᄀᆞᆮ고 곳지 술위 ᄢᅵ ᄀᆞᆮ다 혼 말도 잇ᄂᆞ니 이러혼 ᄠᅳ든 聲셩聞문 緣원覺각이 몰롤 이리라 聲셩聞문은 제 空콩을 得득ᄒᆞ야셔 至징極끅혼 고돈 다 빗스니라 ᄒᆞ건마ᄅᆞᆫ 大땡乘씽은 世솅界갱 밧ᄭᅵ도 오히려 法법性셩色식이 잇거니 이 四ᄉᆞᆼ天텬이 ᄒᆞᆫ갓 다 뷔리여 러씨 聲셩聞문 緣원覺각이 몰롤 고디라 聲셩聞문 緣원覺각은 아래 사겨 잇ᄂᆞ니라 業업은 이리니 됴혼 일 지ᅀᅳ면 됴혼 몸ᄃᆞ외오 사오나ᄫᆞᆫ 일 지ᅀᅳ면

있으며, 無色(무색)이 머리 조아렸다고 한 말도 있으며, 無色界天(무색계천)에 있어서 香(향)과 꽃을 뿌리니 香(향)이 須彌山(수미산)과 같고 꽃이 수레바퀴와 같다고 한 말도 있나니, 이러한 뜻은 聲聞(성문)과 緣覺(연각)이 모르는 일이다. 聲聞(성문)은 자기가 空(공)을 得(득)하여서 至極(지극)한 것은 다 빛이 없으니라고 하건마는, 大乘(대승)은 世界(세계) 밖에도 오히려 法性色(법성색)이 있으니, 이 四天(사천)이 모두 다 비겠느냐? 이러므로 聲聞(성문)과 緣覺(연각)이 모르는 것이다. 聲聞(성문)과 緣覺(연각)은 아래에 새겨(번역하여) 있느니라. 業(업)은 일이니, 좋은 일을 지으면 좋은 몸이 되고 사나운 일을 지으면

이시며 無_뭉色_식[96]이 머리 좃다[97] 혼 말도 이시며 無_뭉色_식界_갱天_텬에 이셔 香_향과 곳과를[98] 비흐니[99] 香_향이 須_슝彌_밍山_산 ᄀᆞ고 고지 술위ᄢᅵ ᄀᆞ다 혼 말도 잇ᄂᆞ니 이러혼 ᄠᅳ든 聲_셩聞_문[100] 緣_원覺_각이[1] 몰롤[2] 이리라[3] 聲_셩聞_문은 제 空_콩ᄋᆞᆯ 得_득ᄒᆞ야셔 至_징極_끅흔 고ᄃᆞᆫ[4] 다 빗[5] 업스니라 ᄒᆞ건마른[6] 大_땡乘_씽[7]은 世_셍界_갱 밧긔도[8] 오히려 法_법性_셩色_식이 잇거니[9] 이 四_{ᄉᆞ}天_텬이 흔갓[10] 다 뷔리여[11] 이럴씨[12] 聲_셩聞_문 緣_원覺_각이 몰롤 고디라[13] 聲_셩聞_문 緣_원覺_각은 아래 사겨[14] 잇ᄂᆞ니라 業_업은 이리니 됴혼 일 지스면 됴혼 몸 ᄃᆞ외오 사오나븐[15] 일 지스면

---

96) 無色: 무색. 무색계(無色界)의 중생으로 신체를 가지지 않는 것이다.

97) 좃다: 좃(조아리다, 稽)- + -Ø(과시)- + -다(평종)

98) 곳과를: 곳(← 곶: 꽃, 花) + -과(접조) + -를(목조)

99) 비흐니: 빛(뿌리다, 散)- + -으니(연어, 설명 계속)

100) 聲聞: 성문. 설법을 듣고 사제(四諦)의 이치를 깨달아 아라한이 되고자 하는 불제자이다.

1) 緣覺이: 緣覺(연각) + -이(관조, 의미상 주격) ※ '緣覺(연각)'은 부처의 가르침에 기대지 않고 스스로 도를 깨달은 성자(聖者)이다. 그 지위는 보살의 아래, 성문(聲聞)의 위이다.

2) 몰롤: 몰ㄹ(← 모ᄅᆞ다: 모르다, 不知)- + -오(대상)- + -ㄹ(관전)

3) 이리라: 일(일, 事) + -이(서조)- + -Ø(현시)- + -라(← -다: 평종)

4) 고ᄃᆞᆫ: 곧(것: 의명) + -ᄋᆞᆫ(보조사, 주제)

5) 빗: 빗(← 빛: 빛, 光)

6) ᄒᆞ건마른: ᄒᆞ(하다, 曰)- + -건마른(-건마는: 연어, 인정 대조)

7) 大乘: 대승. 후기 불교의 유파의 하나이다. 소승 불교(小乘佛敎)가 수행에 따르는 개인의 해탈(解脫)에 주력하는 데에 반하여, 대승 불교는 이타(利他) 구제의 입장에서 널리 인간 전체의 평등과 성불을 이상으로 삼고, 그것을 불타(佛陀)의 가르침의 참다운 대도(大道)임을 주장(主張)하는 교리(敎理)이다.

8) 밧긔도: 밖(밖, 外) + -의(-에: 부조, 위치) + -도(보조사, 마찬가지)

9) 잇거니: 잇(← 이시다: 있다, 有)- + -거(확인)- + -니(연어, 이유)

10) 흔갓: [한갓, 다른 것 없이 겨우(부사): 흔(한, 一: 관사, 양수) + 갓(← 갖: 가지, 의명)]

11) 뷔리여: 뷔(비다, 空)- + -리(미시)- + -여(의종, 판정)

12) 이럴씨: [이러므로(부사, 접속): 이러(불어) + -Ø(←-ᄒᆞ-: 형접)- + -ㄹ씨(연어 ▷ 부접)]

13) 고디라: 곧(것: 의명) + -이(서조)- + -Ø(현시)- + -라(← -다: 평종)

14) 사겨: 사기(새기다, 풀이하다, 解)- + -어(연어)

15) 사오나븐: 사오납(← 사오납다, ㅂ불: 사납다, 猛)- + -Ø(현시)- + -은(관전)

사나운 몸이 되는 것이 業果(업과)이다. 大乘(대승)은 큰 수레이니 菩薩(보살)을 비유하고, 小乘(소승)은 聲聞(성문)과 緣覺(연각)을 비유하느니라. 】 이 네 하늘을 無色界(무색계) 四天(사천)이라 하느니라. 【 色蘊(색온)이 없을 뿐일망정 受(수)·想(상)·行(행)·識(식)은 있느니라. 欲界(욕계)와 色界(색계)와 無色界(무색계)를 三界(삼계)라고 하느니라. 】 이 하늘들이 높을수록 목숨이 오래어지나니, 四王天(사왕천)의 목숨이 人間(인간) 세상(世上)에 있는 쉰 해를 하루씩

사오나ᄫᆞᆫ 몸 ᄃᆞ외요미¹⁶⁾ 業_업果_광ㅣ라 大_땡乘_씽은 큰 술위니¹⁷⁾ 菩_뽕薩_삻¹⁸⁾을 가ᄌᆞᆯ비고¹⁹⁾ 小_숗乘_씽²⁰⁾은 聲_셩聞_문 緣_원覺_각을 가ᄌᆞᆯ비ᄂᆞ니라】 이 네 하ᄂᆞᆯ 無_뭉色_{ᄉᆡᆨ}界_갱²¹⁾ 四_숭天_텬이라 ᄒᆞᄂᆞ니라【色_{ᄉᆡᆨ}蘊_훈이 업슬ᄊᆞᆫ뎡²²⁾ 受_쓯想_샹 行_{ᅘᆡᆼ} 識_식은 잇ᄂᆞ니라 欲_욕界_갱 色_{ᄉᆡᆨ}界_갱 無_뭉色_{ᄉᆡᆨ}界_갱를 三_삼界_갱라 ᄒᆞᄂᆞ니라】 이 하ᄂᆞᆯ들히²³⁾ 놉디옷²⁴⁾ 목수미 오라ᄂᆞ니²⁵⁾ 四_숭王_왕天_텬 목수미 人_{ᅀᅵᆫ}間_간앳²⁶⁾ 쉰 ᄒᆡ를²⁷⁾ ᄒᆞᄅᆞ옴²⁸⁾

---

16) ᄃᆞ외요미: ᄃᆞ외(되다, 爲) + -욤(← -옴: 명전) + -이(주조)

17) 술위니: 술위(수레, 車) + -Ø(← -이-: 서조) + -니(연어, 설명 계속)

18) 菩薩: 보살. 위로는 깨달음을 구(求)하고 아래로는 중생(衆生)을 교화(敎化)하는, 부처의 버금이 되는 성인(聖人)이다.(= 보리살타)

19) 가ᄌᆞᆯ비고: 가ᄌᆞᆯ비(비유하다, 비교하다, 比)- + -고(연어, 나열)

20) 小乘: 소승. 수행을 통한 개인의 해탈을 가르치는 교법이다. 석가모니가 죽은 지 약 100년 뒤부터 시작하여 수백 년간 지속된 교법으로 성문승(聲聞乘)과 연각승(緣覺乘)이 있다. 소극적이고 개인적인 열반만을 중시하였다.

21) 무색계(無色界): 욕계(欲界)·색계(色界)와 함께 삼계(三界)라고 한다. 오온(五蘊) 중 색(色)을 제외한 수(受)·상(想)·행(行)·식(識)만으로 구성된 세계를 말한다. 이것은 욕계정(欲界定), 색계정(色界定)보다 정적(靜寂)하며 욕망이나 물질에 대한 상념(想念)이 없게 된 경지이다.

22) 업슬ᄊᆞᆫ뎡: 없(없다, 無)- + -을ᄊᆞᆫ뎡(-을 뿐일망정, -을 뿐일지언정: 연어, 대조)

23) 하ᄂᆞᆯ들히: 하ᄂᆞᆯ들[하ᄂᆞᆯ들: 하ᄂᆞᆯ(← 하ᄂᆞᆶ: 하늘, 天) + -ᄃᆞᆶ(-들: 복접)] + -이(주조)

24) 놉디옷: 놉(← 높다: 높다, 高)- + -디옷(-을수록: 연어, 점층)

25) 오라ᄂᆞ니: 오라(오래어지다, 久: 동사)- + -ᄂᆞ(현시)- + -니(연어, 설명 계속)

26) 人間앳: 人間(인간: 인간 세상) + -애(-에: 부조, 위치) + -ㅅ(-의: 관조)

27) ᄒᆡ를: ᄒᆡ(해, 年) + -를(목조)

28) ᄒᆞᄅᆞ옴: ᄒᆞᄅᆞ(하루, 一日) + -옴(← -곰: -씩, 보조사, 각자)

헤아려서 五百(오백) 해(年)이니, 그 위가 漸漸(점점) 많아져서 四禪天(사선천)에 가면 가장 적은 목숨이야말로 一百(일백) 스물다섯 大劫(대겁)이요, 非想非非想天(비상비비상천)에 가면 목숨이 八萬(팔만) 大劫(대겁)이라. ○ 世界(세계) 地輪(지륜) 아래 金輪(금륜)이 있고, 金輪(금륜) 아래 水輪(수륜)이 있고,

혜여²⁹⁾ 五_옹百_빅 히니³⁰⁾ 그 우히³¹⁾ 漸_쪔漸_쪔³²⁾ 하아³³⁾ 四_숭禪_쎤天_텬³⁴⁾에 가면 뭇 져근 목수미싹³⁵⁾ 一_잃百_빅 스믈다숫 大_땡劫_겁³⁶⁾이오 非_빙想_샹非_빙非_빙想_샹天_텬³⁷⁾에 가면 목수미 八_밣萬_먼 大_땡劫_겁이라 ○ 世_솅界_갱 地_띵輪_륜³⁸⁾ 아래 金_금輪_륜³⁹⁾이 잇고 金_금輪_륜 아래 水_쉉輪_륜⁴⁰⁾이 잇고

---

29) 혜여: 혜(헤아리다, 계산하다, 量)- + -여(← -어: 연어)

30) 히니: 히(해, 年)+ -Ø(← -이-: 서조)- + -니(연어, 설명 계속)

31) 우히: 우ㅎ(위, 上)+ -이(주조)

32) 漸漸: 점점(부사). 조금씩 더하거나 덜하여지는 모양이다.

33) 하아: 하(많아지다, 多: 동사)- + -아(연어)

34) 四禪天: 사선천. 네 가지 선정(禪定)을 닦는 사람이 태어나는 색계(色界)의 네 하늘이다. 초선천(初禪天), 二禪天(이선천), 三禪天(삼선천), 四禪天(사선천)이 있다.

35) 목수미싹: 목숨[목숨, 壽: 목(목, 喉) + 숨(숨, 息)] + -이(주조) + -싹(-야: 보조사, 한정 강조)

36) 大劫: 대겁. 매우 오랜 세월이다. 성겁(成劫)·주겁(住劫)·괴겁(壞劫)·공겁(空劫)의 사겁을 합친 것으로, 세계의 성립으로부터 파멸에 이르기까지의 시간을 이른다.

37) 非想非非想處: 비상비비상처. 사공처(四空處)의 하나이다. 삼계(三界)의 여러 하늘 가운데 가장 높은 하늘이다. 여기에 태어나는 사람은 번뇌를 떠났으므로 '비상(非想)'이라 하지만, 완전히 떠나지는 못했으므로 '비비상(非非想)'이라고도 이른다.

38) 地輪: 지륜. 사륜(四輪)의 첫째로서, 지륜 밑에 금륜(金輪)이 있다고 한다. 대지(大地)의 아래에 있으며, 허공 속에 세계를 받치고 있는 사륜(四輪)의 하나이다. 지(地)는 땅이니, 땅에 여러 물건 실음이 수레에 물건을 실음과 같으므로 지륜(地輪)이라 한다. ※ '사륜(四輪)'은 지륜(地輪), 금륜(金輪), 수륜(水輪), 풍륜(風輪)을 말한다.

39) 金輪: 금륜. 사륜(四輪)의 하나이다. 세계의 대지를 받들고 있는 지층으로, 그 밑에는 풍륜과 수륜이 있다.

40) 水輪: 수륜. 사륜(四輪)의 하나이다. 땅 밑에 있으면서 대지를 받치고 있는 물로 위에는 금륜, 아래에는 풍륜과 공륜이 있다. 삼륜의 하나이기도 하다.

고 水슈輪륭 아래 風봉輪륜 잇ᄂ니【地띵ᄂᆞᆫ 싸히니 ᄯᅡ해 자본것 시루미 술위예 시루미 ᄀᆞᄐᆯ씨 地띵輪륜이라 ᄒᆞᄂ니 金금輪륜 水슈輪륜 風봉輪륜이 다 ᄒᆞᆫ가지라 金금은 쇠오 風봉은 ᄇᆞᄅᆞ미라】 世솅界갱 처ᅀᅥᆷ 일저긔 大땡梵뻠天텬이 ᄆᆞᆺ몬져 일오【이 世솅界갱 고텨 ᄃᆞ욀씨 初총禪쎤이 됴ᄒᆞ야 고텨 ᄃᆞ욀씨 처ᅀᅥᆷ 일저긔 大땡梵뻠天텬이 ᄆᆞᆺ몬져 이ᄂ니 二ᅀᅵᆼ禪쎤으로 우흔 이 世솅界갱 여러번 고텨 ᄃᆞ외야 ᄒᆞᆫ번곰 고텨 ᄃᆞ욀씨 이 世솅界갱

水輪(수륜) 아래 風輪(풍륜)이 있나니【地(지)는 땅이니 땅에서 잡은것을 싣는 것이 수레에 싣는 것과 같으므로 地輪(지륜)이라 하나니, 金輪(금륜)·水輪(수륜)·風輪(풍륜)이 다 한가지다. 金(금)은 쇠이요 風(풍)은 바람이다.】 世界(세계)가 처음 이루어질 적에 大梵天(대범천)이 제일 먼저 이루어지고【이 世界(세계)가 고쳐 될 적에 初禪(초선)이 좋아서 고쳐 되므로, 처음 이루어질 적에 大梵天(대범천)이 제일 먼저 이루어지나니, 二禪(이선)으로부터 (그) 위는 이 世界(세계)가 여러 번 고쳐 되어야 한 번씩 고쳐 되므로, 이 世界(세계)가

水ᄉᆔᇰ輪륜 아래 風보ᇰ輪륜[41]이 잇ᄂᆞ니【地ᄯᅵᇰ는 ᄯᅡ히니 ᄯᅡ해 자ᄇᆞᆫ것[42] 시루미[43] 술위예 시루미[44] ᄀᆞᄐᆞᆯᄊᆡ 地ᄯᅵᇰ輪륜이라 ᄒᆞᄂᆞ니 金금輪륜 水ᄉᆔᇰ輪륜 風보ᇰ輪륜이 다 ᄒᆞᆫ가지라 金금은 쇠오[45] 風보ᇰ은 ᄇᆞᄅᆞ미라[46]】 世ᄉᆌᇰ界개ᇰ 처ᅀᅥᆷ 일ᇙ[47] 저긔 大ᄄᆡᇰ梵뻠天텬[48]이 ᄆᆞᆺ 몬져[49] 일오[50]【이 世ᄉᆌᇰ界개ᇰ 고텨[51] ᄃᆞ욇 저긔 初총禪쎤이 조차[52] 고텨 ᄃᆞ욀ᄊᆡ 처ᅀᅥᆷ 일ᇙ 저긔 大ᄄᆡᇰ梵뻠天텬이 ᄆᆞᆺ 몬져 이ᄂᆞ니[53] 二ᅀᅵᇰ禪쎤으롯[54] 우흔 이 世ᄉᆌᇰ界개ᇰ 여러 번 고텨 ᄃᆞ외야ᅀᅡ[55] ᄒᆞᆫ 적곰[56] 고텨 ᄃᆞ욀ᄊᆡ 이 世ᄉᆌᇰ界개ᇰ

41) 風輪: 풍륜. 이 세상을 받치고 있는 층(層) 중에서 수륜 아래, 공륜 위에 있는 바람의 층이다.

42) 자ᄇᆞᆫ것: 자ᄇᆞᆫ것[잡은것: 잡(잡다, 執)-+-ᄋᆞᆫ(관전)+것(의명)] ※ '자ᄇᆞᆫ것(잡은것)'은 연장이나 그릇 따위의 여러 가지 물건을 말한다.

43) 시루미: 실(←싣다, ㄷ불: 싣다, 載)-+-움(명전)+-이(주조)

44) 시루미: 실(←싣다, ㄷ불: 싣다, 載)-+-움(명전)+-이(-과: 부조, 비교)

45) 쇠오: 쇠(쇠, 鐵)+-Ø(←-이-: 서조)-+-오(←-고: 연어, 나열)

46) ᄇᆞᄅᆞ미라: ᄇᆞᄅᆞᆷ(바람, 風)+-이(서조)-+-Ø(현시)-+-라(←-다: 평종)

47) 일ᇙ: 이(←일다: 이루어지다, 成)-+-ᇙ(관전)

48) 大梵天: 대범천. 색계(色界) 초선천(初禪天)의 셋째 하늘이다. 대범천왕이 있는 곳이다.

49) 몬져: 먼저, 先(부사)

50) 일오: 일(이루어지다, 成)-+-오(←-고: 연어, 나열, 계기)

51) 고텨: 고티[고치다, 改: 곧(곧다, 直: 형사)-+-히(사접)-]-+-어(연어)

52) 조차: 좇(좇다, 따르다, 從)-+-아(연어)

53) 이ᄂᆞ니: 이(←일다: 이루어지다, 成)-+-ᄂᆞ(현시)-+-니(연어, 설명의 계속)

54) 二禪으롯: 二禪(이선)+-으로(부조, 방향)+-ㅅ(-의: 관전)

55) ᄃᆞ외야ᅀᅡ: ᄃᆞ외(되다, 爲)-+-야ᅀᅡ(←-아ᅀᅡ: 연어, 필연적 조건)

56) ᄒᆞᆫ 적곰: ᄒᆞᆫ(한, 一: 관사, 양수) # 적(적, 때, 번, 時: 의명)+-곰(-씩: 보조사, 각자)

이로매아니브터 니르니라 버거는 梵輔天과 梵衆天과 欲界六텬엣 他化自在天 化樂天 兜率天 夜摩天이 次第로 일오 버거 下界예【下界는 아랫 世界니 忉利天으롯 아래를 다 닐온 마리라】大風輪이 닐어늘 光音

이루어지는 것는 따르지 않고 일어났느니라.】 다음으로 다른 梵輔天(범보천)과 梵衆天(범중천)과 欲界六天(욕계육천)에 있는 他化自在天(타화자재천), 化樂天(화락천), 兜率天(도솔천), 夜摩天(야마천)이 次第(차례)로 이루어지고, 다음으로 下界(하계)에【下界(하계)는 아래의 世界(세계)니 忉利天(도리천)으로부터 아래를 다 이른 말이다.】 大風輪(대풍륜)이 생기거늘,

이로매[57] 아니 브텨[58] 니ᄅ니라[59] 】 버거[60] 녀느[61] 梵뻠輔뿡天텬[62]과 梵뻠

衆즁天텬[63]과 欲욕界갱[64] 六륙天텬엣 他탕化황自ᄍ在찡天텬[65] 化황樂락天

텬[66] 兜ᄃᆕ率솛天텬[67] 夜양摩망天텬[68]이 次ᄎᆞᆼ第똉로 일오[69] 버거 下행界

갱예【 下행界갱ᄂᆞᆫ 아랫 世솅界갱니 忉ᄃᆞᇢ利링天텬으롯[70] 아래를 다 닐온[71] 마리

라 】 大땡風봉輪륜이 닐어늘[72]

---

57) 이로매: 일(이루어지다, 成)- + -옴(명전) + -애(-에: 부조, 위치)

58) 브텨: 브티[붙이다: 붙(붙다, 따르다, 附, 從: 타동)- + -이(사접)-]- + -어(연어)

59) 니ᄅ니라: 닐(일어나다, 일다, 생기다, 起, 生)- + -Ø(과시)- + -ᄋᆞ니(원칙)- + -라(←-다: 평종)

60) 버거: [다음으로, 次(부사): 벅(버금가다, 다음가다, 次: 동사)- + -어(연어▷부접)] ※ '버거'를 동사의 활용형으로 보고 '벅(버금가다, 다음가다, 次: 동사)- + -어(연어)'로 분석하는 방법도 있다.

61) 녀느: 녀느, 다른, 他(관사)

62) 梵輔天: 범보천. 색계(色界) 초선천(初禪天)의 둘째 하늘로서, 대범천왕을 돕는 중생들이 있는 곳이다.

63) 梵衆天: 범중천. 색계(色界) 초선천(初禪天)의 첫째 하늘로서, 대범천왕이 다스리는 중생들이 사는 곳이다.

64) 欲界: 욕계. 삼계(三界)의 하나이다. 유정(有情)이 사는 세계로서, 地獄(지옥)·餓鬼(아귀)·畜生 (축생)·阿修羅(아수라)·人間(인간)·六欲天(육욕천)을 함께 이르는 말이다. 여기에 있는 유정에 게는 식욕, 음욕, 수면욕이 있어 이렇게 이른다.

65) 他化自在天: 타화자재천. 육욕천의 여섯째 하늘이다. 욕계(欲界)에서 가장 높은 하늘로서, 여기 에 태어난 이는 다른 이의 즐거움을 자기의 즐거움으로 만들 수 있다.

66) 化樂天: 육욕천(六欲天)의 다섯째 하늘이다. 이 하늘에 나면 모든 대상을 마음대로 변하게 하 여 즐겁게 할 수 있다.

67) 兜率天: 도솔천. 육욕천의 넷째 하늘이다. 수미산의 꼭대기에서 12만 유순(由旬) 되는 곳에 있 는, 미륵보살이 사는 곳이다.

68) 夜摩天: 야마천. 육욕천의 셋째 하늘이다. 밤낮의 구분이 없고 시간에 따라 여러 가지의 환락(歡 樂)을 누리는 곳으로, 여기의 하루는 인간 세상의 200년에 맞먹는다.

69) 일오: 일(이루어지다, 成)- + -오(←-고: 연어, 나열, 계기)

70) 忉利天으롯: 忉利天(도리천) + -으로(부조, 방향) + -ㅅ(-의: 관조)

71) 닐온: 닐(←니ᄅ다: 이르다, 曰)- + -Ø(과시)- + -오(대상)- + -ㄴ(관전)

72) 닐어늘: 닐(일다, 생기다, 起, 生)- + -어늘(←-거늘: -거늘, 연어, 상황)

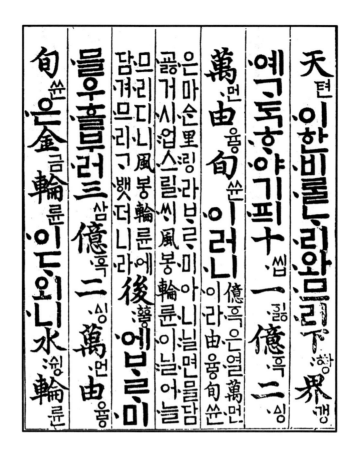

光音天(광음천)이 큰비를 내리게 하여 물이 下界(하계)에 가득하여, 깊이
가 十一億(십일억) 二萬(이만) 由旬(유순)이더니【億(억)은 열 萬(만)이다.
由旬(유순)은 마흔 里(리)이다. 바람이 아니 일면 물에 담길 것이 없겠으므로,
風輪(풍륜)이 일어나거늘 물이 떨어지니, 風輪(풍륜)에 담겨 물이 괴어 있더니
라.】, 後(후)에 바람이 물 위를 불어 三億(삼억) 二萬(이만) 由旬(유순)은
金輪(금륜)이 되니, 水輪(수륜)이

光_광音_흠天_텬⁷³⁾이 한비를⁷⁴⁾ ᄂᆞ리와⁷⁵⁾ 므리⁷⁶⁾ 下_행界_갱예 ᄀᆞ득ᄒᆞ야 기 피⁷⁷⁾ 十_씹一_힗億_흑 二_싱萬_먼 由_율旬_쓘이러니⁷⁸⁾ 【億_흑은 열 萬_먼이라 由 _율旬_쓘은 마순⁷⁹⁾ 里_링라⁸⁰⁾ ᄇᆞᄅᆞ미 아니 닐면 믈 담ᇙ⁸¹⁾ 거시 업스릴ᄊᆡ⁸²⁾ 風_봉輪 _륜이 닐어늘 므리 디니⁸³⁾ 風_봉輪_륜에 담겨 므리 ᄀᆞᄫᅢᆺ더니라⁸⁴⁾】 後_흫에 ᄇᆞᄅᆞ 미 믈 우흘 부러 三_삼億_흑 二_싱萬_먼 由_율旬_쓘은 金_금輪_륜이 ᄃᆞ외 니 水_쉉輪_륜이

---

73) 光音天: 광음천. 색계(色界) 이선천(二禪天)의 셋째 하늘이다. 이 하늘의 중생은 자기의 생각과 뜻을 전달할 때에 말소리 대신 입에서 맑고 깨끗한 빛을 낸다.

74) 한비를: 한비[큰비, 大雨: 하(크다, 많다, 多, 大)- + -ㄴ(관전) + 비(비, 雨)] + -를(목조)

75) ᄂᆞ리와: ᄂᆞ리오[내리게 하다, 使降: ᄂᆞ리(내리다, 降: 자동)- + -오(사접)-] + -아(연어)

76) 므리: 믈(물, 水) + -이(주조)

77) 기픠: [깊이(명사): 깊(깊다, 深: 형사)- + -의(명접)] + -Ø(← -이: 주조)

78) 由旬이러니: 由旬(유순) + -이(서조)- + -러(← -더-: 회상)- + -니(연어, 설명) ※ '由旬(유순)' 은 고대 인도의 이수(里數) 단위이다. 소달구지가 하루에 갈 수 있는 거리로서 80리인 대유순, 60리인 중유순, 40리인 소유순의 세 가지가 있다.

79) 마순: 마흔, 40(관사, 양수)

80) 里라: 里(리, 의명) + -Ø(← -이-: 서조)- + -Ø(현시)- + -라(← -다: 평종)

81) 담ᇙ: 담기[담기다, 涵: 담(담다, 숨: 타동)- + -기(피접)-]- + -오(대상)- + -ㄹ(관전) ※ 피한 정어인 '것'이 '담기다'에 대하여 주어의 통사적 관계가 성립하므로, 대상법의 선어말 어미인 '-오-'가 실현되지 말아야 한다. 따라서 여기에 쓰인 '담ᇙ'은 '담긿'의 오기이다.

82) 업스릴ᄊᆡ: 없(없다, 無)- + -으리(미시)- + -ㄹᄊᆡ(-므로: 연어, 이유)

83) 디니: 디(떨어지다, 落)- + -니(연어, 이유)

84) ᄀᆞᄫᅢᆺ더니라: ᄀᆞᇦ(← ᄀᆞᆸ다, ㅂ불: 괴다, 瀦)- + -아(연어) + 잇(← 이시다: 있다, 보용, 완료 지속)- + -더(회상)- + -니(원칙)- + -라(← -다: 평종) ※ 'ᄀᆞᄫᅢᆺ더니라'는 'ᄀᆞᄫᅡ 잇더니라'가 축약된 형태이다.

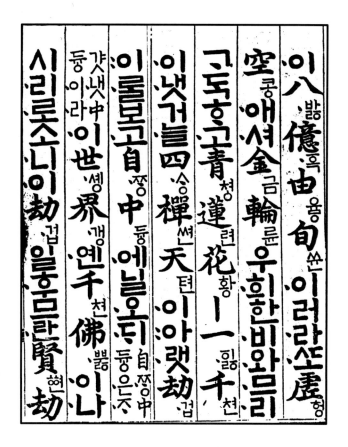

八億(팔억) 由旬(유순)이더라. 또 虛空(허공)에서 金輪(금륜) 위에 큰비와 물이 가득하고 靑蓮花(청련화)가 一千(일천)이 나 있거늘, 四禪天(사선천)이 지난적의 劫(겁)의 일을 보고 自中(자중)에 이르되【自中(자중)은 당신들의 中(중)이다. 】, "이 世界(세계)에는 千佛(천불)이 나시겠으니 이 劫(겁)의 이름은 賢劫(현겁)이라고

八ᄫᅡᇙ億ᅙᅳᆨ 由율旬ᄽᅲᆫ이러라⁸⁵⁾ 쏘 虛형空콩애셔 金금輪륜 우희 한비와 므리 ᄀᆞ득ᄒᆞ고 靑쳥蓮련花황ㅣ⁸⁶⁾ 一ᅙᅵᇙ千쳔이 냇거늘⁸⁷⁾ 四ᄉᆞᆼ禪쎤天텬이 아랫⁸⁸⁾ 劫겁⁸⁹⁾ 이를 보고 自쯩中듕에 닐오ᄃᆡ⁹⁰⁾ 【自쯩中듕은 ᄌᆞ걋냇⁹¹⁾ 中듕이라】 이 世솅界갱옌⁹²⁾ 千쳔佛뿛이 나시리로소니⁹³⁾ 이 劫겁 일후므란⁹⁴⁾ 賢ᅘᅧᆫ劫겁⁹⁵⁾이라

---

85) 由旬이러라: 由旬(유순: 의명) + -이(서조)- + -러(←-더-: 회상)- + -라(←-다: 평종)

86) 靑蓮花: 청연화. 푸른색의 연화이다.

87) 냇거늘: 나(나다, 現)- + -아(연어) # 잇(← 이시다: 있다, 보용, 완료 지속)- + -거늘(연어, 상황) ※ '냇거늘'는 '나 잇거늘'이 축약된 형태이다.

88) 아랫: 아래(지난적, 過去) + -ㅅ(-의: 관조)

89) 劫: 겁. 불교에서는 보통 연월일시로써는 헤아릴 수 없는 아득한 시간을 의미한다. 우주론적 시간에서 범천(神, Brahmā)의 하루(1,000yuga)에 해당한다. 또한 '겁'은 '영겁(永劫)', '아승기겁(阿僧祇劫)', '조재영겁(兆載永劫)' 등 광원(曠遠)한 시간을 표시하는 데 쓰인다. 여기서 '조재'와 '아승기'는 수의 단위이다.

90) 닐오ᄃᆡ: 닐(← 니ᄅᆞ다: 이르다, 曰)- + -오ᄃᆡ(-되: 설명 계속)

91) ᄌᆞ걋냇: ᄌᆞ걋내[당신들: 인대, 재귀칭]: ᄌᆞ갸('저(己)'의 높임말, 당신: 인대, 재귀칭, 높임) + -ㅅ(관조, 사잇) + -내(복접, 높임)] + -ㅅ(-의: 관조)

92) 世界옌: 世界(세계) + -예(←-에: 부조, 위치) + -ㄴ(←-는: 보조사, 주제)

93) 나시리로소니: 나(나다, 出現)- + -시(주높)- + -리(미시)- + -롯(←-돗-: 감동)- + -오니(←-ᄋᆞ니: 연어, 설명 계속)

94) 일후므란: 일훔(이름, 名) + -으란(보조사, 주제)

95) 賢劫: 현겁. 삼겁(三劫)의 하나이다. 현세(現世)의 대겁(大劫)을 이른다. 이 시기에는 많은 부처가 나타나 중생을 구제한다고 한다.

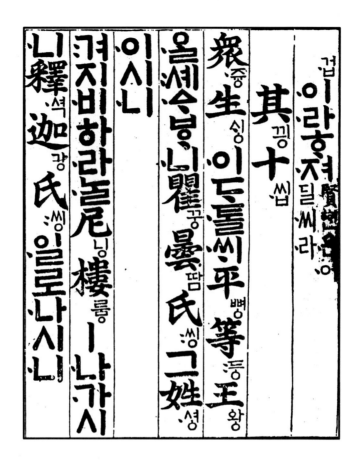

하자."【 賢(현)은 어진 것이다. 】

其十(기십)

衆生(중생)이 다투므로 平等王(평등왕)을 세우니 瞿曇氏(구담씨)가 그 姓(성)이시니.

계집이 모함하거늘 尼樓(니루)가 나가시니 釋迦氏(석가씨)가 이로부터 나셨으니.

ᄒᆞ져⁹⁶⁾【賢_현은 어딜 씨라】

其_끵十_씹

衆_즁生_싱이 ᄃᆞ톨ᄊᆡ⁹⁷⁾ 平_뼁等_듕王_왕을 셰ᅀᆞᆸ니⁹⁸⁾ 瞿_꿍曇_땀氏_씽⁹⁹⁾ 그 姓_셩이시니¹⁰⁰⁾

겨지비¹⁾ 하라ᄂᆞᆯ²⁾ 尼_닝樓_룰³⁾ㅣ 나가시니 釋_셕迦_강氏_씽⁴⁾ 일로⁵⁾ 나시니⁶⁾

---

96) ᄒᆞ져: ᄒᆞ(하다, 謂)- + -져(-쟈: 청종, 아주 낮춤)

97) ᄃᆞ톨ᄊᆡ: ᄃᆞ토(다투다, 爭)- + -ㄹᄊᆡ(-므로: 연어, 이유)

98) 셰ᅀᆞᆸ니: 셰[세우다, 立: 셔(서다, 立: 자동)- + -ㅣ(←-이-: 사접)-]- + -ᅀᆞᆸ(←-ᅀᆞᆸ-: 객높)- + -ᄋᆞ니(연어, 설명 계속)

99) 瞿曇氏: 구담씨. 석가모니 종족의 성씨이다.

100) 姓이시니: 姓(성) + -이(서조)- + -Ø(현시)- + -시(주높)- + -니(평종, 반말) ※ '姓이시니'는 '姓이시니이다'에서 '-이(상높, 아주 높임)- + -다(평종)'가 생략된 형태이다.

1) 겨지비: 겨집(여자, 女) + -이(주조)

2) 하라ᄂᆞᆯ: 할(하리놀다, 참소하다, 讒)- + -아ᄂᆞᆯ(-거늘: 연어, 상황)

3) 尼樓: 니루. 고마왕(鼓摩王)의 둘째 부인의 네 아들 중에서 막내아들이다. '니루'의 아주 오랜 후손 중의 한 명이 정반왕(淨飯王)이 되는데, 정반왕은 석가모니의 아버지이다.

4) 釋迦氏: 釋迦氏(석가씨) + -Ø(←-이: 주조). ※ '釋迦氏(석가씨)'는 석가모니의 가계의 성씨이다.

5) 일로: 일(←-이: 이, 此, 지대, 정칭) + -로(부조, 방편)

6) 나시니: 나(나다, 現)- + -시(주높)- + -Ø(과시)- + -니(평종, 반말) ※ '나시니'는 '나시니이다'에서 '-이(상높, 아주 높임)- + -다(평종)'가 생략된 형태이다.

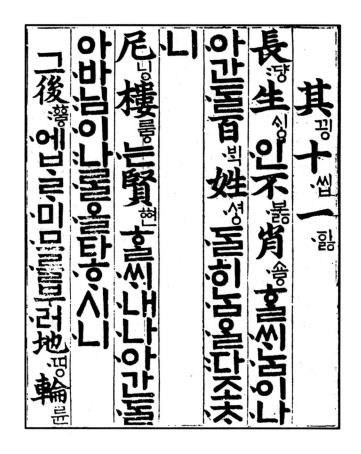

其十一(기십일)

長生(장생)이는 不肖(불초)하므로 남(=니루)이 나아간들 百姓(백성)들이 남을 다 쫓았으니.

尼樓(니루)는 賢(현)하므로 내(=니루)가 나아간들 아버님이 나를 옳다고 하셨으니.

그 後(후)에 바람이 물을 불어 地輪(지륜)이

其_끵十_씹一_힗

長_댱生_싱인⁷⁾ 不_붏肖_숖⁸⁾홀씨 눔⁹⁾이 나아간들¹⁰⁾ 百_빅姓_셩들히¹¹⁾ 눔을 다
조츠니¹²⁾

尼_닝樓_륳는 賢_현홀씨¹³⁾ 내¹⁴⁾ 나아간들 아바님이¹⁵⁾ 나를 올타¹⁶⁾ 호시니

그 後_萼에 브르미 므를 부러¹⁷⁾ 地_띵輪_륜이

---

7) 長生인: 長生이[장생이: 長生(인명) + -이(접미, 어조 고룸)] + -ㄴ(←-는: 보조사, 주제) ※ '長
生(장생)'은 고마왕의 첫째 부인에게서 난 첫째 아들이다.

8) 不肖: 불초. 아버지를 닮지 않았다는 뜻으로, 못나고 어리석은 사람을 이르는 말이다.

9) 눔: 남. 他人. 여기서는 '니루(尼樓)'를 뜻한다.

10) 나아간들: 나아가[나아가다, 進: 나(나다, 出)- + -아(연어) + 가(가다, 去)-] + -ㄴ들(-ㄴ들:
연어, 양보)

11) 百姓들히: 百姓들ㅎ[백성들: 百姓(백성) + -들ㅎ(-들: 복접)]- + -이(주조)

12) 조츠니: 좇(좇다, 좇다, 從)- + -Ø(과시)- + -니(평종, 반말) ※ '조츠니'는 '조츠니이다'에서 '-
이(상높, 아주 높임)- + -다(평종)'가 생략된 형태이다.

13) 賢홀씨: 賢ㅎ[현하다, 어질다: 賢(현, 어질다: 불어) + -ㅎ(형접)-] + -ㄹ씨(-므로: 연어, 이유)

14) 내: 나(나, 我: 인대, 1인칭) + -ㅣ(←-이: 주조) ※ 여기서 '나'는 '니누'를 가리킨다.

15) 아바님이: 아바님[아버님, 父: 아바(← 아비: 아버지, 父) + -님(높접)] + -이(주조)

16) 올타: 옳(옳다, 是)- + -Ø(현시)- + -다(평종)

17) 부러: 불(불다, 吹)- + -어(연어)

되니, 가장 貴(귀)한 氣韻(기운)이 須彌山(수미산)이 되고【忉利天(도리천)과 四王天(사왕천)도 이제야 나니라.】, 다음 氣韻(기운)은 일곱 山(산)이 되고, 가장 사나운 氣韻(기운)은 네 天下(천하)가 되어, 위부터 옛 모습으로 다 이루어지거늘【옛 世界(세계)의 이름도 이와 한가지이다.】, 光音天(광음천)에서 福(복)이 다한 光音天(광음천)이

드외니 뭇 貴_귕흔 氣_킝韻_운¹⁸⁾이 須_슝彌_밍山_산이 드외오【忉_돌利_링天_텬

四_숭王_왕天_텬도 이제사¹⁹⁾ 나니라²⁰⁾ 】 버근²¹⁾ 氣_킝韻_운은 닐굽 山_산이 드

외오²²⁾ 뭇 사오나톤²³⁾ 氣_킝韻_운은 네 天_텬下_행ㅣ²⁴⁾ 드외야 우브터²⁵⁾

녯²⁶⁾ 양ㅈ로²⁷⁾ 다 일어늘²⁸⁾【녯 世_솅界_갱 이룸도²⁹⁾ 이³⁰⁾ 흔가지라 】 光_광

音_흠天_텬³¹⁾에 이셔³²⁾ 福_복 다은³³⁾ 光_광音_흠天_텬³⁴⁾이

---

18) 氣韻: 기운. 하늘과 땅 사이에 가득 차서, 만물이 나고 자라는 힘의 근원의 뜻을 나타내는 고
유어이다. 고유어인 '긔운'을 한자인 '氣韻'으로 표기한 것이다.

19) 이제사: 이제[이제, 이때에, 今(부사): 이(이, 此: 관사, 지시, 정칭) # 적(적, 때, 時: 의명) + -
의(-에: 부조, 위치)] + -사(-야: 보조사, 한정 강조) ※ '이제'는 '이 저긔'가 축약되어서 형성
된 파생 부사이다.

20) 나니라: 나(나다, 생기다, 出)- + -Ø(과시)- + -니(원칙)- + -라(←-다: 평종)

21) 버근: 벅(다음가다, 次)- + -Ø(과시)- + -은(관전) ※ '버근'은 '다음'으로 옮긴다.

22) 드외오: 드외(되다, 爲)- + -오(←-고: 연어, 나열)

23) 사오나톤: 사오낳(← 사납다, ㅂ불: 사납다, 猛)- + -Ø(현시)- + -은(관전)

24) 天下ㅣ: 天下(천하) + -ㅣ(←-이: 보조)

25) 우브터: 우(← 우ㅎ: 위, 上) + -브터(-부터: 보조사, 비롯함)

26) 녯: 녜(옛날, 昔: 명사) + -ㅅ(-의: 관조)

27) 양ㅈ로: 양ㅈ(모습, 樣子) + -로(부조, 방편)

28) 일어늘: 일(이루어지다, 成)- + -어늘(←-거늘: 연어, 상황)

29) 이룸도: 일(이루어지다, 成)- + -옴(명전) + -도(보조사, 마찬가지)

30) 이: 이(이, 此: 지대, 정칭) + -Ø(←-이: 부조, 비교)

31) 光音天: 광음천. 색계(色界) 이선천(二禪天)의 셋째 하늘이다. 이 하늘의 중생은 자기의 생각과
뜻을 전달할 때에 말소리 대신 입에서 맑고 깨끗한 빛을 낸다.

32) 이셔: 이시(있다, 在)- + -어(연어) ※ '光音天에 이셔'는 '光音天에서'로 의역한다.

33) 다은: 다ᄋ(다하다, 盡)- + -Ø(과시)- + -ㄴ(관전)

34) 光音天: 광음천. 색계(色界) 이선천(二禪天)의 셋째 하늘인 광음천(光音天)을 다스리는 천신(天
神)이다.

내려와【 福(복)을 닦아 하늘에 나 있다가, 福(복)이 다하면 도로 내리느니라.】
사람이 되니, 歡喜(환희)로 밥을 삼고【 歡喜(환희)는 즐기는 것이다.】, 몸
에 光明(광명)도 있으며, 虛空(허공)에 날아다니며, 남자와 여자가 없고 높
은 이와 낮은 이가 없더니, 모두 世界(세계)에 와서 나므로 이름을 衆生
(중생)이라고 하였느니라. 그때에 땅의 맛이 꿀같이 달고

ᄂᆞ려와[35)]【福복ᄋᆞᆯ 닷가[36)]하ᄂᆞᆯ해 나얫다가[37)]福복이 다ᄋᆞ면 도로[38)]ᄂᆞ리ᄂᆞ니라[39)]】 사ᄅᆞ미 ᄃᆞ외니 歡환喜힁로 밥 삼고【歡환喜힁ᄂᆞᆫ 즐길 씨라】 모매 光광明명도 이시며 虛헝空콩애 ᄂᆞ라ᄃᆞᆫ니며[40)]남진[41)]겨지비 업고 노ᄑᆞ니[42)]ᄂᆞᆽ가ᄫᆞ니[43)]업더니 모다[44)]世솅界갱예 와 날ᄊᆡ[45)]일후믈 衆즁生ᄉᆡᇰ이라 ᄒᆞ니라 그 저긔 ᄯᅡᆺ[46)]마시[47)]ᄢᅮᆯ[48)]ᄀᆞ티[49)]ᄃᆞᆯ오[50)]

---

35) ᄂᆞ려와: ᄂᆞ리와[내려오다, 降: ᄂᆞ리(내리다, 降)- + -어(연어) + 오(오다, 來)-]- + -아(연어)

36) 닷가: 닭(닦다, 修)- + -아(연어)

37) 나얫다가: 나(나다, 現)- + -아(연어) + 잇(←이시다: 있다, 보용, 완료 지속)- + -다가(연어, 전환) ※ '나얫다가'는 '나아 잇다가'가 축약된 형태이다.

38) 도로: [도로, 復(부사): 돌(돌다, 回: 자동)- + -오(부접)]

39) ᄂᆞ리ᄂᆞ니라: ᄂᆞ리(내리다, 降)- + -ᄂᆞ(현시)- + -니(원칙)- + -라(←-다: 평종)

40) ᄂᆞ라ᄃᆞᆫ니며: ᄂᆞ라ᄃᆞᆫ니[날아다니다, 飛行: ᄂᆞᆯ(날다, 飛)- + -아(연어) + ᄃᆞᆫ니(다니다, 行)-]- + -며(연어, 나열) ※ 'ᄃᆞᆫ니다'는 [ᄃᆞᆮ(달리다, 走)- + 니(가다, 다니다, 行)-]로 형성된 합성 동사이다.

41) 남진: 남자, 남편, 男.

42) 노ᄑᆞ니: 높(높다, 高)- + -Ø(현시)- + -ᄋᆞᆫ(관전) # 이(이, 者: 의명)

43) ᄂᆞᆽ가ᄫᆞ니: ᄂᆞᆽ갑[←낫갑다, ㅂ불(낮다, 低: 형사): ᄂᆞᆽ(←ᄂᆞᆽ다: 낮다, 형사)- + -갑(형접)-]- + -Ø(현시)- + -ᄋᆞᆫ(관전) # 이(이, 者: 의명) + -Ø(←-이: 주조)

44) 모다: [모두, 悉(부사): 몯(모이다, 集: 자동)- + -아(연어▷부접)]

45) 날ᄊᆡ: 나(나다, 出)- + -ㄹᄊᆡ(-므로: 연어, 이유)

46) ᄯᅡᆺ: ᄯᅡ(←ᄯᅡᇂ: 땅, 地) + -ㅅ(-의: 관조)

47) 마시: 맛(맛, 味) + -이(주조)

48) ᄢᅮᆯ: 꿀, 蜜.

49) ᄀᆞ티: [같이, 처럼, 同(부사): ᄀᆞᇀ(같다, 同: 형사)- + -이(부접)]

50) ᄃᆞᆯ오: ᄃᆞᆯ(달다, 甘)- + -오(←-고: 연어, 나열)

빛이 희더니, 그 衆生(중생)이 먹어 보고 맛나게 여겨 漸漸(점점) 먹으니, 몸에 光明(광명)도 없어지며 날아다니는 것도 못하고, 많이 먹은 이는 모습이 초췌하더니, 그제야 해달(日月)이 처음 났느니라. 그 후에야 그르니 옳으니 이기니 못 이기니 하는 일이 났느니라. 그 後(후)에 땅의 맛이 없어지고 엷은 떡 같은 거죽이 비치 ᄒᆡ더니[51] 그 衆즁生ᄉᆡᇰ이 머거 보고 맛내[52] 너겨 漸쪔漸쪔 머그니 모매 光광明명도 업스며[53] ᄂᆞ라ᄃᆞᆫ놈도[54] 몯ᄒᆞ고 만히[55] 머그닌[56] 양ᄌᆡ[57] 셩가ᄉᆡ더니[58] 그제ᅀᅡ[59] ᄒᆡᄃᆞ리[60] 처ᅀᅥᆷ 나니라[61] 그 後ᅘᅮᇢ에ᅀᅡ[62] 외니[63] 올ᄒᆞ니[64] 이긔니[65] 계우니[66] 홀[67] 이리[68] 나니라 그 後ᅘᅮᇢ에 ᄯᅡᆺ[69] 마시 업고 열ᄫᅳᆫ[70] ᄣᅥᆨ[71] ᄀᆞᄐᆞᆫ[72] ᄯᅡᆺ 거치[73]

---

51) ᄒᆡ더니: ᄒᆡ(희다, 白)- + -더(회상)- + -니(연어, 설명 계속)

52) 맛내: [맛나게, 美(부사): 맛(맛, 味: 명사) + 나(나다, 出: 자동)- + -ㅣ(← -이: 부접)]

53) 업스며: 없(없어지다, 滅: 자동)- + -으며(연어, 나열)

54) ᄂᆞ라ᄃᆞᆫ놈도: ᄂᆞ라ᄃᆞᆫ니[날아다니다, 飛行: ᄂᆞᆯ(날다, 飛)- + -아(연어) + ᄃᆞᆫ니(다니다, 行)-]- + -옴(명전) + -도(보조사, 마찬가지)

55) 만히: [많이, 多(부사): 많(많다, 多: 형사)- + -이(부접)]

56) 머그닌: 먹(먹다, 食)- + -Ø(과시)- + -은(관전) # 이(이, 者: 의명) + -ㄴ(← -는: 보조사, 주제)

57) 양ᄌᆡ: 양ᄌᆞ(모습, 樣子) + -ㅣ(← -이: 주조)

58) 셩가ᄉᆡ더니: 셩가ᄉᆡ[초췌하다, 憔: 셩(성, 性) + 가ᄉᆡ(가시다, 변하다, 變)-]- + -더(회상)- + -니(연어, 설명 계속)

59) 그제ᅀᅡ: 그제[그제, 그때에(부사): 그(그, 彼: 관사, 지시, 정칭) # 적(적, 때, 時: 의명) + -의(-에: 부조, 위치)] + -ᅀᅡ(-야: 보조사, 한정 강조)

60) ᄒᆡᄃᆞ리: ᄒᆡᄃᆞᆯ[해달, 해와 달, 日月: ᄒᆡ(해, 日) + ᄃᆞᆯ(달, 月)] + -이(주조)

61) 나니라: 나(나다, 生)- + -Ø(과시)- + -니(원칙)- + -라(← 다: 평종)

62) 後에ᅀᅡ: 後(후) + -에(부조, 위치, 시간) + -ᅀᅡ(보조사, 한정 강조)

63) 외니: 외(그르다, 誤)- + -니(연어, 대립적 선택)

64) 올ᄒᆞ니: 옳(옳다, 是)- + -ᄋᆞ니(연어, 대립적 선택)

65) 이긔니: 이긔(이기다, 勝)- + -니(연어, 대립적 선택)

66) 계우니: 계우(못 이기다, 지다, 敗)- + -니(연어, 대립적 선택)

67) 홀: ㅎ(← ᄒᆞ다: 하다, 曰)- + -오(대상)- + -ㄹ(관전)

68) 이리: 일(일, 事) + -이(주조)

69) ᄯᅡᆺ: ᄯᅡ(← ᄯᅡᇂ: 땅, 地) + -ㅅ(-의: 관조)

70) 열ᄫᅳᆫ: 엷(← 엷다, ㅂ불: 엷다, 薄)- + -Ø(현시)- + -은(관전)

71) ᄣᅥᆨ: 떡, 餠.

72) ᄀᆞᄐᆞᆫ : ᄀᆞᇀ(← ᄀᆞᆮᄒᆞ다: 같다, 同)- + -Ø(현시)- + -ᄋᆞᆫ(관전)

73) 거치: 갗(거죽, 皮) + -이(주조)

치나니비치누르고마시香향
더니그머는後홓에는서르놈업시울
이리나니라딴거치업거늘딴솔히ᄒ
닉머는後홓에는여러가지샹은ᄇ
나니라딴솔히업거늘딴기르미
이리나니마시수을곤더라딴기르미
늘버거너추렛여르미나니버혀든ᄭ

나니 빛이 누르고 맛이 香氣(향기)롭더니, 그것을 먹은 後(후)에는 서로 남을 업신여기는 일이 났니라. 땅의 거죽이 없어지거늘 땅의 살이 나니, 그것을 먹은 後(후)에는 여러 가지의 상(常)스러운 일이 났니라. 땅의 살 이 없어지거늘 땅의 기름이 나니, 맛이 술과 같더라. 땅의 기름이 없어 지거늘 다음으로 넌출(줄기)에 있는 열매가 나니, (열매를) 베거든 꿀

나니 비치 누르고 마시 香_향氣_킝젓더니⁷⁴⁾ 그⁷⁵⁾ 머근 後_흫에는 서르⁷⁶⁾ 늠 업시울⁷⁷⁾ 이리 나니라 샷 거치 업거늘 샷 슬히⁷⁸⁾ 나니 그 머근 後_흫에는 여러 가짓 샹두뷘⁷⁹⁾ 이리 나니라 샷 슬히 업거늘 샷 기르미⁸⁰⁾ 나니 마시 수을⁸¹⁾ 근더라 샷 기르미 업거늘 버거⁸²⁾ 너추렛⁸³⁾ 여르미⁸⁴⁾ 나니 버혀든⁸⁵⁾ 뿔⁸⁶⁾

---

74) 香氣젓더니: 香氣젓[향기롭다: 香氣(향기: 명사) + -젓(형접)-]- + -더(회상)- + -니(연어, 설명 계속)

75) 그: 그것, 彼(지대, 정칭)

76) 서르: 서로, 相(부사)

77) 업시울: [업신여기다 : 없(없다, 無 : 형사)- + -이우(동접)-]- + -ㄹ ※ 이 단어는 '업시보다/업시오다/업시우다'로 실현되는데, 이때 '-이브-/-이오-/-이우-'는 모두 동사 파생 접미사의 변이 형태이다.

78) 슬히: 슬ㅎ(살, 膚) + -이(주조)

79) 샹두뷘: 샹두뷔[상스럽다, 鄙(형사): 샹(상, 常, 보통, 예사: 명사) + -두뷔(형접)-]- + -Ø(현시)- + -ㄴ(관전) ※ '샹두뷔다'는 말이나 행동이 보기에 천하고 교양이 없음을 나타내는 말이다.

80) 기르미: 기름(기름, 油) + -이(주조)

81) 수을: 술, 酒.

82) 버거: ① [다음으로(부사): 벅(다음가다, 버금가다, 次)- + -어(연어▷부접)], ② 벅(다음가다, 버금가다, 뒤를 잇다, 次)- + -어(연어)

83) 너추렛: 너출(넌출, 蔓) + -에(부조, 위치) + -ㅅ(-의: 관조) ※ '너출'은 현대어로는 '넌출'이다. 길게 뻗어 나가 늘어진 식물의 줄기인데, 등의 줄기, 다래의 줄기, 칡의 줄기 따위이다.

84) 여르미: 여름[열매, 果: 열(열다, 結)- + -음(명접)] + -이(주조)

85) 버혀든: 버히[베다, 斬: 벟(베어지다, 斬: 자동)- + -이(사접)-]- + -어든(← -거든: 연어, 조건)

86) 뿔: 꿀, 蜜.

같은 진이 흐르더라. 다음으로 두 가지(나뭇가지, 枝)씩을 가진 蒲萄(포도)가 나니 맛이 또 달더니, 그것을 먹은 後(후)에 웃음웃기가 났느라. 蒲萄(포도)가 없어지거늘, 粳米(갱미)가 나되 많은 좋은 맛이 다 갖추어져 있더니, 거풀이 없고 길이가 일곱 치이더니, 그것을 먹은 後(후)에야 용변(用便)을 하니 남자와 여자가 났느라. 그 時節(시절)에 情欲(정욕)이

ㄱ튼 지니⁸⁷⁾ 흐르더라 버거 두 가지옴⁸⁸⁾ 가진 蒲_뽕萄_뚤ㅣ⁸⁹⁾ 나니

마시 쏘 ᄃᆞ더니⁹⁰⁾ 그 머근 後_훃에 우숨우싀⁹¹⁾ 나니라⁹²⁾ 蒲_뽕萄_뚤

업거늘 粳_깅米_몡⁹³⁾ 나ᄃᆡ⁹⁴⁾ 한⁹⁵⁾ 됴훈 마시 다 ᄀᆞ초더니⁹⁶⁾ 거플⁹⁷⁾ 업

고 기리⁹⁸⁾ 닐굽 치러니⁹⁹⁾ 그 머근 後_훃에ᅀᅡ¹⁰⁰⁾ 믈보기를¹⁾ ᄒᆞ니

남진²⁾ 겨지비³⁾ 나니라 그 時_씽節_겷에 情_쪙欲_욕

---

87) 지니: 진(진, 液) + -이(주조)

88) 가지옴: 가지(나뭇가지, 枝) + -옴(← -곰: -씩, 보조사, 각자)

89) 蒲萄ㅣ: 蒲萄(포도) + -ㅣ(← -이: 주조)

90) ᄃᆞ더니: ᄃᆞ(← ᄃᆞᆯ다: 달다, 甘)- + -더(회상)- + -니(연어, 설명 계속)

91) 우숨우싀: [웃음 웃기, 笑(명사): 웃(← 웃다, ㅅ불: 웃다, 笑)- + -움(명접) + 웃(← 웃다, ㅅ불: 웃다, 笑)- + -이(명접)] + -∅(← -이: 주조)

92) 나니라: 나(나다, 出現)- + -∅(과시)- + -니(원칙)- + -라(← -다: 평종)

93) 粳米: 粳米(갱미, 멥쌀) + -∅(주조) ※ ‘粳米(갱미)’는 메벼를 찧은 쌀이다.

94) 나ᄃᆡ: 나(나다, 出)- + -ᄃᆡ(← -오ᄃᆡ: -되, 연어, 설명 계속)

95) 한: 하(많다, 多)- + -∅(현시)- + -ㄴ(관전)

96) ᄀᆞ초더니: ᄀᆞ초(← ᄀᆞᆾ다: 갖추어져 있다, 具, 형사)- + -더(회상)- + -니(연어, 설명 계속)

97) 거플: 거풀, 皮.

98) 기리: [길이(명사): 길(길다, 長: 형사)- + -이(명접)] + -∅(← -이: 주조)

99) 치러니: 치(치, 길이의 단위: 의명)- + -∅(← -이-: 서조)- + -러(← -더-: 회상)- + -니(연어, 설명 계속)

100) 後에ᅀᅡ: 後(후) + -에(부조, 위치, 시간) + -ᅀᅡ(보조사, 한정 강조)

1) 믈보기를: [뒤보기, 용변보기: 믈(용변) + 보(보다, 見)- + -기(명접)] + -를(목조)

2) 남진: 남자, 男.

3) 겨지비: 겨집(여자, 아내, 女) + -이(주조)

옥**한살·미·겨자·빙·외·야** 情쪙은·匹
欲·욕·은·ᄆᆞᅀᆞ·매·나·
·눈貪탐欲·욕·이·라·니그·셰·밍·골·오남·진·는
·런·러더·러·봉·이·롱·ᄒᆞ·거·늘衆즁
·이·복·고더·러·볼·쎠·엇·뎨·이·런·더·러·본·일**生**싱
·ᄒᆞ·거·놀·댁·그·남·지·니·뉘·우·처사·ᄒᆞ·얍
더·옛·거·늘·겨·지·비·밥가·져·다·가머·기
·고자·바·니르·혀·니·그後홒·로夫붕
妻쳉

많은 사람이 여자가 되어【 情(정)은 뜻이니, 情欲(정욕)은 마음에 나는 貪欲 (탐욕)이다. 】, 숨을 곳을 만들고 남자를 데리고 (그곳) 들어서 더러운 일 을 하거늘, 衆生(중생)이 보고 "더럽구나. 어찌 이런 더러운 일을 하였느 냐?" 하니, 그 남자가 뉘우쳐 땅에 엎드려 있거늘, 그 여자가 밥을 가져 다가 먹이고 잡아 일으키니, 그 後(후)로 夫妻(부처, 부부)이라고

한 사ᄅᆞ미 겨지비 ᄃᆞ외야【情쪙은 ᄠᅳ디니⁴⁾ 情쪙欲욕은 ᄆᆞᅀᆞ매⁵⁾ 나ᄂᆞᆫ 貪탐欲욕이라】그ᅀᅦ⁶⁾ 밍ᄀᆞ로⁷⁾ 남진 ᄃᆞ려⁸⁾ 드러⁹⁾ 더러ᄫᅳᆫ¹⁰⁾ 이ᄅᆞᆯ ᄒᆞ거늘 衆즁生ᅀᅵᆼ이 보고 더러ᄫᅳᆯ쎠¹¹⁾ 엇뎨¹²⁾ 이런 더러ᄫᅳᆫ 일 ᄒᆞ거뇨¹³⁾ ᄒᆞᆫ대¹⁴⁾ 그 남지니 뉘으처¹⁵⁾ ᄯᅡ해 업더옛거늘¹⁶⁾ 그 겨지비 밥 가져다가¹⁷⁾ 머기고 자바 니르혀니¹⁸⁾ 그 後ᅘᅮᆼ로 夫붕妻쳉라¹⁹⁾

---

4) ᄠᅳ디니: ᄠᅳᆮ(뜻, 意) + -이(서조)- + -니(연어, 설명 계속)

5) ᄆᆞᅀᆞ매: ᄆᆞᅀᆞᆷ(마음, 心) + -애(-에: 부조, 위치)

6) 그ᅀᅦ: [은신처: ᄀᆞᇧ(← 그윽: 그윽, 불어) + -에(부조▷부접)] ※ '그ᅀᅦ'는 남들이 보지 못하는 구석이나 그윽한 곳이나 숨을 곳이다. '그ᅀᅦ'는 '그윽ᄒᆞ다(그윽하다, 密)'의 뜻을 나타내는 불완전 어근인 '그윽'에 위치를 나타내는 부사격 조사 '-에'가 붙어서 형성된 파생 명사이다.

7) 밍ᄀᆞ로: 밍ᄀᆞᆯ(만들다, 製)- + -오(← -고: 연어, 나열, 계기)

8) ᄃᆞ려: ᄃᆞ리(데리다, 伴)- + -어(연어)

9) 드러: 들(들다, 入)- + -어(연어)

10) 더러ᄫᅳᆫ: 더렇(← 더럽다, ㅂ불: 더럽다, 汚)- + -Ø(현시)- + -은(관전)

11) 더러ᄫᅳᆯ쎠: 더렇(← 더럽다, ㅂ불: 더럽다, 汚)- + -Ø(현시)- + -을쎠(-구나: 감종)

12) 엇뎨: 어찌, 何(부사)

13) ᄒᆞ거뇨: ᄒᆞ(하다, 爲)- + -Ø(과시)- + -거(확인)- + -뇨(의종, 설명) ※ 타동사인 'ᄒᆞ다'의 어간 뒤에는 확인법의 선어말 어미가 '-야-'의 형태로 실현되는 것이 일반적이다. 따라서 원문에 표현된 'ᄒᆞ거뇨'는 'ᄒᆞ야뇨'의 오기로 보인다.

14) ᄒᆞᆫ대: ᄒᆞ(하다, 謂)- + -ㄴ대(-니: 연어, 반응)

15) 뉘으처: 뉘읓(뉘우치다, 悔)- + -어(연어)

16) 업더옛거늘: 업더이(← 업데다: 엎드리다, 伏)- + -어(연어) + 잇(← 이시다: 있다, 보용, 완료 지속)- + -거늘(연어, 상황) ※ '업더옛거늘'은 '업더이어 잇거늘'이 축약된 형태이다.

17) 가져다가: 가지(가지다, 持)- + -어(연어) + -다가(연어, 동작의 유지, 강조)

18) 니르혀니: 니르혀[일으키다: 닐(일어나다, 起: 자동)- + -으(사접)- + -혀(강접)-]- + -니(연어, 설명 계속)

19) 夫妻라: 夫妻(부처, 부부) + -Ø(← -이-: 서조)- + -Ø(현시)- + -라(← -다: 평종)

라 혼일후ㅁ나니그셰밍옥노라집지
식쿨쳐셤호ㅣㄴㄱ제ㅿ아기나ㅎ기롤始
싱作작호니라그後ᅙᅮ에ㅿ놀애브
뎌ㅿ며룸담ᅙ야ᆞ남진어르기룰
뎌쇤져瞻쪔婆빵城쎵을쓰니
눈곳일후ㅁ니비치노ᄅᆞᆨ고香향氣킝
저쓰니라이城쎵의이고저할씨일훔
지ᅙᆞᆯ城쎵ᄡᅡᆯ사릴둘始싱作작
ᅙ니라

한 이름이 나니, 은신처를 만드느라고 집짓기를 처음 하니, 그제야 아기 낳기를 시작하였느니라. 그 後(후)에야 노래를 부르며 춤을 추며 농담하여 남편 맞기를 하며, 제일 먼저 瞻婆城(첨파성)을 쌓으니【瞻婆(첨파)는 꽃 이름이니 빛이 노라고 香氣(향기)로우니라. 이 城(성)에 이 꽃이 많으므로 이름 붙였느니라.】 城(성)을 쌓아서 생활을 始作(시작)하였느니라.

혼 일후미 나니 그세 밍ᄀ노라²⁰⁾ 집지시를²¹⁾ 처섬²²⁾ ᄒ니 그제사

아기나히를²³⁾ 始ᄉᆡᆼ作작ᄒ니라 그 後ᅘᅮᇢ에ᅀᅡ 놀애²⁴⁾ 브르며²⁵⁾ 춤²⁶⁾ 츠

며²⁷⁾ 롱담ᄒ야²⁸⁾ 남진어르기를²⁹⁾ ᄒ며 ᄆᆞᆺ 몬져 瞻졈婆빵城쎵을 ᄡ

니³⁰⁾【瞻졈婆빵ᄂᆞᆫ 곳³¹⁾ 일후미니 비치 노ᄅ고 香ᅘᅡᆼ氣킝저스니라³²⁾ 이 城쎵

의³³⁾ 이 고지 할ᄊᆡ 일홈지ᄒ니라³⁴⁾】 城쎵 ᄡᅡ³⁵⁾ 사리를³⁶⁾ 始ᄉᆡᆼ作작ᄒ니라

---

20) 밍ᄀ노라: 밍ᄀ(← 밍ᄀᆯ다: 만들다, 製) + -노라(-ᄂᆞ라: 연어, 목적)

21) 집지시를: 집지시[집짓기(명사): 집(집, 家) + 짛(← 짓다, ᄉ불: 짓다, 製, 타동)- + -이(명접)] + -를
   (목조)

22) 처섬: [처음(명사): 첫(← 첫: 첫, 初, 관사, 서수) + -엄(명접)]

23) 아기나히를: 아기나히[아기낳기, 출산(명사): 아기(아기, 兒: 명사) + 낳(낳다, 産: 타동)- + -이
   (명접)] + -를(목조)

24) 놀애: [노래, 歌: 놀(놀다, 遊: 동사)- + -애(명접)]

25) 브르며: 브르(부르다, 唱)- + -며(연어, 나열)

26) 춤: [춤, 舞(명사): 츠(← 츠다: 추다, 舞, 동사)- + -움(명접)]

27) 츠며: 츠(추다, 舞: 동사)- + -며(연어, 나열)

28) 롱담ᄒ야: 롱담ᄒ[농담하다: 롱담(농담, 弄談: 명사) + -ᄒ(동접)-]- + -야(← -아: 연어)

29) 남진어르기를: 남진어르[남편을 맞다, 시집가다, 婚: 남진(남자, 男: 명사)- + 어르(혼인하다,
   교접하다: 동사)- + -기(명접)] + -를(목조)

30) ᄡ니: ᄡ(쌓다, 築)- + -니(연어, 설명 계속)

31) 곳: 곳, 장소.

32) 香氣저스니라: 香氣젓[← 香氣젓다, ᄉ불(향기롭다: 형사): 香氣(향기: 명사) + -젓(형접)-]- +
   -Ø(현시)- + -으니(원칙)- + -라(← -다: 평종)

33) 城의: 城(성) + -의(-에: 부조, 위치)

34) 일홈지ᄒ니라: 일홈짛[이름붙이다, 作名: 일홈(이름, 名: 명사) + 짛(붙이다: 동사)-]- + -Ø(과
   시)- + -으니(원칙)- + -라(← -다: 평종)

35) ᄡᅡ: ᄡ(쌓다, 築)- + -아(연어)

36) 사리를: 사리[생활, 사는 것(명사): 살(살다, 活: 자동)- + -이(명접)] + -를(목조)

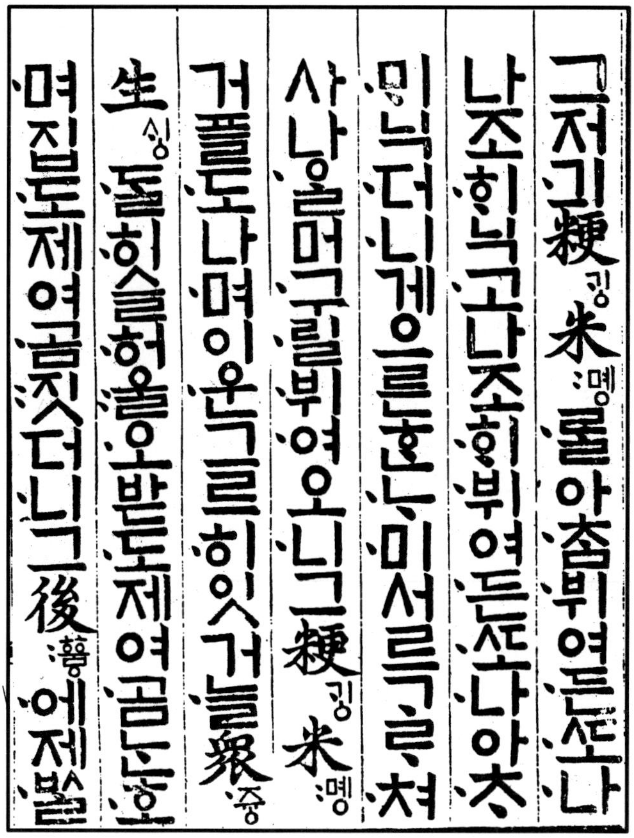
그저긔 粳깅米몡ᄅᆞᆯ 아ᄎᆞᆷ 뷔여든 ᄯᅩ 나
조ᄒᆡ 닉고 나조ᄒᆡ 뷔여든 ᄯᅩ 나 아ᄎᆞ
ᄆᆡ 닉더니 게ᅌᅳ른 ᄒᆞᆫ ᄂᆞ미 서르 ᄀᆞᄅᆞ쳐
사나ᄋᆞᆯ 머구릴 뷔여 오니 그 粳깅米몡
거플도 나며 이운 그르히 잇거늘 衆즁
生ᄉᆡᇰ돌히 슬허 울오 받도 제여곰 ᄂᆞᆫ호
며 집도 제여곰 짓더니 그 後ᅘᅮᇢ에 제 ᄡᆞᆯ

그때에 粳米(갱미)를 아침에 베거든 또 저녁에 익고 저녁에 베거든 또 나서 아침에 익더니, 게으른 어떤 사람이 서로 가르쳐서 사나흘 먹을 것을 베어 오니, 그 粳米(갱미)의 꺼풀도 나며 시든 그루터기가 있거늘, 衆生(중생)들이 슬퍼하여 울고 밭도 제각기 나누며 집도 제각기 짓더니, 그 後(후)에 자기의 쌀은 그 저긔³⁷⁾ 粳_깅米_몡³⁸⁾를 아춤³⁹⁾ 뷔여든⁴⁰⁾ 쏘 나조히⁴¹⁾ 닉고⁴²⁾ 나조히 뷔여든 쏘 나⁴³⁾ 아츠미⁴⁴⁾ 닉더니⁴⁵⁾ 게으른 혼 ㄴ미⁴⁶⁾ 서르 ㄱ르쳐 사나ㅇ올⁴⁷⁾ 머구릴⁴⁸⁾ 뷔여⁴⁹⁾ 오니 그 粳_깅米_몡 거플도⁵⁰⁾ 나며 이운⁵¹⁾ 그르히⁵²⁾ 잇거늘 衆_즁生_{ᄉᆡᆼ}ᄃᆞᆯ히 슬허⁵³⁾ 울오 받도⁵⁴⁾ 제여곰⁵⁵⁾ ᄂᆞᆫ호며⁵⁶⁾ 집도 제여곰 짓더니 그 後_{ᅘᅮᇢ}에 제⁵⁷⁾ ᄡᆞᆯ란⁵⁸⁾

---

37) 저긔: 적(적, 때, 時: 의명) + -의(-에: 부조, 위치)

38) 粳米: 갱미. 메벼에서 나온 차지지 않은 쌀이다.(= 맵쌀)

39) 아춤: 아침, 朝.

40) 뷔여든: 뷔(베다, 斬)- + -여든(←-어든: 연어, 조건)

41) 나조히: 나조ㅎ(저녁, 夕) + -이(-에: 부조, 위치)

42) 닉고: 닉(익다, 熟)- + -고(연어, 나열)

43) 나: 나(나다, 生)- + -아(연어)

44) 아츠미: 아춤(아침, 朝) + -이(-에: 부조, 위치)

45) 닉더니: 닉(익다, 熟)- + -더(회상)- + -니(연어, 설명 계속)

46) ㄴ미: ᄂᆞᆷ(남, 他人) + -이(주조) ※ '게으른 혼 ㄴ미'는 '게으른 어떤 사람이'로 의역한다.

47) 사나ㅇ올: [사나흘, 三四日(명사): 사(← 사ᄋᆞᆯ: 사흘, 三日) + 나ᄋᆞᆯ(나흘, 四日)]

48) 머구릴: 먹(먹다, 食)- + -우(대상)- + -ㄹ(관전) # 이(것, 者: 의명) + -ㄹ(←-를: 목조)

49) 뷔여: 뷔(베다, 斬)- + -여(←-어: 연어)

50) 거플도: 거플(꺼풀, 皮) + -도(보조사, 마찬가지)

51) 이운: 이우(← 이울다: 시들다, 枯)- + -Ø(과시)- + -ㄴ(관전)

52) 그르히: 그르ㅎ(그루터기, 밑, 蘗) + -이(주조)

53) 슬허: 슳(슬퍼하다, 悲)- + -어(연어)

54) 받도: 받(← 밭: 밭, 田) + -도(보조사, 마찬가지)

55) 제여곰: 제각기, 各自(부사)

56) ᄂᆞᆫ호며: ᄂᆞᆫ호(나누다, 分)- + -며(연어, 나열)

57) 제: 저(자기, 己: 인대, 재귀칭) + -ㅣ(-의: 관조)

58) ᄡᆞᆯ란: ᄡᆞᆯ(쌀, 米) + -란(-은: 보조사, 주제, 대조)

란〮 초고ᄂᆞ〮미것〮 서르 ᅀᆞᆯ〮ᄆᆞᅀᆞᆮ호ᇙᄊᆡ
외니올ᄒᆞ〮니〮決〮겷〮ᄒᆞᇙ사ᄅᆞ미업서〮모다〮
平뼝等〯ᄃᆡᆼ王왕ᄋᆞᆯ〮셰ᅀᆞᄫᆞ니〮姓〯셩이〮瞿
꿍曇땀氏〯씽〮러시니〮【平뼝等〯ᄃᆡᆼᄋᆞᆫᄀᆞ틀〮公공
事〮ᄊᆞᆼ아니〮ᄒᆞᆯ〮씨라이〮王왕ㅅ일후믄〮摩
망訶항三삼摩망多당ㅣ시니〮小〯ᄉᆈᆼ瞿
꿍曇땀ㅅ後〯ᅘᅮᇦ身〮신이〮실ᄊᆡ〮姓〯ᄋᆞᆯ
瞿꿍曇땀氏〯씽〮라〮ᄒᆞ니라〮後〯ᅘᅮᇦ身〮진〯은〮
後〯ᅘᅮᇦ人ᅀᅵᆫ모미니〮前쪈生ᄉᆡᆼ애〮ᄃᆞ니다〮가〮
後〯ᅘᅮᇦ生ᄉᆡᆼ애〮다시〮난〮모미〮後〯ᅘᅮᇦ身〮신이〮라〮

감추고 남의 것을 서로 훔치는 것을 하므로, 그르니 옳으니 決(결)할 사람이 없어 모여서 平等王(평등왕)을 세우니, 姓(성)이 瞿曇氏(구담씨)이시더니【平等(평등)은 같은 것이니, 한쪽에 치우친 公事(공사)를 아니 하는 것이다. 이 王(왕)의 이름은 摩訶三摩多(마하삼마다)이시니, 小瞿曇(소구담)의 後身(후신)이시므로 또 姓(성)을 瞿曇氏(구담씨)라고 하였니라. 後身(후신)은 後(후)의 몸이니 前生(전생)에 다니다가 後生(후생)에 다시 난 몸이 後身(후신)이다.】

ᄀ초고⁵⁹⁾ ᄂᄆᆡ⁶⁰⁾ 것 서르 일버수믈⁶¹⁾ 홀씨 외니⁶²⁾ 올ᄒᆞ니⁶³⁾ 決_궗

ᅙᅳᆶ⁶⁴⁾ 사ᄅᆞ미 업서 모다⁶⁵⁾ 平_뼝等_{ᄃᆞᆼ}王_왕ᄋᆞᆯ 셰ᅀᆞᄫᅵ니⁶⁶⁾ 姓_셩이 瞿_꿍曇

_땀氏_씽러시니⁶⁷⁾ 【 平_뼝等_{ᄃᆞᆼ}은 ᄀᆞ틀 씨니 ᄒᆞ녁⁶⁸⁾ 췬⁶⁹⁾ 公_공事_{ᄊᆞᆼ}⁷⁰⁾ 아니 ᄒᆞᆯ 씨라

이 王_왕ㅅ 일후믄⁷¹⁾ 摩_망訶_항三_삼摩_망多_당ㅣ시니 小_숗瞿_꿍曇_땀ㅅ 後_{ᅘᅮᇢ}身_신이실씨

ᄯᅩ 姓_셩을 瞿_꿍曇_땀氏_씽라 ᄒᆞ니라 後_{ᅘᅮᇢ}身_신은 後_{ᅘᅮᇢ}ㅅ 모미니 前_쪈生_{ᄉᆡᆼ}애 ᄃᆞ니

다가⁷²⁾ 後_{ᅘᅮᇢ}生_{ᄉᆡᆼ}애 다시 난 모미⁷³⁾ 後_{ᅘᅮᇢ}身_신이라 】

---

59) ᄀ초고: ᄀ초[감추다, 藏: 곶(갓추어져 있다, 具: 형사)- + -호(사접)-]- + -고(연어, 나열, 계기)

60) ᄂᄆᆡ: 눔(남, 他) + -ᄋᆡ(-의: 관조)

61) 일버수믈: 일벗(← 일벗다, ㅅ불: 훔치다, 竊)- + -움(명전) + -을(목조)

62) 외니: 외(그르다, 誤)- + -니(연어, 대립적 선택)

63) 올ᄒᆞ니: 옳(옳다, 是)- + -ᄋᆞ니(연어, 대립적 선택)

64) 決ᅙᅳᆶ: 決ᄒᆞ[결하다, 결정하다: 決(결: 불어) + -ᄒᆞ(동접)-]- + -ㅭ(관전)

65) 모다: 몯(모이다, 集)- + -아(연어)

66) 셰ᅀᆞᄫᅵ니: 셰[세우다, 立(동사): 셔(서다, 立: 자동)- + -ㅣ(← -이-: 사접)-]- + -ᅀᆞᇦ(← -ᅀᆞᆸ-: 객높)- + -ᄋᆞ니(연어, 설명 계속)

67) 瞿曇氏러시니: 瞿曇氏(구담씨)- + -∅(← -이-: 서조)- + -러(← -더-: 회상)- + -시(주높)- + -니(연어, 설명 계속)

68) ᄒᆞ녁: [← ᄒᆞᆫ녁(한쪽, 一便): ᄒᆞ(← ᄒᆞᆫ: 한, 一, 관사, 양수) + 녁(녘, 쪽, 偏: 의명)] ※ 'ᄒᆞ녁'은 'ᄒᆞᆫ녁'에서 첫 음절의 종성인 /ㄴ/이 탈락한 형태이다.

69) 췬: 츼(치우치다, 偏)- + -∅(과시)- + -ㄴ(관전)

70) 公事: 공사. 공무(公務). 공적인 일이다.

71) 일후믄: 일훔(이름, 名) + -은(보조사, 주제)

72) ᄃᆞ니다가: ᄃᆞ니[← ᄃᆞᆫ니다(다니다, 行): ᄃᆞᆫ(← ᄃᆞᆮ다: 달리다, 走)- + 니(가다, 行)-]- + -다가(연어, 전환) ※ 'ᄃᆞᆫ니다가'가 'ᄃᆞ니다가'로 변동한 것은 비음화의 예이다.

73) 모미 : 몸(몸, 身) + -이(주조)

[46 앞]

라·그제ᅀᅡ·낛바도·ᄒᆞ니·ᄀᆞᆯᄫᅵᆯ·ᄊᆡ·일홈
·을 刹·찛利·링·라ᄒᆞ·니·라
刹·찷利·링·ᄂᆞᆫ 田·뗜地·띵ㅅ님·자·ᅵ·라ᄒᆞ·논·그·ᄢᅢ 閻염浮뽕提똉 天텬
·ᄠᅳ·디·라
下ᅘᅡᆼ·ᅵ·가·ᅀᅳ·며ᇰ·고 孔·콩雀·쟉·ᄋᆡ·ᄭᅩ·리·ᆺ
ᄀ·토ᄑᆞ·리·나·고 八·밣萬·먼·나·라·햄ᄆᆞᆯ
·히盛·씽·ᄒᆞ·야·ᄃᆞᆰ·ᄀᆡ소·리·ᄉᆞᆯ·드·려·ᄒᆞᆫ·ᄀᆞᆺ
ᅀᅵ·니·ᅀᅥᆺ·고 天텬下ᅘᅡᆼ·애 病·뼝·이·업·서

그때에야 세금 받는 것을 하니, 그러므로 이름을 刹利(찰리)라고 하였니라. 【刹利(찰리)는 田地(전지)의 임자이라고 하는 뜻이다. 】 그때에 閻浮提(염부제)의 天下(천하)가 부유하고, 孔雀(공작)의 꼬리의 빛과 같은 풀이 나고, 八萬(팔만) 나라에 마을이 盛(성)하여 닭의 소리가 서로 들리어 한 가(邊)에 이어 있고, 天下(천하)에 病(병)이 없어

그제사 낛⁷⁴⁾ 바도물⁷⁵⁾ ᄒ니 그럴ᄊᆡ⁷⁶⁾ 일후믈 刹_챯利_링⁷⁷⁾라 ᄒ니라

【刹_챯利_링ᄂᆞᆫ 田_뗜地_띵ㅅ⁷⁸⁾ 님자히라⁷⁹⁾ ᄒ논 ᄠᅳ디라】 그 저긔 閻_염浮_뿔提_똉 天_텬下_ᅘㅣ 가ᅀᆞ며고⁸⁰⁾ 孔_콩雀_쟉이⁸¹⁾ ᄭᅬ릿⁸²⁾ 빗⁸³⁾ ᄀᆞᄐᆞᆫ 프리⁸⁴⁾ 나고 八_밣萬_먼 나라해⁸⁵⁾ ᄆᆞᅀᆞᆯ히⁸⁶⁾ 盛_쎵ᄒᆞ야 들기⁸⁷⁾ 소리 서르 들여⁸⁸⁾ ᄒᆞᆫ ᄀᆞᅀᅢ⁸⁹⁾ 니ᅀᅦᆺ고⁹⁰⁾ 天_텬下_ᅘ애 病_뼝이 업서

---

74) 낛: 세금. 조세. 稅. ※ 종성의 자리에서 자음군인 /ᆪ/이 실현된 예이다.

75) 바도물: 받(받다, 受)- + -옴(명전) + -ᄋᆞᆯ(목조)

76) 그럴ᄊᆡ: [그러므로(부사, 접속): 그러(그러: 불어) + -ㄹᄊᆡ(-므로: 연어 ▷부접)]

77) 刹利: 찰리(크샤트리아, Ksatriya). 인도 카스트 제도에서 두 번째 지위인 왕족과 무사 계급이다.

78) 田地ㅅ: 田地(전지, 논밭) + -ㅅ(-의: 관조)

79) 님자히라: 님자ㅎ(임자, 主) + -이(서조)- + -Ø(현시)- + -라(← 다: 평종)

80) 가ᅀᆞ며고: 가ᅀᆞ며(← 가ᅀᆞ멸다: 부유하다, 富)- + -고(연어) ※ '가ᅀᆞ며고'는 '가ᅀᆞ멸오'의 오기이다. /ㄹ/로 끝나는 어간에 /ㄱ/으로 시작하는 어미가 붙어서 활용하면, 어미의 /ㄱ/이 탈락하는 것이 일반적이다.('ㄹ' 탈락 현상)

81) 孔雀이: 孔雀(공작) + -ᄋᆡ(관조)

82) ᄭᅬ릿: ᄭᅬ리(꼬리, 尾) + -ㅅ(-의: 관조)

83) 빗: 빗(← 빛: 빛, 光)

84) 프리: 플(풀, 草) + -이(주조)

85) 나라해: 나라ㅎ(나라, 國) + -애(-에: 부조, 위치)

86) ᄆᆞᅀᆞᆯ히: ᄆᆞᅀᆞᆯㅎ(마을, 村) + -이(주조)

87) 들기: ᄃᆞᆰ(닭, 鷄) + -ᄋᆡ(-의: 관조)

88) 들여: 들이[들리다: 들(← 듣다, ㄷ불: 듣다, 聞: 타동)- + -이(피접)-]- + -어(연어)

89) ᄀᆞᅀᅢ: ᄀᆞᇫ(← ᄀᆞᆺ: 가, 邊) + -애(-에: 부조, 위치)

90) 니ᅀᅦᆺ고: 닛(← 닛다, ㅅ불: 잇다, 繼)- + -어 + 잇(← 이시다: 있다, 보용, 완료 지속)- + -고(연어, 나열) ※ '니ᅀᅦᆺ고'는 '니ᅀᅥ 잇고'가 축약된 형태이다.

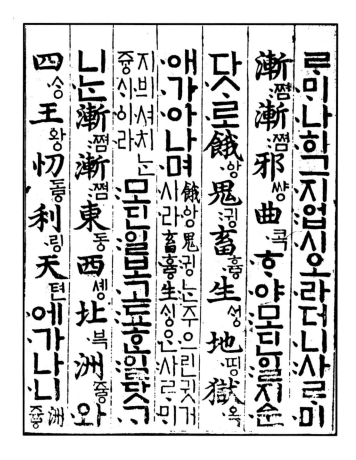

사람의 나이가 그지없이 오래더니, 사람이 漸漸(점점) 邪曲(사곡)하여 모진 일을 지은 탓으로 餓鬼(아귀)와 畜生(축생)의 地獄(지옥)에 가서 나며【餓鬼(아귀)는 굶주린 귀신(鬼神)이다. 畜生(축생)은 사람의 집에서 치는 짐승이다.】, 모진 일을 보고 좋은 일을 닦은 이는 漸漸(점점) 東西北洲(동서북주)와 四王天(사왕천)과 忉利天(도리천)에 가서 나니【洲(주)는

사른미 나히⁹¹⁾ 그지업시⁹²⁾ 오라더니 사른미 漸_쪔漸_쪔 邪_썅曲_콕⁹³⁾ ᄒ

야 모딘⁹⁴⁾ 일 지순⁹⁵⁾ 다ᄉ로⁹⁶⁾ 餓_앙鬼_귕 畜_튷生_싱 地_띵獄_옥애 가아

나며 【餓_앙鬼_귕ᄂᆞᆫ 주으린⁹⁷⁾ 귓거시라⁹⁸⁾ 畜_튷生_싱ᄋᆞᆫ 사른미 지븨셔⁹⁹⁾ 치ᄂᆞᆫ¹⁰⁰⁾

중ᄉᆡ이라¹⁾】 모딘 일 보고 됴ᄒᆞᆫ 일 닷ᄀᆞ니ᄂᆞᆫ²⁾ 漸_쪔漸_쪔³⁾ 東_동西_셩

北_븍洲_즇와 四_{ᄉᆞᆼ}王_왕⁴⁾ 忉_돌利_링天_텬⁵⁾에 가 나니【洲_즇ᄂᆞᆫ

---

91) 나히: 나ㅎ(나이, 齡) + -이(주조)

92) 그지업시 : [그지없이, 끝없이, 無限(부사) : 그지(끝, 한도, 限 : 명사) + 없(없다, 無: 형사)- + -
이(부접)]

93) 邪曲: 사곡. 요사스럽고 교활한 것이다.

94) 모딘: 모디(← 모딜다: 모질다, 虐)- + -Ø(현시)- + -ㄴ(관전)

95) 지순: 짛(← 짓다, ㅅ불: 짓다, 만들다, 製)- + -Ø(과시)- + -우(대상)- + -ㄴ(관전)

96) 다ᄉ로: 닷(탓, 由: 의명) + -ᄋᆞ로(부조, 방편)

97) 주으린: 주으리(주리다, 飢)- + -Ø(과시)- + -ㄴ(관전)

98) 귓거시라: 귓것[귀것, 귀신: 귀(鬼, 귀신) + -ㅅ(관조, 사잇) + 것(것: 의명)] + -이(서조)- + -Ø
(현시)- + -라(← -다: 평종)

99) 지븨셔: 집(집, 家) + -의(-에 : 부조, 위치) + -셔(-서: 위치 강조)

100) 치ᄂᆞᆫ: 치(치다, 기르다, 養)- + -ᄂᆞ(현시)- + -ㄴ(관전)

1) 중ᄉᆡ이라: 중ᄉᆡᆼ(짐승, 獸) + -이(서조)- + -Ø(현시)- + -라(← -다: 평종)

2) 닷ᄀᆞ니ᄂᆞᆫ: 닭(닦다, 修)- + -Ø(과시)- + -ᄋᆞᆫ(관전) # 이(이, 者: 의명) + -ᄂᆞᆫ(보조사, 주제)

3) 漸漸: 점점, 조금씩 더하거나 덜하여지는 모양(부사)

4) 四王: 사왕. 사왕천(四王天)이다. 육욕천의 첫째 하늘이다. 수미산 중턱에 있는, 사천왕과 그
권속들이 사는 곳이다. 지국천(持國天), 증장천(增長天), 광목천(廣目天), 다문천(多聞天)이 있
어 위로는 제석천(帝釋天)을 섬기고 아래로는 팔부중(八部衆)을 지배하여, 불법에 귀의한 중생
을 보호한다.

5) 忉利天: 도리천. 육욕천의 둘째 하늘이다. 섬부주 위에 8만 유순(由旬) 되는 수미산 꼭대기에
있는 곳으로, 가운데에 제석천이 사는 선견성(善見城)이 있으며, 그 사방에 권속되는 하늘 사
람들이 살고 있는 8개씩의 성이 있다.

물의 가운데이니, 四天下(사천하)가 다 바다의 섬이므로 四洲(사주)라고 하느니라. 】 이리 하여야 世界(세계)가 다 이루어지니 그것이 成劫(성겁)이요【成(성)은 이루어지는 것이니, 처음으로부터 다 이루어지는 사이가 다 成劫(성겁)이다. 】 다 이루어져 있는 때는 住劫(주겁)이다.【住(주)는 머물러 있는 것이다. 】 그때에 王(왕)이며 百姓(백성)들이 正(정)하지 못하여 사람의 목숨이 減(감)하여【減(감)은 더는 것이다. 】 十萬(십만) 해가 되니, 이렇듯이

믌⁶⁾ 가온딕니⁷⁾ 四_송天_텬下_행 ㅣ 다 바룴⁸⁾ 셔밀씩⁹⁾ 四_송洲_쥴 ㅣ라 ᄒᆞᄂᆞ니라 】

이리 ᄒᆞ야ᅀᅡ¹⁰⁾ 世_솅界_갱 다 이니¹¹⁾ 긔¹²⁾ 成_쎵劫_겁¹³⁾이오【成_쎵은 일

씨니¹⁴⁾ 처섬브터 다 일 쓰싀¹⁵⁾ 成_쎵劫_겁이라 】 다 이러 이싫 저근 住_뜡

劫_겁¹⁶⁾이라【 住_뜡는 머므러¹⁷⁾ 이실 씨라 】 그 저긔 王_왕이며 百_빅姓_셩

들히 正_졍티¹⁸⁾ 몯ᄒᆞ야 사ᄅᆞ믹 목수미 減_감ᄒᆞ야【 減_감은 덜 씨라 】

十_씹萬_먼 힉¹⁹⁾ ᄃᆞ외니 이러트시²⁰⁾

---

6) 믌: 믈(물, 水) + -ㅅ(-의: 관조)

7) 가온딕니: 가온딕(가운데, 中) + -∅(←-이-: 서조)- + -니(연어, 설명 계속)

8) 바룴: 바를(바다, 海) + -ㅅ(-의: 관조)

9) 셔밀씩: 셤(섬, 島) + -이(서조)- + -ㄹ씩(-므로: 연어, 이유)

10) ᄒᆞ야ᅀᅡ: ᄒᆞ(하다, 爲)- + -야ᅀᅡ(←-아ᅀᅡ: -아야, 연어, 필연적 조건)

11) 이니: 이(← 일다: 이루어지다, 成)- + -니(연어, 설명 계속)

12) 긔: 그(그것, 彼: 지대, 정칭) + -ㅣ(←-이: 주조)

13) 成劫: 성겁. 사겁의 하나. 세계가 파괴되어 없어진 후 아주 오랜 세월이 지나 다시 세계가 생기고 인류가 번식하는 기간이다.

14) 일 씨니: 이(← 일다: 이루어지다, 成)- + -ㄹ(관전) # 씨(← ᄉᆞ: 것, 의명) + -이(서조)- + -니(연어, 설명 계속)

15) 일 쓰싀: 이(← 일다: 이루어지다, 成)- + -ㄹ(관전) # 쓰싀(← ᄉᆞ싀: 사이, 間, 명사) + -∅(←-이: 주조)

16) 住劫: 주겁. 사겁의 하나. 인류가 세계에 안주하는 기간이다.

17) 머므러: 머믈(머물다, 留)- + -어(연어)

18) 正티: 正ᄒᆞ[← 正ᄒᆞ다(바르다: 형사): 正(정: 불어) + -ᄒᆞ(형접)-]- + -디(-지: 연어, 부정)

19) 힉: 힉(해, 歲) + -∅(←-이: 보조)

20) 이러트시: 이렇[← 이러ᄒᆞ다(이러하다: 형사): 이러(이러: 불어) + -ᄒᆞ(형접)-]- + -듯이(연어, 흡사)

시減_감ᄒ야一_{ᅙᅵᆯ}百_{ᄇᆡᆨ}ᄒᆡ예ᄒᆞᆫᄒᆡ옴ᄌ
려열ᄒᆡ론올ᄋᆞᆨ·챵조ᄅᆞᆯ減_감이라ᄒᆞ
고열ᄒᆡ로션ᄂᆞᆯ더어가ᄃᆡ아ᄃᆞᆯ이
빈나해셔골기곰사라八_밣萬_먼ᄒᆡᆫ
올ᄋᆞᆨ·챵더우믈增_즁이라ᄒᆞᄂᆞᆫᄒᆞᆫᄇᆞᆫ
增_즁으로셔減_감ᄒ고減_감으로셔增
ᄒᆞᆫ슷시믈增_즁減_감劫_겁이라ᇰᄒᆞᄂᆞ

減(감)하여 一百(일백) 해에 한 해씩 줄여서 열 해가 될 때까지 줄이는 것을 減(감)이라 하고, 열 해로부터서 도로 더하여 가되, 아들이 아버지의 나이에서 곱이 되게끔 살아서, 八萬(팔만) 해가 될 때까지 더하는 것을 增(증)이라 하나니, 한 번 增(증)으로부터서 減(감)하고 減(감)으로부터서 增(증)할 사이를 增減劫(증감겁)이라고 하나니,

減감ᄒ야 一힗百빅 ᄒᆡ예 ᄒᆞᆫ ᄒᆡ옴[21] 조려[22] 열 ᄒᆡ ᄃᆞ욀[23] ᄀᆞ장[24] 조료믈[25] 減감이라 ᄒᆞ고 열 ᄒᆡ로셔 도로[26] 더어[27] 가듸[28] 아ᄃᆞ리 아비[29] 나해셔[30] 곱기곰[31] 사라 八밣萬먼 ᄒᆡ ᄃᆞ욀 ᄀᆞ장 더우믈[32] 增즁이라 ᄒᆞᄂᆞ니 ᄒᆞᆫ 번 增즁으로셔 減감ᄒᆞ고 減감ᄋᆞ로셔 增즁홀 ᄉᆞᅀᅵᄅᆞᆯ 增즁減감劫겁[33]이라 ᄒᆞᄂᆞ니

---

21) ᄒᆡ옴: ᄒᆡ(해, 年) + −옴(←−곰: −씩, 보조사, 각자)

22) 조려: 조리[줄이다, 縮: 졸(줄다, 縮: 자동)− + −이(사접)−]− + −어(연어)

23) ᄃᆞ욀: ᄃᆞ외(되다, 爲)− + −ㅭㆆ(관전)

24) ᄀᆞ장: ᄀᆞ장(−까지: 의명, 도달점) ※ 'ᄃᆞ욀 ᄀᆞ장'에서 'ᄀᆞ장'은 '−까지'의 뜻을 나타내는 의존 명사이다. 문맥을 고려하여 '될 때까지'로 옮긴다.

25) 조료믈: 조리[줄이다, 縮: 졸(줄다, 縮: 자동)− + −이(사접)−]− + −옴(명전) + −을(목조)

26) 도로: [도로, 反(부사): 돌(돌다, 回: 자동)− + −오(부접)]

27) 더어: 더(←더으다: 더하다, 加)− + −어(연어)

28) 가듸: 가(가다: 보용, 진행)− + −듸(←−오듸: 연어, 설명의 계속)

29) 아비: 압(←아비: 아버지, 父) + −ᄋᆡ(−의: 관조)

30) 나해셔: 나ᄒᆞ(나이, 齡) + −애(−에: 부조, 위치) + −셔(−서: 보조사, 위치 강조)

31) 곱기곰: 곱(곱절이 되다, 두 배가 되다, 倍)− + −기(−게: 연어, 도달) + −곰(보조사, 강조)

32) 더우믈: 더(←더으다: 더하다, 加)− + −움(명전) + −을(목조)

33) 增減劫: 증감겁. 일반적으로 사람의 수명이 8만 살로부터 차차 줄어서 열 살이 되는 동안을 '감겁(減劫)'이라 하고, 열 살로부터 백년마다 한 살씩 다시 늘어나서 8만 살이 되는 시간을 '증겁(增劫)'이라 한다. 이렇게 한 번 줄었다가 늘어나는 기간의 증감겁(增減劫)을 일소겁(一小劫)이라 한다.

니·구장 增(즁)·호·면 八(밝) 萬(먼)·히·롤 살·리·라 世(솅)
옥 ·구장 增(즁)減(감)·호·면 ·열 ·히·롤 살·리·라
界(갱) :다 일 後(:홀)·로 스·믈 디·위 增(즁)減(감)
감·호·면 無(뭉)間(간) 地(·띵)獄(·옥) 브·터 無(뭉)間(간)
天(텬)마·래 阿(항)鼻(·삥)·라 西(솅)
은·쉴·쓰·시·업·슬·씨·니
:낫·도·업·서 欲(·욕)界(갱)六(·륙)天(텬)·니·르·리
다·비·여·힛 光(광)·이 倍(·삥)倍(·삥)·히·더·버
·미:싸·는·라·고·볼·모·시·다·여·위·며·남·기·다·이·올·며

【 가장 增(증)하면 八萬(팔만) 해를 살고, 가장 減(감)하면 열 해를 살리라. 】 世界(세계)가 다 이루어진 後(후)로 스무 번 增減(증감)하면, 無間地獄(무간지옥)부터 【 無間(무간)은 쉴 사이가 없는 것이니, 西天(서천)의 말에 阿鼻(아비)이다. 】 숨탄것이 한 개도 없어, 欲界六天(욕계육천)에 이르도록 다 비어, 해의 光(광)이 곱으로 또 곱으로 더워 【 倍(배)는 두 배가 되는 것이다. 】, 못이 다 마르며 나무가 다 시들며,

【ㄱ장 增_즁ᄒ면 八_밣萬_먼 히를 살오 ㄱ장 減_감ᄒ면 열 히를 살리라】 世_솅界_갱 다 인³⁴⁾ 後_{ᅘᆕᇢ}로 스믈 디위³⁵⁾ 增_즁減_감ᄒ면 無_뭉間_간地_띵獄_옥³⁶⁾ 브터 【無_뭉間_간은 쉴 ᄊᆡ³⁷⁾ 업슬 씨니 西_솅天_텬³⁸⁾ 마래 阿_항鼻_삥라】 숨튼 거시³⁹⁾ ᄒᆞᆫ 낫도⁴⁰⁾ 업서 欲_욕界_갱六_륙天_텬⁴¹⁾ 니르리⁴²⁾ 다 뷔여⁴³⁾ 힛 光_광이 倍_삥倍_삥히⁴⁴⁾ 더버⁴⁵⁾ 【倍_삥ᄂᆞᆫ 고ᄇᆞᆯ⁴⁶⁾ 씨라】 모시⁴⁷⁾ 다 여위며⁴⁸⁾ 남기⁴⁹⁾ 다 이울며⁵⁰⁾

---

34) 인: 이(← 일다: 이루어지다, 成)- + -Ø(과시)- + -ㄴ(관전)

35) 스믈 디위: 스믈(스물, 二十: 관사, 양수) # 디위(번, 番: 의명)

36) 無間地獄: 무간지옥. 팔열 지옥(八熱地獄)의 하나이다. 오역죄(五逆罪)를 짓거나, 절이나 탑을 헐거나, 시주한 재물을 축내거나 한 사람이 가는데, 한 겁(劫) 동안 끊임없이 고통을 받는다는 지옥이다. 아비지옥(阿鼻地獄).

37) 쉴 ᄊᆡ: 쉬(쉬다, 休)- + -ㄹ(관전) # ᄊᆡ(← ᄉᆞᆸ: 사이, 間) + -Ø(← -이: 주조)

38) 西天: 서천. 부처가 나신 나라, 곧 인도(印度)이다.

39) 숨튼거시: 숨튼것[숨탄것: 숨(숨, 息) + 튼(타다, 받다)- + -ㄴ(관전) + 것(것: 의명)] + -이(주조) ※ '숨튼것'은 '숨을 받은 것'이라는 뜻으로, 숨을 쉬는 여러 가지 동물을 통틀어 이르는 말이다.

40) 낫도: 낫(← 낯: 낱, 個, 의명) + -도(보조사, 강조)

41) 欲界六天: 욕계육천. 삼계(三界) 중에서 욕계에 딸린 여섯 종류의 하늘을 이른다. 곧, '사왕천, 도리천, 야마천, 도솔타천, 화락천, 타화재천 등이다.

42) 니르리: [이르도록, 이르게(부사): 니를(이르다, 至)- + -이(부접)]

43) 뷔여: 뷔(비다, 空)- + -여(← -어: 연어)

44) 倍倍히: [곱으로 또 곱으로(부사): 倍倍(배배: 불어) + -ᄒ(← -ᄒ-: 동접)- + -이(부접)]

45) 더버: 덯(← 덥다, ㅂ불: 덥다, 署)- + -어(연어)

46) 고ᄇᆞᆯ: 곱(두 배가 되다, 倍)- + -ᄋᆞᆯ(관전)

47) 모시: 못(못, 淵) + -이(주조)

48) 여위며: 여위(여위다, 마르다, 乾)- + -며(연어, 나열) ※ 여기서는 '여위다'를 문맥에 따라서 '마르다'로 의역하여 옮긴다.

49) 남기: 낡(← 나모: 나무, 木) + -이(주조)

50) 이울며: 이울(시들다, 枯)- + -며(연어, 나열)

두 해가 돋다가 세 해가 돋으면 江(강)이 다 마르며【江(강)은 가람이다. 】,
다섯 해가 돋으면 바다가 다 마르며, 일곱 해가 돋으면 산이며 돌이며 다
녹아져서, 더운 氣韻(기운)이 初禪天(초선천)에 쬐어 初禪天(초선천)이 二
禪天(이선천)에 올라가리니 이를 壞劫(괴겁)이라 하고, 世界(세계)가 다 해
어진

두 ᄒᆡ[51] 돋다가 세 ᄒᆡ 도ᄃᆞ면 江강이 다 여위며[52]【江강은 ᄀᆞᄅᆞ미라[53]】다ᄉᆞᆺ ᄒᆡ 도ᄃᆞ면 바ᄅᆞ리[54] 다 여위며 닐굽 ᄒᆡ 도ᄃᆞ면 뫼히여[55] 돌히여[56] 다 노가 디여[57] 더븐 氣킝韻운이 初총禪쎤天텬[58]에 뾔야[59] 初총禪쎤天텬이 二ᅀᅵᆼ禪쎤天텬[60]에 올아가리니[61] 이를 壞ᅙᅫᆼ劫겁[62]이라 ᄒᆞ고 世솅界갱 다 ᄒᆞ야딘[63]

---

51) ᄒᆡ: ᄒᆡ(해, 日) + -∅(←-이: 주조())

52) 여위며: 여위(여위다, 마르다, 瘦)- + -며(연어, 나열)

53) ᄀᆞᄅᆞ미라: ᄀᆞᄅᆞᆷ(강, 江) + -이(서조)- + -∅(현시)- + -라(←-다: 평종)

54) 바ᄅᆞ리: 바ᄅᆞᆯ(바다, 海) + -이(주조)

55) 뫼히여: 뫼ㅎ(산, 山) + -이여(-이며: 연어, 나열)

56) 돌히여: 돌ㅎ(돌, 石) + -이여(-이며: 연어, 나열)

57) 노가 디여: 녹(녹다, 融)- + -아(연어) + 디(지다: 보용, 피동)- + -여(←-어: 연어)

58) 初禪天: 초선천. 색계(色界)의 사선천(四禪天) 중에서 첫째 하늘이다. 초선천은 다시 범중천(梵衆天), 梵輔天(범보천), 大梵天(대범천)으로 나뉜다.

59) 뾔야: 뾔(쬐다, 照)- + -야(←-아: 연어)

60) 二禪天: 이선천. 색계(色界) 사선천(四禪天) 중에서 둘째 하늘이다. 이선정(二禪定)을 닦은 이가 나는 천상 세계로, 소광천(少光天), 무량광천(無量光天), 광음천(光音天)이 있다.

61) 올아가리니: 올아가[올라가다, 登: 올(← 오ᄅᆞ다: 오르다, 登)- + -아(연어) + 가(가다, 去)-]- + -리(미시)- + -니(연어, 설명 계속)

62) 壞劫: 괴겁. 사겁(四劫)의 하나이다. 세계가 무너져 멸망하는 기간을 이른다.

63) ᄒᆞ야딘: ᄒᆞ야디(해어지다, 무너지다, 壞)- + -∅(과시)- + -ㄴ(관전)

後(후)이면 空劫(공겁)이라 하나니【 壞(괴)는 해어지는 것이요 空(공)은 비는 것이니, 世界(세계)가 해어질 사이는 壞劫(괴겁)이요, 해어진 後(후)에 비어 있는 사이는 空劫(공겁)이다. 】, 壞劫(괴겁)과 空劫(공겁)의 사이가 成劫(성겁)과 住劫(주겁)과 한가지이다.【 이것은 한 큰 劫(겁)이니, 이리 하면 賢劫(현겁)이 다하리라. 】 이리 火災(화재)한 後(후)에 또 世界(세계)가 이루어져 있다가, 다시 成劫(성겁)·住劫(주겁)·壞劫(회겁)·空劫(공겁)을 하여 또 火災(화재)하리니

後ᅘᅮᆯㅣ면⁶⁴⁾ 空콩劫겁⁶⁵⁾이라 ᄒᆞᄂᆞ니【壞ᅘᅫᇰᄂᆞᆫ ᄒᆞ야딜⁶⁶⁾ 씨오 空콩ᄋᆞᆫ 뷜⁶⁷⁾ 씨니 世솅界갱 ᄒᆞ야딣 ᄉᆞᅀᅵᄂᆞᆫ⁶⁸⁾ 壞ᅘᅫᇰ劫겁이오 ᄒᆞ야딘 後ᅘᅮᆯ에 뷔여 이싫⁶⁹⁾ ᄉᆞᅀᅵᄂᆞᆫ 空콩劫겁⁷⁰⁾이라】壞ᅘᅫᇰ劫겁 空콩劫겁 ᄉᆞᅀᅵ⁷¹⁾ 成쎵劫겁 住뜡劫겁과 ᄒᆞᆫ가지라【이⁷²⁾ ᄒᆞᆫ 큰 劫겁이니 이리 ᄒᆞ면 賢ᅘᅧᆫ劫겁이 다ᄋᆞ리라⁷³⁾】이리 火황災ᄌᆡᆼᄒᆞᆫ 後ᅘᅮᆯ에 ᄯᅩ 世솅界갱 이뤗다가⁷⁴⁾ 다시 成쎵 住뜡 壞ᅘᅫᇰ 空콩 ᄒᆞ야 ᄯᅩ 火황災ᄌᆡᆼᄒᆞ리니

---

64) 後ㅣ면: 後(후, 뒤) + -ㅣ(← -이-: 서조) - + -면(연어, 조건)

65) 空劫: 공겁. 사겁(四劫)의 하나이다. 이 세계가 무너져 사라지고 다음 세계에 이르기까지의 20 중겁(中劫)을 이른다.

66) ᄒᆞ야딜: ᄒᆞ야디(해어지다, 무너지다, 壞)- + -ㄹ(관전)

67) 뷜: 뷔(비다, 空)- + -ㄹ(관전)

68) ᄉᆞᅀᅵᄂᆞᆫ: ᄉᆞᅀᅵ(사이, 間) + -ᄂᆞᆫ(-는: 보조사, 주제)

69) 뷔여 이싫: 뷔(비다, 空)- + -여(← -어: 연어) # 이시(있다: 보용, 완료 지속)- + -ᇙ(관전)

70) 空劫: 공겁. 사겁(四劫)의 하나이다. 이 세계가 무너져 사라지고 다음 세계에 이르기까지의 20 중겁(中劫)을 이른다.

71) ᄉᆞᅀᅵ: ᄉᆞᅀᅵ(사이, 間) + -Ø(← -이: 주조)

72) 이: 이(이것, 此: 지대, 정칭) + -Ø(← -이: 주조)

73) 다ᄋᆞ리라: 다ᄋᆞ(다하다, 盡)- + -리(미시)- + -라(← -다: 평종)

74) 이뤗다가: 일(이루어지다, 成)- + -어(연어) + 잇(← 이시다: 있다, 보용, 완료 지속)- + -다가(연어, 전환) ※ '이뤗다가'는 '이러 잇다가'가 축약된 형태이다.

이리 火災(화재)하는 것을 여듧 번 하면【火災(화재)는 불의 災禍(재화)이니, 해가 많이 돋는 것을 일렀느니라. 災禍(재화)는 흉한 것이다.】, 二禪天(이선천)에서 물이 나서 아래에 가득하였다가 물도 없어지느니라. 이리 水災(수재)한 後(후)에 다시 火災(화재)가 여듧 번째에야 또 水災(수재)하리니, 이리 水災(수재)하는 것을 여듧 번 하면

이리곰⁷⁵⁾ 火_황災_징호물 여듧 번 ᄒᆞ면【火_황災_징ᄂᆞᆫ 븘⁷⁶⁾ 災_징禍_{ᅘᅪᆼ}ㅣ니⁷⁷⁾

히 만히 도도믈⁷⁸⁾ 니ᄅᆞ니라⁷⁹⁾ 災_징禍_{ᅘᅪᆼ}ᄂᆞᆫ 머즐⁸⁰⁾ 씨라】二_{ᅀᅵᆼ}禪_쎤天_텬에셔

므리⁸¹⁾ 나아 아래 ᄀᆞ득ᄒᆞ얫다가⁸²⁾ 믈도 업ᄂᆞ니라⁸³⁾ 이리 水_슁災_징

ᄒᆞᆫ 後_{ᅘᅮᇢ}에 다시 火_황災_징⁸⁴⁾ 여듧 번짜히사⁸⁵⁾ ᄯᅩ 水_슁災_징ᄒᆞ리니 이

리곰 水_슁災_징호물 여듧 번 ᄒᆞ면

---

75) 이리곰: 이리(이리, 此: 부사, 지시, 정칭) + 곰(씩: 보조사, 강조)

76) 븘: 블(불, 火) + ㅅ(의: 관조)

77) 災禍ㅣ니: 災禍(재화) + ㅣ(←이: 서조) + 니(연어, 설명 계속)

78) 도도믈: 돋(돋다, 出) + 옴(명전) + ᄋᆞᆯ(목조)

79) 니ᄅᆞ니라: 니ᄅᆞ(이르다, 曰) + Ø(과시) + 니(원칙) + 라(←다: 평종)

80) 머즐: 멎(흉하다, 궂다, 凶) + 을(관전)

81) 므리: 믈(물, 水) + 이(주조)

82) ᄀᆞ득ᄒᆞ얫다가: ᄀᆞ득ᄒᆞ[가득하다, 滿(형사): ᄀᆞ득(가득: 불어) + ᄒᆞ(형접)] + 야(←아: 연어) + 잇(←이시다: 있다, 보용, 완료 지속) + 다가(연어, 전환) ※ 'ᄀᆞ득ᄒᆞ얫다가'는 'ᄀᆞ득ᄒᆞ야 잇다가'가 축약된 형태이다.

83) 업ᄂᆞ니라: 업(←없다: 없어지다, 동사) + ᄂᆞ(현시) + 니(원칙) + 라(←다: 평종)

84) 火災: 火災(화재) + Ø(←이: 주조)

85) 번짜히사: 번짜히[번째(수사, 서수): 번(번, 番: 의명) + 짜히(째: 접미, 서수)] + 사(야: 보조사, 한정 강조)

三禪天(삼선천)에서 바람이 일어 아래에 가득하여 있다가 바람도 없어지느니라.【 한 風災劫(풍재겁)의 사이에 水災劫(수재겁)이 여덟이요, 한 水災劫(수재겁)의 사이에 火災劫(화재겁)이 여덟이요, 한 火災劫(화재겁)의 사이에 成(성)·住(주)·壞(괴)·空(공)의 네 劫(겁)이요, 成(성)·住(주)·壞(괴)·空(공)의 사이에 各各(각각) 스물 增減(증감)이다. 】 四禪天(사선천)으로부터 (그) 위는 세 災(재)가 없되, 거기에 있는 宮殿(궁전)과 諸天(제천)이 함께 나 있다가

三_삼禪_쎤天_텬⁸⁶⁾에셔 브르미⁸⁷⁾ 니러⁸⁸⁾ 아래 ᄀ독ᄒ얫다가 ᄇ롬도 업ᄂ니라⁸⁹⁾ 【 ᄒ 風_봉災_징劫_겁 쇠예⁹⁰⁾ 水_쉉災_징劫_겁이 여들비오⁹¹⁾ ᄒ 水_쉉災_징劫_겁 쇠예 火_쉉災_징劫_겁이 여들비오 ᄒ 火_황災_징劫_겁 쇠예 成_쎵 住_뜡 壞_{ᅘᆡᆼ} 空_콩 네 劫_겁이오 成_쎵 住_뜡 壞_{ᅘᆡᆼ} 空_콩ㄱ⁹²⁾ 쇠예 各_각各_각 스믈 增_증減_감이라 】 四_{ᄉᆞᆼ}禪_쎤天_텬으롯⁹³⁾ 우흔⁹⁴⁾ 세 災_징 업수ᄃᆡ⁹⁵⁾ 그엣⁹⁶⁾ 宮_궁殿_뗜과 諸_졍天_텬괘⁹⁷⁾ ᄒ ᄢᅴ⁹⁸⁾ 냇다가⁹⁹⁾

---

86) 삼선천(三禪天): 색계(色界) 사선천의 셋째 하늘이다. 선을 닦는 사람이 이선천에서 얻은 기쁨을 떠나 정묘(精妙)한 낙을 얻는 곳으로, 소정천, 무량정천, 변정천이 있다.

87) 브르미: 브롬(바람, 風) + -이(주조)

88) 니러: 닐(일다, 起)- + -어(연어)

89) 업ᄂ니라: 업(← 없다: 없어지다, 無, 동사)- + -ᄂ(현시)- + -니(원칙)- + -라(← -다: 평종)

90) 쇠예: 쇠(사이, 間) + -예(← -에: 부조, 위치)

91) 여들비오: 여듧(여덟, 八: 수사, 양수) + -이(서조)- + -오(← -고: 연어, 나열)

92) 空ㄱ: 空(공) + -ㄱ(-의: 관조)

93) 四禪天으롯: 四禪天(사선천) + -으로(부조, 방향) + -ㅅ(-의: 관조) ※ '四禪天으롯'은 '四禪天으로부터'로 옮긴다.

94) 우흔: 우ㅎ(위, 上) + -은(보조사, 주제)

95) 업수ᄃᆡ: 없(없다, 無)- + -우ᄃᆡ(-되: 연어, 설명 계속)

96) 그엣: 그에(거기, 彼: 지대, 정칭) + -ㅅ(-의: 관조)

97) 諸天괘: 諸天(제천, 여러 하늘) + -과(접조) + -ㅣ(← -이: 주조)

98) ᄒᄢᅴ: [함께, 同(부사): ᄒ(한, 一: 관사, 양수) + ᄢ(← ᄢ: 때, 時) + -의(부조, 위치, 시간)]

99) 냇다가: 나(나다, 出)- + -아(연어) + 잇(← 이시다: 있다, 보용, 완료 지속)- + -다가(연어, 전환) ※ '냇다가'는 '나 잇다가'가 축약된 형태이다.

저절로 함께 없어지느니라.【宮殿(궁전)은 집이다. 諸天(제천)은 여러 하늘이다.】 ○ 지난 劫(겁)의 이름이 莊嚴劫(장엄겁)이요, 이제의 劫(겁) 이름이 賢劫(현겁)이요, 아니 와 있는 劫(겁)의 이름이 星宿劫(성수겁)이니, 이 賢劫(현겁)의 첫 부처는 拘樓孫如來(구루손여래)이시고【如(여)는 같은 것이니, 本來(본래)의 맑은 性(성)이 변하지 아니하여 처음 같아 있는 것이요, 來(래)는 오는 것이니

절로¹⁰⁰⁾ ᄒᆞᆫᄢᅴ 업ᄂᆞ니라 【宮_궁殿_뗜은 지비라 諸_졍天_텬은 여러 하ᄂᆞᆯ히라¹⁾】

○ 디나건²⁾ 劫_겁 일후미 莊_장嚴_엄劫_겁³⁾이오 이젯⁴⁾ 劫_겁 일후미 賢_현劫_겁⁵⁾이오 아니 왯ᄂᆞᆫ⁶⁾ 劫_겁 일후미 星_셩宿_슣劫_겁⁷⁾이니 이 賢_현劫_겁 첫⁸⁾ 부텨는 拘_궁樓_룽孫_손如_셩來_링시고⁹⁾ 【如_셩는 ᄀᆞ틀¹⁰⁾ 씨니 本_본來_링ㅅ 물ᄀᆞᆫ¹¹⁾ 性_셩이 가싀디¹²⁾ 아니ᄒᆞ야 처섬 ᄀᆞᆮᄒᆞ야¹³⁾ 이실¹⁴⁾ 씨오 來_링ᄂᆞᆫ 올 씨니

---

100) 절로: [저절로, 自(부사): 절(← 저: 인대, 재귀칭) + -로(부조▷부접)]

1) 하ᄂᆞᆯ히라: 하ᄂᆞᆯㅎ(하늘, 天) + -이(서조)- + -Ø(현시)- + -라(← -다: 평종)

2) 디나건: 디나(지나다, 過)- + -거(확인)- + -Ø(과시)- + -ㄴ(관전)

3) 莊嚴劫: 장엄겁. 삼겁(三劫)의 하나이다. 과거의 대겁(大劫)을 이른다.

4) 이젯: 이제[바로 이때(명사): 이(이, 此: 관사, 지시, 정칭) + 제(때: 의명)] + -ㅅ(-의: 관조) ※ '제'는 [적(적, 때, 時: 의명) + -의(부조▷부접)]으로 형성된 파생 명사이다.

5) 賢劫: 현겁(現劫/賢劫). 삼겁(三劫)의 하나로서, 현세(現世)의 대겁(大劫)을 이른다. 이 시기에는 많은 부처가 나타나 중생을 구제한다고 한다.

6) 왯ᄂᆞᆫ: 오(오다, 來)- + -아(연어) + 잇(← 이시다: 있다, 보용, 완료 지속)- + -ᄂᆞ(현시)- + -ㄴ(관전) ※ '왯ᄂᆞᆫ'은 '와 잇ᄂᆞᆫ'이 축약된 형태이다.

7) 星宿劫: 성수겁. 삼겁(三劫)의 하나로서, 현재의 대겁인 현겁 다음에 올 미래의 대겁(大劫)이다. 이 겁 동안 천 명의 부처가 나타나는 것이 하늘의 별과 같다고 하여 이르는 말이다.

8) 첫: 첫, 初(관사, 서수)

9) 拘樓孫如來시고: 拘樓孫如來(구루손여래) + -Ø(서조)- + -시(주높)- + -고(연어, 나열)

10) ᄀᆞ틀: ᄀᆞᇀ(← ᄀᆞᇀᄒᆞ다: 같다, 同)- + -올(관전)

11) 물ᄀᆞᆫ: 묽(맑다, 淨)- + -Ø(현시)- + -은(관전)

12) 가싀디: 가싀(가시다, 변하다, 變)- + -디(-지: 연어, 부정)

13) ᄀᆞᆮᄒᆞ야: ᄀᆞᆮᄒᆞ(같다, 同)- + -야(← -아: 연어)

14) 이실: 이시(있다: 보용, 완료 지속)- + -ㄹ(관전)

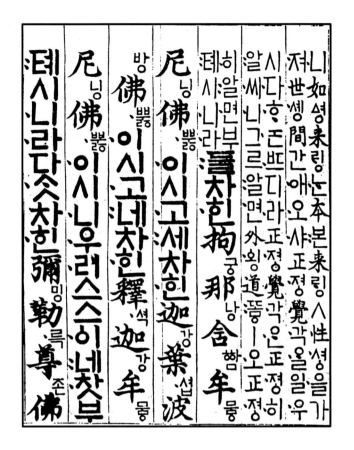

如來(여래)는 '本來(본래)의 性(성)을 가져 世間(세간)에 오시어 正覺(정각)을 이루셨다.' 하는 뜻이다. 正覺(정각)은 正(정)히 아는 것이니, 잘못 알면 外道(외도)이요, 正(정)히 알면 부처시니라. 】, 둘째는 拘那含牟尼佛(구나함모니불)이시고, 세째는 迦葉波佛(가엽파불)이시고, 네째는 釋迦牟尼佛(석가모니불)이시니, 우리 스승이 네째의 부처이시니라. 다섯째는 彌勒尊佛(미륵존불)이

如_셩來_링는 本_본來_링ㅅ 性_셩을 가져 世_솅間_간¹⁵⁾애 오샤¹⁶⁾ 正_졍覺_각¹⁷⁾을 일우시다¹⁸⁾ ᄒᆞ논¹⁹⁾ ᄠᅳ디라²⁰⁾ 正_졍覺_각ᄋᆞᆫ 正_졍히²¹⁾ 알 씨니 그르²²⁾ 알면 外_욍道_뚤ㅣ오²³⁾ 正_졍히 알면 부톄시니라²⁴⁾ 】 둘차힌²⁵⁾ 拘_궁那_낭含_햠牟_뭏尼_닝佛_뿛이시고 세차힌²⁶⁾ 迦_강葉_셥波_방佛_뿛이시고 네차힌 釋_셕迦_강牟_뭏尼_닝佛_뿛이시니 우리 스스이²⁷⁾ 네찻²⁸⁾ 부톄시니라 다ᄉᆞᆺ차힌 彌_밍勒_륵尊_존佛_뿛²⁹⁾이

---

15) 世間: 세간. 사람이 사는 일반 세상이다.

16) 오샤: 오(오다, 來)- + -샤(← -시-: 주높)- + -Ø(← -아: 연어)

17) 正覺: 정각. 올바른 깨달음이다. 일체의 참된 모습을 깨달은 더할 나위 없는 지혜이다.

18) 일우시다: 일우[이루다, 成: 일(이루어지다, 成: 자동)- + -우(사접)-]- + -시(주높)- + -Ø(과시)- + -다(평종)

19) ᄒᆞ논: ᄒᆞ(하다, 曰)- + -ㄴ(← -ᄂᆞ-: 현시)- + -오(대상)- + -ㄴ(관전)

20) ᄠᅳ디라: ᄠᅳᆮ(뜻, 意) + -이(서조)- + -Ø(현시)- + -라(← -다: 평종)

21) 正히: [정히, 올바르게(부사): 正(정: 불어) + -ᄒᆞ(← -ᄒᆞ-: 형접)- + -이(부접)]

22) 그르: [그릇, 誤(부사): 그르(그르다, 誤: 형사)- + -Ø(부접)]

23) 外道ㅣ오: 外道(외도) + -ㅣ(← -이-: 서조)- + -오(← -고: 연어, 나열, 대조)

24) 부톄시니라: 부텨(부처, 佛) + -ㅣ(← -이-: 서조)- + -시(주높)- + -Ø(현시)- + -니(원칙)- + -라(← -다: 평종)

25) 둘차힌: 둘차히[둘째(수사, 서수): 둘(← 둟: 둘, 二, 수사, 양수) + -차히(-째: 접미사, 서수)] + -ㄴ(← -는: 보조사, 주제)

26) 세차힌: 세차히[셋째(수사, 서수): 세(← 셓: 셋, 三, 수사, 양수) + -차히(-째: 접미사, 서수)] + -ㄴ(← -는: 보조사, 주제)

27) 스스이: 스승(스승, 師) + -이(주조)

28) 네찻: 네차[← 네차히(수사, 서수): 네(네, 四: 양수사) + -차(← -차히: -째, 접미, 서수)] + -ㅅ (-의: 관조)

29) 彌勒尊佛: 미륵존불. 내세에 성불하여 사바세계에 나타나서 중생을 제도하리라는 보살이다. 사보살(四菩薩)의 하나이다. 인도 파라나국의 브라만 집안에서 태어나 석가모니의 교화를 받고, 미래에 부처가 될 수기(受記)를 받은 뒤에 도솔천에 올라갔다.

·뿛
이·나·시·라 梅밍哩링麗링耶양勒륵·이·룰
쯩시·다·ᄒᆞ·니 氏씽·라·혼 ·ᄠᅳ디·니 눔 어엿·비 너·기실 慈
佛·뿛·라 ㅅ時씽節·졂·에 두 菩뽕薩·삻·이·겨
샤·ᄃᆡ·ᄒᆞᆫ일·후·믄 釋·셕迦강牟뭏尼닝·시·고 ᄒᆞᆫ
고·ᄒᆞᆫ일·후·믄 彌밍勒륵·이·러시·니 釋·셕
弟·뗴子·ᄌᆞᆼ·ᄃᆞᆯ·ᄒᆡ ᄆᆞᅀᆞ·믄 ·다 닉·더니 彌밍勒·륵
·륵·은 ·즈걋 ᄆᆞᅀᆞ·미 ·다 니·거·샤·ᄃᆡ 弟·뗴子·ᄌᆞᆼ
고·티·ᄂᆞ·니·와 모·ᄃᆞᆫ ᄆᆞᅀᆞ·ᄆᆞᆫ ·ᄲᆞᆯ·리·몯 고·티

나시리라.【梅哩麗耶(매리려야)를 잘못 말해서 彌勒(미륵)이시라고 하나니, 梅哩麗耶(매리려야)는 慈氏(자씨)라고 한 뜻이니, 남을 불쌍히 여기는 것이다. ○ 지난 오랜 劫(겁)에 弗沙佛(불사불)의 時節(시절)에 두 菩薩(보살)이 계시되, 한 이름은 釋迦牟尼(석가모니)이시고 한 이름은 彌勒(미륵)이시더니, 釋迦(석가)는 당신의 마음이 다 익지 못하셔도 弟子(제자)들의 마음은 다 익고, 彌勒(미륵)은 당신의 마음이 다 익으셔도 弟子(제자)들의 마음은 못 다 익더니, 弗沙佛(불사불)이 여기시되, "하나의 마음은 쉽게 고치거니와 모든 마음은 빨리 못 고치겠구나."

나시리라【梅밍哩링麗링耶양를 그르 닐어[30] 彌밍勒륵이시다 ᄒᆞᄂᆞ니 梅밍哩링麗링耶양ᄂᆞᆫ 慈ᄍᆞᆼ氏씨라[31] ᄒᆞᆫ ᄠᅳ디니 ᄂᆞᆷ 어엿비[32] 너기실 씨라 ○ 디나건[33] 오란 劫겁에 弗붏沙상佛뿛ㅅ 時씽節졇에 두 菩뽕薩삻[34]이 겨샤ᄃᆡ[35] ᄒᆞᆫ 일후믄 釋셕迦강牟물尼닝시고 ᄒᆞᆫ 일후믄 彌밍勒륵이러시니[36] 釋셕迦강ᄂᆞᆫ ᄌᆞ걋[37] ᄆᆞᅀᆞ미[38] 다 닉디[39] 몯ᄒᆞ샤도[40] 弟똉子ᄌᆞ들ᄒᆡ[41] ᄆᆞᅀᆞᆷ 다 닉고 彌밍勒륵은 ᄌᆞ걋 ᄆᆞᅀᆞ미 다 니그샤도 弟똉子ᄌᆞ들ᄒᆡ ᄆᆞᅀᆞᆷ 몯 다 닉더니 弗붏沙상佛뿛이 너기샤ᄃᆡ ᄒᆞ나히 ᄆᆞᅀᆞᆷ 수비[42] 고티려니와[43] 모ᄃᆞᆫ ᄆᆞᅀᆞᆷ ᄲᅡᆯ리[44] 몯 고티리로다[45]

---

30) 닐어: 닐(← 니르다: 이르다, 말하다, 曰)- + -어(연어)

31) 慈氏: 자씨. 미륵보살의 딴 이름이다. 남을 불쌍히 여기는 분이라는 뜻이다.

32) 어엿비: [불쌍히, 憐(부사): 어엿ㅂ(어엿브다: 불쌍하다, 憐, 형사)- + -이(부접)]

33) 디나건: 디나(지나다, 過)- + -Ø(과시)- + -거(확인)- + -ㄴ(관전)

34) 菩薩: 보살. 부처가 전생에서 수행하던 시절에, 수기를 받은 이후의 몸이다.

35) 겨샤ᄃᆡ: 겨샤(← 겨시다: 계시다, 在)- + -ᄃᆡ(← -오ᄃᆡ: -되, 연어, 설명 계속)

36) 彌勒이러시니: 彌勒(미륵) + -이(서조)- + -러(← -더-: 회상)- + -시(주높)- + -니(연어, 설명 계속)

37) ᄌᆞ걋: ᄌᆞ갸('저(己)'의 높임말, 당신: 인대, 재귀칭, 높임) + -ㅅ(-의: 관조)

38) ᄆᆞᅀᆞ미: ᄆᆞᅀᆞᆷ(마음, 心) + -이(주조)

39) 닉디: 닉(익다, 熟)- + -디(-지: 연어, 부정)

40) 몯ᄒᆞ샤도: 몯ᄒᆞ[못하다(보용, 부정): 몯(못, 不能: 부사, 부정) + ᄒᆞ(동접)-]- + -샤(← -시-: 주높)- + -도(← -아도: 연어, 대조)

41) 弟子들ᄒᆡ: 弟子들ᄒᆞ[제자들: 弟子(제자) + -들ᄒᆞ(-들: 복접)] + -ᄋᆡ(-의: 관조)

42) 수비: [쉽게, 易(부사): 숩(← 숩다, ㅂ불: 쉽다, 易)- + -이(부접)]

43) 고티려니와: 고티[고치다, 改: 곧(곧다, 直: 형사)- + -히(사접)-]- + -리(미시)- + -어니와(← -거니와: 연어, 앞 사실을 인정하면서 다른 사실을 제시함)

44) ᄲᅡᆯ리: [빨리, 速(부사): ᄲᅡᆯ르(← ᄲᆞᄅᆞ다: 빠르다, 速, 형사)- + -이(부접)]

45) 고티리로다: 고티[고치다, 改: 곧(곧다, 直: 형사)- + -히(사접)-]- + -리(미시)- + -로(← -도-: 감동)- + -다(평종)

리로다 ᄒᆞ샤 釋셕迦강菩뽕薩삻이 ᄲᆞ
리 成쎵佛뿛케 ᄒᆞ샤 雪ᄉᆑᆯ山산
寶봏窟콿애 드르샤 火황禪쎤定띵에 釋
썻거늘 큰 光광明명 펴아 겨시거ᄂᆞᆯ 釋
셕迦강菩뽕薩삻이 藥약 키라 가 보ᅀᆞᆸ고 恭공敬경
ᄒᆞᅀᆞᄫᅡ ᄒᆞᆫ 발로 고초 드ᄃᆡ여 셔샤 부텨 向
ᄒᆞᅀᆞᄫᆞᆫ 소ᄂᆞᆯ 고초 셰샤 ᄒᆞᆫ ᄆᆞᅀᆞ로 밤
나ᄌᆞᆯ 닐웨ᄅᆞᆯ 움즈기디 아니ᄒᆞ야 보ᅀᆞᄫᆞ시며
偈꼥로 讚잔歎탄ᄒᆞᅀᆞᄫᅩ샤ᄃᆡ 하ᄂᆞᆶ 우 하ᄂᆞᆯ
아래 부텨 ᄀᆞᆮ호니 업스시며 十씹方방世솅界갱예
ᄯᅩ 가ᄌᆞᆯ비리 업스시니 世솅界갱예 잇ᄂᆞᆫ
거슬 내 다 보ᅀᆞᄫᅩᄃᆡ 一ᅙᅵᆶ切촁 부텨 ᄀᆞᆮ호니 업스샷다

하시어, "釋迦菩薩(석가보살)이 빨리 成佛(성불)케 하리라." 하시어, (불사불이) 雪山(설산)의 寶窟(보굴)에 드시어, 火禪定(화선정)에 드시어 큰 光明(광명)을 펴고 계시거늘, 釋迦菩薩(석가보살)이 藥(약)을 캐러 가서 (불사불을) 보시고, 기뻐하며 信(신)하며 恭敬(공경)하시어, 한 발로 곧추 디디어 서시어, 부처(= 불사불)를 向(향)한 손을 곧추 세우시어, 한 마음으로 밤낮 이레를 꼼짝도 아니하여 보시며, 偈(게)로 讚歎(찬송)하시되, "하늘 위 하늘 아래에 부처 같으신 이가 없으시며, 十方世界(시방세계)에도 또 비교할 이가 없으시니, 世界(세계)에 있는 것을 내가 다 보되, 一切(일체)가 부처와 같으신 이가 없으시구나."

ᄒᆞ샤 釋_셕迦_강菩_뽕薩_삻이 ᄲᆞ리 成_쎵佛_뿛케 호리라⁴⁶⁾ ᄒᆞ샤 雪_{ᅌᅯᇙ}山_산 寶_봉窟_콩애

드르샤⁴⁷⁾ 火_황禪_쎤定_떵⁴⁸⁾에 드르샤 큰 光_광明_명 펴고 겨시거늘 釋_셕迦_강菩_뽕薩_삻

이 藥_약 키라⁴⁹⁾가 보ᅀᆞᄫᆞ시고⁵⁰⁾ 깃ᄉᆞᄫᆞ며⁵¹⁾ 信_신ᄒᆞ며 恭_공敬_경ᄒᆞ샤 ᄒᆞᆫ 발로 고

초드듸여⁵²⁾ 셔샤 부텨 向_향ᄒᆞᅀᆞᄫᅡ 손 고초샤⁵³⁾ ᄒᆞᆫ ᄆᆞᅀᆞ므로 밤낫 닐웨를 ᄀᆞᆷ즉

도⁵⁴⁾ 아니 ᄒᆞ야 보ᅀᆞᄫᆞ시며 偈_꼥⁵⁵⁾로 讚_잔歎_탄ᄒᆞᅀᆞᄫᆞ샤ᄃᆡ⁵⁶⁾ 하늘 우 하늘 아래

부텨 ᄀᆞᆮ시니⁵⁷⁾ 업스시며 十_씹方_방世_솅界_갱예도 ᄯᅩ 가즐비리⁵⁸⁾ 업스시니 世_솅

界_갱예 잇ᄂᆞᆫ 거슬 내⁵⁹⁾ 다 보ᄃᆡ 一_{ᅙᇙ}切_촁⁶⁰⁾ 부텨 ᄀᆞᆮ시니 업스샷다⁶¹⁾

---

46) 호리라: ᄒᆞ(← ᄒᆞ다: 하다, 爲)- + -오(화자)- + -리(미시)- + -라(←-다: 평종)

47) 드르샤: 들(들다, 入)- + -으샤(←-으시-: 주높)- + -∅(←-아: 연어)

48) 火禪定: 선정(禪定)은 한마음으로 사물을 생각하여, 마음이 하나의 경지에 정지하여 흐트러짐이 없는 것이다. 화선정(火禪定)은 불처럼 맹렬히 하는 선정이다.

49) 키라: 키(캐다, 採)- + -라(-러: 연어, 목적)

50) 보ᅀᆞᄫᆞ시고: 보(보다, 見)- + -ᅀᆞᆸ(← -ᅀᆞᆸ-: 객높)- + -ᄋᆞ시(주높)- + -고(연어) ※ 객체 높임의 선어말 어미인 '-ᅀᆞᆸ-'은 생략된 목적어인 '불사불(弗沙佛)'을 높였다.

51) 깃ᄉᆞᄫᆞ며: 깃(← 깄다: 기뻐하다, 歡)- + -ᅀᆞᆸ(←-ᅀᆞᆸ-: 객높)- + -ᄋᆞ며(연어, 나열)

52) 고초드듸여: 고초드듸[발꿈치를 높여 디디다: 고초(곧추, 곧게, 直: 부사) + 드듸(디디다, 踏)-]- + -여(←-어: 연어) ※ '고초드듸다'는 우러러 바라는 양으로 발꿈치를 높여 디디는 것이다. ※ 앞 어근인 '고초'는 [고초(곧추 세우다: 타동)- + -∅(부접)]의 형태로 짜여진 파생 부사이다.

53) 고초샤: 고초[기울이다, 집중하다: 곶(꽂다, 揷: 타동)- + -호(사접)-]- + -샤(←-시-: 주높)- + -∅(←-아: 연어)

54) ᄀᆞᆷ즉도: ᄀᆞᆷ즉(꼼짝: 부사) + -도(보조사, 강조)

55) 偈: 게. 부처의 공덕이나 가르침을 찬탄하는 노래 글귀이다.

56) 讚歎ᄒᆞᅀᆞᄫᆞ샤ᄃᆡ: 讚歎ᄒᆞ[찬탄하다(동사): 讚歎(찬탄: 명사) + -ᄒᆞ(동접)-]- + -ᅀᆞᆸ(←-ᅀᆞᆸ-: 객높)- + -ᄋᆞ샤(←-ᄋᆞ시-: 주높)- + -오ᄃᆡ(-되: 연어, 설명 계속)

57) ᄀᆞᆮ시니: ᄀᆞᆮ(← ᄀᆞᇀᄒᆞ다: 같다, 同)- + -ᄋᆞ시(주높)- + -∅(현시)- + -ㄴ(관전) # 이(이: 의명) + -∅(←-이: 주조)

58) 가즐비리: 가즐비(비교하다, 比)- + -ㄹ(관전) # 이(이, 者: 의명) + -∅(←-이: 주조)

59) 내: 나(나, 我: 인대, 1인칭) + -ㅣ(←-이: 주조)

60) 一切: 一切(일체, 모든 것: 명사) + -∅(←-이: 주조)

61) 업스샷다: 없(없다, 無)- + -으샤(주높)- + -∅(현시)- + -ㅅ(←-옷: 감동)- + -다(평종)

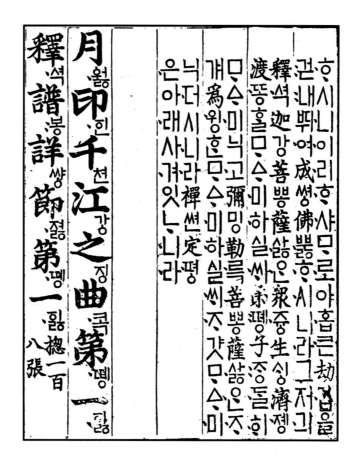

하시니, 이리 하신 것으로 아홉 큰 劫(겁)을 건너뛰어 成佛(성불)하셨니라. 그 때에 釋迦菩薩(석가보살)은 衆生(중생)을 濟度(제도)하는 마음이 크시므로 弟子 (제자)들의 마음이 익고, 彌勒菩薩(미륵보살)은 당신이 (자신을) 爲(위)한 마음 이 크시므로 당신의 마음이 익으셨더라. 禪定(선정)은 아래에 풀이하여 있느니 라. 】

月印千江之曲(월인천강지곡) 第一(제일)

釋譜詳節(석보상절) 第一(제일) 【 揔(총) 一百八(일백팔) 張(장) 】

ᄒᆞ시니 이리 ᄒᆞ샤ᄆᆞ로[62] 아홉 큰 劫_겁을 걷내뛰여[63] 成_쎵佛_뿛ᄒᆞ시니라[64] 그 저

긔[65] 釋_셕迦_강菩_뽕薩_삻ᄋᆞᆫ 衆_즁生_{ᄉᆡᆼ} 濟_졩渡_똥홀 ᄆᆞᅀᆞ미 하실ᄊᆡ[66] 弟_뗑子_{ᄌᆞᆼ}들히[67]

ᄆᆞᅀᆞ미 닉고[68] 彌_밍勒_륵菩_뽕薩_삻ᄋᆞᆫ ᄌᆞ개[69] 爲_윙ᄒᆞᆫ ᄆᆞᅀᆞ미 하실ᄊᆡ ᄌᆞ걋[70] ᄆᆞᅀᆞ미

닉더시니라[71] 禪_쎤定_뗭[72]은 아래 사겨[73] 잇ᄂᆞ니라[74] 】

月_윓印_{ᅙᅵᆫ}千_쳔江_강之_징曲_콕　第_뗑一_{ᅙᅵᇙ}

釋_셕譜_봉詳_{썅}節_졂　第_뗑一_{ᅙᅵᇙ}　【 揔一百八張 】

---

62) ᄒᆞ(하다, 爲)- + -샤(←-시-: 주높)- + -ㅁ(←-옴: 명전) + -ᄋᆞ로(부조, 방편)

63) 걷내뛰여: 걷내뛰[건너뛰다: 걷나(건너다, 渡: 타동)- + -ㅣ(←-이-: 사접)- + 뛰(뛰다, 跳)-]- + -여(←-어: 연어)

64) 成佛ᄒᆞ시니라: 成佛ᄒᆞ[성불하다(동사): 成佛(성불: 명사) + -ᄒᆞ(동접)-]- + -시(주높)- + -∅(과시)- + -니(원칙)- + -라(←-다: 평종) ※ '成佛(성불)'은 부처가 되는 일이다. 곧, 보살이 자리(自利)와 이타(利他)의 덕을 완성하여, 궁극적인 깨달음의 경지를 실현하는 것을 이른다.

65) 그 저긔: 그(그, 彼: 관사, 지시, 정칭) # 적(적, 때, 時: 의명) + -의(-에: 부조, 위치, 시간)

66) 하실ᄊᆡ: 하(크다, 많다, 大, 多)- + -시(주높)- + -ㄹᄊᆡ(-므로: 연어, 이유)

67) 弟子들히: 弟子들ㅎ[제자들: 弟子(제자) + -들ㅎ(-들: 복접)] + -익(관조)

68) 닉고: 닉(익다, 熟)- + -고(연어, 나열, 대조)

69) ᄌᆞ개: ᄌᆞ걔('저(己)'의 높임말, 당신: 인대, 재귀칭, 높임) + -ㅣ(←-이: 주조)

70) ᄌᆞ걋: ᄌᆞ걔('저(己)'의 높임말, 당신: 인대, 재귀칭, 높임) + -ㅅ(-의: 관조)

71) 닉더시니라: 닉(익다, 熟)- + -더(회상)- + -시(주높)- + -니(원칙)- + -라(←-다: 평종)

72) 禪定: 선정. 한마음으로 사물을 생각하여 마음이 하나의 경지에 정지하여 흐트러짐이 없는 것이다.

73) 사겨: 사기(새기다, 풀이하다, 解)- + -어(연어)

74) 잇ᄂᆞ니라: 잇(← 이시다: 있다, 보용, 완료 지속)- + -ᄂᆞ(현시)- + -니(원칙)- + -라(←-다: 평종)

부록

'원문과 번역문의 벼리' 및 '문법 용어의 풀이'

부록 1. 원문과 번역문의 벼리

『월인석보 제일』원문의 벼리

『월인석보 제일』번역문의 벼리

부록 2. 문법 용어의 풀이

1. 품사
2. 불규칙 활용
3. 어근
4. 파생 접사
5. 조사
6. 어말 어미
7. 선어말 어미

[1앞]月월印힌千천江강之징曲콕 第뗑一힗

釋셕譜봉詳썅節졇 第뗑一힗

其끵一힗

巍읭巍읭 釋셕迦강佛뿛 無뭉量량無뭉邊변 功공德득을 劫겁劫겁에 [1뒤]어느 다 슬ᄫ리

其끵二싱

世셍尊존ㅅ 일 슬ᄫ리니 萬먼里링 外ᄝᅱㅅ 일이시나 눈에 보논가 너기ᅀᆞᄫ쇼셔

世셍尊존ㅅ 말 슬ᄫ리니 千쳔載ᄌᆡㅅ 上썅ㅅ 말이시나 귀예 듣논가 [2앞]너기ᅀᆞᄫ쇼셔

其끵三삼

阿항僧슝祇낑 前쪈世솅 劫겁에 님금 位윙ㄹ ᄇ리샤 精졍舍샹애 안잿더시니

五옹百ᄇᆡㄱ 前쪈世솅 怨훤讐쓩ㅣ 나랏 쳔 일버ᅀᅡ 精졍舍샹ᄅᆞᆯ 디나아가니

[2뒤]其끵四ᄉᆞ

兄휑님을 모ᄅᆞᆯ씨 발자쳴 바다 남기 ᄲᅦ여 性셩命명을 ᄆᆞᄎ시니

子ᄌᆞ息식 업스실씨 몸앳 필 뫼화 그르세 담아 男남女녕를 내ᅀᆞᄫ니

[3앞 其끵五옹

어엿브신 命명終즁에 甘감蔗쟝氏씽 니ᅀᆞ샤ᄆᆞᆯ 大땡瞿꿍曇땀이 일우니이다

아ᄃᆞᆨᄒᆞᆫ 後ᅘᅮᇢ世솅예 釋셕迦강佛뿛 ᄃᆞ외싫 ᄃᆞᆯ 普퐁光광佛뿛이 니ᄅᆞ시니이다

[3뒤 其끵六륙

外욍道똫人신 五옹百ᄇᆡᆨ이 善쎤慧휑ㅅ 德득 닙ᄉᆞᄫᅡ 弟뗑子ᄌᆞᆼ ㅣ ᄃᆞ외야 銀ᅌᅳᆫ돈ᄋᆞᆯ 받ᄌᆞᄫᆞ니

賣맹花황女녕 俱궁夷잉 善쎤慧휑ㅅ ᄠᅳᆮ 아ᅀᆞᄫᅡ 夫붕妻쳉願원으로 고ᄌᆞᆯ 받ᄌᆞᄫᆞ시니

[4앞 其끵七칧

다ᄉᆞᆺ 곶 두 고지 空콩中듕에 머믈어늘 天텬龍룡八밣部뿡ㅣ 讚잔嘆탄ᄒᆞᅀᆞᄫᆞ니

옷과 마리ᄅᆞᆯ 路롱中듕에 펴아시ᄂᆞᆯ 普퐁光광佛뿛이 ᄯᅩ 授쓩記긩ᄒᆞ시니

[4뒤 其끵八밣

닐굽 고ᄌᆞᆯ 因인ᄒᆞ야 信신誓쏑 기프실ᄊᆡ 世솅世솅예 妻쳉眷권이 ᄃᆞ외시니

다ᄉᆞᆺ 숨ᄋᆞᆯ 因인ᄒᆞ야 授쓩記긩 ᄇᆞᆯᄀᆞ실ᄊᆡ 今금日ᅀᅵᇙ에 世솅尊존이 ᄃᆞ외시니

녯 阿항僧숭祇낑 劫겁 時씽節졇에 [5앞 ᄒᆞᆫ 菩뽕薩삻이 王왕 ᄃᆞ외야 겨샤 나라ᄒᆞᆯ 아ᅀᆞ 맛디시고 道똫理링 ᄇᆡ호라 나아가샤 瞿꿍曇땀 婆빵羅랑門몬ᄋᆞᆯ 맛나샤 [5뒤 ᄌᆞ갸 오ᄉᆞ란 밧고 瞿꿍曇땀ᄋᆡ 오ᄉᆞᆯ 니브샤 深심山산애 드러 果광實씷와 믈와 좌시고 坐쫭禪쎤ᄒᆞ시다가 나라해 빌머그라 오시니 다 몰라보ᅀᆞᆸ더니 小숗瞿꿍曇땀이라 ᄒᆞ더라。[6앞 菩뽕薩삻이 城쎵 밧 甘감蔗쟝園원에 精졍舍샹 ᄆᆡᇰᄀᆞᆯ오 ᄒᆞ오ᅀᅡ 안자 잇더시니 도ᄌᆞᆨ 五옹百ᄇᆡᆨ이 그윗 거슬 일버ᅀᅥ 精졍舍샹ㅅ 겨ᄐᆞ로 디나가니 [6뒤 그 도ᄌᆞ기 菩뽕薩삻ㅅ 前쪈世솅生ᄉᆡᆼㅅ 怨원讐쓯ㅣ러라。이틄나래 나라해 이셔 도ᄌᆞ

기 자최 바다 가아 그 菩뽕薩삻을 자바 남기 모물 뻬ᅀᅡ바 뒷더니 大땡瞿꿍曇땀이 天텬眼안ᄋᆞ로 보고 [7앞]虛형空콩애 ᄂᆞ라와 묻ᄌᆞ보ᄃᆡ 그듸 子ᄌᆞ息식 업더니 므슷 罪쬥오。菩뽕薩삻이 對됭答답ᄒᆞ샤ᄃᆡ ᄒᆞ마 주글 내어니 子ᄌᆞ孫손ᄋᆞᆯ 議읭論론ᄒᆞ리여。그 王왕이 [7뒤]사ᄅᆞᆷ 브려 쏘아 주기ᅀᆞᆸ니라。大땡瞿꿍曇땀이 슬허 ᄣᅵ리여 棺관애 녀ᄊᆞᆸ고 피 무든 ᄒᆞᆯᄀᆞᆯ 파 가져 精졍舍샹애 도라와 왼녁 피 닫 담고 올ᄒᆞᆫ녁 피 닫 다마 두고 닐오ᄃᆡ 이 道뚱士ᄊᆞᆼㅣ 精졍誠쎵이 至징極끅ᄒᆞᆫ 디면 하ᄂᆞᆯ히 당다이 이 피를 [8앞]사ᄅᆞᆷ ᄃᆞ외에 ᄒᆞ시리라。열 ᄃᆞᆯ 마내 왼녁 피ᄂᆞᆫ 男남子ᄌᆞㅣ ᄃᆞ외오 올ᄒᆞᆫ녁 피ᄂᆞᆫ 女녕子ᄌᆞㅣ ᄃᆞ외어늘 姓셩을 瞿꿍曇땀氏씽라 ᄒᆞ더니 일로브터 子ᄌᆞ孫손이 니ᅀᅳ시니 瞿꿍曇땀氏씽 다시 니러나시니라。

[8뒤]○ 普퐁光광佛뿛이 世솅界갱예 나거시늘 그 ᄢᅴ 善쎤慧ᄒᆒᆌ라 호ᇙ 仙션人ᅀᅵᆫ이 [9앞]五옹百ᄇᆡᆨ 外욍道뚱ㅣ 그르 아ᄂᆞᆫ 이를 ᄀᆞᄅᆞ쳐 고텨시늘 그 五옹百ᄇᆡᆨ 사ᄅᆞ미 弟똉子ᄌᆞㅣ ᄃᆞ외아 지이다 ᄒᆞ야 銀은돈 ᄒᆞᆫ 낟곰 받ᄌᆞᄫᅵ니라。그 저긧 燈등照쯀王왕이 普퐁光광佛뿛을 請쳥ᄒᆞᅀᆞᄫᅡ [9뒤]供공養양호리라 ᄒᆞ야 나라해 出츓令령호ᄃᆡ 됴ᄒᆞᆫ 고ᄌᆞ란 ᄑᆞ디 말오 다 王왕ᄭᅴ 가져오라。善쎤慧ᄒᆒᆌ 드르시고 츠기 너겨 곳 잇ᄂᆞᆫ ᄯᅡᅙᆞᆯ 곧가 가시다가 俱궁夷잉를 맛나시니 곳 닐굽 줄기를 가져 겨샤ᄃᆡ 王왕ㄱ 出츓令령을 [10앞]저ᅀᆞᄫᅡ 瓶뼝ㄱ 소배 ᄀᆞ초아 뒷더시니 善쎤慧ᄒᆒᆌ 精졍誠쎵이 至징極끅ᄒᆞᆯᄊᆡ 고지 소사나거늘 조차 블러 사아 지라 ᄒᆞ신대 俱궁夷잉 니ᄅᆞ샤ᄃᆡ 大땡闕퀋에 보내ᅀᆞᄫᅡ 부텻긔 받ᄌᆞᄫᅩᇙ 고지라 몯ᄒᆞ리라。善쎤慧ᄒᆒᆌ 니ᄅᆞ샤ᄃᆡ 五옹百ᄇᆡᆨ 銀은도ᄂᆞ로 [10뒤]다ᄉᆞᆺ 줄기를 사아 지라。俱궁夷잉 묻ᄌᆞᄫᆞ샤ᄃᆡ 므스게 쓰시리 善쎤慧ᄒᆒᆌ 對됭答답ᄒᆞ샤ᄃᆡ 부텻긔 받ᄌᆞᄫᅩ리라。俱궁夷잉 또 묻ᄌᆞᄫᆞ샤ᄃᆡ 부텻긔 받ᄌᆞᄫᅡ 므슴 호려 ᄒᆞ시ᄂᆞ니。善쎤慧ᄒᆒᆌ 對됭答답ᄒᆞ샤ᄃᆡ 一ᅙᅵᇙ切쳉 種죵種죵 智

딩慧_휑를 일워 衆_즁生_싱을 濟_졩渡_똥코져 ^{[11앞}ᄒ노라。俱_궁夷_잉 너기샤ᄃᆡ 이 男_남子_{ᄌᆞ}ㅣ 精_졍誠_쎵이 至_징極_끅홀ᄊᆡ 보ᄇᆡ를 아니 ^{[11뒤}앗기놋다 ᄒᆞ야 니ᄅᆞ샤ᄃᆡ 내 이 고ᄌᆞᆯ 나소리니 願_원ᄒᆞᆫᄃᆞᆫ 내 生_싱生_싱애 그딧 가시 ᄃᆞ외아 지라。善_쎤慧_휑 對_됭答_답ᄒᆞ샤ᄃᆡ 내 조ᄒᆞᆫ ᄒᆡᇰ뎌글 닷가 일업슨 道_똘理_링를 求_꿀ᄒᆞ노니 죽사릿 因_읻緣_원은 듣디 몯호려다。^{[12뒤}俱_궁夷_잉 니ᄅᆞ샤ᄃᆡ 내 願_원을 아니 從_쫑ᄒᆞ면 고ᄌᆞᆯ 몯 어드리라。善_쎤慧_휑 니ᄅᆞ샤ᄃᆡ 그러면 네 願_원을 從_쫑호리니 나ᄂᆞᆫ 布_봉施_싱를 즐겨 사ᄅᆞ미 ᄠᅳ들 거스디 ^{[13앞}아니ᄒᆞ노니 아뫼어나 와 내 머릿바기며 눉ᄌᆞᅀᅵ며 骨_곯髓_쒕며 가시며 子_{ᄌᆞ}息_식이며 도라 ᄒᆞ야도 네 거튫 ᄠᅳᆮ ᄒᆞ야 내 布_봉施_싱ᄒᆞᄂᆞᆫ ᄆᆞᅀᆞᆯ 허디 말라。俱_궁夷_잉 니ᄅᆞ샤ᄃᆡ 그딧 말 다히 호리니 내 겨지비라 가져가디 어려블ᄊᆡ 두 줄기를 조쳐 맛디노니 ^{[13뒤}부텻긔 받ᄌᆞᄫᅡ 生_싱生_싱애 내 願_원을 일티 아니케 ᄒᆞ고라。

그 ᄢᅴ 燈_듸照_죻王_왕이 臣_씬下_{ᅘᅡᇰ}와 百_{ᄇᆡᆨ}姓_{셔ᇰ}과 領_{려ᇰ}코 種_{죠ᇰ}種_{죠ᇰ} 供_{고ᇰ}養_{야ᇰ} 가져 城_{쎠ᇰ}의 나아 부텨를 맛ᄌᆞᄫᅡ 저ᅀᆞᆸ고 일훔난 고ᄌᆞᆯ 비터라。녀느 사ᄅᆞ미 供_{고ᇰ}養_{야ᇰ} ᄆᆞᆺ차ᄂᆞᆯ 善_쎤慧_휑 다ᄉᆞᆺ 고ᄌᆞᆯ 비흐시니 ^{[14앞}다 空_콩中_{듀ᇰ}에 머므러 곳 臺_{ᄄᆡᇰ} ᄃᆞ외어늘 後_{ᅘᅮᇢ}에 두 줄기를 비흐니 ᄯᅩ 空_콩中_{듀ᇰ}에 머므러 잇거늘 王_왕이며 天_텬龍_{료ᇰ}八_밠部_뿡ㅣ 과ᄒᆞ야 녜 업던 이리로다 ᄒᆞ더니 ^{[15뒤}普_퐁光_광佛_뿛이 讚_잔歎_탄ᄒᆞ야 니ᄅᆞ샤ᄃᆡ 됴타 네 阿_{ᅙᅡᇰ}僧_{스ᇰ}祇_낑 劫_겁을 디나가 부톄 ᄃᆞ외야 號_{ᅘᅩᇢ}를 釋_셕迦_강牟_뭏尼_닝라 ᄒᆞ리라。^{[16앞}授_쓩記_긩 다 ᄒᆞ시고 부텨 가시논 ᄯᅡ히 즐어늘 善_쎤慧_휑 니버 잇더신 鹿_록皮_삥 오ᄉᆞᆯ 바사 ᄯᅡ해 ᄭᆞᄅᆞ시고 마리를 퍼 두퍼시ᄂᆞᆯ 부톄 볼바 디나시고 ᄯᅩ 授_쓩記_긩ᄒᆞ샤ᄃᆡ 네 後_{ᅘᅮᇢ}에 ^{[16뒤}부톄 ᄃᆞ외야 五_{오ᇰ}濁_똭 惡_학世_{셰ᇰ}예 天_텬人_{ᅀᅵᆫ} 濟_졩渡_똥호ᄆᆞᆯ ^{[17앞}ᄡᅥᇦ비 아니 호미 당다이 나 ᄀᆞᆮᄒᆞ리라。

그 ᄢᅴ 善_쎤慧_휑 부텻긔 가아 出_츓家_강ᄒᆞ샤 世_{셰ᇰ}尊_존ᄭᅴ ᄉᆞᆯᄫᆞ샤ᄃᆡ 내 어저ᄭᅴ

다숫 가짓 꾸믈 꾸우니 ᄒ나ᄒᆞᆫ 바ᄅᆞ래 누ᄫᅳ며 둘흔 須슝彌밍山산을 볘며 세흔 [17뒤]衆즁生ᄉᆡᆼ돌히 내 몸 안해 들며 네흔 소내 ᄒᆡ를 자ᄇᆞ며 다ᄉᆞᆺ 소내 ᄃᆞᆯ를 자ᄇᆞ니 世솅尊존하 날 爲윙ᄒᆞ야 니ᄅᆞ쇼셔. 부톄 니ᄅᆞ샤ᄃᆡ 바ᄅᆞ래 누ᄫᅳᆫ 이ᄅᆞᆫ 네 죽사릿 바ᄅᆞ래 잇ᄂᆞᆫ 야이오 須슝彌밍山산 볘윤 이ᄅᆞᆫ 죽사리를 버서날 느지오 衆즁生ᄉᆡᆼ이 모매 드로ᄆᆞᆫ 衆즁生ᄉᆡᆼ이 [18앞]歸귕依ᅙᅴᆼ홇 ᄯᅡ히 ᄃᆞ욀 느지오 ᄒᆡ를 자보ᄆᆞᆫ 智딩慧휑 너비 비췰 느지오 ᄃᆞᆯ를 자본 이ᄅᆞᆫ ᄆᆞᆰ고 간다ᄫᆞᆫ 道ᄯᅣᇢ理링로 衆즁生ᄉᆡᆼ을 濟곙渡똥ᄒᆞ야 더븐 煩뻔惱ᄂᆝᆯ를 여희의 홇 느지니 이 ᄭᅮ믜 因ᅙᅵᆫ緣원은 네 쟝ᄎᆞ 부텨 ᄃᆞ욇 相샹이로다. 善쎤慧휑 [18뒤]듣ᄌᆞᆸ고 깃거ᄒᆞ더시다.

後ᅘᅮᇢ에 普퐁光광佛뿛 滅멿度똥ᄒᆞ거시ᄂᆞᆯ 善쎤慧휑 比삥丘쿻ㅣ 正졍ᄒᆞᆫ 法법을 護ᅘᅩᆼ持띵ᄒᆞ샤 二ᅀᅵᆼ萬먼 힛 ᄉᆞᅀᅵ예 [19앞]衆즁生ᄉᆡᆼ 濟곙渡똥호ᄆᆞᆯ 몯 니ᄅᆞ 혜예 ᄒᆞ시고 命명終즁ᄒᆞ야 四ᄉᆞᆼ天텬王왕이 ᄃᆞ외샤 天텬衆즁 敎굘化황ᄒᆞ시다가 그 하ᄂᆞᆯ [19뒤]목숨 다 사ᄅᆞ시고 人ᅀᅵᆫ間간애 ᄂᆞ리샤 轉둳輪륜王왕이 ᄃᆞ외야 四ᄉᆞᆼ天텬下ᅘᅡᆼ를 다ᄉᆞ리시다가 [20앞]ᄯᅩ 命명終즁ᄒᆞ샤 올아 忉돌利링天텬에 나샤 그 목숨 다 사ᄅᆞ시고 ᄯᅩ ᄂᆞ려와 轉둳輪륜王왕이 ᄃᆞ외시며 ᄯᅩ 梵뻠天텬에 올아 天텬帝뎽 [20뒤]ᄃᆞ외야 겨시다가 도로 ᄂᆞ려와 聖셩王왕이 ᄃᆞ외샤 各각各각 셜흔여슷 디위를 오ᄅᆞᄂᆞ리시니 그 ᄉᆞᅀᅵ예 시혹 仙션人ᅀᅵᆫ이 ᄃᆞ외시며 外욍道ᄯᅣᇢ 六륙師ᄉᆞᆼㅣ ᄃᆞ외시며 婆뻉羅랑門몬이 ᄃᆞ외시며 小ᄉᆛ王왕이 ᄃᆞ외샤 [21앞]이러트시 고텨 ᄃᆞ외샤미 몯 니ᄅᆞ 혜리러라.

其끵九굴

名명賢현劫겁이 열ᇙ 제 後ᅘᅮᇢㅅ 일을 뵈요리라 一ᅙᅵᆯ千쳔 靑쳥蓮련이 도다 펫더니

四ᄉᆞᆼ禪쎤天텬이 보고 다나건 일로 [21뒤]혜야 一ᅙᅵᆯ千쳔 世솅尊존이 나싫 ᄃᆞᆯ 아니

娑상婆빵世솅界갱 內뇡예 三삼千쳔大땡千쳔 나라히니 一읿千쳔 나라히 小숗千쳔界갱오 ^[22앞] 一읿千쳔 小숗千쳔界갱 中듕千쳔界갱오 一읿千쳔 中듕千쳔界갱 大땡千쳔界갱라。

 ᄒᆞᆫ 나라해 ᄒᆞᆫ 須슝彌밍山산곰 이쇼ᄃᆡ 그 山산이 東동녀근 黃ᅘᅪᆼ金금이오 南남녀근 靑쳥瑠륳璃링오 西솅ㅅ녀근 ^[22뒤] 白ᄈᆡᆨ銀은이오 北븍녀근 黑흑玻팡瓈롕라。須슝彌밍山산 밧긔 닐굽 山산이 둘어 잇ᄂᆞ니 金금 銀은 瑠륳璃링 玻팡瓈롕 硨챵磲껑 瑪망瑙뇽 赤쳑眞진珠즁ㅣ ^[23앞] ᄃᆞ외야 잇ᄂᆞ니라。닐굽 山산 ᄊᆞᅀᅵ는 香향水숭 바다히니 優ᄒᆞᆸ鉢ᄫᅡᆳ羅랑花황와 波방頭뚤摩망花황와 拘궁牟물頭뚤花황와 ^[23뒤] 奔본茶땅利링花황ㅣ ᄆᆞᆯ 우희 차 두퍼 잇ᄂᆞ니라。

 닐굽 山산 바ᄭᅵᅀᅡ 鹹ᅘᅡᆷ水숭 바다히 잇거든 娑상竭꺓羅랑龍룡王왕이 위두ᄒᆞ야 잇ᄂᆞ니 ^[24앞] 녀느 龍룡이 다 臣씬下행ㅣ라。그 鹹ᅘᅡᆷ水숭 바다해 네 셔미 잇ᄂᆞ니 東동녁 셔믄 弗붏婆빵提똉오 南남녁 셔믄 閻염浮뿔提똉오 ^[24뒤] 西솅ㅅ녁 셔믄 瞿꿍陁땅尼닝오 北븍녁 셔믄 鬱훓單단越웛이니 이 네 셔믈 네 天텬下행ㅣ라 ᄒᆞ니 우리 사는 ᄯᅡ히 南남녁 閻염浮뿔提똉 ^[25뒤] 天텬下행ㅣ라。이 네 天텬下행를 金금輪륜王왕은 다 다ᄉᆞ리시고 銀은輪륜王왕은 세 天텬下행를 다ᄉᆞ리시고 銅뜽輪륜王왕은 두 天텬下행를 다ᄉᆞ리시고 鐵텷輪륜王왕은 ᄒᆞᆫ 閻염浮뿔提똉를 다ᄉᆞ리시ᄂᆞ니 이 네 輪륜王왕이 ᄒᆞᆫ 밤낫 ᄉᆞᅀᅵ예 즈개 다ᄉᆞ리시논 ᄯᅡ흘 ^[25뒤] 다 도ᄅᆞ샤 十씹善쎤으로 敎ᄀᆞᆯ化황ᄒᆞ시ᄂᆞ니 金금輪륜王왕은 하ᄂᆞᆯ해도 가시ᄂᆞ니라。^[28앞] 鐵텷圍윙山산이 네 ^[28뒤] 天텬下행 밧긔 둘어 잇고 그 밧긔 ᄯᅩ 鐵텷圍윙山산이 둘어 잇ᄂᆞ니 두 鐵텷圍윙山산 ᄊᆞᅀᅵ 어드본 ᄯᅡ해 地띵獄옥이 버러 잇ᄂᆞ니라。

 須슝彌밍山산 허리예 ^[30앞] ᄒᆡ ᄃᆞᆯ이 감ᄭᅩᄂᆞ니 須슝彌밍山산이 ᄀᆞ리면 바미라。東

동方방앤 持띵國귁天텬王왕 ^[30뒤]南남方방앤 增즁長댱天텬王왕 西솅方방앤 廣광目목天텬王왕 北북方방앤 多당聞문天텬王왕이니 ^[31앞]이 四숭天텬王왕도 須슝彌밍山산 허리예 잇느니라. 須슝彌밍山산 뎡바기예 忉돌利링天텬이 잇느니 忉돌利링天텬 內뇡예 三삼十씹三삼天텬이니 가온ᄃᆡ ᄒᆞᆫ 天텬이오 四숭方방애 여듧곰 버러 잇거든 帝뎽釋셕이 가온ᄃᆡ 위두ᄒᆞ야 잇느니라.

^[31뒤]이 우희 夜양摩망天텬 兜둘率숧陀땅天텬 化황樂락天텬 ^[32앞]他탕化황自쫑在찡天텬이 次층第똉로 노피 이쇼ᄃᆡ 다 구루믈 브터 虛헝空콩애 잇느니 이 여슷 하느리 ^[32뒤]欲욕界갱六륙天텬이라.

이 우희 ᄯᅩ 初총禪썬三삼天텬에 梵뻠衆즁天텬 梵뻠輔뿡天텬 ^[33앞]大땡梵뻠天텬 ᄯᅩ 二싱禪션三삼天텬에 少숗光광天텬 無뭉量량光광天텬 光광音즘天텬 ᄯᅩ 三삼禪썬三삼天텬에 ^[33뒤]少숗淨쪙天텬 無뭉量량淨쪙天텬 偏변淨쪙天텬 ᄯᅩ 四숭禪썬九귷天텬에 福복生싱天텬 福복愛ᅙᅵᆼ天텬 廣광果광天텬 無뭉想샹天텬 ^[34앞]無뭉煩뻔天텬 無뭉熱ᅀᅥᇙ天텬 善쎤見견天텬 善쎤現현天텬 色식究궁竟경天텬이 ^[34뒤]次층第똉로 우희 잇느니 初총禪썬三삼天텬은 네 天텬下행ᄅᆞᆯ 두퍼 잇고 二싱禪썬三삼天텬은 小숗千쳔世솅界갱ᄅᆞᆯ 두퍼 잇고 ^[35앞]三삼禪썬三삼天텬은 中듕千쳔世솅界갱ᄅᆞᆯ 두퍼 잇고 四숭禪썬九귷天텬은 大땡千쳔世솅界갱ᄅᆞᆯ 두퍼 잇느니 이 열여듧 하느ᄅᆞᆯ 色식界갱 十씹八밣天텬이라 ᄒᆞ느니라.

^[35뒤]이 우희 ᄯᅩ 四숭空콩處청에 空콩處청 識식處청 ^[36앞]無뭉所송有ᅌᅮᆯ處청 非빙想샹非빙非빙想샹處청 ^[37뒤]이 네 하느ᄅᆞᆯ 無뭉色식界갱 四숭天텬이라 ᄒᆞ느니라. 이 하늘들히 놉디옷 목수미 오라느니 四숭王왕天텬 목수미 人ᅀᅵᆫ間간앳 쉰 ᄒᆡᄅᆞᆯ ᄒᆞᄅᆞ옴 ^[38앞]혜여 五옹百ᄇᆡᆨ ᄒᆡ니 그 우히 漸쩜漸쩜 하아 四숭禪썬天텬에 가면 믓

져근 목수미사 一힗百빅 스믈다슷 大땡劫겁이오 非빙想샹非빙非빙想샹天텬에 가면 목수미 八밣萬먼 大땡劫겁이라.

○ 世솅界갱 地띵輪륜 아래 金금輪륜이 잇고 金금輪륜 아래 水숭輪륜이 잇고 [38뒤]水숭輪륜 아래 風봉輪륜이 잇ᄂᆞ니 世솅界갱 처섬 잃 저긔 大땡梵뻠天텬이 ᄆᆞᆺ 몬져 일오 [39앞] 버거 녀느 梵뻠輔뿡天텬과 梵뻠衆즁天텬과 欲욕界갱 六륙天텬엣 他탕化황自쫑在찡天텬 化황樂락天텬 兜둫率숧天텬 夜양摩망天텬이 次충第똉로 일오 버거 下향界갱예 大땡風봉輪륜이 널어늘 [39뒤]光광音흠天텬이 한비를 ᄂᆞ리와 므리 下향界갱예 ᄀᆞ독ᄒᆞ야 기픠 十씹一힗億흑 二ᅀᅵᆼ萬먼 由율旬쓘이러니 後흫에 ᄇᆞᄅᆞ미 믈 우흘 부러 三삼億흑 二ᅀᅵᆼ萬먼 由율旬쓘은 金금輪륜이 ᄃᆞ외니 水숭輪륜이 [40앞]八밣億흑 由율旬쓘이러라. 쏘 虛헝空콩애셔 金금輪륜 우희 한비와 므리 ᄀᆞ독ᄒᆞ고 靑쳥蓮련花황ㅣ 一힗千쳔이 냇거늘 四ᄉᆞᆼ禪쎤天텬이 아랫 劫겁 이를 보고 自쫑中듕에 닐오ᄃᆡ 이 世솅界갱옌 千쳔佛뿛이 나시리로소니 이 劫겁 일후므란 賢현劫겁이라 [40뒤]ᄒᆞ져.

其끵十씹

衆즁生ᄉᆡᆼ이 ᄃᆞ톨씨 平뼝等등王왕을 세ᅀᆞ붕니 瞿꿍曇땀氏씽 그 姓셩이시니

겨지비 하라늘 尼닝樓룹ㅣ 나가시니 釋셕迦강氏씽 일로 나시니

[41앞]其끵十씹一힗

長댱生ᄉᆡᆼ인 不붏肖숗ᄒᆞᆯ씨 ᄂᆞᆷ이 나아간ᄃᆞᆯ 百빅姓셩ᄃᆞᆯ히 ᄂᆞᆷ을 다 조ᄎᆞ니

尼닝樓룹는 賢현ᄒᆞᆯ씨 내 나아간ᄃᆞᆯ 아바님이 나를 올타 ᄒᆞ시니

그 後_흫에 브르미 므를 부러 地_띵輪_륜이 ^[41뒤]드외니 뭇 貴_귕흔 氣_킝韻_운이 須_슝彌_밍山_산이 드외오 버근 氣_킝韻_운은 닐굽 山_산이 드외오 뭇 사오나분 氣_킝韻_운은 네 天_텬下_행ㅣ 드외야 우브터 넷 양즈로 다 일어늘 光_광音_흠天_텬에 이셔 福_복다은 光_광音_흠天_텬이 ^[42앞]ㄴ려와 사르미 드외니 歡_환喜_휭로 밥 삼고 모매 光_광明_명도 이시며 虛_헝空_콩애 ㄴ라둔니며 남진 겨지비 업고 노푸니 눗가ᄫᆞ니 업더니 모다 世_셍界_갱예 와 날씨 일후믈 衆_즁生_싱이라 ᄒᆞ니라.

그 저긔 ᄯᅡᆺ 마시 ᄭᅮᆯ ᄀᆞ티 둘오 ^[42뒤]비치 히더니 그 衆_즁生_싱이 머거 보고 맛내 너겨 漸_쪔漸_쪔 머그니 모매 光_광明_명도 업스며 ㄴ라둔놈도 몯ᄒᆞ고 만히 머그닌 양 직 셩가시더니 그제ᅀᅡ 히ᄃᆞ리 처섬 나니라. 그 後_흫에ᅀᅡ 외니 올ᄒᆞ니 이긔니 계우니 홀 이리 나니라. 그 後_흫에 ᄯᅡᆺ 마시 업고 열분 썩 ᄀᆞ튼 ᄯᅡᆺ 거치 ^[43앞]나니 비치 누르고 마시 香_향氣_킝젓더니 그 머근 後_흫에ᄂᆞᆫ 서르 넘 업시울 이리 나니라. ᄯᅡᆺ 거치 업거늘 ᄯᅡᆺ 술히 나니 그 머근 後_흫에ᄂᆞᆫ 여러 가짓 샹드뷘 이리 나니라. ᄯᅡᆺ 술히 업거늘 ᄯᅡᆺ 기르미 나니 마시 수을 ᄀᆞᆮ더라. ᄯᅡᆺ 기르미 업거늘 버거 너추렛 여르미 나니 버혀든 ᄭᅮᆯ ^[43뒤]ᄀᆞ튼 지니 흐르더라. 버거 두 가지옴 가진 蒲_뽕萄_똫ㅣ 나니 마시 ᄯᅩ 둘더니 그 머근 後_흫에 우숨우싀 나니라. 蒲_뽕萄_똫 업거늘 粳_깅米_몡 나딕 한 됴흔 마시 다 ᄀᆞᆺ더니 거플 업고 기리 닐굽 치러니 그 머근 後_흫에ᅀᅡ 둘보기를 ᄒᆞ니 남진 겨지비 나니라.

그 時_씽節_졇에 情_쪙欲_욕 ^[44앞]한 사르미 겨지비 드외야 그ᅀᅦ 밍ᄀᆞ오 남진 ᄃᆞ려 드러 더러븐 이를 ᄒᆞ거늘 衆_즁生_싱이 보고 더러ᄫᅥ씨 엇뎨 이런 더러븐 일 ᄒᆞ거뇨 ᄒᆞ대 그 남지니 뉘으처 ᄯᅡ해 업더옛거늘 그 겨지비 밥 가져다가 머기고 자바 니르혀니 그 後_흫로 夫_붕妻_쳉라 ^[44뒤]혼 일후미 나니 그ᅀᅦ 밍ᄀᆞ노라 집지시를 처섬 ᄒᆞ니 그제ᅀᅡ 아기나히를 始_싱作_작ᄒᆞ니라. 그 後_흫에ᅀᅡ 놀애 브르며 춤 츠며

롱담ᄒᆞ야 남진어르기를 ᄒᆞ며 ᄆᆞᆺ 몬져 瞻졈婆뺑城쎵을 쓰니 城쎵 싸 사리를 始싱作작ᄒᆞ니라.

[45앞]그 저긔 粳깅米몡를 아ᄎᆞᆷ 뷔여든 ᄯᅩ 나조히 닉고 나조히 뷔여든 ᄯᅩ 나 아ᄎᆞ미 닉더니 게으른 ᄒᆞᆫ ᄂᆞ미 서르 ᄀᆞᄅᆞ쳐 사나ᄋᆞᆯ 머구릴 뷔여 오니 그 粳깅米몡 거플도 나며 이운 그르히 잇거늘 衆즁生ᄉᆡᆼ들히 슬허 울오 받도 제여곰 ᄂᆞ호며 집도 제여곰 짓더니 그 後훃에 제 ᄲᆞᆯ란 [45뒤]ᄀᆞ초고 ᄂᆞ미 것 서르 일버수믈 홀씨 외니 올ᄒᆞ니 決겷訟ᅘᅭᇰ 사ᄅᆞ미 업서 모다 平뼈ᇰ等등王왕을 셰ᅀᆞᆸ니 姓셔ᇰ이 瞿꽁曇땀氏씽러시니 [46앞]그제ᅀᅡ 낫 바도믈 ᄒᆞ니 그럴씨 일후믈 利릥利링라 ᄒᆞ니라.

그 저긔 閻염浮쁗提똉 天텬下향ㅣ ᄀᆞᅀᆞ며고 孔콩雀쟉이 쇠릿 빗 ᄀᆞᄐᆞᆫ 프리 나고 八밣萬먼 나라해 ᄆᆞᅀᆞᆯ히 盛쎠ᇰᄒᆞ야 ᄃᆞᆰ기 소리 서르 들여 ᄒᆞᆫ ᄀᆞ새 니ᅀᅥᆺ고 天텬下향애 病뼈ᇰ이 업서 [46뒤]사ᄅᆞ미 나히 그지업시 오라더니 사ᄅᆞ미 漸쪔漸쪔 邪썅曲콕ᄒᆞ야 모딘 일 지순 다ᄉᆞ로 餓아ᇰ鬼귕 畜흉生ᄉᆡᆼ 地띵獄옥애 가아 나며 모딘 일 보고 됴ᄒᆞᆫ 일 닷ᄀᆞ니ᄂᆞᆫ 漸쪔漸쪔 東동西셰北븍洲즇와 四ᄉᆞᆼ王왕 忉돌利링天텬에 가 나니 [47앞]이리 ᄒᆞ야ᅀᅡ 世셰界갱 다 이니 그 成쎠ᇰ劫겁이오 다 이러 이싫 저근 住뜡劫겁이라.

그 저긔 王왕이며 百ᄇᆡᆨ姓셔ᇰ들히 正져ᇰ티 몯ᄒᆞ야 사ᄅᆞ미 목수미 減감ᄒᆞ야 十씹萬먼 히 ᄃᆞ외니 이러트시 [47뒤]減감ᄒᆞ야 一힗百ᄇᆡᆨ 히예 ᄒᆞᆫ 히옴 조려 열 히 ᄃᆞ욇 ᄀᆞ장 조료믈 減감이라 ᄒᆞ고 열 히로셔 도로 더어 가디 아ᄃᆞ리 아비 나해셔 곱기곰 사라 八밣萬먼 히 ᄃᆞ욇 ᄀᆞ장 더우믈 增즈ᇰ이라 ᄒᆞᄂᆞ니 ᄒᆞᆫ 번 增즈ᇰ으로셔 減감ᄒᆞ고 減감ᄋᆞ로셔 增즈ᇰ홇 ᄉᆞᅀᅵ를 增즈ᇰ減감劫겁이라 ᄒᆞᄂᆞ니 [48앞]世셰界갱 다 인 後훃로 스믈 디위 增즈ᇰ減감ᄒᆞ면 無뭉間간地띵獄옥브터 숨튼거시 ᄒᆞᆫ 낫도 업서 欲

욕界갱六륙天텬 니르리 다 뷔여 힛 光광이 倍삥倍삥히 더버 모시 다 여위며 남기 다 이울며 [48뒤]두 히 돋다가 세 히 도ᄃᆞ면 江강이 다 여위며 다ᄉᆞᆺ 히 도ᄃᆞ면 바ᄅᆞ리 다 여위며 닐굽 히 도ᄃᆞ면 뫼히여 돌히여 다 노가 ᄃᆞ여 더본 氣킝韻운이 初총禪쎤天텬에 쐬야 初총禪쎤天텬이 二ᅀᅵᆼ禪쎤天텬에 올아가리니 이를 壞삥劫겁이라 ᄒᆞ고 世솅界갱 다 ᄒᆞ야딘 [49앞]後薹ㅣ면 空콩劫겁이라 ᄒᆞᄂᆞ니 壞삥劫겁 空콩劫겁 ᄉᅀᅵ 成쎵劫겁 住뜡劫겁과 ᄒᆞᆫ가지라. 이리 火황災징ᄒᆞᆫ 後薹에 ᄯᅩ 世솅界갱 이렛다가 다시 成쎵 住뜡 壞삥 空콩 ᄒᆞ야 ᄯᅩ 火황災징ᄒᆞ리니 [49뒤]이리곰 火황災징호ᄆᆞᆯ 여듧 번 ᄒᆞ면 二ᅀᅵᆼ禪쎤天텬에셔 므리 나아 아래 ᄀᆞ득ᄒᆞ앳다가 믈도 업ᄂᆞ니라. 이리 水쉉災징ᄒᆞᆫ 後薹에 다시 火황災징 여듧 번짜히사 ᄯᅩ 水쉉災징ᄒᆞ리니 이리곰 水쉉災징호ᄆᆞᆯ 여듧 번 ᄒᆞ면 [50앞]三삼禪쎤天텬에셔 ᄇᆞᄅᆞ미 니러 아래 ᄀᆞ득 ᄒᆞ얫다가 ᄇᆞ름도 업ᄂᆞ니라. 四ᅌᅥᆼ禪쎤天텬으롯 우흔 세 災징 업수디 그엣 宮궁殿면과 諸졍天텬괘 ᄒᆞᆫᄭᅴ 냇다가 [50뒤]절로 ᄒᆞᆫᄭᅴ 업ᄂᆞ니라.

○ 디나건 劫겁 일후미 莊장嚴엄劫겁이오 이젯 劫겁 일후미 賢현劫겁이오 아니 왯ᄂᆞᆫ 劫겁 일후미 星셩宿슗劫겁이니 이 賢현劫겁 첫 부텨는 拘궁樓릏孫손如셩來링시고 [51앞]둘차힌 拘궁那낭含햠牟믈尼닝佛뿛이시고 세차힌 迦강葉셥波방佛뿛이시고 네차힌 釋셕迦강牟믈尼닝佛뿛이시니 우리 스스이 네찻 부톄시니라 다ᄉᆞᆺ차힌 彌밍勒륵尊존佛뿛이 [51뒤]나시리라.

月욇印힌千쳔江강之징曲콕 第똉一힔
釋셕譜봉詳썅節졇 第똉一힔 【捴一百八張】

월인천강지곡 제일, 석보상절 제일

[1앞]**기일(其一)**

외외(巍巍) 석가불(釋迦佛)의 무량무변(無量無邊) 공덕(功德)을 겁겁(劫劫)에[1] [1뒤] 어찌 다 사뢰리?

기이(其二)

세존(世尊)의 일을 사뢰리니, 만리(萬里) 밖의 일이시나 (그 일을 내) 눈에 보는가 여기소서.

세존(世尊)의 말을 사뢰리니, 천년 전의 말이시나 (그 말을 내) 귀에 듣는가 [2앞] 여기소서.

기삼(其三)

아승기(阿僧祇)[2] 전세(前世)의 겁(劫)에 (한 보살이) 임금의 위(位, 자리)를 버리시어 정사(精舍)[3]에 앉아 있으시더니.

오백(五百) 전세(前世)의 원수(怨讐)가 나라의 재물을 훔치어 정사(精舍)를 지나갔으니.

[2뒤]**기사(其四)**

(동생이) 형(兄)님을 모르므로 (도적의) 발자취를 쫓아, (소구담이) 나무에 꿰이어 목숨을 마치셨으니.

(소구담이) 자식(子息)이 없으시므로, 몸에 있는 피를 모아 그릇에 담아 남녀(男女)를 내었으니.

[3앞]**기오(其五)**

불쌍하신 명종(命終)[4]에 감자씨(甘蔗氏)가 (대를) 이으심을 대구담(大瞿曇)[5]이 이루었

---

1) 겁(劫): 하늘과 땅이 한 번 개벽할 때부터 다음 개벽할 때까지의 동안이란 뜻으로, '지극히 길고 오랜 시간을 일컫는 말이다. 겁겁(劫劫)은 아주 오랜 시간을 이른다.

2) 아승기(阿僧祇): 엄청나게 많은 수로서 10의 64승의 수에 해당한다.

3) 정사(精舍): 학문을 가르치기 위하여 마련한 집이나 정신을 수양하는 곳(절)이다.

4) 명종(命終): 목숨을 마치는 것이다.

습니다.

아득한 후세(後世)에 (감자씨가) 석가불(釋迦佛)이 되실 것을 보광불(普光佛)[6]이 이르 셨습니다.

[3뒤] 기육(其六)

외도인(外道人)[7] 오백(五百)이 선혜(善慧)의 덕(德)을 입어서, 제자(弟子)가 되어 은(銀) 돈을 (선혜께) 바쳤으니.

매화녀(賣花女)[8]인 구이(俱夷)[9]가 선혜(善慧)의 뜻을 알아, 부부의 원(願)으로 꽃을 바 치셨으니.

[4앞] 기칠(其七)

다섯 꽃과 두 꽃이 공중(空中)에 머물거늘, 천룡팔부(天龍八部)[10]가 찬탄(讚歎)하였으니.

옷과 머리를 노중(路中)에 펴시거늘, 보광불(普光佛)이 또 수기(授記)[11]하셨으니.

[4뒤] 기팔(其八)

일곱 꽃을 인(因)하여 신서(信誓)[12]가 깊으시므로, 세세(世世)[13]에 처권(妻眷)[14]이 되셨으니.

다섯 꿈을 인(因)하여 수기(授記)가 밝으시므로, 오늘날에 세존(世尊)이 되셨으니.

---

5) 대구담(大瞿曇): 석가모니의 전신인 보살(菩薩)이 정사(精舍)에서 수도할 때에 가르침을 받던 '구담(瞿曇)' 바라문(婆羅門)이다.

6) 보광불(普光佛): 연등불(燃燈佛), 정광불(錠光佛)이라고도 하는데, 불교에서 말하는 과거 칠불 (過去 七佛)의 하나이다. '보광(普光)'은 넓은 광명(光明)이란 말이다.

7) 외도인(外道人): 불가(佛家)에서 불도 이외의 도를 따르는 사람들을 가리키는 말이다.

8) 매화녀(賣花女): 꽃을 파는 여자이다.

9) 구이(俱夷): 훗날 전세의 등조왕 때에 선혜보살에게 꽃을 팔아서, 훗날 실달태자(悉達太子, 석 가모니)의 아내가 되는 여자이다.

10) 천룡팔부(天龍八部): 사천왕(四天王)에 딸려서 불법을 지키는 여덟 신장(神將)이다. 천(天神), 용(龍), 야차(夜叉), 건달바(乾闥婆), 아수라(阿修羅), 가루라(迦樓羅), 긴나라(緊那羅), 마후라가 (摩睺羅迦)이다.

11) 수기(授記): 부처가 그 제자에게 내생(來生)에 부처가 되리라는 사실을 예언함. 또는 그 교설 로서, 문답식 또는 분류적 설명으로 되어 있는 부처의 설법이다.

12) 신서(信誓): 성심으로 맹세하는 것이나 그 맹세이다.

13) 세세(世世): 몇 번이든지 다시 환생하는 일이나 그런 때이다. 중생이 나서 죽고 죽어서 다시 태어나는 윤회의 형태이다.

14) 처권(妻眷): 처가 쪽의 친척을 뜻하는 말인데, 여기서는 '아내(妻)'의 뜻으로 쓰였다.

옛날의 아승기(阿僧祇) 겁(劫)[15]의 시절(時節)에 한 [5앞] 보살(菩薩)이 왕(王)이 되어 계시어, 나라를 아우에게 맡기시고 도리(道理)를 배우러 나아가시어, 구담(瞿曇) 바라문(婆羅門)[16]을 만나시어, [5뒤] 당신의 옷은 벗고 구담(瞿曇)의 옷을 입으시어, 깊은 산에 들어 과실(果實)과 물을 자시고 좌선(坐禪)하시다가, 나라에 빌어 먹으러 오시니, (나라의 사람들이) 다 몰라보더니 소구담(小瞿曇)이라 하더라. [6앞] 보살(菩薩)이 성(城) 밖의 감자원(甘蔗園)[17]에 정사(精舍)를 만들고 혼자 앉아 있으시더니, 도적 오백(五百)이 관청의 것을 훔치어 정사(精舍)의 곁으로 지나가니, [6뒤] 그 도적이 보살(菩薩)의 전세생(前世生)의 원수이더라. 이튿날에 나라에서 도적의 자취를 쫓아가 그 보살(菩薩)을 잡아 나무에 몸을 꿰어 두었더니, 대구담(大瞿曇)이 천안(天眼)으로 보고, [7앞] 허공(虛空)에 날아와서 묻되, "그대가 자식(子息)이 없더니, 무슨 죄(罪)인가?" 보살(菩薩)이 대답(對答)하시되, "곧 죽을 나이니 (어찌) 자손(子孫)을 의논(議論)하리오?" 그 왕(王)이 [7뒤] 사람을 시켜 (소구담을) 쏘아 죽였니라. 대구담(大瞿曇)이 슬퍼하여 (소구담을) 싸서 관(棺)에 넣고, 피가 묻은 흙을 파 가지고 정사(精舍)에 돌아와, 왼녘의 피를 따로 담고 오른녘의 피를 따로 담아 두고 이르되, "이 도사(道士)가 정성(精誠)이 지극(至極)하던 것이면 하늘이 마땅히 이 피를 [8앞] 사람이 되게 하시리라." 열 달 만에 왼녘 피는 남자(男子)가 되고 오른녘 피는 여자(女子)가 되거늘, 성(姓)을 구담씨(瞿曇氏)[18]라고 하더니, 이로부터 자손(子孫)이 이으시니 구담씨(瞿曇氏)가 다시 일어나셨니라.

[8뒤] ○ 보광불(普光佛)[19]이 세계(世界)에 나시거늘, 그때에 선혜(善惠)라 하는 선인(仙人)이 [9앞] 외도(外道)[20] 오백(五百)이 잘못 아는 일을 가르쳐 고치시거늘, 그 오

---

15) 아승기 겁(阿僧祇 劫): 불교에서 사용하는 시간의 단위 중 하나이다. 아승기(阿僧祇) 역시 무한히 긴 시간 또는 수를 뜻하는 불교 용어로서 이를 수로 나타내면 10의 64승이고, 갠지스 강의 모래 수를 의미하는 항하사(恒河沙)의 만 배에 해당한다. 그리고 '겁(劫)'은 천지가 한번 개벽한 뒤부터 다음 개벽할 때까지의 기간을 말한다.

16) 바라문(婆羅門): 인도 카스트 제도에서 가장 높은 지위인 승려 계급(브라만)이다.

17) 감자원(甘蔗園): 사탕수수밭이다.

18) 구담씨(瞿曇氏): 인도의 석가(釋迦) 종족의 성(姓)이다.

19) 보광불(普光佛): 석가여래(釋迦如來) 전생중 제2 아승기겁(阿僧祇劫)이 되었을 때 만난 부처인데, 석가모니에게 미래에 성불(成佛)한다는 예언을 하였다고 한다.

20) 외도(外道): 불가(佛家)에서 불도 이외의 도이다.

백(五百) 사람이 "제자(弟子)가 되고 싶습니다."하여 은(銀)돈 한 낱(個)씩 바쳤느니라. 그때에 있는 등조왕(燈照王)이 "보광불(普光佛)을 청(請)하여 [9뒤] 공양(供養)하리라." 하여 나라에 출령(出令)하되, "좋은 꽃은 팔지 말고 다 왕(王)께 가져오라." 선혜(善慧)가 들으시고 안타까이 여겨 꽃이 있는 땅을 힘써서(애써서) 가시다가 구이(俱夷)를 만나시니, (俱夷가) 꽃 일곱 줄기를 가져 계시되, 왕(王)의 출령(出令)을 [10앞] 두려워하여 병(瓶)의 속에 감추어 두고 있으시더니, 선혜(善慧)의 정성(精誠)이 지극(至極)하시므로 꽃이 솟아나거늘, (선혜가 구이를) 쫓아서 불러 "사고 싶다." 하시니, 구이(俱夷)가 이르시되 "대궐(大闕)에 보내어 부처께 바칠 꽃이라서 (네가 꽃을 사지) 못하리라." 선혜(善慧)가 이르시되 "오백(五百) 은(銀)돈으로 [10뒤] 다섯 줄기를 사고 싶다." 구이(俱夷)가 물으시되 "무엇에 쓰시리?" 선혜(善慧)가 대답하시되 "부처께 바치리라." 구이(俱夷)가 또 물으시되 "부처께 바쳐서 무엇을 하려 하시니?" 선혜(善慧)가 대답하시되 "일체(一切)의 갖가지 지혜(智慧)를 이루어 중생(衆生)을 제도(濟渡)코자 하노라." [11앞] 구이(俱夷)가 여기시되 '이 남자(男子)가 정성(精誠)이 지극(至極)하므로, 보배를 아니 [11뒤] 아끼는구나.' 하여, 이르시되 "내가 이 꽃을 바치리니, 원(願)하건대 내가 평생(平生)에 그대의 각시(아내)가 되고 싶다." 선혜(善慧)가 대답하시되, "내가 깨끗한 행적을 닦아 초연한 도리(道理)를 구(求)하니, 죽살이의 인연(因緣)²¹⁾은 두고 있지 못하리라. [12뒤] 구이(俱夷)가 이르시되, "나의 소원(所願)을 아니 따르면 (너는) 꽃을 못 얻으리라." 선혜(善慧)가 이르시되, "그러면 너의 소원(所願)을 따르리니, 나는 보시(布施)²²⁾를 즐겨 사람의 뜻을 거스르지 [13앞] 아니하니, 아무나 와서 내 머리통이며 눈동자며 골수(骨髓)며 아내며 자식(子息)이며 달라 하여도, 네가 거리끼는 뜻을 하여 나의 보시(布施)하는 마음을 헐지 말라." 구이(俱夷)가 이르시되, "그대의 말처럼 하리니, 내가 여자라서 (꽃을) 가져가기 어려우므로 두 줄기를 아울러 맡기니, [13뒤] 부처께 바치어 생생(生生)²³⁾에 나의 소원(所願)을 잃지 아니케 하오."

---

21) 죽살이의 인연(因緣): 부부가 되어 사는 것, 곧 부부의 인연이다.
22) 보시(布施): 자비심으로 남에게 재물이나 불법을 베푸는 것이다.
23) 生生(생생): 몇 번이든지 다시 환생하는 일이나 그런 때이다. 중생이 나서 죽고 죽어서 다시 태어나는 윤회의 형태이다.

그때에 등조왕(燈照王)이 신하(臣下)와 백성(百姓)을 영(領)하고 종종(種種) 공양(供養)을 가져서, 성(城)에 나와 부처를 맞아 절하고 이름난 꽃을 흩뿌리더라. 다른 사람이 공양(供養)을 마치거늘, 선혜(善慧)가 다섯 꽃을 흩뿌리시니 [14앞 다 공중(空中)에 머물러 꽃의 대(臺)가 되거늘, 후(後)에 두 줄기를 흩뿌리니 또 공중(空中)에 머물러 있거늘, 왕(王)이며 천룡팔부(天龍八部)²⁴⁾가 칭찬하여 "예전에 없던 일이로다." 하더니, [15뒤 보광불(普光佛)이 찬탄(讚歎)하여 이르시되 "좋다. 네가 아승기(阿僧祇) 겁(劫)을 지나가서 부처가 되어 호(號)를 석가모니(釋迦牟尼)라 하리라." [16앞 수기(授記)를 다하시고 부처가 가시는 땅이 질거늘, 선혜(善慧)가 입고 있으시던 녹피(鹿皮) 옷을 벗어 땅에 까시고 머리를 펴 덮으시거늘, 부처가 밟아 지나시고 또 수기(授記)하시되, "네가 후(後)에 부처가 [16뒤 되어 오탁(五濁)²⁵⁾ 악세(惡世)²⁶⁾에 천인(天人)을 제도(濟渡) [17앞 하는 것을 어렵게 아니 하는 것이 마땅히 나와 같으리라."

그때에 선혜(善慧)가 부처께 가 출가(出家)하시어, 세존(世尊)께 사뢰시되, "내가 어저께에 다섯 가지의 꿈을 꾸니, 하나는 바다에 누우며, 둘은 수미산(須彌山)을 베며, 셋은 [17뒤 중생(衆生)들이 내 몸 안에 들며, 넷은 손에 해를 잡으며, 다섯은 손에 달을 잡으니, 세존(世尊)이시여 나를 위(爲)하여 (그 뜻을) 이르소서." 부처가 이르시되, "바다에 누운 일은 네가 죽살이(生死)의 바다에 있는 모양이요, 수미산(須彌山)²⁷⁾을 벤 일은 죽살이(生死)를 벗어날 조짐이요, 중생(衆生)이 몸에 드는 것은 (네가) 중생(衆生)이 [18앞 귀의(歸依)할 땅이 될 조짐이요, 해를 잡은 것은 (너의) 지혜(智慧)가 널리 비칠 조짐이요, 달을 잡은 일은 (네가) 맑고 시원한 도리(道理)로 중생(衆生)을 제도(濟渡)하여 더운 번뇌(煩惱)를 떨치게 할 조짐이니, 이 꿈의 인연(因緣)은 네가 장차 부처가 될 상(相)이로다." [18뒤 선혜(善慧)가 듣

---

24) 천룡팔부(天龍八部): 사천왕(四天王)에 딸려서 불법을 지키는 여덟 신장(神將)이다. 천(天), 용(龍), 야차(夜叉), 건달바(乾闥婆), 아수라(阿修羅), 가루라(迦樓羅), 긴나라(緊那羅), 마후라가(摩睺羅迦)이다.

25) 오탁(五濁): 세상의 다섯 가지 더러움이다. 명탁(命濁), 중생탁(衆生濁), 번뇌탁(煩惱濁), 견탁(見濁), 겁탁(劫濁)을 이른다.

26) 악세(惡世): 악한 일이 성행하는 나쁜 세상이다.

27) 수미산(須彌山): 불교의 우주관에서, 세계의 중앙에 있다는 산이다. 꼭대기에는 제석천이, 중턱에는 사천왕이 살고 있다고 한다.

고 기뻐하시더라.

후(後)에 보광불(普光佛)이 멸도(滅度)[28]하시거늘, 선혜(善慧) 비구(比丘)가 정(正)한 법(法)을 호지(護持)[29]하시어, 이만(二萬) 해(年)의 사이에 [19앞] 중생(衆生)을 제도(濟渡)함을 이루 (다) 헤아리지 못하게 (많이) 하시고, 명종(命終)하여 사천왕(四天王)[30]이 되시어 천중(天衆)을 교화(敎化)하시다가, 그 [19뒤] 하늘의 목숨을 다 사시고 인간(人間)에 내리시어 전륜왕(轉輪王)[31]이 되어, 사천하(四天下)를 다스리시다가 [20앞] 또 명종(命終)하시어 올라 도리천(忉利天)[32]에 나시어 그 목숨 다 사시고, 또 내려와 전륜왕(轉輪王)이 되시며, 또 범천(梵天)[33]에 올라 천제(天帝)가 [20뒤] 되어 계시다가 도로 내려와 성왕(聖王)이 되시어, 각각(各各) 서른여섯 번을 오르내리시니, 그 사이에 어떤 때에는 신선(仙人)이 되시며, 외도(外道) 육사(六師)가 되시며, 바라문(婆羅門)[34]이 되시며, 소왕(小王)[35]이 되시어, [21앞] 이렇듯이 고쳐 되시는 것이 이루 못 세겠더라.

기구(其九)

명현겁(名賢劫)[36]이 열릴 때에 후(後)의 일을 미리 보이리라 (하여), 일천(一千) 청련(靑蓮)[37]이 돋아 피어 있더니.

---

28) 멸도(滅度): 승려가 죽는 것이다.

29) 호지(護持): 보호하여 지니는 것이다.

30) 사천왕(四天王): 사왕천(四王天)의 주신(主神)으로, 사방을 진호(鎭護)하며 국가를 수호하는 네 신이다. 위로는 제석천을 섬기고 아래로는 팔부중(八部衆)을 지배하여 불법에 귀의한 중생을 보호한다. 동쪽의 지국천왕, 남쪽의 증장천왕, 서쪽의 광목천왕, 북쪽의 다문천왕이다.

31) 전륜왕(轉輪王): 인도 신화 속의 임금이다. 정법(正法)으로 온 세계를 통솔한다고 한다. 여래의 32상(相)을 갖추고 칠보(七寶)를 가지고 있으며 하늘로부터 금, 은, 동, 철의 네 윤보(輪寶)를 얻어 이를 굴리면서 사방을 위엄으로 굴복시킨다.

32) 도리천(忉利天): 육욕천의 둘째 하늘이다. 섬부주 위에 8만 유순(由旬) 되는 수미산 꼭대기에 있는 곳으로, 가운데에 제석천이 사는 선견성(善見城)이 있으며, 그 사방에 권속되는 하늘 사람들이 살고 있는 8개씩의 성이 있다.

33) 범천(梵天): 십이천(十二天)의 하나이다. ※ '십이천(十二天)'은 인간 세상을 지키는 열두 하늘이나 그곳을 지킨다는 신(神)이다.

34) 바라문(婆羅門): 산스크리트어 brāhmaṇa의 음사이다. 고대 인도의 사성(四姓) 가운데 가장 높은 계급으로, 제사와 교육을 담당하는 바라문교의 사제(司祭) 그룹이다.

35) 소왕(小王): 작은 범위의 권한을 가진 왕이다.

36) 명현겁(名賢劫): 삼겁(三劫)의 하나인데, 현세(現世)의 대겁(大劫)을 이른다.

사선천(四禪天)[38]이 보고 지난 일로 [21뒤] 헤아려서, 일천(一千) 세존(世尊)이 (이 세상에) 나실 것을 알았으니.

사바세계(娑婆世界)[39] 내(內)에 삼천대천(三千大千) 나라이니, 일천(一千) 나라가 소천계(小千界)요, [22앞] 일천(一千) 소천계(小千界)가 중천계(中千界)요, 일천(一千) 중천계(中千界)가 대천계(大千界)이다.

한 나라에 한 수미산(須彌山)씩 있되, 그 산(山)이 동(東)녘은 황금(黃金)이요, 남(南)녘은 청유리(靑瑠璃)요, 서(西)녘은 [22뒤] 백은(白銀)이요, 북(北)녘은 흑파려(黑玻瓈)[40]이다. 수미산(須彌山) 밖에 일곱 산(山)이 둘러 있으니, 금(金)·은(銀)·유리(瑠璃)[41]·파려(玻瓈)[42]·차거(硨磲)[43]·마노(瑪瑙)[44]·적진주(赤眞珠)가 [23앞] 되어 있느니라. 일곱 산(山)의 사이는 향수(香水)의 바다이니, 우발라화(優鉢羅花)[45]와 파두마화(波頭摩花)[46]와 구모두화(拘牟頭花)[47]와 [23뒤] 분다리화(奔茶利花)[48]가 물 위에 차서 덮어 있느니라.

일곱 산(山)의 밖에야 함수(鹹水)[49]의 바다가 있는데, 사갈라용왕(娑竭羅龍王)[50]이 으뜸으로 있나니, [24앞] 다른 용(龍)이 다 신하(臣下)이다. 그 함수(鹹水) 바다에

---

37) 청련(靑蓮): 수미산 밖에 있는 일곱 산의 사이에 있는 향수 바다에 핀다고 하는 연꽃이다.

38) 사선천(四禪天): 네 가지 선정을 닦는 사람이 태어나는 색계(色界)의 네 하늘이다. 초선천(初禪天), 이선천(二禪天), 삼선천(三禪天), 사선천(四禪天)이 있다.

39) 사바세계(娑婆世界): 괴로움이 많은 인간 세계이다. 석가모니불이 교화하는 세계를 이른다.

40) 흑파려(黑玻瓈): 흑수정(黑水精)이다.

41) 유리(瑠璃): 황금색의 작은 점이 군데군데 있고 거무스름한 푸른색을 띤 광물이다.

42) 파려(玻瓈): 수정(水精)이다.

43) 차거(硨磲): 보석과 같이 아름다운 돌이다.

44) 마노(瑪瑙): 석영이다. 아름다운 것은 보석이나 장식품으로 쓰고, 그 외에는 세공물이나 조각의 재료로 쓴다.

45) 우발라화(優鉢羅花): 청련화(靑蓮花)이다.

46) 파두마화(波頭摩花): 홍련화(紅蓮花)이다.

47) 구모두화(拘牟頭花): 황련화(黃蓮花)이다.

48) 분다리화(奔茶利花): 백련화(白蓮花)이다.

49) 함수(鹹水): 짠물이다.

50) 사갈라용왕(娑竭羅龍王): 짠 바다의 용왕이다.

네 섬이 있으니, 동(東)녘 섬은 불파제(弗婆提)[51]요, 남(南)녘 섬은 염부제(閻浮提)요,[52] [24뒤] 서(西)녘 섬은 구타니(瞿陁尼)[53]요, 북(北)녘 섬은 울단월(鬱單越)[54]이니, 이 네 섬을 네 천하(天下)라 하나니, 우리가 사는 땅이 남(南)녘 염부제(閻浮提)의 [25앞] 천하(天下)이다. 이 네 천하(天下)를 금륜왕(金輪王)[55]은 다 다스리시고, 은륜왕(銀輪王)[56]은 세 천하(天下)를 다스리시고, 동륜왕(銅輪王)[57]은 두 천하(天下)를 다스리시고, 철륜왕(鐵輪王)[58]은 한 염부제(閻浮提)를 다스리시나니, 이 네 윤왕(輪王)이 한 밤낮 사이에 당신이 다스리는 땅을 [25뒤] 다 도시어 십선(十善)[59]으로 교화(敎化)하시느니, 금륜왕(金輪王)은 하늘에도 가시느니라. [28앞] 철위산(鐵圍山)[60]이 네 [28뒤] 천하(天下) 밖에 둘러 있고 그 밖에 또 철위산(鐵圍山)이 둘러 있나니, 두 철위산(鐵圍山)의 사이에 있는 어두운 땅에 지옥(地獄)이 벌이어 있느니라.

[29뒤] 수미산(須彌山)의 허리에 해달이 [30앞] 감도나니 수미산(須彌山)이 가리면 밤이다. 동방(東方, 동쪽)엔 지국천왕(持國天王), [30뒤] 남방(南方)엔 증장천왕(增長天

---

51) 불파제(弗婆提): 해(日)가 처음 나는 땅이다.

52) 염부제(閻浮提): 사주(四洲)의 하나. 수미산 남쪽에 있다는 대륙으로, 인간들이 사는 곳이며, 여러 부처가 나타나는 곳은 사주(四洲) 가운데 이곳뿐이라고 한다.

53) 구타니(瞿陁尼): 소(牛) 재물이라 한 뜻이니, 거기에 소가 많아 소로 돈으로 삼아 흥정하는 땅이다.

54) 울단월(鬱單越): 가장 좋은 땅이라는 뜻이니, 네 천하의 중에서 가장 좋은 땅이다.

55) 금륜왕(金輪王): 사천하(四天下)를 다스리는 사륜왕(四輪王) 가운데의 하나이다. 수미산(須彌山)에 딸린 사주(四洲)인 네 천하, 곧 동녘의 불바제(弗婆提), 서녘의 구타니(瞿陁尼), 남녘의 염부제(閻浮提), 북녘의 울단월(鬱單越)을 다 다스리었다. 금륜(金輪)은 금수레이다.

56) 은륜왕(銀輪王): 사륜왕(四輪王) 가운데의 하나이다. 은륜왕(銀輪王)은 수미(須彌) 사주(四洲)인 네 천하(四天下) 가운데에서 동녘의 불바제(弗婆提), 남녘의 염부제(閻浮提), 서녘의 구타니(瞿陁尼)들의 세 천하를 다스렸다. 은륜(銀輪)은 은수레이다.

57) 동륜왕(銅輪王): 사륜왕(四輪王) 가운데 하나이다. 동륜(銅輪)을 굴리면서 두 주(洲)를 다스리는 왕을 이른다. 사람의 수명 4만 세 때에 나타난다고 한다.

58) 철륜왕(鐵輪王): 사륜왕 가운데 하나이다. 철륜(鐵輪)을 굴리면서 섬부주의 한 주(洲)를 다스리는 왕을 이른다. 증겁(增劫) 때에는 사람의 수명 2만 세에 나타나고 감겁(減劫) 때에는 사람의 수명 8만 세 이상이 되면 나타난다고 한다.

59) 십선(十善): 십악(十惡)을 행하지 않는 것이다. 불살생(不殺生), 불투도(不偸盜), 불사음(不邪淫), 불망어(不妄語), 불기어(不綺語), 불악구(不惡口), 불양설(不兩舌), 불탐욕(不貪慾), 불진에(不瞋恚), 불사견(不邪見)이다.

60) 철위산(鐵圍山): 지변산을 둘러싸고 있는 아홉 산 가운데 가장 밖에 있는 산이다.

王), 서방(西方)에는 광목천왕(廣目天王), 북방(北方)엔 다문천왕(多聞天王)이니, 이 ^[31앞]사천왕(四天王)도 수미산(須彌山)의 허리에 있느니라. 수미산(須彌山) 정수리에 도리천(忉利天)이 있나니, 도리천(忉利天)의 내(內)에 삼십삼천(三十三天)이니, 가운데에 한 천(天)이요, 사방(四方)에 여덟씩 벌여 있는데, 제석(帝釋)⁶¹⁾이 가운데에 으뜸가 있느니라.

^[31뒤]이 위에 야마천(夜摩天)·도솔타천(兜率陁天)·화락천(化樂天)·타화자재천(他化自在天)이, 차례(次第, 차제)로 높이 있되, 다 구름에 붙어서 허공(虛空)에 있나니, 이 여섯 하늘이 ^[32뒤]욕계(欲界) 육천(六天)⁶²⁾이다.

이 위에 또 초선삼천(初禪三天)에 범중천(梵衆天)·범보천(梵輔天) ^[33앞]·대범천(大梵天), 또 이선삼천(二禪三天)에 소광천(少光天)·무량광천(無量光天)·광음천(光音天), 또 삼선삼천(三禪三天)에 ^[33뒤]소정천(少淨天)·편정천(偏淨天), 또 사선구천(四禪九天)에 복생천(福生天)·복애천(福愛天)·광과천(廣果天)·무상천(無想天) ^[34앞]·무번천(無煩天)·무열천(無熱天)·선견천(善見天)·선현천(善現天)·색구경천(色究竟天)이 ^[34뒤]차례(次第, 차제)로 위에 있으니, 초선삼천(初禪三天)은 네 천하(天下)를 덮어 있고, 이선삼천(二禪三天)은 소천세계(小千世界)를 덮어 있고, ^[35앞]삼선삼천(三禪三天)은 중천세계(中千世界)를 덮어 있고 사선구천(四禪九天)은 대천세계(大千世界)를 덮어 있나니, 이 열여덟 하늘을 색계(色界)⁶³⁾ 십팔천(十八天)이라 하느니라.

^[35뒤]이 위에 또 사공처(四空處)⁶⁴⁾에 ^[37뒤]공처(空處)⁶⁵⁾·식처(識處)⁶⁶⁾·무소유처(無所有

---

61) 제석(帝釋): 십이천의 하나. 수미산 꼭대기에 있는 도리천의 임금으로, 사천왕과 삼십이천을 통솔하면서 불법과 불법에 귀의하는 사람을 보호하고 아수라의 군대를 정벌한다고 한다.

62) 욕계(欲界): 삼계(三界)의 하나이다. 유정(有情)이 사는 세계로, '지옥·악귀·축생·아수라·인간·육욕천'을 함께 이르는 말이다. 여기에 있는 유정에게는 식욕, 음욕, 수면욕이 있어 이렇게 이른다.

63) 색계십팔천(色界十八天): 삼계(三界)의 하나. 욕계에서 벗어난 깨끗한 물질의 세계를 이른다. 선정(禪定)을 닦는 사람이 가는 곳으로, 욕계와 무색계의 중간 세계이다.

64) 사공처(四空處): '삼라만상은 스스로 생긴 것이 아니고 모두 인연에 의하여 생긴다고 보는 네 가지 선정인 '사공정(四空定)'을 닦아서 태어나는 곳이다. '사공처'는 비어 있는 땅이라는 뜻이다.

65) 공처(空處): 색(色 : 형체, 물질)을 싫게 여겨 공(空)을 의지하여 있는 하늘이다.

66) 식처(識處): 색(色: 형체, 물질)과 공(空)을 싫게 여겨 식(識)을 의지하여 있는 하늘이다.

處)⁶⁷⁾·비상비비상처(非想非非想處),⁶⁸⁾ 이 네 하늘을 무색계(無色界)⁶⁹⁾ 사천(四天)이라 하느니라. 이 하늘들이 높을수록 목숨이 오래어지나니, 사왕천(四王天)⁷⁰⁾의 목숨이 인간(人間) 世上(세상)의 쉰 해를 하루씩 ^[38앞] 헤아려서 오백(五百) 해(年)이니, 그 위가 점점(漸漸) 많아져서 사선천(四禪天)에 가면 가장 적은 목숨이야말로 일백(一百) 스물다섯 대겁(大劫)⁷¹⁾이요, 비상비비상천(非想非非想天)에 가면 목수미 팔만(八萬) 대겁(大劫)이라.

○ 세계(世界)의 지륜(地輪)⁷²⁾ 아래 금륜(金輪)⁷³⁾이 있고, 금륜(金輪) 아래 수륜(水輪)⁷⁴⁾이 있고, ^[38뒤] 수륜(水輪) 아래 풍륜(風輪)⁷⁵⁾이 있나니, 세계(世界)가 처음 이루어질 적에 대범천(大梵天)⁷⁶⁾이 제일 먼저 이루어지고, 다음으로 다른 범보천(梵輔天)⁷⁷⁾과 범중천(梵衆天)⁷⁸⁾과 육천(欲界)⁷⁹⁾ 욕계(六天)에 있는 타화자재천(他化

---

67) 무소유처(無所有處): 무소유(無所有)는 있는 것이 없음이니, 이 하늘은 색(色: 형체, 물질)과 공(空)과 식심(識心)이 다 없고 식성(識性)만 있다.

68) 비상비비상처(非想非非想處): 삼계의 하늘 가운데 가장 높은 하늘이다. 여기의 사람은 번뇌를 떠났으므로 '非想'이라 하지만, 완전히 떠나지는 못했으므로 '非非想'이라고도 이른다.

69) 무색계(無色界): 욕계(欲界)·색계(色界)와 함께 삼계(三界)라고 한다. 오온(五蘊) 중 색(色)을 제외한 수(受)·상(想)·행(行)·식(識)만으로 구성된 세계를 말한다. 이것은 욕계정(欲界定), 색계 정(色界定)보다 정적(淨寂)하며 욕망이나 물질에 대한 상념(想念)이 없게 된 경지이다.

70) 사왕천(四王天): 육욕천(六欲天)의 하나이다. 천(天)은 신(神), 또는 그들이 사는 곳이라는 뜻이다. 사천왕(四天王)과 그 권속들이 사는 곳. 곧, 수미산 중턱의 동쪽에 있는 지국천(持國天), 남쪽에 있는 증장천(增長天), 서쪽에 있는 광목천(廣目天), 북쪽에 있는 다문천(多聞天)을 일컫는다.

71) 대겁(大劫): 매우 오랜 세월. 성겁(成劫)·주겁(住劫)·괴겁(壞劫)·공겁(空劫)의 사겁을 합친 것으로, 세계의 성립으로부터 파멸에 이르기까지의 시간을 이른다.

72) 지륜(地輪): 사륜(四輪)의 첫째로서, 지륜 밑에 금륜(金輪)이 있다고 한다. 대지(大地)의 아래에 있으며, 허공 속에 세계를 받치고 있는 사륜(四輪)의 하나이다.

73) 금륜(金輪): 사륜(四輪)의 하나이다. 세계의 대지를 받들고 있는 지층으로, 그 밑에는 풍륜과 수륜이 있다.

74) 수륜(水輪): 사륜(四輪)의 하나이다. 땅 밑에 있으면서 대지를 받치고 있는 물로 위에는 금륜, 아래에는 풍륜과 공륜이 있다. 삼륜의 하나이기도 하다.

75) 풍륜(風輪): 이 세상을 받치고 있는 층 가운데 수륜 아래, 공륜 위에 있는 바람이다.

76) 대범천(大梵天): 색계(色界) 초선천(初禪天)의 셋째 하늘로서, 대범천왕이 있는 곳이다.

77) 범보천(梵輔天): 색계(色界) 초선천(初禪天)의 둘째 하늘로서, 대범천왕을 돕는 중생들이 있는 곳이다.

78) 梵衆天(범중천): 색계(色界) 초선천(初禪天)의 첫째 하늘로서, 대범천왕이 다스리는 중생들이 사는 곳이다.

79) 欲界(욕계): 삼계(三界)의 하나. 유정(有情)이 사는 세계로서, 地獄(지옥)·餓鬼(아귀)·畜生(축생)·阿修羅(아수라)·人間(인간)·六欲天(육욕천)을 함께 이르는 말이다. 여기에 있는 유정에게

부록 1_원문의 벼리 245

自在天)⁸⁰⁾·화락천(化樂天)⁸¹⁾·도솔천(兜率天)⁸²⁾·야마천(夜摩天)⁸³⁾이 차례(次第)로 이루어지고, ^{[39앞} 다음으로 하계(下界)에 대풍륜(大風輪)⁸⁴⁾이 일어나거늘, 광음천(光音天)이 ^{[39뒤} 큰비를 내리게 하여, 물이 하계(下界)에 가득하여 깊이가 십일억(十一億) 이만(二萬) 유순(由旬)⁸⁵⁾이더니, 후(後)에 바람이 물 위를 불어 삼억(三億) 이만(二萬) 유순(由旬)은 금륜(金輪)이 되니, 수륜(水輪)이 ^{[40앞} 팔억(八億) 유순(由旬)이더라.

또 허공(虛空)에서 금륜(金輪) 위에 큰비와 물이 가득하고 청련화(靑蓮花)가 일천(一千)이 나 있거늘, 사선천(四禪天)이 지난적의 겁(劫)의 일을 보고 자중(自中)⁸⁶⁾에 이르되, "이 세계(世界)에는 천불(千佛)이 나시겠으니, 이 겁(劫)의 이름은 현겁(賢劫)⁸⁷⁾ ^{[40뒤} 이라고 하자."

기십(其十)

중생(衆生)이 다투므로 평등왕(平等王)을 세우니, 구담씨(瞿曇氏)⁸⁸⁾가 그 성(姓)이시니.

계집이 모함하거늘 니루(尼樓)⁸⁹⁾가 나가시니, 석가씨(釋迦氏)가 이로부터 나셨

는 식욕, 음욕, 수면욕이 있어 이렇게 이른다.

80) 他化自在天(타화자재천): 육욕천의 여섯째 하늘이다. 욕계(欲界)에서 가장 높은 하늘로서, 여기에 태어난 이는 다른 이의 즐거움을 자기의 즐거움으로 만들 수 있다.

81) 화락천(化樂天): 육욕천(六欲天)의 다섯째 하늘이다. 이 하늘에 나면 모든 대상을 마음대로 변하게 하여 즐겁게 할 수 있다.

82) 도솔천(兜率天): 육욕천의 넷째 하늘이다. 수미산의 꼭대기에서 12만 유순(由旬) 되는 곳에 있는, 미륵보살이 사는 곳이다.

83) 야마천(夜摩天): 육욕천의 셋째 하늘이다. 밤낮의 구분이 없고 시간에 따라 여러 가지의 환락(歡樂)을 누리는 곳으로, 여기서의 하루는 인간 세상의 200년에 맞먹는다.

84) 광음천(光音天): 색계(色界) 이선천(二禪天)의 셋째 하늘이다. 이 하늘의 중생은 자기의 생각과 뜻을 전달할 때에 말소리 대신 입에서 맑고 깨끗한 빛을 낸다.

85) 유순(由旬): 고대 인도의 이수(里數) 단위이다. 소달구지가 하루에 갈 수 있는 거리로서 80리인 대유순, 60리인 중유순, 40리인 소유순의 세 가지가 있다.

86) 자중(自中): 자기들의 중이다.

87) 현겁(賢劫): 삼겁(三劫)의 하나이다. 현세(現世)의 대겁(大劫)을 이른다. 이 시기에는 많은 부처가 나타나 중생을 구제한다고 한다.

88) 구담씨(瞿曇氏): 석가모니 종족의 성씨이다.

89) 니루(尼樓): 고마왕(鼓摩王)의 둘째 부인의 네 아들 중에서 막내아들이다. 니루는 오랜 뒤에

으니.

기십일(其十一)
장생(長生)이[90]는 불초(不肖)[91]하므로, 남[92]이 나아간들 백성(百姓)들이 남을 다 쫓았으니.
니루(尼樓)는 현(賢)하므로, 내가 나아간들 아버님이 나를 옳다고 하셨으니.

그 후(後)에 바람이 물을 불어 지륜(地輪)이 [41뒤] 되니, 가장 귀(貴)한 기운(氣韻)이 수미산(須彌山)이 되고, 다음 기운(氣韻)은 일곱 산(山)이 되고, 가장 사나운 기운(氣韻)은 네 천하(天下)가 되어, 위부터 옛 모습으로 다 이루어지거늘, 광음천(光音天)[93]에서 복(福)이 다한 광음천(光音天)[94]이 [42앞] 내려와 사람이 되니, 환희(歡喜)로 밥을 삼고, 몸에 광명(光明)도 있으며, 허공(虛空)에 날아다니며, 남자와 여자가 없고 높은 이와 낮은 이가 없더니, 모두 세계(世界)에 와서 나므로, 이름을 중생(衆生)이라고 하였니라.

그때에 땅의 맛이 꿀같이 달고 [42뒤] 빛이 희더니, 그 중생(衆生)이 먹어 보고 맛나게 여겨 점점(漸漸) 먹으니, 몸에 광명(光明)도 없어지며, 날아다니는 것도 못하고, 많이 먹은 이는 모습이 초췌하더니, 그때에야 해달이 처음 났니라. 그 후에야 그르니 옳으니, 이기니 못 이기니 하는 일이 났니라. 그 후(後)에 땅의 맛이 없어지고 엷은 떡 같은 거죽이 [43앞] 나니, 빛이 누르고 맛이 향기(香氣)롭더니, 그것을 먹은 후(後)에는 서로 남을 업신여기는 일이 났니라. 땅의 거죽이 없어지거늘 땅의 살이 나니, 그것을 먹은 후(後)에는 여러 가지의 상(常)스러운 일이 났니라. 땅의 살이 없어지거늘 땅의 기름이 나니 맛이 술과 같더라. 땅의 기

석가모니의 아버지로 태어나게 되는 정반왕(淨飯王)의 조상이시다.

90) 장생(長生): 고마왕의 첫째 부인에게서 난 첫째 아들이다.

91) 불초(不肖): 아버지를 닮지 않았다는 뜻으로, 못나고 어리석은 사람을 이르는 말이다.

92) 남: 他人. 여기서는 '니루(尼樓)'를 뜻한다.

93) 광음천(光音天): 색계(色界) 이선천(二禪天)의 셋째 하늘이다. 이 하늘의 중생은 자기의 생각과 뜻을 전달할 때 말소리 대신 입에서 맑고 깨끗한 빛을 낸다.

94) 광음천(光音天): 광음천(光音天)을 다스리는 천신(天神)이다.

름이 없어지거늘, 다음으로 넌출(줄기)의 열매가 나니 (열매를) 베거든 꿀 ^[43뒤] 같은 진이 흐르더라. 다음으로 두 가지(나뭇가지, 枝)씩을 가진 포도(蒲萄)가 나니 맛이 또 달더니, 그것을 먹은 후(後)에 웃음웃기가 났니라. 포도(蒲萄)가 없어지거늘 갱미(粳米)가 나되 많은 좋은 맛이 다 갖추어지더니, 거풀이 없고 길이가 일곱 치이더니, 그것을 먹은 후(後)에야 용변(用便)을 하니, 남자와 여자가 났니라.

그 시절(時節)에 정욕(情欲)이 ^[44앞] 많은 사람이 여자가 되어, 숨을 곳을 만들고 남자를 데리고 (그곳) 들어서 더러운 일을 하거늘, 중생(衆生)이 보고 "더럽구나. 어찌 이런 더러운 일을 하였느냐?" 하니, 그 남자가 뉘우쳐 땅에 엎드려 있거늘, 그 여자가 밥을 가져다가 먹이고 잡아 일으키니, 그 후(後)로 부처(夫妻, 부부)이라고 ^[44뒤] 한 이름이 나니, 은신처를 만드느라고 집짓기를 처음 하니, 그제야 아기낳기를 시작하였니라. 그 후(後)에야 노래를 부르며 춤을 추며 농담하여 남편 맞기를 하며, 제일 먼저 첨파성(瞻婆城)⁹⁵⁾을 쌓으니 성(城)을 쌓아서 생활을 시작(始作)하였니라.

^[45앞] 그때에 갱미(粳米)⁹⁶⁾를 아침에 베거든 또 저녁에 익고, 저녁에 베거든 또 나서 아침에 익더니, 게으른 어떤 사람이 서로 가르쳐서 사나흘 먹을 것을 베어 오니, 그 갱미(粳米)의 꺼풀도 나며 시든 그루터기가 있거늘, 중생(衆生)들이 슬퍼하여 울고, 밭도 제각기 나누며 집도 제각기 짓더니, 그 후(後)에 자기의 쌀은 ^[45뒤] 감추고 남의 것을 서로 훔치는 것을 하므로, 그르니 옳으니 결(決)할 사람이 없어 모여서 평등왕(平等王)을 세우니, 姓(성)이 구담씨(瞿曇氏)이시더니, ^[46앞] 그때에야 세금을 받는 것을 하니, 그러므로 이름을 찰리(利利)⁹⁷⁾라고 하였니라.

그때에 염부제(閻浮提)의 천하(天下)가 부유하고, 공작(孔雀)의 꼬리의 빛과 같은 풀이 나고, 팔만(八萬) 나라에 마을이 성(盛)하여 닭의 소리가 서로 들리어 한

---

95) 첨파성(瞻婆城): 첨파(瞻婆)는 꽃의 이름이니, 빛이 노라고 향기롭다. 이 성에 이 첨파꽃이 많으므로 첨파성이라고 이름을 붙였다.

96) 갱미(粳米): 메벼를 찧은 쌀이다. '메벼'는 벼의 하나로서, 낟알에 찰기가 없으며, 열매에서 멥쌀을 얻는다

97) 찰리(利利): 원래는 밭(田地)의 임자라는 뜻인데, 고대 인도 카스트 제도에서 두 번째 지위인 왕족과 무사 계급이다.

가(邊)에 이었고, 천하(天下)에 병(病)이 없어 사람의 ^[46뒤] 나이가 그지없이 오래더니, 사람이 점점(漸漸) 사곡(邪曲)⁹⁸⁾하여 모진 일을 지은 탓으로 아귀(餓鬼)⁹⁹⁾와축생(畜生)¹⁰⁰⁾의 지옥(地獄)에 가서 나며, 모진 일을 보고 좋은 일을 닦은 이는 점점(漸漸) 동서북주(東西北洲)와 사왕천(四王天)과 도리천(忉利天)에 가 나니, ^[47앞]이리 하여야 세계(世界)가 다 이루어지니 그것이 성겁(成劫)¹⁾이요, 다 이루어져 있는 때는 주겁(住劫)²⁾이다.

그때에 왕(王)이며 백성(百姓)들이 정(正)하지 못하여 사람의 목숨이 감(減)하여 십만(十萬) 해가 되니, 이렇듯이 ^[47뒤] 감(減)하여 일백(一百) 해에 한 해씩 줄여서 열 해가 될 때까지 줄이는 것을 감(減)이라 하고, 열 해로부터서 도로 더하여 가되, 아들이 아버지의 나이에서 곱이 되게끔 살아서, 팔만(八萬) 해가 될 때까지 더하는 것을 증(增)이라 하나니, 한 번 증(增)으로부터서 감(減)하고 감(減)으로부터서 증(增)할 사이를 증감겁(增減劫)이라고 하나니, ^[48앞] 세계(世界)가 다 이루어 진 후(後)로 스무 번 증감(增減)하면, 무간지옥(無間地獄)³⁾부터 숨탄것이 한 개도 없어, 욕계(欲界) 육천(六天)에 이르도록 다 비어, 해의 광(光)이 곱으로 또 곱으로 더워 못이 다 마르며 나무가 다 시들며, ^[48뒤] 두 해가 돋다가 세 해가 돋으면 강(江)이 다 마르며, 다섯 해가 돋으면 바다가 다 마르며, 일곱 해가 돋으면 산이며 돌이며 다 녹아져서, 더운 기운(氣韻)이 초선천(初禪天)⁴⁾에 쬐어, 초선천(初禪天)이 이선천(二禪天)⁵⁾에 올라가리니 이를 괴겁(壞劫)⁶⁾이라 하고, 세계(世界)가

---

98) 사곡(邪曲): 요사스럽고 교활한 것이다.

99) 아귀(餓鬼): 팔부의 하나. 계율을 어기거나 탐욕을 부려 아귀도에 떨어진 귀신으로, 몸이 앙상하게 마르고 배가 엄청나게 큰데, 목구멍이 바늘구멍 같아서 음식을 먹을 수 없어 늘 굶주림으로 괴로워한다고 한다.

100) 축생(畜生): 사람이 기르는 온갖 짐승이다.

1) 성겁(成劫): 사겁의 하나. 세계가 파괴되어 없어진 후 아주 오랜 세월이 지나 다시 세계가 생기고 인류가 번식하는 기간이다.

2) 주겁(住劫): 사겁의 하나. 인류가 세계에 안주하는 기간이다.

3) 무간지옥(無間地獄): 팔열 지옥(八熱地獄)의 하나이다. 오역죄를 짓거나, 절이나 탑을 헐거나, 시주한 재물을 축내거나 한 사람이 가는데, 한 겁(劫) 동안 끊임없이 고통을 받는다는 지옥이다.

4) 초선천(初禪天): 색계(色界)의 사선천(四禪天)의 첫째 하늘이다. 범중천, 범보천, 대범천이 있다.

5) 이선천(二禪天): 색계(色界) 사선천(四禪天)의 둘째 하늘이다. 이선정(二禪定)을 닦은 이가 나는 천상 세계로, 소광천(少光天), 무량광천(無量光天), 광음천(光音天)이 있다.

다 해어진 후(後)이면 [49앞] 공겁(空劫)[7]이라 하나니, 괴겁(壞劫)과 공겁(空劫)의 사이가 성겁(成劫)과 주겁(住劫)과 한가지이다.

이리 화재(火災)한 후(後)에 또 세계(世界)가 이루어져 있다가, 다시 성겁(成劫)·주겁(住劫)·회겁(壞劫)·공겁(空劫)을 하여 또 화재(火災) [49뒤] 하리니, 이리 화재(火災)하는 것을 여덟 번 하면, 이선천(二禪天)에서 물이 나서 아래에 가득하였다가 물도 없어지느니라. 이리 수재(水災)한 후(後)에 다시 화재(火災)가 여덟 번째에야 또 수재(水災)하리니, 이리 수재(水災)하는 것을 여덟 번 하면, [50앞] 삼선천(三禪天)[8]에서 바람이 일어 아래에 가득하여 있다가 바람도 없어지느니라. 사선천(四禪天)[9]의 위는 세 재(災)가 없되, 거기에 있는 궁전(宮殿)과 제천(諸天)이 함께 나 있다가 [50뒤] 저절로 함께 없어지느니라.

○지난 겁(劫)의 이름이 장엄겁(莊嚴劫)이요, 이제의 겁(劫)의 이름이 현겁(賢劫)이요, 아니 와 있는 겁(劫)의 이름이 성수겁(星宿劫)이니, 이 현겁(賢劫)의 첫 부처는 구루손여래(拘樓孫如來)이시고, [51앞] 둘째는 구나함모니불(拘那含牟尼佛)이시고, 세째는 가엽파불(迦葉波佛)이시고, 네째는 석가모니불(釋迦牟尼佛)이시니, 우리 스승이 네째의 부처이시니라. 다섯째는 미륵존불(彌勒尊佛)이 [51뒤] 나시리라.

월인천강지곡(月印千江之曲) 제일(第一)
석보상절(釋譜詳節) 제일(第一) 【총(揔) 일백팔(一百八) 장(張) 】

---

6) 괴겁(壞劫): 사겁(四劫)의 하나이다. 세계가 무너져 멸망하는 기간을 이른다.
7) 공겁(空劫): 사겁(四劫)의 하나이다. 이 세계가 무너져 사라지고 다음 세계에 이르기까지의 20 중겁(中劫)을 이른다.
8) 삼선천(三禪天): 색계(色界) 사선천의 셋째 하늘이다. 선을 닦는 사람이 이선천에서 얻은 기쁨을 떠나 정묘(精妙)한 낙을 얻는 곳으로, 소정천, 무량정천, 변정천이 있다.
9) 사선천(四禪天): 색계(色界) 사선천의 넷째 하늘이다. 무운천, 복생천, 광과천, 무상천, 무번천, 무열천, 선견천, 선현천, 색구경천의 아홉 하늘이 있다.

[부록 2] 문법 용어의 풀이*

1. 품사

한 언어에 속하는 수많은 단어를 문법적인 특징에 따라서 갈래지어서 그 범주를 설정한 것이다.

가. 체언

'체언(體言, 임자씨)'은 어떠한 대상의 이름이나 수량(순서)을 나타내거나 명사를 대신하는 단어들의 부류들이다. 이러한 체언에는 '명사', '대명사', '수사'가 있다.

① 명사(명사): 어떠한 '대상, 일, 상황' 등의 이름을 나타내는 단어이다.
- 자립 명사: 문장 내에서 관형어의 도움 없이 홀로 쓰일 수 있는 명사이다.

    (1) ㄱ. 國은 <u>나라히라</u> (<u>나라ㅎ</u> + -이- + -다)   [훈언 2]

       ㄴ. 國(국)은 나라이다.

- 의존 명사(의명): 홀로 쓰일 수 없어서 반드시 관형어와 함께 쓰이는 명사이다.

    (2) ㄱ. 어린 百姓이 니르고져 홇 배 이셔도 (바 + -이)   [훈언 2]

       ㄴ. 어리석은 百姓(백성)이 이르고자 할 바가 있어도…

② 인칭 대명사(인대): 사람을 직시하거나 대용하는 대명사이다.

    (3) ㄱ. 내 太子를 셤기ᅀᆞᄫᅩᄃᆡ (나 + -이)   [석상 6:4]

       ㄴ. 내가 太子(태자)를 섬기되…

---

* 이 책에서 사용된 문법 용어와 약어에 대하여는 '도서출판 경진'에서 간행한 『학교 문법의 이해 2(2015)』와 '교학연구사'에서 간행한 『중세 국어 문법의 이해: 이론편, 주해편, 강독편 (2015)』의 내용을 참조하기 바란다.

③ 지시 대명사(지대): 명사를 직접 가리키거나 대용하는 말이다.

    (4) ㄱ. 내 <u>이</u>룰 爲ᄒᆞ야 어엿비 너겨 (<u>이</u> + -룰)   [훈언 2]

       ㄴ. 내가 이를 위하여 불쌍히 여겨…

④ 수사(수사): 사람이나 사물의 수량이나 차례를 나타내는 체언이다.

    (5) ㄱ. 點이 <u>둘히</u>면 上聲이오 (<u>둘ㅎ</u> + -이- + -면)   [훈언 14]

       ㄴ. 點(점)이 둘이면 上聲(상성)이고…

나. 용언

'용언(用言, 풀이씨)'은 문장 속에서 서술어로 쓰여서 주어로 표현되는 대상(주체)의 움직임이나 상태, 혹은 존재의 유무(有無)를 풀이한다. 이러한 용언에는 문법적 특징에 따라서 '동사'와 '형용사', '보조 용언' 등으로 분류한다.

① 동사(동사): 주어로 쓰인 대상의 움직임을 표현하는 용언이다. 동사에는 목적어를 취하는 타동사(= 타동)와 목적어를 취하지 않는 자동사(= 자동)가 있다.

    (6) ㄱ. 衆生이 福이 <u>다ᄋᆞ거다</u> (<u>다ᄋᆞ</u>- + -거- + -다)   [석상 23:28]

       ㄴ. 衆生(중생)이 福(복)이 다했다.

    (7) ㄱ. 어마님이 毘藍園을 <u>보라</u> 가시니 (<u>보</u>- + -라)   [월천 기17]

       ㄴ. 어머님이 毘藍園(비람원)을 보러 가셨으니.

② 형용사(형사): 주어로 표현되는 대상의 성질이나 상태를 풀이하는 용언이다.

    (8) ㄱ. 이 東山은 남기 <u>됴ᄒᆞᆯ씨</u> (<u>둏</u>- + -올씨)   [석상 6:24]

       ㄴ. 이 東山(동산)은 나무가 좋으므로…

③ 보조 용언(보용): 문장 안에서 홀로 설 수 없어서 반드시 그 앞의 다른 용언에 붙어서 문법적인 뜻을 더해 주는 기능을 하는 용언이다.

    (9) ㄱ. 勞度差ㅣ ᄯᅩ ᄒᆞᆫ 쇼ᄅᆞᆯ 지ᅀᅥ <u>내니</u> (<u>내</u>- + -니)   [석상 6:32]

       ㄴ. 勞度差(노도차)가 또 한 소(牛)를 지어 내니…

다. 수식언

'수식언(修飾言, 꾸밈씨)'은 체언이나 용언 등을 수식(修飾)하면서 그 의미를 한정(限定)한다. 이러한 수식언으로는 '관형사'와 '부사'가 있다.

① 관형사(관사): 체언을 수식하면서 체언의 의미를 제한(한정)하는 단어이다.

    (10) ㄱ. 넷 대예 새 竹筍이 나며   [금삼 3:23]
        ㄴ. 옛날의 대(竹)에 새 竹筍(죽순)이 나며…

② 부사(부사): 특정한 용언이나 부사, 관형사, 체언, 절, 문장 등 여러 가지 문법적인 단위를 수식하여, 그들 문법적 단위의 의미를 한정하거나 특정한 말을 다른 말에 이어 준다.

    (11) ㄱ. 이거시 더듸 뻐러딜ᄉᆡ   [두언 18:10]
        ㄴ. 이것이 더디게 떨어지므로

    (12) ㄱ. 반ᄃᆞ기 甘雨ㅣ ᄂᆞ리리라   [월석 10:122]
        ㄴ. 반드시 甘雨(감우)가 내리리라.

    (13) ㄱ. ᄒᆞ다가 술옷 몯 먹거든 너덧 번에 ᄂᆞ화 머기라   [구언 1:4]
        ㄴ. 만일 술을 못 먹거든 너덧 번에 나누어 먹이라.

    (14) ㄱ. 道國王과 및 舒國王은 實로 親ᄒᆞ 兄弟니라   [두언 8:5]
        ㄴ. 道國王(도국왕) 및 舒國王(서국왕)은 實(실로)로 親(친)한 兄弟(형제)이니라.

라. 독립언

감탄사(감탄사): 문장 속의 다른 말과 문법적인 관계를 맺지 않고 독립적으로 쓰인다.

    (15) ㄱ. 의 丈夫ㅣ여 엇뎨 衣食 爲ᄒᆞ야 이 ᄀᆞᆮ호매 니르뇨   [법언 4:39]
        ㄴ. 아아, 丈夫여, 어찌 衣食(의식)을 爲(위)하여 이와 같음에 이르렀느냐?

    (16) ㄱ. 舍利佛이 ᄉᆞᆲ보ᄃᆡ 엥 올ᄒᆞ시이다   [석상 13:47]
        ㄴ. 舍利佛(사리불)이 사뢰되, "예, 옳으십니다."

2. 불규칙 용언

용언의 활용에는 어간이나 어미가 불규칙적으로 바뀌어서(개별적으로 교체되어) 일반적인 변동 규칙으로는 설명할 수 없는 것이 있다. 이처럼 불규칙하게 활용하는 용언을 '불규칙 용언'이라고 한다. 여기서는 'ㄷ 불규칙 용언, ㅂ 불규칙 용언, ㅅ 불규칙 용언'만 별도로 밝힌다.

① 'ㄷ' 불규칙 용언(ㄷ불): 어간이 /ㄷ/으로 끝나는 용언 중에는, 어간에 모음으로 시작하는 어미가 붙어서 활용할 때에, 어간의 끝 소리 /ㄷ/이 /ㄹ/로 바뀌는 용언이다.

> (1) ㄱ. 甁의 므를 <u>기러</u> 두고사 가리라 (긷- + -어)　　　　[월석 7:9]
> 　　 ㄴ. 甁(병)에 물을 길어 두고야 가겠다.

② 'ㅂ' 불규칙 용언(ㅂ불): 어간이 /ㅂ/으로 끝나는 용언 중에는, 어간에 모음으로 시작하는 어미가 붙어서 활용할 때에, 어간의 끝 소리 /ㅂ/이 /ㅸ/으로 바뀌는 용언이다.

> (2) ㄱ. 太子ㅣ 性 <u>고ᄫᆞ샤</u> (곱- + -ᄋᆞ시- + -아)　　　　[월석 21:211]
> 　　 ㄴ. 太子(태자)가 性(성)이 고우시어…

> (3) ㄱ. 벼개 노피 벼여 <u>누우니</u> (눕- + -으니)　　　　[두언 15:11]
> 　　 ㄴ. 베개를 높이 베어 누우니…

③ 'ㅅ' 불규칙 용언(ㅅ불): 어간이 /ㅅ/으로 끝나는 용언 중에는, 어간에 모음으로 시작하는 어미가 붙어서 활용할 때에, 어간의 끝 소리인 /ㅅ/이 /ㅿ/으로 바뀌는 용언이다.

> (4) ㄱ. (道士ᄃᆞᆯ히) … 表 <u>지ᅀᅥ</u> 엳ᄌᆞᄫᅵ (짓- + -어)　　　　[월석 2:69]
> 　　 ㄴ. 道士(도사)들이 … 表(표)를 지어 여쭈니…

3. 어근

어근은 단어 속에서 중심적이면서 실질적인 의미를 나타내는 실질 형태소이다.

    (1) ㄱ. 골가마괴 (골- + <u>그마괴</u>), 싀어미 (싀- + <u>어미</u>)

        ㄴ. 무덤 (<u>묻-</u> + -엄), 늘개 (<u>늘-</u> + -개)

    (2) ㄱ. 밤낮 (밤 + 낮), 쏠밥 (쏠 + 밥), 불뭇골 (불무 + -ㅅ + 골)

        ㄴ. 검븕다 (검- + 븕-), 오릭느리다 (오닉- + 느리-), 도라오다 (<u>돌-</u> + -아 + <u>오-</u>)

- 불완전 어근(불어): 품사가 불분명하며 단독으로 쓰이는 일이 없고, 다른 말과의 통합에 제약이 많은 특수한 어근이다(= 특수 어근, 불규칙 어근).

    (3) ㄱ. 功德이 이러 <u>당다이</u> 부톄 두외리러라 (<u>당당</u> + -이)   [석상 19:34]

        ㄴ. 功德(공덕)이 이루어져 마땅히 부처가 되겠더라.

    (4) ㄱ. 그 부톄 <u>住</u>ᄒᆞ신 싸히 … 常寂光이라 (<u>住</u> + -ᄒᆞ- + -시- + -ㄴ) [월석 서:5]

        ㄴ. 그 부처가 住(주)하신 땅이 이름이 常寂光(상적광)이다.

4. 파생 접사

접사 중에서 어근에 새로운 의미를 더하거나 단어의 품사를 바꿈으로써, 새로운 단어를 만들어 주는 것을 '파생 접사'라고 한다.

가. 접두사(접두)

접두사는 어근의 앞에 붙어서 새로운 단어를 형성하는 파생 접사이다.

    (1) ㄱ. 아ᅀᆞ와 <u>아ᄎᆞᆫ</u>아ᄃᆞᆯ왜 비록 이시나 (<u>아ᄎᆞᆫ</u> + 아ᄃᆞᆯ)   [두언 11:13]

        ㄴ. 아우와 조카가 비록 있으나 …

나. 접미사(접미)

접미사는 어근의 뒤에 붙어서 새로운 단어를 형성하는 파생 접사이다.

① 명사 파생 접미사(명접): 어근에 뒤에 붙어서 명사를 파생하는 접미사이다.

   (2) ㄱ. ᄇᆞᄅᆞᆷ가비(ᄇᆞᄅᆞᆷ + -가비), 무덤(묻- + -음), 노픠(높- + -의)

      ㄴ. 바람개비, 무덤, 높이

② 동사 파생 접미사(동접): 어근의 뒤에 붙어서 동사를 파생하는 접미사이다.

   (3) ㄱ. 풍류ᄒᆞ다(풍류 + -ᄒᆞ- + -다), 그르ᄒᆞ다(그르 + -ᄒᆞ- + -다), ᄀᆞ믈다(ᄀᆞ믈 + -∅- + -다)

      ㄴ. 열치다, 벗기다 ; 넓히다 ; 풍류하다 ; 잘못하다 ; 가물다

③ 형용사 파생 접미사(형접): 어근의 뒤에 붙어서 형용사를 파생하는 접미사이다.

   (4) ㄱ. 녇갑다(녇- + -갑- + -다), 골ᄑᆞ다(곯- + -ᄇᆞ- + -다), 受苦ᄅᆞᆸ다(受苦 + -ᄅᆞᆸ- + -다), 외롭다(외 + -롭- + -다), 이러ᄒᆞ다(이러 + -ᄒᆞ- + -다)

      ㄴ. 얕다, 고프다, 수고롭다, 외롭다

④ 사동사 파생 접미사(사접): 어근의 뒤에 붙어서 사동사를 파생하는 접미사이다.

   (5) ㄱ. 밧기다(밧- + -기- + -다), 너피다(넙- + -히- + -다)

      ㄴ. 벗기다, 넓히다

⑤ 피동사 파생 접미사(피접): 어근의 뒤에 붙어서 피동사를 파생하는 접미사이다.

   (6) ㄱ. 두피다(둪- + -이- + -다), 다티다(닫- + -히- + -다), 담기다(담- + -기- + -다), 듬기다(듬- + -기- + -다)

      ㄴ. 덮이다, 닫히다, 담기다, 잠기다

⑥ 관형사 파생 접미사(관접): 어근의 뒤에 붙어서 부사를 파생하는 접미사이다.

   (7) ㄱ. 모든(몯- + -은), 오ᄋᆞᆫ(오ᄋᆞᆯ- + -ㄴ), 이런(이러- + -ㄴ)

      ㄴ. 모든, 온, 이런

⑦ 부사 파생 접미사(부접): 어근의 뒤에 붙어서 부사를 파생하는 접미사이다.

(8) ㄱ. 몯내(몯 + -내), 비르서(비릇- + -어), 기리(길- + -이), 그르(그르- + -∅)

ㄴ. 못내, 비로소, 길이, 그릇

⑧ 조사 파생 접미사(조접): 어근의 뒤에 붙어서 조사를 파생하는 접미사이다.

(9) ㄱ. 阿鼻地獄브터 有頂天에 니르시니 (븥- + -어) [석상 13:16]

ㄴ. 阿鼻地獄(아비지옥)부터 有頂天(유정천)에 이르시니…

⑨ 강조 접미사(강접): 어근의 뒤에 붙어서 강조의 뜻을 더하면서 새로운 단어를 파생하는 접미사이다.

(10) ㄱ. 니르왇다(니르- + -왇- + -다), 열티다(열- + -티- + -다), 니ᄅ혀다(니ᄅ- + -혀- + -다)

ㄴ. 받아일으키다, 열치다, 일으키다

⑩ 높임 접미사(높접): 어근의 뒤에 붙어서 높임의 뜻을 더하면서 새로운 단어를 파생하는 접미사이다.

(11) ㄱ. 아바님(아비 + -님), 어마님(어미 + -님), 그듸(그+ -듸), 어마님내(어미 + -님 + -내), 아기씨(아기 + -씨)

ㄴ. 아버님, 어머님, 그대, 어머님들, 아기씨

5. 조사

'조사(助詞, 관계언)'는 주로 체언에 결합하여, 그 체언이 문장 속의 다른 단어와 맺는 관계를 나타내거나 특별한 뜻을 더해 주는 단어이다.

가. 격조사

그 앞에 오는 말이 문장 안에서 일정한 문장 성분으로서의 기능함을 나타내는 조사이다.

① 주격 조사(주조): 주어로서 기능하는 것을 나타내는 격조사이다.

(1) ㄱ. 부텻 모미 여러 가짓 相이 ᄀᆞᄌᆞ샤 (몸 + -익)   [석상 6:41]

      ㄴ. 부처의 몸이 여러 가지의 相(상)이 갖추어져 있으시어…

② 서술격 조사(서조): 서술어로서 기능하는 것을 나타내는 격조사이다.

(2) ㄱ. 國은 나라히라 (나라ㅎ + -이- + -다)   [훈언 1]

      ㄴ. 國(국)은 나라이다.

③ 목적격 조사(목조): 목적어로서 기능하는 것을 나타내는 격조사이다.

(3) ㄱ. 太子를 하늘히 ᄀᆞᆯ히샤 (太子 + -를)   [용가 8장]

      ㄴ. 太子(태자)를 하늘이 가리시어…

④ 보격 조사(보조): 보어로서 기능하는 것을 나타내는 격조사이다.

(4) ㄱ. 色界 諸天도 ᄂᆞ려 仙人이 ᄃᆞ외더라 (仙人 + -이)   [월석 2:24]

      ㄴ. 色界(색계) 諸天(제천)도 내려 仙人(선인)이 되더라.

⑤ 관형격 조사(관조): 관형어로서 기능하는 것을 나타내는 격조사이다.

(5) ㄱ. 네 性이 … 죵이 서리예 淸淨ᄒᆞ도다 (죵 + -익)   [두언 25:7]

      ㄴ. 네 性(성: 성품)이 … 종(從僕) 중에서 淸淨(청정)하구나.

(6) ㄱ. 나랏 말ᄊᆞ미 中國에 달아 (나라 + -ㅅ)   [훈언 1]

      ㄴ. 나라의 말이 中國과 달라…

⑥ 부사격 조사(부조): 부사어로서 기능하는 것을 나타내는 격조사이다.

(7) ㄱ. 世尊이 象頭山애 가샤 (象頭山 + -애)   [석상 6:1]

      ㄴ. 世尊(세존)이 象頭山(상두산)에 가시어…

⑦ 호격 조사(호조): 독립어로서 기능하는 것을 나타내는 격조사이다.

(8) ㄱ. 彌勒아 아라라 (彌勒 + -아)   [석상 13:26]

      ㄴ. 彌勒(미륵)아 알아라.

나. 접속 조사(접조)

체언과 체언을 이어서 명사구를 형성하는 조사이다.

     (9) ㄱ. 입시울와 혀와 엄과 니왜 다 됴ᄒᆞ며 (혀 + -와)   [석상 19:7]

        ㄴ. 입술과 혀와 어금니와 이가 다 좋으며…

다. 보조사(보조사)

체언에 화용론적인 특별한 뜻을 덧보태는 조사이다.

    (10) ㄱ. 나ᄂᆞᆫ 어버ᅀᅵ 여희오 (나 + -ᄂᆞᆫ)   [석상 6:5]

        ㄴ. 나는 어버이를 여의고…

    (11) ㄱ. 어미도 아ᄃᆞᄅᆞᆯ 모ᄅᆞ며 (어미 + -도)   [석상 6:3]

        ㄴ. 어머니도 아들을 모르며…

6. 어말 어미

'어말 어미(語末語尾, 맺음씨끝)'는 용언의 끝자리에 실현되는 어미인데, 그 기능에 따라서 '종결 어미, 연결 어미, 전성 어미'로 나누어진다.

가. 종결 어미

① 평서형 종결 어미(평종): 말하는 이가 자신의 생각을 듣는 이에게 단순하게 진술하는 평서문에 실현된다.

    (1) ㄱ. 네 아비 ᄒᆞ마 주그니라 (죽- + -Ø(과시)- + -으니- + -다) [월석 17:21]

        ㄴ. 너의 아버지가 이미 죽었느니라.

② 의문형 종결 어미(의종): 말하는 이가 듣는 이에게 대답을 요구하는 의문문에 실현된다.

    (2) ㄱ. 엇뎨 겨르리 업스리오 (없- + -으리- + -고)   [월석 서:17]

        ㄴ. 어찌 겨를이 없겠느냐?

③ 명령형 종결 어미(명종): 말하는 이가 듣는 이에게 어떠한 행동을 하도록 요구하는 명령문에 실현된다.

(3) ㄱ. 너희들히 … 부텻 마를 바다 디니라 (디니- + -라)　　　[석상 13:62]
　　ㄴ. 너희들이 … 부처의 말을 받아 지녀라.

④ 청유형 종결 어미(청종): 말하는 이가 듣는 이에게 어떠한 행동을 함께 하도록 요구하는 청유문에 실현된다.

(4) ㄱ. 世世예 妻眷이 두외져 (두외- + -져)　　　[석상 6:8]
　　ㄴ. 世世(세세)에 妻眷(처권)이 되자.

⑤ 감탄형 종결 어미(감종): 말하는 이가 듣는 이를 의식하지 않고 자신의 감정을 표출하는 감탄문에 실현된다.

(5) ㄱ. 義는 그 큰뎌 (크- + -Ø(현시)- + -ㄴ뎌)　　　[내훈 3:54]
　　ㄴ. 義(의)는 그것이 크구나.

나. 전성 어미

용언이 본래의 서술 기능을 유지하면서도 다른 품사처럼 쓰이도록 문법적인 기능을 바꾸는 어미이다.

① 명사형 전성 어미(명전): 특정한 절 속의 서술어에 실현되어서, 그 절을 명사처럼 쓰이게 하는 어미이다.

(6) ㄱ. 됴흔 法 닷고믈 몯ᄒᆞ야 (닭- + -옴 + -을)　　　[석상 9:14]
　　ㄴ. 좋은 法(법)을 닦는 것을 못하여…

② 관형사형 전성 어미(관전): 특정한 절 속의 용언에 실현되어서, 그 절을 관형사처럼 쓰이게 하는 어미이다.

(7) ㄱ. 어미 주근 後에 부텨ᄭᅴ 와 묻ᄌᆞᄫᆞ면(죽- + -Ø- + -ㄴ)　[월석 21:21]
　　ㄴ. 어미 죽은 後(후)에 부처께 와 물으면…

다. 연결 어미(연어)

이어진 문장의 앞절과 뒷절을 잇거나, 본용언과 보조 용언을 잇는 어미이다. 연결 어미에는 '대등적 연결 어미, 종속적 연결 어미, 보조적 연결 어미'가 있다.

① 대등적 연결 어미: 앞절과 뒷절을 대등한 관계로 잇는 연결 어미이다.

  (8) ㄱ. 子는 아드리오 孫은 孫子ㅣ니 (아들 + -이- + -고)   [월석 1:7]

  　 ㄴ. 子(자)는 아들이고 孫(손)은 孫子(손자)이니…

② 종속적 연결 어미: 앞절을 뒷절에 이끌리는 관계로 잇는 연결 어미이다.

  (9) ㄱ. 모딘 길헤 뻐러디면 恩愛룰 머리 여희여 (뻐러디- + -면) [석상 6:3]

  　 ㄴ. 모진 길에 떨어지면 恩愛(은애)를 멀리 떠나…

③ 보조적 연결 어미: 본용언과 보조 용언을 잇는 연결 어미이다.

  (10) ㄱ. 赤眞珠ㅣ 드외야 잇느니라 (드외야: 드외- + -아)   [월석 1:23]

  　 ㄴ. 赤眞珠(적진주)가 되어 있느니라.

7. 선어말 어미

'선어말 어미(先語末語尾, 안맺음 씨끝)'는 용언의 끝에 실현되지 못하고, 어간과 어말 어미 사이에 실현되어서 문법적인 기능을 나타내는 어미이다.

① 상대 높임의 선어말 어미(상높): 말을 듣는 '상대(相對)'를 높여서 표현하는 선어말 어미이다.

  (1) ㄱ. 이런 고디 업스이다 (없- + -∅(현시)- + -으이- + -다) [능언 1:50]

  　 ㄴ. 이런 곳이 없습니다.

② 주체 높임의 선어말 어미(주높): 문장에서 주어로 실현되는 대상인 '주체(主體)'를 높여서 표현하는 선어말 어미이다.

(2) ㄱ. 王이 그 蓮花를 브리라 ㅎ시다　　　　　　　　　　　[석상 11:31]

　　　(ㅎ- + -시- + -Ø(과시)- + -다)

　　ㄴ. 王(왕)이 "그 蓮花(연화)를 버리라." 하셨다.

③ 객체 높임의 선어말 어미(객높): 문장에서 목적어나 부사어로 표현되는 대상인 '객
체(客體)'를 높여서 표현하는 선어말 어미이다.

　　(3) ㄱ. 벼슬 노푼 臣下ㅣ 님그믈 돕ᄉ바 (돕- + -ᄉ- + -아)　　[석상 9:34]

　　　　ㄴ. 벼슬 높은 臣下(신하)가 임금을 도와…

④ 과거 시제의 선어말 어미(과시): 동사에 실현되어서 발화시 이전에 어떠한 일이
일어났음을 무형의 선어말 어미인 '-Ø-'이다.

　　(4) ㄱ. 이 ᄢ 아ᄃᆞᆯᄃᆞᆯ히 아비 죽다 듣고(죽- + -Ø(과시)- + -다) [월석 17:21]

　　　　ㄴ. 이때에 아들들이 "아버지가 죽었다." 듣고…

⑤ 현재 시제의 선어말 어미(현시): 발화시에 어떠한 일이 일어나고 있음을 나타내는
선어말 어미이다. 동사에는 선어말 어미인 '-ᄂ-'가 실현되어서, 형용사에는 무형
의 선어말 어미인 '-Ø-'가 현재 시제를 나타낸다.

　　(5) ㄱ. 네 이제 ᄯᅩ 묻ᄂ다 (묻- + -ᄂ- + -다)　　　　　　　[월석 23:97]

　　　　ㄴ. 네 이제 또 묻는다.

　　(6) ㄱ. 이런 고디 업스이다 (없- + -Ø(현시)- + -으이- + -다)　[능언 1:50]

　　　　ㄴ. 이런 곳이 없습니다.

⑥ 미래 시제의 선어말 어미(미시): 발화시 이후에 어떠한 일이 일어날 것임을 나타내
는 선어말 어미이다.

　　(7) ㄱ. 아ᄃᆞᆯᄯᆞᆯ를 求ᄒ면 아ᄃᆞᆯᄯᆞᆯ를 得ᄒ리라 (得ᄒ- + -리- + -다) [석상 9:23]

　　　　ㄴ. 아들딸을 求(구)하면 아들딸을 得(득)하리라.

⑦ 회상 표현의 선어말 어미(회상): 말하는 이가 발화시 이전에 직접 경험한 어떤 때
(경험시)로 자신의 생각을 돌이켜서, 그때를 기준으로 해서 일이 일어난 시간을
나타내는 선어말 어미이다.

(8) ㄱ. 뜨데 몯 마존 이리 다 願 ㄱ티 ᄃᆞ외더라 　　　　　[월석 10:30]

　　　(ᄃᆞ외- + -더- + -다)

　　ㄴ. 뜻에 못 맞은 일이 다 願(원)같이 되더라.

⑧ 확인 표현의 선어말 어미(확인): 심증(心證)과 같은 말하는 이의 주관적인 믿음에
근거하여, 어떤 일을 확정된 것으로 표현하는 선어말 어미이다.

(9) ㄱ. 安樂國이는 시르미 더욱 깁거다 　　　　　　　　[월석 8:101]

　　　(깊- + -∅(현시)- + -거- + -다)

　　ㄴ. 安樂國(안락국)이는 … 시름이 더욱 깊다.

⑨ 원칙 표현의 선어말 어미(원칙): 말하는 이가 객관적인 믿음에 근거하여, 어떤 일을
확정된 것으로 표현하는 선어말 어미이다.

(10) ㄱ. 사ᄅᆞ미 살면 … 모로매 늙ᄂᆞ니라 　　　　　　[석상 11:36]

　　　(늙- + -ᄂᆞ- + -니- + -다)

　　ㄴ. 사람이 살면 … 반드시 늙느니라.

⑩ 감동 표현의 선어말 어미(감동): 말하는 이의 '느낌(감동, 영탄)'의 뜻을 나타내는
태도 표현의 선어말 어미이다.

(11) ㄱ. 그ᄃᆡ내 貪心이 하도다 　　　　　　　　　　　[석상 23:46]

　　　(하- + -∅(현시)- + -도- + -다)

　　ㄴ. 그대들이 貪心(탐심)이 크구나.

⑪ 화자 표현의 선어말 어미(화자): 주로 종결형이나 연결형에서 실현되어서, 문장의
주어가 말하는 사람(화자, 話者)임을 나타내는 선어말 어미이다.

(12) ㄱ. ᄒᆞ오ᅀᅡ 내 尊호라 (尊ᄒᆞ- + -∅(현시)- + -오- + -다) 　[월석 2:34]

　　ㄴ. 오직(혼자) 내가 존귀하다.

⑫ 대상 표현의 선어말 어미(대상): 관형절이 수식하는 체언(피한정 체언)이, 관형절
에서 서술어로 표현되는 용언에 대하여 의미상으로 객체(목적어나 부사어로 쓰인

대상)일 때에 실현되는 선어말 어미이다.

(13) ㄱ. 須達이 지순 精舍마다 드르시며   [석상 6:38]

　　(짓- + -Ø(과시)- + -우- + -ㄴ)

　　ㄴ. 須達(수달)이 지은 精舍(정사)마다 드시며…

(14) ㄱ. 王이 … 누본 자리예 겨샤 (눕- + -Ø(과시)- + -우- + -은) [월석 10:9]

　　ㄴ. 王(왕)이 … 누운 자리에 계시어…

〈 인용된 '약어'의 문헌 정보 〉

약어	문헌 이름		발간 연대	
	한자 이름	한글 이름		
용가	龍飛御天歌	용비어천가	1445년	세종
석상	釋譜詳節	석보상절	1447년	세종
월천	月印千江之曲	월인천강지곡	1448년	세종
훈언	訓民正音諺解(世宗御製訓民正音)	훈민정음 언해본(세종 어제 훈민정음)	1450년경	세종
월석	月印釋譜	월인석보	1459년	세조
능언	愣嚴經諺解	능엄경 언해	1462년	세조
법언	妙法蓮華經諺解(法華經諺解)	묘법연화경 언해(법화경 언해)	1463년	세조
구언	救急方諺解	구급방 언해	1466년	세조
내훈	內訓(일본 蓬左文庫 판)	내훈(일본 봉좌문고 판)	1475년	성종
두언	分類杜工部詩諺解 初刊本	분류두공부시 언해 초간본	1481년	성종
금삼	金剛經三家解	금강경 삼가해	1482년	성종

▌참고 문헌

〈 중세 국어의 참고 문헌 〉

강성일(1972), 「중세국어 조어론 연구」, 『동아논총』 9, 동아대학교.

강신항(1990), 『훈민정음연구』(증보판), 성균관대학교 출판부.

강인선(1977), 「15세기 국어의 인용구조 연구」, 석사학위 논문, 서울대학교.

고성환(1993), 「중세국어 의문사의 의미와 용법」, 『국어학논집』 1, 태학사.

고영근(1981), 『중세국어의 시상과 서법』, 탑출판사.

고영근(1995), 「중세어의 동사형태부에 나타나는 모음동화」, 『국어사와 차자표기 – 소곡 남
　　　풍현 선생 화갑 기념 논총』, 태학사.

고영근(2010), 『제3판 표준 중세국어 문법론』, 집문당.

곽용주(1986), 「동사 어간 – 다' 부정법의 역사적 고찰」, 『국어연구』 138, 국어연구회.

교육인적자원부(2010), 『고등학교 교사용 지도서 문법』, (주)두산동아.

교육인적자원부(2010), 『고등학교 문법』, (주)두산동아.

구본관(1996), 「15세기 국어 파생법에 대한 연구」, 박사학위 논문, 서울대학교.

국립국어원, 『표준 국어 대사전』, 인터넷판.

권용경(1990), 「15세기 국어 서법의 선어말어미에 대한 연구」, 『국어연구』 101, 국어연구회.

김문기(1999), 「중세국어 매인풀이씨 연구」, 석사학위 논문, 부산대학교.

김소희(1996), 「16세기 국어의 '거/어'의 교체에 대한 연구」, 『국어연구』 142, 국어연구회.

김송원(1988), 「15세기 중기 국어의 접속월 연구」, 박사학위 논문, 건국대학교.

김영욱(1990), 「중세국어 관형격조사 '이/의, ㅅ'의 기술과 관련된 문제 해결을 위하여」, 『주
　　　시경학보』 8, 탑출판사.

김영욱(1995), 『문법형태의 역사적 연구』, 박이정.

김정아(1985), 「15세기 국어의 '–ㄴ가' 의문문에 대하여」, 『국어국문학』 94.

김정아(1993), 「15세기 국어의 비교구문 연구」, 박사학위 논문, 서울대학교.

김진형(1995), 「중세국어 보조사에 대한 연구」, 『국어연구』 136, 국어연구회.

김차균(1986), 「월인천강지곡에 나타나는 표기체계와 음운」, 『한글』 182, 한글학회.

김충회(1972), 「15세기 국어의 서법체계 시론」, 『국어학논총』 5, 6, 단국대학교.

나진석(1971), 『우리말 때매김 연구』, 과학사.

나찬연(2011), 『수정판 옛글 읽기』, 도서출판 월인.

나찬연(2013ㄴ), 제2판 『언어·국어·문화』, 도서출판 월인.

나찬연(2013ㄷ), 제2판 『훈민정음의 이해』, 도서출판 월인.

나찬연(2013ㄹ), 『국어 어문 규범의 이해』, 도서출판 월인.

나찬연(2014ㄱ), 제5판 『중세 국어 문법의 이해-주해편』, 교학연구사.

나찬연(2014ㄴ), 제5판 『중세 국어 문법의 이해-강독편』, 교학연구사.

나찬연(2014ㄷ), 제5판 『중세 국어 문법의 이해-서답형 문제편』, 교학연구사.

나찬연(2015ㄱ), 제4판 『현대 국어 문법의 이해』, 도서출판 월인.

나찬연(2015ㄴ), 『학교 문법의 이해』 1, 도서출판 경진.

나찬연(2015ㄷ), 『학교 문법의 이해』 2, 도서출판 경진.

남광우(2009), 『교학 고어사전』, (주)교학사.

남윤진(1989), 「15세기 국어의 접속어미에 대한 연구」, 『국어연구』 93. 국어연구회.

노동헌(1993), 「선어말어미 '-오-'의 분포와 기능 연구」, 『국어연구』 114, 국어연구회.

류광식(1990), 「15세기 국어 부정법의 연구」, 박사학위 논문, 건국대학교.

리의도(1989), 「15세기 우리말의 이음씨끝」, 『한글』 206, 한글학회

민현식(1988), 「중세국어 어간형 부사에 대하여」, 『선청어문』 16, 17집, 서울대학교 국어교육과.

박태영(1993), 「15세기 국어의 사동법 연구」, 석사학위 논문, 단국대학교.

박희식(1984), 「중세국어의 부사에 대한 연구」, 『국어연구』 63, 국어연구회

배석범(1994), 「용비어천가의 문제에 대한 일고찰」, 『국어학』 24, 국어학회.

성기철(1979), 「15세기 국어의 화계 문제」, 『논문집』 13, 서울산업대학교.

손세모돌(1992), 「중세국어의 'ㅂ리다'와 '디다'에 대한 연구」, 『주시경학보』 9, 탑출판사.

안병희·이광호(1993), 『중세국어문법론』, 학연사.

양정호(1991), 「중세국어의 파생접미사 연구」, 『국어연구』 105, 국어연구회.

유동석(1987), 「15세기 국어 계사의 형태 교체에 대하여」, 『우해 이병선 박사 회갑 기념 논총』.

이광정(1983), 「15세기 국어의 부사형어미」, 『국어교육』 44, 45.

이광호(1972), 「중세국어 '사이시옷' 문제와 그 해석 방안」, 『국어사 연구와 국어학 연구-안병희 선생 회갑 기념 논총』, 문학과 지성사.

이광호(1972), 「중세국어의 대격 연구」, 『국어연구』 29. 국어연구회.

이광호(1995), 「후음 'ㅇ'과 중세국어 분철표기의 신해석」, 『국어사와 차자표기-남풍현 선생 회갑기념』, 태학사.

이기문(1963), 『국어표기법의 역사적 연구-신정판』, 한국연구원.

이기문(1998), 『국어사개설 - 신정판』, 태학사.

이숭녕(1981), 『중세국어문법 - 개정 증보판』, 을유문화사.

이승희(1996), 「중세국어 감동법 연구」, 『국어연구』 139, 국어연구회.

이정택(1994), 「15세기 국어의 입음법과 하임법」, 『한글』 223, 한글학회.

이주행(1993), 「후기 중세국어의 사동법」, 『국어학』 23, 국어학회.

이태욱(1995), 「중세국어의 부정법 연구」, 박사학위 논문, 성균관대학교.

이현규(1984), 「명사형어미 '-기'의 변화」, 『목천 유창돈 박사 회갑 기념 논문집』, 계명대학교 출판부.

이홍식(1993), 「'-오-'의 기능 구명을 위한 서설」, 『국어학논집』 1. 태학사.

임동훈(1996), 「어미 '시'의 문법」, 박사학위 논문, 서울대학교.

전정례(995), 「새로운 '-오-' 연구」, 한국문화사.

정 철(1954), 「원본 훈민정음의 보존 경위에 대하여」, 『국어국문학』 제9호, 국어국문학회.

정재영(1996), 「중세국어 의존명사 '드'에 대한 연구」, 『국어학총서』 23, 태학사.

최동주(1995), 「국어 시상체계의 통시적 변화에 관한 연구」, 박사학위 논문, 서울대학교.

최현배(1961), 『고친 한글갈』, 정음사.

최현배(1980=1937), 『우리말본』, 정음사.

한글학회(1985), 『訓民正音』, 영인본.

한재영(1984), 「중세국어 피동구문의 특성에 대한 연구」, 『국어연구』 61, 국어연구회.

한재영(1986), 「중세국어 시제체계에 관한 관견」, 『언어』 11-2, 한국언어학회.

한재영(1990), 「선어말어미 '-오/우-'」, 『국어 연구 어디까지 왔나』, 동아출판사.

한재영(1992), 「중세국어의 대우체계 연구」, 『울산어문논집』 8, 울산대학교 국어국문학과.

허웅(1975=1981), 『우리 옛말본』, 샘문화사.

허웅(1981), 『언어학』, 샘문화사.

허웅(1986), 『국어 음운학』, 샘문화사.

허웅(1989), 『16세기 우리 옛말본』, 샘문화사.

허웅(1992), 『15·16세기 우리 옛말본의 역사』, 탑출판사.

허웅(1999), 『20세기 우리말의 통어론』, 샘문화사.

허웅(2000), 『20세기 우리말의 형태론(고침판)』, 샘문화사.

허웅·이강로(1999), 『주해 월인천강지곡』, 신구문화사.

홍윤표(1969), 「15세기 국어의 격연구」, 『국어연구』 21, 국어연구회.

홍윤표(1994), 「중세국어의 수사에 대하여」, 『국문학논집』, 단국대학교 국어국문학과.

홍종선(1983), 「명사화어미의 변천」, 『국어국문학』 89, 국어국문학회.

황선엽(1995), 「15세기 국어의 '-(으)니'의 용법과 기원」, 『국어연구』 135, 국어연구회.

〈 불교 용어의 참고 문헌 〉

곽철환(2003), 『시공불교사전』, 시공사.

국립국어원(2016), 인터넷판 『표준국어대사전』, (http://stdweb2.korean.go.kr/main.jsp)

두산동아(2016), 인터넷판 『두산백과사전』, (http://www.doopedia.co.kr/)

운허·용하(2008), 『불교사전』, 불천.

원광대학교 종교문제연구소((1974), 인터넷판 『원불교사전』, 원광대학교 출판부.

한국불교대사전 편찬위원회(1982), 『한국불교대사전』, 보련각.

한국학중앙연구원(2016), 인터넷판 『한국민족문화대백과』, (http://encykorea.aks.ac.kr/)

홍사성(1993), 『불교상식백과』, 불교시대사.